Susanne Mischke
Einen Tod musst du sterben

PIPER

Zu diesem Buch

Morgendämmerung im Resser Moor: Jäger stoßen auf die grausam zugerichtete Leiche eines Mannes. Sein Brustkorb wurde aufgeschnitten, das Herz herausgerissen. Offenbar war er beim Joggen überfallen und getötet worden. Kommissar Bodo Völxen beginnt zu ermitteln und erfährt schon bald, dass der verstorbene Johann Falkenberg in der Umgebung vor allem für sein unehrliches Verhalten bekannt war. Als Besitzer einer großen Legebatterie gab er seine Eier fälschlich als »Bio« aus und handelte sich damit Ärger mit der Staatsanwaltschaft ein. Auch Drohbriefe und E-Mails mit wüsten Beschimpfungen waren an der Tagesordnung. Als erste Spuren zu einer Gruppe von Tierschutzaktivisten führen, der auch Völxens Tochter Wanda angehört, stößt der Kommissar an seine Grenzen. Kann er gegen seine eigene Tochter ermitteln? Und weshalb scheint Falkenbergs Tod seine Ehefrau nicht allzu sehr zu berühren? Deutet das herausgeschnittene Herz auf ein Liebesdrama hin?

Susanne Mischke wurde 1960 in Kempten geboren und lebt heute in Wertach. Sie war mehrere Jahre Präsidentin der »Sisters in Crime« und erschrieb sich mit ihren fesselnden Kriminalromanen eine große Fangemeinde. Für das Buch »Wer nicht hören will, muß fühlen« erhielt sie die »Agathe«, den Frauen-Krimi-Preis der Stadt Wiesbaden. Ihre Hannover-Krimis haben über die Grenzen Niedersachsens hinaus großen Erfolg.

Susanne Mischke

EINEN TOD MUSST DU STERBEN

Kriminalroman

PIPER

Mehr über unsere Autorinnen, Autoren und Bücher:
www.piper.de

Wenn Ihnen dieser Krimi gefallen hat, schreiben Sie uns unter Nennung des Titels »Einen Tod musst du sterben« an *empfehlungen@piper.de*, und wir empfehlen Ihnen gerne vergleichbare Bücher.

Von Susanne Mischke liegen im Piper Verlag vor:
Hannover-Krimis:
Band 1: Der Tote vom Maschsee • Band 2: Tod an der Leine • Band 3: Totenfeuer • Band 4: Todesspur • Band 5: Einen Tod musst du sterben • Band 6: Warte nur ein Weilchen • Band 7: Alte Sünden • Band 8: Zärtlich ist der Tod • Band 9: Hättest du geschwiegen • Band 10: Fürchte dich vor morgen • Band 11: Eiskalt tanzt der Tod • Band 12: Alle sehen dich • Band 13: Deine Welt wird brennen • Band 14: Wehe, du irrst dich • Band 15: Du musst mir glauben

weitere Kriminalromane:
Töte, wenn du kannst! • Mordskind • Wölfe und Lämmer • Die Eisheilige • Schwarz ist die Nacht • Kalte Fährte • Der Muttertagsmörder • Das dunkle Haus am Meer

Ungekürzte Taschenbuchausgabe
ISBN 978-3-492-31014-7
1. Auflage August 2016
5. Auflage Juli 2026

Für direkten Kontakt und Fragen zum Produkt wenden Sie sich an:
info@piper.de
Umschlaggestaltung und -abbildung:
Hauptmann & Kompanie Werbeagentur, Zürich
Satz: Eberl & Koesel Studio, Kempten
Gesetzt aus der Goudy Old Style
Druck und Bindung: CPI books GmbH, Leck
Printed in the EU

ES IST STILL,
VIEL ZU
STILL. Die Luft ist stickig, und es riecht nach Blut. Völxen kann sich beim besten Willen nicht erinnern, schon jemals ein solches Massaker gesehen zu haben: abgerissene Köpfe, aufgeschlitzte Leiber, Blut, überall Blut. Sieben Opfer. Er mag sich die Panik und die Todesangst, die hier geherrscht haben müssen, lieber nicht vorstellen. Aber sosehr er sich auch gegen die aufsteigenden Bilder wehrt, seine Phantasie ist stärker. Wie lange es wohl gedauert hat, bis alle tot waren und diese Stille einkehrte, diese, ja, Totenstille?

DABEI HAT DER TAG gerade erst angefangen. Wie immer wurde Völxen früh am Morgen von Kreuzschmerzen aus dem Bett getrieben, doch daran hat er sich mittlerweile gewöhnt. Leise, um Sabine nicht zu wecken, ging er in die Küche hinunter, wo Oscar aus seinem Korb sprang, um ihn zu begrüßen, wie immer strotzend vor Energie. Ganz anders sein Herrchen: Noch halb im Tran stopfte Völxen die Taschen seines Bademantels mit Zwieback voll, schlüpfte barfuß in die Gummistiefel und schluffte durch das taunasse Gras bis zur Schafweide. Oscar natürlich hinterher. Unterwegs pinkelten Herr und Hund hinter den Holzschuppen, was Völxen jedes Mal ein finsteres Vergnügen bereitet, weil er weiß, dass Sabine das unmöglich findet. Aber funktionieren und sich anpassen kann er schließlich noch den ganzen Tag auf der Dienststelle, und dem Terrier flößt er damit einen gehörigen Respekt ein. Zumindest glaubt Völxen das.

Die fünf Schafe standen, wie meistens, unter dem Apfelbaum, an dem rote Früchte hängen und darauf warten, geerntet zu werden. Die keilförmigen Gesichter in seine Richtung gewandt stierten sie ihn mit ihren glasigen Augen ausdruckslos an. Völxen, auf die schrundigen Bretter des Zauns gestützt, genoss eine Weile die Aussicht auf die abgeernteten Kornfelder und auf den Deister, dessen lang gezogener Rücken sich scharf und schwarz wie ein Scherenschnitt vom blassen Morgenhimmel abhob. Die Luft war kristallklar und erfüllt vom Duft frisch gemähten Grases. Es würde warm werden und sonnig, die letzten Tage des Spätsommers. Weit draußen auf dem Acker zog ein Trecker seine Bahn, verfolgt von einer Schar Möwen, als wäre der Trecker ein Schiff, das über die Furchen des Feldes schaukelt. *Fast wie an der Küste*, dachte Völxen, während er darauf wartete, dass sich seine kleine Herde zu ihm hinbequemen würde, um ihm den Zwieback aus der Hand zu fressen. Aber wie jeden Morgen brauchten die Schafe ein Weilchen, um sich daran zu erinnern, wer er war und dass sie von ihm Futter bekamen.

MITTEN HINEIN IN diesen friedlichen, schwerelosen Moment bohrte sich der Schrei. Er kam von Köpckes Hof. Eben hatte Völxen von dort drüben noch das Klappern der Futtereimer gehört und damit gerechnet, gleich seinen Nachbarn in der unvermeidlichen blauen Latzhose zu sehen, der ihm »Moin, moin, der Herr Kommissar« zurufen und vielleicht noch seinen Lieblingsspruch von der senilen Bettflucht hinterherschicken würde. Aber der Hühnerbaron war nirgends zu sehen, und die Stille, die diesem Schrei folgte, hatte etwas Unheimliches. Eine Sekunde lang erwog Völxen, Anlauf zu nehmen und über den Bretterzaun zu flanken. Doch rechtzeitig realisierte er, dass er die Fünfzig überschritten hatte und nicht mehr der Beweglichste war. Außerdem würde sich sein Bademantel bei dieser Übung sicherlich als hinderlich erweisen. Also kletterte er etwas lendenlahm über den Zaun und rannte dann mit wehendem Mantel über die Schafweide, was Amadeus, der Schafbock, prompt als Provokation auffasste. Das Haupt gesenkt, schickte der Bock sich an, seinen Ernährer auf die Hörner zu nehmen. Es wäre nicht das erste Mal gewesen. Doch zum Glück wurde die Attacke von Terrier Oscar vereitelt, der dem heranstürmenden Bock den Weg abschnitt, ihn kläffend umkreiste und ihm in die Hacken zwickte. Dies wiederum verschreckte Doris, Mathilde, Salomé und Angelina, die in einem einzigen ängstlichen Knäuel in Richtung Schafstall flohen. Zwischenzeitlich erreichte Völxen schwer atmend das andere Ende der Weide. Jetzt galt es, dem Elektrozaun auszuweichen, der Hanne Köpckes Gemüsegarten vor Übergriffen der Schafe bewahren soll. So tief, wie seine maroden Bandscheiben es zuließen, duckte sich Völxen ins taunasse Gras, bekam aber dennoch irgendwo im Nacken einen elektrischen Schlag ab.

»Scheiße!«, schimpfte er, während er sich anschickte, auch noch den Bretterzaun hinter dem Draht zu überwinden. Obwohl er durch Nordic Walking und andere Fitness-Torturen über den Sommer zwei Kilo abgenommen hat, knarzten die Balken bedenklich unter seinem Gewicht. Dann, endlich, stand er drüben, zwischen Rüben und Zucchini. Er war gerade dabei, seinen Bademantel wieder in Ordnung zu bringen – schließlich wollte er sich nicht wie ein Exhibitionist auf dem Nachbarhof präsentieren –, da hörte er Jens Köpcke fluchen. *Wer flucht, lebt noch*, registrierte Völxen erleichtert. Die Stimme kam aus dem neuen, kleinen Stall, den der Nachbar im Frühjahr erst errichtet hatte. »Für die Engländer« hatte Köpckes Begründung für den Anbau gelautet. Auf diese Weise hatte Völxen zum ersten Mal davon Kenntnis erhalten, dass man Hühner unterschiedlicher Nationalitäten anscheinend nicht ohne Weiteres im selben Stall unterbringen konnte.

JETZT STEHT DER Kommissar wie angewurzelt neben seinem Nachbarn, der noch immer den Eimer mit dem Futter darin am Henkel festhält. Futter, das nun nicht mehr gebraucht wird. Flaumige Federn schwirren durch die staubige Luft, kleben blutig an den Wänden und auf dem Boden. Ein Huhn hängt kopflos von einem der Dachsparren.

»Marder«, erklärt Köpcke.

Völxen nickt. Ein Marder sei das Schlimmste, was einem Hühnerstall passieren kann, hat Köpcke ihm seinerzeit erklärt, als er den Drahtzaun um seine Ställe einen halben Meter tief im Boden vergraben hat. Ein Fuchs sei dagegen harmlos, der hole sich nur *ein* Huhn, um es zu essen. Ein Marder aber gerate in einen regelrechten Blutrausch.

»Der killt alles, was sich bewegt, und zwar so lange, bis sich nichts mehr bewegt. Und dann saugt er seinen Opfern das Blut aus, wie ein Vampir, und lässt die Kadaver liegen.«

Völxen war dieses Szenario damals allzu drastisch erschienen, weiß er doch um Köpckes dramaturgisches Talent, das sich besonders unter dem Einfluss von ein, zwei Flaschen Herrenhäuser entfaltet. Aber jetzt sieht der Kommissar mit eigenen Augen, dass der Nachbar seinerzeit nicht übertrieben hat. Offenbar hat der Marder ein Schlupfloch im Zaun gefunden oder sich durchgegraben, um dann dieses Blutbad anzurichten.

Köpckes breiter Kopf, der ohne Andeutung eines Halses auf seinem gedrungenen Körper sitzt, nickt bekümmert.

»Ausgerechnet die Orpington!«, sagt er und spricht dabei jede Silbe buchstabengetreu aus.

Orpington. Sieben Hennen und einen Hahn dieser englischen Rasse hat er sich – zusätzlich zu seinen anderen fünf Dutzend Hühnern – angeschafft, um zu testen, ob die Tiere wirklich so legefreudig sind, wie behauptet wird.

»Wenn ich dieses Drecksvieh erwische!«

»Soll ich eine Fahndung rausgeben?« Der, zugegeben, etwas plumpe Versuch, seinen Nachbarn ein wenig aufzumuntern, geht voll daneben.

»Das ist nicht witzig«, faucht Köpcke, normalerweise ein Ausbund an Gelassenheit. »Was würdest du sagen, wenn einer deine Schafe so zurichten würde?«

»Tut mir leid«, murmelt Völxen verlegen. Täuscht er sich, oder hat sein Nachbar sich tatsächlich gerade eine Träne aus dem Augenwinkel gewischt? Die Sache scheint ihm wirklich nahezugehen. Erstaunlich, wo er doch sonst seinen Hühnern eigenhändig und ohne mit der Wimper zu zucken den Kopf abschlägt, wenn ihm nach einem Suppenhuhn ist. Das kapier einer. So etwas würde Völxen seinen Schafen niemals antun.

Als könnte Köpcke Gedanken lesen, brummt der: »Schon gut, Kommissar. Das versteht ihr Städter eben nicht.«

Völxen macht erst gar keinen Versuch, sich gegen den Begriff »Städter« zu verwahren. Vor gut einem Vierteljahrhundert hat er den alten Bauernhof gekauft, dessen Renovierung noch immer nicht ganz abgeschlossen ist. Seine Tochter Wanda ist hier groß geworden, und seine Frau Sabine, von Beruf Klarinettistin, begleitet regelmäßig den Kirchenchor. Sie kennen hier fast jeden im Dorf, und jeder kennt sie, und doch gelten sie immer noch als Städter. Sollte Wanda eines hoffentlich noch fernen Tages Kinder haben und auf den Hof ziehen, wäre wahrscheinlich auch sie immer noch keine Einheimische, und ihre Kinder ebenfalls nicht. Und wenn Völxen ganz tief in sich geht, dann muss er zugeben, dass Köpcke irgendwie recht hat. Die Zugehörigkeit zum einen oder anderen Lager ist vermutlich eine Frage der Gene.

Inzwischen hat der Terrier sein Scharmützel mit dem Schafbock beendet, schlüpft durch den offenen Spalt der Stalltür, schnüffelt aufgeregt herum und verbellt die toten Hühner. Der Geruch nach Blut scheint den Hund ganz kirre zu machen. Plötzlich flattert etwas über ihren Köpfen. Ein Huhn sitzt oben, auf einer der Stangen, reichlich zerrupft und bestimmt schwer traumatisiert. Aber immerhin lebendig.

Völxen deutet mit einem kleinen Lächeln nach oben: »Wir haben eine überlebende Zeugin!«

Köpcke runzelt die Stirn. »Das nützt jetzt auch nicht mehr viel.«

»Wie wär's mit 'nem Klaren?«, fragt Völxen, denn dies ist ein Notfall, so viel steht fest. Außerdem ist Samstag, er muss nicht zum Dienst. Er kann sich einen Kurzen erlauben, seinem gebeutelten Nachbarn zuliebe.

Die beiden verlassen den Ort des Grauens und gehen ins Haus. Die Küche sieht unaufgeräumt aus, Hanne Köpcke ist zur Kur. Völxen holt den Schnaps aus dem Kühlschrank und gießt zwei Gläser großzügig ein. Sie setzen sich an den Küchentisch, und der Korn fließt mit tröstlicher Wärme die Kehlen hinab. Der Alkohol und vielleicht auch Völxens stumme Anteilnahme scheinen Köpcke gutzutun, seine Miene hellt sich zusehends auf.

»Schade, Sabine mochte die englischen Eier besonders gern«, bricht Völxen das Schweigen.

Da kann Köpcke schon wieder grinsen. »Ja, bei mir gibt's wirklich ›Bio‹, auch wenn's nicht draufsteht.«

Seit im Frühjahr der Skandal mit den fälschlich als Bio deklarierten Eiern ans Licht kam, blüht Jens Köpckes Geschäft. Nun kommen auch Leute zu ihm, die ihre Eier bisher im Bioladen gekauft haben und denen Köpcke eiskalt fünfzig Cent pro Ei abknöpft. »Man muss das Eisen schmieden, solange es heiß ist«, lautet sein Motto. Neulich hielt einer dieser Typen mit seinem Volvo auch vor Völxens Anwesen und fragte, ob er bei ihm Schafskäse oder Lammfleisch kaufen könne. Lammfleisch! Völxen hat ihn zum Teufel gejagt.

Die beiden Nachbarn geraten ins Plaudern. Köpcke behauptet, er habe einen Schock, und außerdem könne man auf einem Bein schlecht stehen. Also füllt Völxen ein weiteres Mal die Gläser.

Auf dem Rückweg lässt er sich mehr Zeit als vorhin und geht um die Weide herum. Sogar Oscar läuft ungewöhnlich brav bei Fuß. Die Schafe stehen jetzt geduldig wartend an der gewohnten Stelle vor dem Zaun. Völxen holt den Zwieback heraus, der durch die Kletteraktion über den Zaun ziemlich gelitten hat. Er verfüttert die Brösel an die Tiere, und ihre rauen, warmen Zungen kitzeln seine Handfläche. Als er gerade weitergehen will, sieht er Köpcke aus dem Hühnerstall kommen, in der linken Hand die Beine der überlebenden Orpington-Henne. Er legt das Tier, das nur noch matt mit den Flügeln schlägt, auf den Hackstock. Als das Beil niedersaust, hat Völxen sich schon umgedreht, doch das Geräusch des Axthiebs hallt über die Weide und fährt ihm durch Mark und Bein.

FABIAN GÄHNT. Die Waldluft strotzt vor Sauerstoff und ist noch angenehm kühl, aber dennoch macht sie ihn nicht wach. Er hat wenig geschlafen, und jetzt langweilt er sich. Eine Treibjagd hat er sich wirklich aufregender vorgestellt. Bloß zum Herumstehen ist er nicht in aller Herrgottsfrühe aufgestanden. Erst hat es ewig gedauert, bis sich die Jagdgesellschaft versammelt hatte, denn natürlich kamen etliche von diesen alten Säcken zu spät. Dann, als endlich alle da waren, hat der Jagdleiter haarklein erklärt, welches Wild geschossen werden darf – Hasen, Füchse, Fasane und natürlich ganz besonders Wildschweine – und wie das Ganze abzulaufen hat. Dabei kapiert das doch der dümmste Idiot! Die Treiber stellen sich im Abstand von zehn, zwanzig Metern an diesem Waldweg auf, der durch das Resser Moor führt, und gehen dann langsam, möglichst in einer Linie, durch das Waldstück, um das Wild aufzuscheuchen. Am Waldrand und an den bekannten Wildwechseln postieren sich die Jäger, und wenn ein Wildschwein rausläuft – bumm!

Fabian Zimmer bereitet sich gerade auf die Jägerprüfung vor, daher ist es für ihn Pflicht, sich als Treiber zur Verfügung zu stellen. Nur hatte dummerweise sein bester Kumpel gestern Geburtstag. Fabian ist um drei Uhr in der Früh nach Hause gekommen und alles andere als nüchtern. Vielleicht wäre es besser gewesen, erst gar nicht ins Bett zu gehen, die zwei Stunden Schlaf haben es auch nicht rausgerissen. Er schaut zu seinem Freund Timo hinüber. Wann kommt endlich das Signal zum Losgehen? Wie lange brauchen die Jäger denn noch, bis sie sich richtig postiert haben? Es wurmt Fabian, dass er nur Treiber sein darf. Aber in wenigen Monaten ist es so weit, dann hat auch er endlich seinen Jagdschein, dann steht auch er mit seiner Flinte auf der anderen Seite und muss sich nicht mehr mit einer orangefarbenen Warnweste durch die Büsche schlagen. Es ist eine recht große Jagd, viele der anderen Treiber kennt er gar nicht. Leute aus der Stadt, Bekannte des Revierpächters, die hier ein bisschen Landluft schnuppern wollen und etwas Nervenkitzel suchen.

»Das dauert noch!«, meint Timo. Er war schon öfter auf Treibjagden dabei. »Ich geh solange in die Pilze.«

Gute Idee! Seine Mutter würde sich über ein paar Steinpilze oder Maronen sicherlich freuen. Fabian beschließt, es auf der anderen Seite des Weges zu versuchen. Nicht, dass er Timo noch ins Gehege kommt, denn wenn es um Pilze geht, versteht der keinen Spaß. Fabian schlüpft durch das Gesträuch, das den Wegrand säumt, und geht ein paar Schritte in den Wald hinein. Das grünliche Dämmerlicht ist eine Wohltat für seine vor Müdigkeit brennenden Augen. Weich federt der Boden unter seinen Schritten, die ersten Buchenblätter segeln herab. Ein Eichelhäher stößt einen heiseren Warnruf aus. Fabian zuckt erschrocken zusammen. Den Blick auf den Boden geheftet, geht er weiter. Keine Pilze. Nur Moos und ein paar Blaubeeren. Doch da drüben, hinter den hohen Farnen, liegt etwas. Etwas Kompaktes, Dunkles. Fabian wird plötzlich von einer seltsamen Unruhe ergriffen, aber er ignoriert das Gefühl und geht auf den unförmigen Schatten zu.

Im Jagdkurs haben sie ihm beigebracht, wie man ein Stück Wild nach dem Schuss aufbricht. Angefangen vom Drosselschnitt bis zum Öffnen der Brandadern kann Fabian jeden einzelnen Handgriff genau schildern. Mit seinem Onkel zusammen hat er schon einmal einen Hirsch aufgebrochen, und neulich durfte er es bei einem Rehbock selbst versuchen. Es war ein ziemliches Gemetzel gewesen. Nicht umsonst nennt man die Tätigkeiten nach dem Schuss »die rote Arbeit«.

Als Fabian an das Ding am Boden herangetreten ist, dauert es ein paar Augenblicke, ehe sein Verstand begreift, was seine Augen sehen. *Aufgebrochen*, denkt Fabian unwillkürlich. Allerdings ist das, was vor ihm liegt, kein Tier.

PFITSCH! SCHON WIEDER klatscht ein Insekt gegen das Visier seines Helms und verwandelt sich in einen schmierigen Klecks. Bald kann man die Straße kaum noch erkennen. Und das schon in aller Herrgottsfrühe! Vom Anruf der Leitstelle aus dem Bett geworfen, blieb Fernando Rodriguez nichts anderes übrig, als seine samstägliche Motorradtour in die Wedemark zu verlegen. Plattes Land. Äcker, Wälder, Moore. Außerdem ein Biotop für Luxusgeländewagen und Pferde. Bisweilen stört der Lärm vom Flughafen Langenhagen das Idyll.

Ein Streifenwagen mit eingeschaltetem Blaulicht steht an einer Kreuzung, irgendwo im Nichts des Waldes. Fernando hält an und reißt sich den verdreckten Helm vom Kopf. Eine junge blonde Kollegin in Uniform kommt auf ihn zu.

»Moin. Hier ist gesperrt.«

»Für mich nicht.« Er zückt seinen Dienstausweis, den die Beamtin etwas länger als notwendig betrachtet. Zumindest kommt es Fernando so vor.

»Hat sich das frühe Aufstehen ja doch noch gelohnt.« Er setzt sein gewinnendstes Lächeln auf. Unter ihm bebt und spotzt seine Guzzi Bellagio.

»Da geht's lang«. Sie zeigt mit dem Daumen über ihre Schulter auf ein asphaltiertes Sträßchen.

»Und was genau ist da los?«, erkundigt er sich.

»Leichenfund«, kommt es knapp und ohne ein Lächeln.

Langsam beginnt Fernando, sich unwohl zu fühlen. Was ist los mit ihm, mit seiner Wirkung auf Frauen? Seit er fünfunddreißig geworden ist, scheint es damit rasant bergab zu gehen. »Man sieht sich!«, sagt er und stülpt sich rasch den Helm über sein unrasiertes Gesicht.

Die junge Polizistin dreht sich wortlos um, setzt sich wieder in den Streifenwagen und sagt zu ihrem Kollegen: »Du hattest recht: Es fahren nur noch alte Säcke Motorrad.«

Währenddessen gibt Fernando schon wieder Gas. Die Fahrbahn wird schmaler, Unkraut wuchert in die Straße hinein. Auf dem Land, stellt er fest, gibt es einfach viel zu viel Vegetation. Obwohl er gerne mit dem Motorrad eine Spritztour ins Grüne macht, ist Fernando doch ein echtes Lindener Stadtkind. Nein, aufs Land zu ziehen käme für ihn niemals infrage. Er mag Bürgersteige, Straßenbeleuchtung, Geschäfte, die lange offen haben, und die Stadtbahn vor der Tür. Er schätzt es, eine gewisse Auswahl an Kneipen und Restaurants vorzufinden, für den Fall, dass seine Mutter einmal nicht für ihn kocht.

Jetzt geht die asphaltierte Straße über in einen Feldweg. Das musste ja so kommen! Gras, Sand, Pfützen und Schlaglöcher, groß wie Badewannen, erschweren die Weiterfahrt. Immer wieder schießt Matsch unter den malmenden Rädern der Guzzi in die Höhe wie die Wasserfontäne in den Herrenhäuser Gärten.

»Verdammte Scheiße«, flucht Fernando ein ums andere Mal. »Und dafür hab ich nun mein Mopped geputzt!«

Die Fahrt endet auf einer Wiese, die zum Parkplatz umfunktioniert wurde. Die Mehrzahl der Autos sind Kombis und Geländewagen. Die Heckklappen sind geöffnet, Hunde sitzen hechelnd auf den Ladeflächen, an den Fahrzeugen lehnen Waffen. Menschen in grüner Kleidung stehen grüppchenweise und mit ernsten Gesichtern herum. Ein paar wenige Frauen sind auch dabei. Was ist passiert, haben sich die edlen Waidmänner gegenseitig umgenietet? Nein, vermutlich nicht. »Leichenfund im Schwarzen Moor bei Resse«, hieß es bei der Leitstelle. Mehr war nicht zu erfahren. Drei Streifenwagen sind bereits vor Ort. Ein älterer Polizist mit Bullenbeißermiene nähert sich Fernando. »Bist du der vom 1.1.K?«

»Bin ich.«

»Na, dann mach dich mal auf was gefasst.«

IN DER KÜCHE duftet es nach Kaffee, dabei wollte Völxen doch das Frühstück für Sabine machen.

»Hab ich dich geweckt?«, fragt er.

»Nein, dein Handy. Es lärmt in einer Tour.«

»Warum bist du nicht rangegangen?«

»Es ist *dein* Telefon. Am Ende ist noch eine andere Frau dran.«

»Ja, die rufen immer um diese Zeit an.« Sabine lächelt, dann schnuppert sie in seine Richtung. »Sag mal, kann es sein, dass du nach Schnaps riechst?«

Frauen und ihre feinen Nasen! Die von Sabine ist nicht nur fein, sondern auch hübsch. Völxen berichtet in dürren Sätzen vom Hühnermassaker, während er versucht herauszubekommen, wer angerufen hat. Vor Kurzem hat Sabine ihm dieses Smartphone geschenkt, aber er beherrscht den Apparat noch immer nicht so ganz. Endlich findet er die Anruferliste. Wenn man dem teuflischen Gerät trauen kann, war es Fernando Rodriguez, der ihn mehrmals zu erreichen versucht hat, das erste Mal vor einer halben Stunde. War er so lang bei Köpcke? Der letzte Anruf ist fünf Minuten her, und es gibt auch noch eine SMS. *LF im Resser Moor. Krass. Besser, du kommst.*

Krass. Völxen schüttelt den Kopf.

»Was ist los?«, will Sabine wissen.

Er lässt sie den Text lesen.

»LF?« Sie zieht die Augenbrauen hoch.

»Leichenfund«, erklärt Völxen.

»Voll krass«, meint Sabine. »Trink deinen Kaffee und putz dir gründlich die Zähne, ehe du verschwindest.« Sie stellt den gefüllten Becher vor ihn auf den Tisch und lächelt verständnisvoll, aber auch ein wenig resigniert.

»Wer sagt denn, dass ich verschwinde?«, widerspricht Völxen. Er nimmt einen Schluck Kaffee und ruft dann Fernando an. »Worum geht's?«

»Ein ... Jagd ... Leiche ... Moor gefunden«, dringt Fernandos Stimme abgehackt zu ihm durch.

»Großartig. Eine stinkende Moorleiche hat mir heute Morgen noch gefehlt.« Der Kommissar verdreht die Augen.

»Es ist keine ... nach Mord aus.«

»Herrgott, ich kann dich kaum verstehen«, schimpft Völxen. Immerhin kann er herausfiltern, dass Fernando bereits seine Kollegin Oda Kristensen benachrichtigt hat.

»Na, wenn Oda schon unterwegs ist ...«, versucht Völxen seinen freien Samstag zu retten. Aber was heißt schon frei? Das Dach des Schafstalls ist undicht, und neben dem Schuppen wartet ein Riesenhaufen Holz darauf, gehackt und aufgestapelt zu werden.

»Komm trotzdem«, meint Fernando. »Es ist ...« Der Rest ist nicht zu verstehen. Wahrscheinlich wieder »*krass*«.

»Wo genau im Resser Moor seid ihr gerade?« Er schickt einen reumütigen Hundeblick und ein entschuldigendes Lächeln in Sabines Richtung, während er versucht, den Sprachfetzen eine Wegbeschreibung zu entnehmen. Die Leiche wurde in der Nähe von Brelingen gefunden, so viel bekommt er immerhin heraus. Inzwischen sind bestimmt schon ein paar Streifen vor Ort und werden ihm weiterhelfen. Hastig verschlingt er ein Marmeladenbrot und leert den Kaffee. Nicht noch eine Leiche auf nüchternen Magen. Er eilt die Treppe hinauf, zieht sich an und gurgelt mit Mundspülwasser. Für die gewohnte Rasierprozedur ist keine Zeit, er muss den normalen Nassrasierer verwenden. Völxen würde niemals zugeben, dass moderne Klingen seine Stoppeln nicht nur schneller, sondern auch gründlicher entfernen als das Rasiermesser seines Großvaters, aber gefahrloser sind sie auf jeden Fall. Allzu oft ist er schon morgens auf der Dienststelle erschienen, und Frau Cebulla musste ihm noch den letzten Fetzen blutigen Klopapiers vom Hals pflücken.

Ein Gutes hat die Sache wenigstens, denkt Völxen, während er das Tor des Schuppens öffnet, *ich kann meine geliebte DS wieder einmal bewegen*. Und als er gleich darauf in seiner französischen Staatskarosse über die noch leeren Landstraßen schwebt, stellt sich eine unangemessen gute Laune bei ihm ein.

FERNANDO HAT FÜR Jäger und Jagd nicht allzu viel übrig, das ganze Brimborium findet er albern und suspekt, aber dennoch bedauert er den Treiber, der das Pech hatte, den Toten zu finden. Den jungen Mann hat die Sache so sehr mitgenommen, dass er anfangs sogar Mühe hatte, Angaben zu seiner Person zu machen. Schließlich konnte Fernando ihm entlocken, dass er Fabian Zimmer heißt, einundzwanzig ist, in Resse wohnt und gerade dabei ist, den Jagdschein zu machen. Nun, da er einmal angefangen hat zu reden, wird er doch noch gesprächig und berichtet, wie er die Leiche gefunden hat: »Die Treiber sollten hier, an diesem Waldweg, auf das Signal zum Losgehen warten. Mein Kumpel Timo und ich haben derweil Pilze gesucht. Damit man wenigstens etwas nach Hause bringt.«

»Das Signal – kam das mit einem Jagdhorn?«, will Fernando wissen.

»Nein, per Handy.«

»Die Jagd ist wohl auch nicht mehr das, was sie einmal war«, meint Fernando, aber der Junge schaut ihn nur groß an, das Gesicht grau wie ein Eierkarton.

»Und wie ging's weiter?«

»Ich bin ein Stück in den Wald reingegangen, und da sah ich was liegen. Ich bin darauf zu, und dann …« Der junge Mann hält inne.

»Und dann?«, hakt Fernando nach.

»Was glauben Sie? Als ich begriffen habe, dass da ein Toter liegt, der … der … also, ich habe, glaube ich, laut geschrien und bin weggerannt. Und dann sind ein paar von den anderen gekommen, mein Freund Timo und noch welche, die in der Nähe waren, und jemand hat die Polizei gerufen.«

Den Rest kennt Fernando. Nach all den Jahren im Dezernat für Todesermittlungen und Delikte am Menschen müsste er eigentlich langsam an den Anblick von Leichen gewöhnt sein. Dennoch dreht sich ihm jedes Mal der Magen um. Und das da eben – schon beim Gedanken daran rumort es wieder in seinen Eingeweiden, und seine Hände werden eiskalt.

Auf eine gründliche Untersuchung der Leiche hat Fernando verzichtet. Er hat lediglich nach Papieren gesucht, aber nichts gefunden, auch kein Handy, nicht einmal einen Schlüsselbund. Den Rest überlässt er gerne Dr. Bächle, dem Rechtsmediziner. Dessen Wagen nähert sich gerade der Wiese, auf der die Fahrzeuge der Jagdteilnehmer stehen. Noch immer lungern Jäger und Treiber zwischen den Autos herum, einerseits genervt, andererseits aber wohl auch neugierig. Ab und zu bellen und jaulen Hunde. Der Leichenfund hat alle um ihr Jagdvergnügen gebracht, aber nach Hause können die Leute auch nicht, denn Fernando hat sie gebeten, sich für die Polizei noch zur Verfügung zu halten. Etliche Streifenwagen sperren inzwischen das Gelände rund um den Fundort ab, und die Spurensicherung hat ihre Arbeit aufgenommen. Die Maschinerie ist angelaufen.

Hinter Bächles Audi holpert nun auch Odas Golf über den Feldweg. Aber nicht nur Oda selbst steigt aus, sondern auch der Hauptkommissar höchstpersönlich. Die drei kommen näher, und Fernando hört Völxen zu Dr. Bächle sagen, dass eine DS nun einmal kein Geländewagen sei und er sie deshalb »in der Zivilisation« geparkt habe. Fernando muss grinsen. Völxen und seine klapprige Franzosenkiste!

Man begrüßt sich. Oda macht eine Bemerkung über Fernandos Gesichtsfarbe – »grün wie die Oliven im Laden deiner Mutter« –, als aus dem Gebüsch, das den Wegrand säumt, urplötzlich Rolf Fiedler auftaucht.

»Moin«, sagt der Chef der Spurensicherung und fügt mit unglücklicher Miene hinzu: »Ihr wollt sicher alle sofort zur Leiche.«

»Nein, ich bin zum Picknick hier«, antwortet Völxen, und Dr. Bächle legt seine Dackelstirn in Falten und entgegnet: »Ja, was denn sonscht?« Der weißhaarige Schwabe ist zwar Frühaufsteher, aber dennoch stünde er jetzt lieber auf der Driving Range anstatt in diesem Moor, in dem die Sonne wie durch einen Filter durch die Bäume scheint und nur ganz langsam den Bodennebel auflöst. Der Beginn eines wunderschönen Tages. Läge da nicht diese Leiche im Gebüsch.

»Da lang, aber bitte hintereinander. Und bleibt zwischen den Absperrbändern, damit ihr mir nicht sämtliche Spuren zertrampelt.«

»Gibt's denn welche?«, erkundigt sich Oda. Ihre Stimme ist dunkel wie ein alter Bordeaux und so rau wie die Selbstgedrehten, die sie pausenlos raucht. Es grenzt an ein Wunder, dass sie sich bis jetzt noch keine angesteckt hat.

»Ja, jede Menge«, antwortet Fiedler. »Von den Typen, die ihn gefunden haben, und noch mehr von Wildschweinen.«

Völxen murmelt, er habe für heute eigentlich schon die Schnauze voll von Viechern aller Art.

»Kommst du nicht mit?«, fragt Oda Fernando.

Der streicht sich verlegen über sein Haar, das er neulich so kurz hat abschneiden lassen, dass seine Frisur jetzt aussieht wie eine Persianermütze. »Ach nein, ich will Fiedler nicht unnötig Kummer machen. Außerdem muss ich mich noch um die Personalien der Jagdteilnehmer kümmern.«

»Weiß man schon, wer der Tote ist?«, fragt Völxen.

»Noch nicht«, erwidert Fernando.

»Dann finde es raus!« Er schlägt nach einer Mücke an seinem Hals. »Und ruf Jule an, wir brauchen jede Hilfe.«

»Mit dem größten Vergnügen.«

Dr. Bächle schlüpft in ein Paar Gummistiefel, die fast halb so hoch sind wie er selbst. Seine weiße Haarpracht leuchtet im Morgenlicht wie ein Champignon im Grün. Auch Völxen hat vorausgedacht: Er trägt eine Cordhose, die an den Knien schon etwas abgewetzt ist, und robuste alte Stiefel. Eigentlich ist der Waldboden ziemlich trocken, da die ganze Woche schönes Wetter herrschte, aber im Moor kann es urplötzlich passieren, dass man doch eine feuchte Stelle erwischt und bis zum Knöchel im Schlamm versinkt. Fernandos neue Mokassins, ein italienisches Designerschnäppchen, haben unter diesen tückischen Bodenverhältnissen schon arg gelitten, und es ist fraglich, ob seine Mutter die Schuhe wieder richtig sauber bekommen wird.

Eine Krähe stößt einen heiseren Ruf aus und fliegt auf, als sich der kleine Trupp in Bewegung setzt.

Fernando schickt den dreien noch die Warnung »Macht euch auf was gefasst!« hinterher, dann beobachtet er amüsiert, wie sich die Absätze von Odas Pumps bei jedem Schritt im Boden festsaugen. Ihre schwarze Hose ist im Nu voller Schlammspritzer. Oda trägt immer Schwarz, ein aparter Kontrast zu ihrem hellen Haar und den eisblauen Augen, aber hier im Moor ist Eleganz fehl am Platz. Früher hätte Dr. Bächle Oda sicherlich seine Gummistiefel angeboten oder sie notfalls auf Händen bis zur Leiche getragen, aber inzwischen dürfte es sich wohl auch bis ins Rechtsmedizinische Institut herumgesprochen haben, dass Oda mit dem chinesischen Wunderheiler Tian Tang liiert ist. Fernando kann nachfühlen, wie es Dr. Bächle gehen muss. Seit Jahren umgarnt er seine Kollegin Jule unter Aufbietung all seines südländischen Charmes, und was macht sie? Lässt sich mit Hendrik Arschloch Stevens ein! Das will ihm einfach nicht in den Kopf, Jule und dieser Kotzbrocken von einem Staatsanwalt. Immerhin hat Fernando nun das Vergnügen, den beiden den Samstagmorgen zu vermiesen. Mit grimmiger Genugtuung greift er nach seinem Handy, während er zum Parkplatz hinübergeht.

Dort stellt sich heraus, dass einer der Treiber, die auf Fabian Zimmers Schrei hin zum Fundort geeilt sind, mit seinem Handy Fotos des Toten gemacht hat und diese schon bei der Jagdgesellschaft herumgezeigt hat.

»Das ist der Hühner-Hannes!«, vermeldet eine Frau in Jagdkluft, die etwa so alt sein dürfte wie Fernando. Sie schüttelt den Kopf mit den schreiend rot gefärbten Haaren, die vom Kopf abstehen wie Bürstendraht. »Scheußlich.« Dann aber atmet sie tief durch und meint: »Andererseits – da hat es doch wenigstens den Richtigen getroffen.«

»Und Sie sind?«, fragt Fernando streng.

»Merle Lissack. Biobäuerin aus Brelingen. Hoffentlich erwischt es noch mehr von denen!«

»Wie bitte?«

»Schauen Sie sich Falkenbergs Hühner-KZ mal an, dann wissen Sie, wovon ich rede.«

»Zuerst hätte ich gerne mal Ihre Personalien«, sagt Fernando, wendet sich um und ruft: »Das gilt für alle hier!«

EIN SCHWARM FLIEGEN erhebt sich, als Dr. Bächle die Plane hochhebt, mit der der Tote zwischenzeitlich zugedeckt worden ist.

Oda Kristensen zieht scharf die Luft ein, Völxen schaudert und presst sich die Faust vor den Mund, und Dr. Bächle flüstert: »Jessesmaria!«

Irgendjemand hat sich nicht damit begnügt, den Mann umzubringen. Er liegt auf dem Rücken, und der Rumpf ist ein einziges Durcheinander aus Haut, Fleisch, Rippen und Teilen des Gedärms. Dazwischen befinden sich die Fetzen eines ehemals hellblauen T-Shirts. Die Farbe ist nur noch an wenigen Stellen erkennbar. Es muss eine Menge Blut geflossen sein, so viel, dass nur ein Teil davon vom weichen Boden aufgesogen wurde. Der Rest ist an der Oberfläche angetrocknet, schwarz und zäh wie Motoröl. Dieser Geruch! Völxen hält die Luft an, während er das Gesicht des Mannes betrachtet. An den Wangen haften Erde und Pflanzenteile, die Augenhöhlen sind zwei schwarze, blutverkrustete Löcher, die in den Himmel starren.

Die Fliegen sind überall. Sie schwirren um ihre Köpfe, und ihr Summen bildet die penetrante Geräuschkulisse zu dem Grauen, das sich ihnen offenbart, während sich die Käfer, die über den Kadaver kriechen, davon nicht weiter stören lassen.

Der untere Teil des Körpers scheint intakt zu sein. Der Stoff der dunkelgrauen Jogginghose ist ebenfalls blutgetränkt, aber sonst weitgehend unversehrt, und die Füße des Mannes stecken in neongelben schmutzigen Laufschuhen. Die Arme liegen leicht abgespreizt neben den Hüften. Am linken Handgelenk trägt er einen Pulsmesser. Es sind kräftige Hände mit kurzen, dicken Fingern. *Bauernhände*, denkt Völxen und stellt sich vor, wie sich der Mann zum Laufen angekleidet hat, nicht ahnend, dass er in diesen Kleidern sterben würde. Aber wer sieht das schon kommen? Freute er sich auf den Sport oder hat er sich überwinden müssen? Wann ist er losgelaufen? Heute früh, im Morgengrauen? Wartet gerade irgendwo eine Frau mit dem Frühstück auf ihn?

Die ganze Zeit – Völxen kann unmöglich sagen, wie lange – war es, als hätte sich ein Ring aus Schweigen um die kleine Gruppe gelegt. Jetzt hört man ein Knacken, als Dr. Bächle in die Knie geht und sich über den Leichnam beugt. Leise und in seiner professionellen Art beginnt er, vor sich hin zu schwäbeln: »Männliche Leiche, um die fünfzig, circa eins fünfundachtzig groß, leicht übergewichtig. Der Bruschtraum wurde geöffnet, und zwar mit einem Messer. Hier sind deutliche Schnittflächen zu erkennen. Auffällig ischt das Fählen der Organe. Das Herz, zum Beischpiel, ischt nicht mehr vorhanden, ebenso fählt der Magen. Die Lunge und das Gedärm sind nur noch teilweise vorhanden.«

Völxen zwingt sich, genauer hinzusehen. »Heißt das, er wurde … ausgeweidet?«, fragt er entsetzt.

»Vielleicht.« Bächle richtet sich wieder auf und zuckt mit den Achseln. »Aber Wildtiere mögen halt Innereien am liebschten …«

»Und das … das mit den Augen?«, fragt Oda mit erstickter Stimme. Sie hält die rechte Hand vor Mund und Nase, während sie mit der linken Insekten verscheucht.

»Das waren ganz bestimmt diese Malefitzkrähen, werte Frau Krischtensen.«

Völxen schaudert. *Wut*, denkt er. *Da war große Wut im Spiel. Wut und Hass.*

Dr. Bächle klappt seinen Alukoffer auf und holt ein Paar Latexhandschuhe heraus. »Bevor Sie fragen, meine Herrschaften – anhand des Insektenbefalls kann ich mich dahingehend feschtlägen, dass der Todeszeitpunkt schon etliche Schtunden zurückliegt.«

»Geht es vielleicht etwas genauer?«, bedrängt Völxen den Arzt.

»Ja, freilich«, antwortet Bächle. »Nur obduzier ich net so gern im Wald.«

Der Kommissar stößt einen demonstrativen Seufzer aus, woraufhin Dr. Bächle sich zu der Aussage hinreißen lässt, dass der Tod wahrscheinlich gestern Abend eingetreten sei.

»Es sei denn, der Ärmschte wäre nachts gejoggt«, fügt der Mediziner hinzu.

Völxen wendet sich ab. Keine Sekunde länger erträgt er den Anblick dieses Leichnams, der kaum noch etwas Menschliches hat, sondern vielmehr an ein abgeschlachtetes Tier erinnert. Die Bestialität hat dem Toten jede Würde geraubt, und wie so häufig beim Anblick von Mordopfern kommt Völxen sich wie ein Voyeur vor. Außerdem befürchtet er, dass ihm von dem süßlichen Blutgeruch, der von der Leiche ausgeht, gleich schlecht wird.

»Danke, Dr. Bächle. Wir haben vorerst genug gesehen, was meinst du, Oda?« Er sieht seine Kollegin fragend an.

»Auf jeden Fall.«

Stumm gehen die beiden zurück. Es ist wärmer geworden, in der Sonne ist es schon recht angenehm. Oda steckt sich eine Zigarette an. Jetzt ist auch sie ein wenig blass um die Nase. Auf dem Parkplatz haben zwei Mitarbeiter der Spurensicherung damit begonnen, Sohlenabdrücke von den Schuhen der Jäger und Treiber zu nehmen.

»Die Presse ist auch schon da.« Oda deutet mit einer Kopfbewegung auf einen kleinen Pulk von Journalisten, die sich vor der Absperrung versammelt haben. »Ist das nicht dein Freund Markstein?«

»Markstein ist nicht mein Freund!«

»Es heißt, für Leute, denen man einmal das Leben gerettet hat, ist man sein Leben lang verantwortlich«, sagt Oda lächelnd.

»Wer behauptet das, Konfuzius?«, brummt Völxen. »Und selbst wenn: Für *Bild*-Reporter gelten andere Regeln.«

Fernando kommt auf sie zu und meldet: »Die Identität des Opfers ist geklärt. Man nennt ihn hier den Hühner-Hannes ... Was schaust du so grimmig? Ich habe keinen Schafswitz gemacht! Er heißt Johannes Falkenberg und hat in der Nähe von Resse eine Hühnerfarm, also eine für Eier – heißt das dann Eierfarm? Na, egal. Er selbst wohnt in der Waldsiedlung Brelingen.«

»Hühner«, sagt Völxen.

»Genau, Hühner«, antwortet Fernando.

Der Hauptkommissar schüttelt den Kopf. Fernando sieht Oda an, beide zucken mit den Schultern. Währenddessen nähert sich Rolf Fiedler und teilt mit, dass er eine Schleifspur identifizieren konnte, vom Weg bis zum Fundort der Leiche.

»Gibt es Sohlenabdrücke?«, will Völxen wissen.

»Einen Teilabdruck, bis jetzt. Wir suchen weiter.«

»Habt ihr auf dem Weg auch Blut gefunden?«

Fiedler schüttelt den Kopf. »Nein. Die Metzelei fand definitiv an der Fundstelle im Gebüsch statt. Wäre ja auch unlogisch, wenn nicht. Schließlich ist man dort ungestört. Hier kann dagegen jederzeit jemand vorbeikommen. Aber wir haben ein Handy ein paar Meter neben dem Weg im Gebüsch gefunden.«

»Sehr gut, vielleicht sind ja Fingerabdrücke drauf«, presst Völxen hervor. Ihm ist noch immer ein wenig übel. »Wir müssen eine Hotline einrichten und die Presse um Zeugenaufrufe bitten. Irgendjemand muss doch gestern Abend etwas beobachtet haben.«

»Da kann sich Markstein ja gleich nützlich machen«, sagt Oda und winkt dem Reporter zu, der sich soeben an die Ermittler heranpirscht.

Auch Fernando hat Neuigkeiten. »Ich habe herausbekommen, dass Falkenberg verheiratet war. Seine Frau heißt Nora Falkenberg, und es gibt auch noch einen Sohn, der aber nicht mehr bei den Eltern wohnt.«

»Gut. Oda und ich fahren jetzt gleich zu der Frau«, beschließt Völxen.

»Ja, das sollten wir. Nicht dass ihr noch einer ein Handyfoto schickt, auf dem ihr Mann aussieht wie eine aufgeplatzte Wurst.«

»Oda, also wirklich!« Völxen wirft ihr einen bösen Blick zu und fragt Fernando, ob er Jule erreicht habe.

Fernando nickt. Er hat zuerst Jules Festnetzanschluss angerufen, aber dort nahm niemand ab. Auf dem Handy hat er sie dann erwischt. Sie klang etwas atemlos – er möchte sich lieber gar nicht vorstellen, wovon. »Sie ist unterwegs. Hoffentlich bringt sie das Arschloch nicht mit.«

»Rodriguez!«, knurrt Völxen warnend.

»Einen wunderschönen guten Morgen, die Herrschaften!«, grüßt der *Bild*-Reporter, der sich in diesem Moment zu ihnen gesellt.

»Ihnen auch, Herr Markstein, Ihnen auch!«, flötet Völxen, während Fernando das Gesicht verzieht, als wäre er in einen

Hundehaufen getreten. Marksteins Wieselgesicht dagegen strahlt. Bestimmt hat er schon die Fotos des Leichnams auf dem Handy und wurde von der gelangweilten Jagdgesellschaft mit allerlei grausigen Schilderungen unterhalten.

»Hauptkommissarin Kristensen wird Sie umgehend über die Fakten informieren, Herr Markstein.« Völxen bedeutet Oda mit einer Handbewegung, sich des Reporters anzunehmen. Dann macht er ein paar Schritte auf Fernando zu und legt seine Hand auf dessen Schulter. Eine ungewohnt vertrauliche Geste, wie Fernando alarmiert feststellt. Auch dass Völxen ihn beim Nachnamen nennt, ist kein gutes Zeichen. Als sie sich außer Hörweite von Oda und dem *Bild*-Reporter befinden, sagt Völxen mit gefährlich leiser Stimme: »Rodriguez, reiß dich zusammen, du kommst sonst in Teufels Küche, und wir mit dir. Wenn du mit ... dieser Sache ein Problem hast, dann sag es. Dann muss ich Maßnahmen ergreifen.«

Maßnahmen? Was für Maßnahmen? Fernando ist verwirrt. Will Völxen etwa Jule in ein anderes Dezernat versetzen? Nein, ganz bestimmt nicht Jule. Er hat sich damals schier ein Bein ausgerissen, um sie in seine Abteilung zu locken, die lässt er doch jetzt nicht wieder vom Haken. Soll am Ende *er* versetzt werden, nur weil es ihn ärgert, dass Jule mit dem Weisungsbefugten rummacht? Das wäre ja wirklich das Allerletzte. *Niemand* mag den. Völxen selbst gerät regelmäßig mit dem arroganten Pinsel aneinander, Oda nennt ihn hinterrücks SS, was angeblich für Staatsanwalt Stevens steht, und sogar Frau Cebulla, die Sekretärin des Dezernats, geht ihm aus dem Weg.

Völxen hat seine Pranke wieder von Fernandos Schulter genommen, doch die grauen Augen unter den buschigen Brauen mustern ihn noch immer finster.

Jetzt nur keinen Fehler machen. »Nein, nein, natürlich habe ich überhaupt kein Problem mit der Kollegin Wedekin oder dem Staatsanwalt Stevens«, versichert Fernando übertrieben förmlich, wobei er sich nicht verkneifen kann, die zwei S scharf zu betonen.

»Dann ist es ja gut. Bis Jule hier ist, kannst du schon mal mit der Befragung der Jagdgesellschaft anfangen. Ich will alles über diesen Falkenberg wissen: Fakten, Klatsch und Tratsch, das Übliche.«

»Geht klar.«

»Wir treffen uns dann um elf zu einer ersten Besprechung in der PD. Oder nein! Bei deiner Mutter im Laden, ich habe Hunger.«

Seit wann verlegt Völxen Meetings in den Laden seiner Mutter? Das sind ja ganz neue Moden. Doch dann fällt der Groschen bei Fernando, und er grinst. Raffiniert, der alte Silberrücken! In der Polizeidirektion kann man schlecht verhindern, dass SS an der Besprechung teilnimmt, falls der davon Wind bekommt. Im spanischen Laden seiner Mutter dagegen ist man sicher. Sollte sich Herr Hendrik A. Stevens je dort hinwagen oder sollte Jule die Geschmacklosigkeit besitzen, ihn dorthin mitzunehmen, dann aber ...

»WER WAR DAS?«

Jule legt das Handy auf den Nachttisch zurück. »Was Dienstliches. Ich muss los.« Sie steht auf und huscht hinüber ins Bad, während sie sich fragt, warum sie nicht einfach »Fernando« geantwortet hat. Er ist schließlich ihr Kollege und darf sie anrufen, wann immer es nötig ist.

»Und was ist so dienstlich?«, ruft Hendrik ihr nach, aber Jule stellt die Dusche an und tut, als hätte sie seine Frage nicht gehört. Sie seift sich mit seinem Duschbad ein, irgendeine holzig duftende Herrenserie. Sie sollte hier mal ihr eigenes Duschgel deponieren, denkt sie, aber irgendetwas in ihrem Kopf sorgt dafür, dass sie es immer wieder vergisst. Sie trocknet sich ab, greift nach der Körperlotion und zieht dann die Hand wieder zurück, als hätte sie etwas gebissen. Nein, das geht nicht. Sie kann nicht an einem Tatort erscheinen und riechen wie *er*. Hoffentlich verfliegt der Geruch des Duschgels, bis sie am Tatort eintrifft. Oda würde den Duft sofort erkennen, sie hat eine Nase wie ein Trüffelschwein. *Und wenn schon?*, fragt eine innere Stimme. Es wissen doch ohnehin alle Bescheid. Trotzdem verzichtet sie auf das Eincremen. Stattdessen geht sie ins Wohnzimmer, um dort ihre Zahnbürste aus der Handtasche zu holen. Eine leere und eine angebrochene Flasche Chianti stehen auf dem Glastisch vor der Couch. Die Einrichtung des Zimmers passt zu ihrem Besitzer: klar und nüchtern, nichts Überflüssiges, alles passt zueinander, als hätte man es in einem Rutsch durchgeplant, gekauft und dann so gelassen. Höchstwahrscheinlich ist das auch der Fall gewesen. Kein Schnickschnack ist dazugekommen, nichts, was die minimalistische Ordnung stören könnte. Jule Wedekin kann gut verstehen, dass ihre Kollegen Staatsanwalt Hendrik Stevens nicht besonders mögen. Sie mochte ihn anfangs ja auch nicht. Aber es gibt eben den Staatsanwalt Stevens – und der kann echt nervig sein in seiner unerbittlichen Gründlichkeit und seinem Kontrollwahn – und den Menschen Hendrik Stevens. Letzterer ist kultiviert, klug, aufmerksam und zuweilen sogar recht witzig. Und er sieht nicht schlecht aus, zumindest auf den zweiten Blick. Okay, manchmal überschneiden sich der Staatsanwalt und der Mensch, und immer wenn das geschieht, dann wird es für Jule schwierig. So wie jetzt. Sie geht wieder ins Bad. Die Zehen in seine weiche Badematte gekrallt, putzt sie sich die Zähne. Im Spiegel sieht sie ihn hinter sich im Türrahmen lehnen. Weite weiße Boxershorts schlackern um seine sehnigen Beine, sein Gesicht sieht ohne die Brille leer aus.

»Die meisten zivilisierten Menschen pflegen nach dem Koitus noch ein paar freundliche Worte zu wechseln. Einige sollen sogar schon zusammen gefrühstückt haben.«

»Tut mir leid. Ich muss los«, nuschelt Jule durch den Schaum der Zahnpasta.

»Muss ich Hauptkommissar Völxen anrufen, oder sagst du mir freiwillig, was passiert ist?«

»Ein Leichenfund im Resser Moor.«

»Interessant!«

»Ach, ich glaube nicht.«

»Wenn du einen Moment wartest, dann komm ich mit.«

»Nein«, ruft Jule, und es klingt schriller, als sie eigentlich wollte.

»Du musst nicht gleich die Nerven verlieren«, sagt er und lächelt. Jule mag sein Lächeln. Allerdings scheint er es als etwas zu betrachten, das man sich unbedingt fürs Privatleben aufbewahren muss. Sie spült sich den Mund aus und quetscht sich an ihm vorbei. »Ich … ich muss noch nach Hause, mich umziehen. Ich kann nicht im kleinen Schwarzen an einem Tatort aufkreuzen.«

»Tatort? Dann ist es also ein Mord?«

Oh, ich dummes Huhn!, ärgert Jule sich im Stillen über sich selbst. »Leichenfundort. Ich wollte Leichenfundort sagen«, nuschelt sie, während sie ihre Unterwäsche vom Boden des Schlafzimmers aufklaubt.

»Jule, ich hoffe, du wirst niemals kriminell. Du würdest im Verhörraum keine fünf Minuten durchhalten.«

»Ich wusste nicht, dass dies ein Verhör ist.« Sie schlüpft in ihr Kleid.

»Wir können mit zwei Autos fahren, wenn es dir peinlich ist, mit mir gesehen zu werden«, schlägt er vor.

»Hör zu: Ich kann dich nicht hindern, dorthin zu fahren, aber es wäre mir wirklich lieber, du würdest es lassen. Ich komme mir eh schon vor wie die Dienststellen-Mata-Hari. Ich merke, dass es in den Meetings förmlicher zugeht als früher, zumindest wenn ich dabei bin. Es werden Gespräche unterbrochen, wenn ich dazukomme …«

Er umfasst ihre Schultern, schaut sie durch seine randlose Brille, die er inzwischen aufgesetzt hat, ernst an und sagt:

»Alexa Julia Wedekin, da stehst du doch drüber. Außerdem legt sich das alles wieder, glaub mir!«

Jule, die ihren vollen Namen nicht gerne hört, was er im Übrigen genau weiß, entgegnet giftig: »Du scheinst ja Erfahrung zu haben, was Verhältnisse mit Mitarbeitern nachrangiger Behörden betrifft.«

Er geht nicht darauf ein. »Man kommt nicht voran, wenn man es immer allen recht machen will.«

»Es gefällt mir da, wo ich bin. Ich strebe keinen Sessel im Ministerium an. Hätte ich Karriere machen wollen, hätte ich mein Medizinstudium beendet, und mein Vater hätte mit Freuden seine Beziehungen spielen lassen.«

Hendrik runzelt die Stirn. »Das glaube ich dir nicht.«

»Was?«

»Dass du keinen Ehrgeiz hast. Ganz im Gegenteil.«

»Du hast recht, ich habe schon Ehrgeiz. Wenn es gilt, einen Mord aufzuklären, kann ich verdammt ehrgeizig sein. Aber ich gehe für meine Karriere nicht über Leichen.« Keine gute Metapher. Hat schon fast etwas Komisches.

Aber Hendrik lacht nicht, sondern fragt zurück: »Kann das angespannte Klima in eurem Dezernat vielleicht damit zu tun haben, dass Rodriguez sich aufführt wie ein eifersüchtiger Gigolo?«

»Kann es vielleicht damit zu tun haben, dass du im Dienst unbedingt immer den scharfen Hund raushängen lassen musst?«, entgegnet Jule angriffslustig. Das musste ja mal gesagt werden. Eigentlich, fällt ihr ein, hat sie das ihm gegenüber schon öfter erwähnt, aber es hat nicht viel geändert.

Er lächelt versöhnlich. »Okay, Frau Kommissarin, ich lasse dich ziehen. Unter einer Bedingung. Ich möchte informiert werden, wenn es ein Tötungsdelikt ist.«

»In Ordnung.«

»Und wenn es ein Meeting gibt, wäre ich gern dabei.«

»Klar.« Erleichtert schlüpft Jule in ihre Pumps, schnappt sich ihr Handy und die Handtasche und drückt ihm einen Kuss auf die Lippen. Dann eilt sie auf klackernden Absätzen die Treppen hinunter.

DURCH DIE WALDSIEDLUNG Brelingen führt eine schnurgerade Straße, von der in großzügigen Abständen Einfahrten abzweigen. Die der Falkenbergs endet nach zehn Metern vor einem eisernen Tor. Oda und Völxen steigen aus und werfen einen Blick auf das Anwesen. Dann sehen sie einander an. Oda zuckt nur mit den Schultern und fängt an, sich eine Zigarette zu drehen. Beide kennen sich lange genug, um zu wissen, dass sie gerade dasselbe denken: Hier hat jemand auf Teufel komm raus versucht, seine Träume und Sehnsüchte zu materialisieren.

Aus architektonischer Sicht ist das Haus der Familie Falkenberg durchaus akzeptabel, vorausgesetzt, die terrakottafarben gestrichene Villa mit den Lamellenfensterläden und dem beinahe flachen Dach aus Nonne- und Mönch-Ziegeln stünde in der Toskana oder in Südfrankreich.

»Tja. Resser Moor statt Mittelmeer, dumm gelaufen«, bemerkt Oda und zündet ihre Zigarette an.

Ein hoher Metallzaun umgibt das weitläufige Grundstück, das sich weiter hinten im Wald verliert. Rechts der Einfahrt schimmert das nächste und wohl auch einzige Nachbarhaus durch die Bäume.

»Einsam hier«, meint Völxen.

Oda schickt eine Rauchwolke in die Luft. »Schon, ja. Aber ihr wohnt doch auch so ähnlich. Hat Sabine keine Angst, wenn du nicht da bist?«

Völxen wäre nie auf den Gedanken gekommen, seine Wohnsituation als »einsam« zu beschreiben. Ländlich großzügig, das ja, aber einsam? »Wir haben ja jetzt Oscar. Außerdem kann man den Nachbarhof gut sehen, und das Dorf auch. Dieser Wald und das Moor dagegen … Das wäre nichts für mich.«

»Sag mal, Völxen, kann es sein, dass du nach Schnaps riechst?«

»Ja.«

Völxen wartet geduldig, bis Oda zu Ende geraucht hat. Er fühlt sich unwohl. Gleich werden sie in ein fremdes Leben platzen, und nichts wird mehr so sein wie vorher. Schon ist es wieder da, dieses vage Schuldgefühl, obwohl das doch vollkommen blödsinnig ist. Schuld hat einzig und allein derjenige, der Johann Falkenberg auf so grausame Weise umgebracht hat. Um sich abzulenken, fragt er Oda: »Freust du dich schon?«

»Ja, ich liebe es, Angehörigen Todesbotschaften zu überbringen, nur deshalb bin ich Polizistin geworden.«

»Ich meine auf Peking.«

Oda zuckt mit den Schultern. »Geht so. Mir graut vor dem Flug. Ich kann einfach nicht begreifen, wie so ein schweres Trumm fliegt, auch wenn man es mir schon zigmal erklärt hat. Es braucht nur ein winziges Luftloch, und ich kriege Panik. Außerdem höre ich in letzter Zeit nur noch Negatives über China. Du weißt schon – Gift im Essen, schlechte Luft, ein gestörtes Verhältnis zur Gewaltenteilung und den Menschenrechten ...«

Völxen nickt und gesteht: »Mich würde es auch nicht unbedingt in eine Stadt mit zwanzig Millionen Einwohnern ziehen, mir reicht schon Hannover am Samstagvormittag. Aber auf der Chinesischen Mauer würde ich schon gerne einmal stehen. Außerdem hast du doch die beste Begleitung, die man sich denken kann.«

»Ja, sicher«, seufzt Oda. »Aber trotzdem ...«

»Du wirst doch nicht einer von diesen Gutmenschen werden, die nur noch in Länder fahren, von denen wir glauben, dass es dort politisch korrekt zugeht?«

Oda grinst. »Hast du was gegen Gutmenschen, Völxen?«

»Seit ich einen davon in der Familie habe, schon«, bricht es aus Völxen heraus. »Wanda geht mir mit ihrem Tierschutzfimmel dermaßen auf die Nerven. Zuerst war ich traurig, als sie in diese Studenten-WG gezogen ist, aber inzwischen bin ich froh, dass ich nicht mehr alles mitkriege, was sie und ihre Freunde so treiben.«

»Ja, mit Töchtern hat man immer Spaß.« Oda tritt ihre Zigarette aus. »Los, bringen wir's hinter uns.«

Das Tor ist nicht verschlossen. Vor einer Doppelgarage steht ein schwarzes Peugeot Cabrio, und Völxen hört Oda »Tussenauto« murmeln, während sie auf die Haustür zugehen. Sie ist aus hellem Eichenholz und mit Schnitzereien verziert, die eine Art Wappen darstellen. Auf ihr Klingeln hin wird die Tür von einer Frau in den Vierzigern geöffnet, die die Besucher misstrauisch mustert.

»Nora Falkenberg?«, fragt Oda.

»Ja?«

Große braune Augen in einem länglichen Gesicht, das trotz einem etwas zu kräftigen Kinn nicht unattraktiv ist. Das dunkelbraune Haar ist im Nacken zusammengebunden. Auf Völxen wirkt sie wie eine dieser durch Fitnessstudios und Diäten ausgemergelten Frauen. Ihre 34er-Figur steckt in engen Reithosen, und aus den kurzen Ärmeln ihrer sandfarbenen Bluse stechen sehnige, sonnengebräunte Arme hervor wie dünne Äste.

Völxen verzichtet darauf, ihr einen Guten Tag zu wünschen. Es wäre der blanke Hohn, denn was soll an einem solchen Tag schon gut sein? Stattdessen zeigt er ihr seinen Dienstausweis und stellt Oda und sich vor, wobei er laut sprechen muss, um die Stimme einer aufgekratzten Radiomoderatorin zu übertönen, die im Hintergrund zu hören ist. Warum müssen die immer so verflucht fröhlich sein, das hält doch kein Mensch aus!

»Wenn es schon wieder um diese Eiergeschichte geht, dann setzen Sie sich bitte mit unserem Rechtsanwalt in Verbindung«, sagt Frau Falkenberg schroff.

»Es geht nicht um Eier«, sagt Völxen. »Dürfen wir reinkommen?«

»Wenn's nicht zu lange dauert … Ich bin auf dem Sprung, sozusagen, ich muss zu einem Turnier.« Sie lächelt flüchtig über ihr eigenes kleines Wortspiel und bittet die beiden herein. Kann es sein, dass sie ihren Mann noch gar nicht vermisst? Völxen betritt das Haus und stößt aus Versehen ein Paar Reitstiefel um, die einsatzbereit im Flur standen. Er entschuldigt sich und stellt sie wieder ordentlich hin. Frau Falkenberg trägt rosa Sneakers mit glitzernden Nieten. Sie betreten ein geräumiges Zimmer; offenes Wohnen mit einem Kaminofen aus grauen Mauersteinen und einer Scheibe, die um die Ecke geht. Vor dem Fenster steht ein mächtiger Holztisch mit einer dicken, rauen Platte, der aussieht, als hätte hier schon König Arthur seine Tafelrunden abgehalten. Ein Strauß bunter Sommerblumen prangt in der Mitte, sonst liegt nichts auf dem Tisch. Das alles, inklusive Garten, sieht aus wie ein Arrangement für ein Lifestylemagazin. Völxen vermisst das gewisse Maß an Unordnung, die das Leben ausmacht. Bei sich zu Hause muss er auf dem Küchentisch immer erst Bücher, Notenhefte, Gläser und halb ausgetrunkene Tassen zur Seite stellen, wenn er Platz zum Zeitunglesen haben will. Und die Zeitung bleibt dann auch meist liegen.

Frau Falkenberg stellt das Radio aus. Die plötzliche Stille ist wie ein Vakuum, das nach Worten verlangt, und Völxen sagt: »Frau Falkenberg, wir haben eine schlimme Nachricht für Sie. Ihr Mann wurde heute früh tot aufgefunden, im Wald, nicht weit von hier …«

Sie lässt sich auf die breite Armlehne eines Ledersessels sinken. Dann beißt sie die Zähne zusammen, die Kaumuskeln treten hervor. »Ich habe befürchtet, dass das irgendwann mal passiert«, presst sie hervor.

»Das müssen Sie mir jetzt aber erklären«, meint Völxen überrascht.

»Sein Herz. Hatte er … hat es versagt?«

»Nein. Nein, es sieht vielmehr so aus, als wäre Ihr Mann ermordet worden«, sagt Völxen.

Ihre Porzellanhaut färbt sich rot, und sie atmet durch den Mund, als bekäme sie zu wenig Luft.

Oda geht zur Spüle und füllt Wasser in ein Glas aus dem Schrank darüber, welches sie anschließend Frau Falkenberg reicht. Die trinkt einen Schluck und stellt das Glas dann auf den Couchtisch. Jetzt füllen sich die braunen Augen mit Tränen. Oda zückt ein Papiertaschentuch, und die Frau tupft sich damit die Augen ab, vorsichtig, um die Wimperntusche nicht zu verschmieren. Ihr Aussehen scheint ihr selbst in dieser Situation noch wichtig zu sein, oder es ist die Gewohnheit.

»Fühlen Sie sich in der Lage, uns noch ein paar Fragen zu beantworten?«, erkundigt sich Völxen.

Sie nickt und weist auf das Sofa. Oda und der Hauptkommissar setzen sich, Frau Falkenberg zieht es offenbar vor, weiterhin auf der Armlehne des Sessels zu balancieren. Hinter ihr, auf dem Küchentresen, bemerkt Völxen ein angebissenes Croissant, und prompt fängt sein Magen an zu knurren. Ein einziges Marmeladenbrot hält schließlich nicht ewig vor. Dabei hat er eben noch, beim Anblick der grausam zugerichteten Leiche, Mühe gehabt, es bei sich zu behalten. Hoffentlich hat man das Knurren gerade nicht gehört.

»Ermordet? Von wem?«

»Das wissen wir noch nicht.«

»Und wie ist das ... ich meine, wie wurde er ...?

Völxen möchte ihr die Details lieber ersparen und erklärt, dass man das erst nach der Obduktion werde sagen können.

»Aber woher wissen Sie denn dann, dass er ermordet wurde?«

»Wir wissen es, glauben Sie uns«, sagt Oda, und Völxen, der befürchtet, dass Frau Falkenberg keine Ruhe geben wird, ergänzt, dass ihr Mann höchstwahrscheinlich mit einem Messer erstochen wurde. »Wie es aussieht, geschah die Tat gestern Abend.«

»Gestern?«

»Ja«, bestätigt er. »Haben Sie Ihren Mann denn seither nicht vermisst?«

Sie schüttelt den Kopf. »Ich war in der Stadt, mit einer Freundin, und bin erst gegen Mitternacht nach Hause gekommen. Ich habe gar nicht gemerkt, dass er nicht da war.« Ehe Völxen fragen kann, erklärt sie: »Wir haben jeder unser eigenes Schlafzimmer.«

Gut möglich, dass das heutzutage zum trendigen Wohnen gehört, überlegt Völxen. Es könnte aber auch ein Indiz dafür sein, dass es mit der Ehe der Falkenbergs nicht zum Besten stand. Er findet jedoch, dass jetzt nicht der passende Moment ist, sie danach zu fragen.

»Wann haben Sie Ihren Mann zuletzt gesehen?«, erkundigt sich Oda.

»Gestern Abend. Ich bin um halb sieben weggefahren, da war er noch hier.«

»Welche Kleidung hatte Ihr Mann an, als Sie gefahren sind?«, will Völxen wissen.

Sie zuckt mit den Schultern.

»Als man ihn fand, trug Ihr Mann Sportkleidung«, hilft er ihr auf die Sprünge.

»Stimmt, ja. Er wollte noch laufen.«

»Ging er regelmäßig laufen?«

»Ja, dreimal in der Woche.«

»Immer um dieselbe Zeit?«, fragt Oda.

»Meistens am Abend, am liebsten kurz vor Sonnenuntergang.«

Zurzeit geht sie um halb acht unter, das weiß Völxen so genau, weil er in der Abenddämmerung gern am Zaun der Schafweide steht. Bei so schönem Wetter wie gestern wird es sogar noch später dunkel, bis acht Uhr kann man beim Laufen einigermaßen gut sehen.

»Wie lange lief ihr Mann denn immer?«, erkundigt sich Völxen.

»Ungefähr eine Dreiviertelstunde.«

»Nahm er immer dieselbe Strecke?«

»Ich glaube schon.«

»Ihr Mann hatte keine Schlüssel bei sich …«, beginnt Völxen

»Ja, er meint, der Schlüsselbund würde ihn beim Laufen stören. Ich hatte schon Mühe, ihn dazu zu bringen, sein Handy einzustecken. Falls mal … falls er …« Sie stockt, fängt sich dann aber wieder. »Er legt die Schlüssel immer unter den Blumentopf neben der Tür, wenn er laufen geht. Nicht gerade ein sehr originelles Versteck.« Ein wehmütiges Lächeln huscht über ihr Gesicht.

Oda geht hinaus und kommt mit einem Schlüsselbund zurück. »Ist er das?«

Nora Falkenberg nickt und knetet ihre Hände. Irgendwo klingelt ein Telefon in jenem antiquierten Klingelton, den man inzwischen überall hört. Sie zuckt nervös zusammen. »Das Turnier. Ich muss das ja jetzt absagen«, murmelt sie verwirrt.

»Frau Falkenberg, hatte Ihr Mann Feinde?«, fragt Völxen.

»Ist das Ihr Ernst?« Ein trockenes Lachen begleitet die Frage, während das Telefon hartnäckig weiterklingelt.

»Allerdings«, antwortet Völxen, der sich wundert, was an seiner Frage so erheiternd sein soll. Die meisten Menschen in ihrer Situation weisen den Gedanken an Feinde empört zurück.

»Er hatte eine ganze Menge Feinde seit dieser Sache. Ich kann Ihnen die ganzen Droh-E-Mails zeigen, wenn Sie möchten. Er hat sie gesammelt.«

»Ja, das möchte ich«, sagt Völxen. Das Klingeln hat endlich aufgehört. »Verzeihen Sie, was genau meinen Sie denn mit ›dieser Sache‹?«

Sie schaut ihn verwundert an, ehe sie erklärt: »Mein Mann wurde beschuldigt, Eier falsch deklariert zu haben.«

»Ach, *diese* Sache«, entschlüpft es Oda. »Da war er ja wohl nicht der Einzige, der die zahlende Kundschaft verarscht hat.«

Frau Falkenbergs eisiger Blick prallt an Oda ab, die selbst eine Meisterin im Verschleudern frostiger Blicke ist.

»Das Ermittlungsverfahren ist noch nicht abgeschlossen. Ich kann dazu nichts sagen«, erklärt Nora Falkenberg mit verkniffenem Mund. Es klingt, als hätte sie diesen Satz einstudiert. Doch schon im nächsten Augenblick wird ihre Stimme lebhaft, geradezu wütend: »Ich wette, diese Fanatiker haben meinen Mann ermordet. Diese Tierschutzterroristen. Die schrecken doch vor nichts zurück. Was die uns schon für Parolen an die Stallwand geschmiert haben! Da waren auch Morddrohungen dabei. Aber Johannes hat alles fotografiert.«

»Wir werden dem nachgehen«, versichert Völxen und wechselt das Thema. »Wohnt sonst noch jemand in diesem Haus?«

Sie schüttelt den Kopf. »Unser Sohn lebt in Hannover, in Linden.«

»Gibt es Personal?«

»Unsere Zugehfrau kommt immer dienstags und freitags, aber nur am Vormittag.«

»Hat Ihr Mann Verwandte?«

»Nur noch seinen jüngeren Bruder Werner. Er wohnt in Resse.«

»Hatten die beiden ein gutes Verhältnis?«

»Es geht so. Aber es gibt wahrscheinlich keinen Menschen, der mit Werner ein wirklich gutes Verhältnis hat. Er macht alles und jeden für sein Scheitern verantwortlich, nur nicht sich selbst.«

»Scheitern?«, wiederholt Oda. »Was genau meinen Sie damit?«

»Beruflich, privat, suchen Sie es sich aus. Oder fragen Sie seine Exfrau.«

Völxen bittet sie um die Adressen und Telefonnummern von Bruder, Exschwägerin und Sohn und auch von der Freundin, mit der Frau Falkenberg gestern Abend ausgegangen ist.

»Für mein Alibi, ich verstehe. Sie verlieren wirklich keine Zeit, das muss man Ihnen lassen.«

»Genau«, bestätigt Oda. »Wo sind Sie und Ihre Freundin in der Stadt gewesen?«

»Zuerst im *GIG* am Lindener Markt, dann noch in so einer irischen Kneipe in Linden, vor dieser Brücke, mir fällt der Name jetzt nicht ein …« Ihre Hände flattern nervös um ihr Gesicht herum.

»Das macht nichts, ich weiß, welche Bar Sie meinen«, sagt Völxen.

»Die Drohbriefe«, erinnert Oda.

»Ja. Warten Sie. Ich hole sie.« Sie steuert auf die Treppe zu.

»Hatte Ihr Mann einen Computer hier?«, fragt Oda.

»Seinen Laptop.«

»Den würden wir auch gerne mitnehmen.«

Nora Falkenberg zögert kurz, dann sagt sie: »Einen Augenblick bitte.«

Die geschwungene Holztreppe vibriert unter ihren raschen Schritten.

»Sei doch nicht so hart zu ihr«, flüstert Völxen.

»Sei du nicht so weich«, entgegnet Oda und schickt sich an, Frau Falkenberg nach oben zu folgen, aber da kommt sie bereits wieder herunter, mit einem Laptop und einer Mappe aus grüner Pappe. »Er war schon bei der Polizei damit. Es gab auch Anrufe, bei denen mein Mann beschimpft wurde, und der Betrieb wurde regelmäßig zum Gegenstand von Schmierereien. Aber die Polizei unternimmt nichts dagegen, wir mussten zu guter Letzt selbst einen Wachdienst anstellen.«

Vom mühsam ergaunerten Geld, wie bedauerlich. Völxen behält seine Gedanken für sich. Er nimmt den Laptop entgegen, und Oda klemmt sich die Mappe unter den Arm und sagt: »Sie müssen leider noch heute den Leichnam Ihres Mannes in der Rechtsmedizin identifizieren.«

Das Telefon klingelt schon wieder. Frau Falkenberg blickt

sich nervös um. »Das ist … wegen des Turniers. Ich sollte noch jemanden abholen.«

»Wir finden selbst hinaus«, sagt Völxen.

Als sie wieder in Odas Wagen sitzen, holt er so tief Atem, als hätte er seit einer Stunde die Luft angehalten. Überstanden!

»Sie lügt«, sagt Oda.

»Wobei?«

»Mal angenommen, du und deine Frau Sabine, ihr hättet getrennte Schlafzimmer …«

»Gott bewahre!«

»… und du gehst am Abend mit einem Kumpel einen heben und stehst am nächsten Tag früh auf, weil dir das Kreuz wehtut und du deine Schafe füttern musst. Deine Gattin wähnst du friedlich schlafend im Bett. Dann kommen zwei Typen von der Kripo und erzählen dir, dass sie deine Frau tot im Wald gefunden haben.«

»Könnten wir vielleicht ein anderes Beispiel nehmen?«

»Sei nicht so eine Mimose, Völxen. Also: Zwei Bullen behaupten, deine Frau liegt tot im Wald, während du gerade noch dachtest, sie läge im Bett. Was machst du?«

»Ich renn wie ein Berserker die Treppe rauf und schau nach. Die könnten sich ja irren, das hoffe ich sogar inständig.«

»Eben. Und? Hast du sie raufrennen sehen?«

Völxen denkt darüber nach. Schließlich sagt er: »Glaubst du wirklich, sie wäre zu so was imstande?«

»Unterschätze Rehauge nicht, die ist gut durchtrainiert. An ihren Oberarmen hat nichts geschwabbelt.«

»Ich meinte damit nicht ihre körperliche Verfassung.«

»Sie wirkte auf mich recht abgebrüht.«

»Und du bist ganz bestimmt nicht stutenbissig?«, vergewissert sich Völxen.

»Ich sage ja nicht, dass sie es war«, entgegnet Oda. »Ich behaupte nur, dass sie ganz genau wusste, dass er nicht im Haus war. Hast du nicht bemerkt, wie laut das Radio war? Das stellt man doch leiser, wenn man denkt, dass im Haus noch einer schläft.«

»Beunruhigt wirkte sie jedenfalls nicht, als sie die Tür aufgemacht hat«, räumt Völxen ein.

»Ich wette außerdem, Rehauge treibt's mit dem Reitlehrer«, grinst Oda, während sie sich anschnallt und losfährt.

»Wie kommst du denn darauf?«

»Es würde einfach so gut ins Klischee passen.«

JULE UND FERNANDO sind fertig mit der Befragung der Jagdgesellschaft. Obendrein mussten sie die drängenden Fragen einiger Pressevertreter abwehren, die inzwischen fast so zahlreich vorhanden sind wie die Fliegen. Aber das wenige, was man bis jetzt weiß, würden die Reporter ohnehin von den Herumstehenden erfahren. Fabian Zimmer und sein Freund Timo haben sich von ihrem Schock erholt und genießen ihren vorübergehenden Bekanntheitsgrad als Finder der Leiche. Auch die Fotos des Toten scheinen die Runde gemacht zu haben, allerdings wird wohl keine Zeitung sie abdrucken, dazu sind sie zu schrecklich. Aber Jule ist sicher, dass sie bereits auf Facebook herumgeistern.

»Komm, hauen wir ab«, sagt Fernando mit einem nervösen Blick auf die Uhr.

»Wollen wir nicht auf Völxen und Oda warten? Was ist überhaupt mit einem ersten Meeting, hat Völxen nichts gesagt?«

»Ich glaube nicht, dass die beiden noch mal hierherkommen«, weicht Fernando aus. »Und wir können ebenso gut bei Tapas und einem Kaffee abwarten, wie es weitergeht.«

Eigentlich würde Jule lieber gleich in die PD fahren und dort schon mal einige der notierten Aussagen protokollieren, solange die Namen und die dazugehörigen Gesichter noch frisch in ihrem Gedächtnis haften. Doch sie möchte Fernando keinen Korb geben. Zurzeit gilt es, alles zu vermeiden, was das angespannte Verhältnis noch mehr belasten könnte. Außerdem hat sie wirklich Hunger.

»Gut, auf deine Verantwortung.«

EINE SCHMALE, GETEERTE STRASSE führt durch Wiesen und Felder zum Betrieb Falkenbergs: Ein Schlauch mit schmalen, horizontalen Schlitzen, die man mit viel gutem Willen als Fenster bezeichnen kann. Am einen Ende scheint ein Büro zu liegen, und hinter dem Hauptgebäude stehen Baracken. Für die Arbeiter? Es gibt kein Firmenschild, weder am Tor noch am Gebäude. Ein hoher Metallzaun umgibt das Grundstück, das mit Maschendraht in einzelne Parzellen aufgeteilt ist. Den Boden dieser Flächen kann man kaum erkennen, denn überall sind Hühner: braune, weiße, braunweiße, und viele nackte und halbnackte. Dicht an dicht drängen sich die Tiere auf dem, was vielleicht einmal ein Rasen war. Das Gackern und Glucksen aus Tausenden von Hühnerkehlen bildet einen dichten Klangteppich, und es riecht beißend nach ihren Ausscheidungen. Oda hält sich die Nase zu, als sie und Völxen vor einem breiten Schiebetor aussteigen.

Ein bulliger Mann in einem verdreckten weißen Overall kommt auf sie zu. Sein Kopf sieht aus, als hätte man einen Holzklotz mit dem Beil quadratisch gehauen, das Gesicht weist eine ungesunde Röte auf und wird dominiert von einer schiefen, platt gedrückten Nase über unangenehm vollen Lippen. »Was wollen Sie hier?«, fragt er unfreundlich und mit einem osteuropäischen Akzent.

»Uns umsehen«, entgegnet Völxen.

»Hier gibt's nichts zu sehen, macht, dass ihr wegkommt, sonst helfe ich nach!«, ruft der Holzklotz, und seine rechte Faust reibt sich an der Handfläche der linken.

Dies ist der Moment, an dem Völxen und Oda ihre Dienstausweise zücken und sie dem Kerl vor seine platte Nase halten.

»Was wollen Sie, haben Sie einen Durchsuchungsbeschluss?«

»Oh, da kennt sich ja jemand gut aus mit den Gesetzen«, stellt Oda süffisant fest. »Gab's schon mal Ärger, Herr …?«

»Swoboda, Gregor.«

»Und Sie sind hier – was?«

Der Mann wirft sich in die Brust. »Geschäftsführer.«

Völxen schaltet sich wieder ein: »Hören Sie, Herr Swoboda, wir wollen uns hier lediglich ein wenig umsehen, ersparen wir uns doch die ganzen Formalitäten.«

»Nein, tut mir leid, ich darf niemanden reinlassen, ich krieg sonst Ärger mit meinem Chef.«

»Ganz bestimmt nicht«, versichert Völxen. »Ihr Chef liegt nämlich tot und aufgeschlitzt wie eine Antilope da drüben im Moor. Wir sind von der Mordkommission.«

Plattnase sperrt den Mund auf, und dann, nach ein paar Schrecksekunden, öffnet er das Tor.

»Aber mich wegen der aufgeplatzten Wurst anmachen«, murmelt Oda und fragt dann: »Was wollen wir eigentlich hier?«

»Ich will mir mal die Kunstwerke näher ansehen«, erwidert Völxen. »Und Sie, Herr Geschäftsführer, seien Sie doch so nett und holen in der Zwischenzeit mal Ihre Papiere, ja?«

Der Quadratschädel trollt sich. Oda und Völxen gehen an den Gehegen vorbei.

»Auf den Fotos der Eierkartons sieht das alles immer viel hübscher aus«, bemerkt Oda. »Da ist die Wiese grün, und die Hühner haben noch Federn und keine gekürzten Schnäbel! Wie kann so was hier erlaubt sein?«

»Das ist es garantiert nicht. Aber aus finanziellen Gründen verzichtet das Land Niedersachsen weitgehend auf staatliche Kontrolleure und vertraut auf die freiwillige Selbstkontrolle der Branche. Die Kontrollen werden also von privaten Institutionen vorgenommen, deren Mitarbeiter sich vorher anmelden und meistens nur in die Bücher schauen, aber nicht in die Ställe«, klärt Völxen seine Mitarbeiterin auf.

»Woher weißt du das?«

»Von meinem Nachbarn, dem Hühnerbaron, natürlich.«

»Das ist ja, als ob man den Bock zum Gärtner … Verzeihung!«

»Mach ein paar Fotos«, grunzt Völxen.

»Von den Hühnern?«, fragt Oda.

»Nein, von den Botschaften an der Stallwand.«

Die Seiten und die Rückseite des Gebäudes sind bedeckt mit Graffiti. Die Vorderseite wurde frisch gestrichen.

»Du hast doch jetzt selbst ein Fotohandy.«

»Das heißt noch lange nicht, dass ich es bedienen kann«, entgegnet Völxen und betrachtet die gesprühten Parolen und Zeichnungen. Ein Totenkopf ist zu erkennen und ein weinendes nacktes Huhn. In unterschiedlich stilisierten Schriften steht da: *Tierquäler, Betrüger, Dies ist eine Schande für die Menschheit!, Hühner-Hannes, wir kriegen dich an den Eiern!, Bio-Eier, hahaha!*

Einige Werke sind sozusagen signiert, und zwar mit dem Kürzel *AdT* in einem Kreis, der oben zwei umgekehrte Häkchen hat, die wie Ohren aussehen. Oda macht Fotos, misstrauisch beäugt von Swoboda, der seine Papiere in Rekordzeit gefunden hat und nun mit verschränkten Armen hinter ihnen steht.

»Von wann sind diese Schmierereien?«, fragt Völxen.

»Die sind schon ein halbes Jahr alt. Seit es nachts einen Wachdienst gibt, hat es aufgehört.«

»Wie viele Leute arbeiten hier?«, will Oda wissen.

»Zurzeit sind es zwölf, in Wechselschicht.«

Oda fragt sich, wo die alle sind. Wahrscheinlich haben sie sich sofort verkrümelt, als Völxen und sie vorgefahren sind. Gewisse Leute haben ein Näschen für Polizisten. »Wie lange sind Sie schon hier beschäftigt?«, fragt sie Swoboda.

»Seit gut einem Jahr. Aber Geschäftsführer bin ich erst seit März. Mit diesem Eierschwindel hatte ich nichts zu tun.«

»Da haben Sie ja eine steile Karriere hingelegt«, sagt Oda, die ihm kein Wort glaubt. »Wie kam es dazu?«

Swoboda zuckt mit den Achseln. »Mein Vorgänger war plötzlich weg.«

»Weg? Wieso? Wohin?«

»Zurück nach Weißrussland – nehme ich mal an.«

»Hatte er Streit mit Falkenberg?«

»Keine Ahnung. Ich war froh, dass der Chef mir den Posten angeboten hat, da stell ich doch keine dummen Fragen.«

»Die Arbeitskräfte hier ...«, Oda macht eine umfassende Handbewegung, »... kommen die alle aus Osteuropa?«

»Ja. So was will doch kein Deutscher machen. Das ist wie mit Spargelstechen.« Swoboda grinst. Seine Zähne erinnern an alte Grabsteine.

»Wann haben Sie Ihren Arbeitgeber zuletzt gesehen?«, erkundigt sich Völxen.

»Gestern. Er ist gegen Mittag vorbeigekommen und hat geschaut, ob alles in Ordnung ist. Dann hat er Büroarbeit gemacht und ist am Nachmittag wieder verschwunden.«

»Wann genau?«

»Gegen fünf.«

»Und was haben Sie danach gemacht?«, fragt Völxen.

»Ich war bis sechs Uhr hier. Und dann da drüben ...« Er deutet auf eine der Baracken.

»Allein?«

»Ja. Um acht bin ich nach Garbsen gefahren, ein Bier trinken. Fragen Sie das Personal vom *Dicken Fritz*, die kennen mich. Aber Sie denken doch nicht, dass ich ...?« Der Mann runzelt die fleischige Stirn und fragt dann: »Und der Chef wurde wirklich *ermordet*?«

»In der Tat«, bestätigt Völxen.

»Von denen da?« Swoboda deutet auf die Wand.

»Wissen wir nicht«, sagt Völxen. »Noch nicht.«

FERNANDO STELLT SEINE MASCHINE auf dem Hof ab, hängt den Helm an den Lenker und winkt seinem Freund Giovanni zu, der gerade bis zu den Ellbogen im Motorraum einer Giulietta steckt.

Die automatische Türklingel gibt ein helles Bimmeln von sich, als er den Laden betritt. »Mama, ich bin's!«

Seit dem Brand hat sich hier einiges verändert. Den ehemals nackten Betonboden bedecken jetzt grobe Dielen, die Wände sind in einem luftigen Gelb getupft, die zerschrammten Metallgestelle sind hölzernen Weinregalen gewichen. Es gibt drei Stehtische mit Barhockern, und von der Decke hängen vier riesige Schinken zwischen etlichen Würsten. Die Wand hinter der Kasse ziert ein Plakat, das für den 7. Juni 1964 einen Stierkampf in der Arena von Sevilla ankündigt. Es ist an einer Ecke ein wenig angeschwärzt, aber Pedra wollte es trotzdem wieder aufhängen, als Andenken an ihren Vater, den Stierkämpfer. Die Kühltheke ist neu, fast das ganze Geld der Brandversicherung ging für dieses Monstrum drauf, aber der Inhalt ist zum Glück noch der gleiche wie früher. Oder wenigstens beinahe.

»Was ist denn das? Riesenravioli?«, fragt Fernando, nachdem seine Mutter ihn mit einem halb besorgten, halb vorwurfsvollen »Nando, wo hast du denn den ganzen Vormittag gesteckt?« begrüßt hat. Wie immer, wenn die beiden unter sich sind, findet die Unterhaltung auf Spanisch statt.

»Das sind Bautze«, erklärt Pedra.

»Was?«

»Bau-tze. Mit Hackfleisch gefüllte Teigtaschen. Man bekommt sie in China an jeder Ecke. Li hat mir beigebracht, wie man sie macht. Ich habe heute schon zehn Stück davon verkauft.«

»Sind wir jetzt neuerdings ein Chinarestaurant?«

»*Ich* bin international«, versetzt Pedra. »Man muss mit der Zeit gehen, und asiatisches Essen ist nun mal groß im Kommen. Die Kunden mögen die Abwechslung.«

»Wie wär's dann mit Schweinefüßen, marinierten Hühnerkrallen oder tausendjährigen Eiern?«, schlägt Fernando vor. Im

Grunde ist es ihm egal, was seine Mutter verkauft. Er hat auch nichts gegen die italienischen Weine gesagt, die inzwischen die Hälfte des Sortiments ausmachen, auch wenn das in seinen Augen glatter Landesverrat ist. Aber der Name Li ist allmählich ein rotes Tuch für ihn. Seit die Chinesin im Haus wohnt, hat Pedra es sich zur Aufgabe gemacht, die junge Frau zu bemuttern, und natürlich übertreibt sie es maßlos.

»Ich frage mich schon den ganzen Tag, wo Li bleibt«, sagt Pedra.

Fernando geht zur Kaffeemaschine, wird aber von seiner Mutter beiseitegedrängt. »Lass mich, du machst das nicht richtig.«

Er hebt achselzuckend die Hände und überlässt ihr die Zubereitung des Kaffees.

»Heute hat sie sich noch gar nicht blicken lassen. Ich habe schon zweimal bei ihr geklopft und keine Antwort bekommen.«

»Du bist aufdringlich, Mama.«

»Ich kümmere mich nur ein bisschen um sie. Sie hat hier doch sonst niemanden, ihre Familie ist Tausende Kilometer weit weg.«

»Beneidenswert«, murmelt Fernando.

»Wie bitte?!«

»Mama! Es ist Samstag, vielleicht hat sie gestern einen draufgemacht. Oder sie hat einen Typen bei sich …«

»Nein, nein, nein«, wehrt Pedra ab. »Li ist ein anständiges Mädchen.«

Das Wortgefecht wird durch die Ladenglocke unterbrochen.

»Chule! Lange nicht gesehen!« Pedra Rodriguez drückt Jule zwei schmatzende Küsse auf die Wange. »Chule, Li ist verschwunden«, sagt Pedra mit Grabesstimme.

»Unsere Li?«, fragt Jule.

»*Verschwunden!* Sie ist heute bloß noch nicht im Laden aufgetaucht. Hat vielleicht die Nacht woanders verbracht – das soll ja vorkommen«, stichelt Fernando mit einem Seitenblick auf Jule. »Aber wahrscheinlich hat sie bloß eine Nachtschicht hinter sich und liegt mit Oropax im Bett.«

»Wo ich doch extra für sie diese Bautze gemacht habe!«, jammert Pedra. »Da stimmt was nicht, eine Mutter spürt das!«

»Du bist nicht *ihre* Mutter!«, stößt Fernando voller Entrüstung hervor.

»Also gut, Nando, vielleicht hast du recht. Aber wenn sie morgen wieder nicht in den Laden ...«

»Morgen ist Sonntag«, erinnert sie Fernando. »Mach doch bitte für Jule auch noch einen Kaffee.«

»Ich hätte auch gerne ein paar Tapas. Ich habe einen Wahnsinnshunger«, gesteht Jule.

»Du hast ja auch diese grässliche Leiche nicht mehr anschauen müssen«, brummt Fernando, während das Mahlwerk der Maschine rumort und verhindert, dass Pedra mithört. Als Jule am Tatort eintraf, war der Tote schon auf dem Weg in die Rechtsmedizin. Laut sagt er zu seiner Mutter. »Mama, mach am besten gleich eine Platte für vier.«

»So hungrig bin ich dann auch wieder nicht«, meint Jule.

»Äh ... Völxen und Oda kommen auch noch.«

Pedra wuchtet einen Schinken vom Haken und legt ihn auf die Schneidemaschine. Jules honigfarbene Augen sehen Fernando fragend an.

Der gerät prompt ins Stottern. »Völxen hat ... er hat mich angerufen, und ich habe gesagt, dass wir hierher unterwegs seien. Und da wollten er und Oda dazukommen, und ich sagte, dass das eine gute Idee sei.«

»Du hast beim Motorradfahren mit Völxen telefoniert?«, wundert sich Jule.

»Nein, ich war gerade am Losfahren ...«

»Chule, möchtest du meine Bautze probieren?« Pedra reicht Jule einen Teller, auf dem sie die chinesische Spezialität angerichtet hat.

»Ja, gerne.« Jule nimmt eines der Teigbällchen. Ihr Blick wandert nachdenklich zum Fenster hinaus. Leute mit leeren und vollen Einkaufskörben gehen vorbei. So weit ist es also schon gekommen: eine konspirative Besprechung in Pedras Laden. Hat Völxen allen Ernstes gedacht, sie würde Hendrik informieren? Ihr fällt ein, dass sie ihm heute früh genau das versprochen hat. Na ja, eigentlich nicht richtig versprochen, er hat sie schließlich unter Druck gesetzt. So oder so hätte sie ihn nicht angerufen, niemals. Jule fühlt sich gekränkt. Sie hat Völxen keinen Grund gegeben, an ihrer Loyalität zu zweifeln, und Oda und Fernando auch nicht. Und doch behandeln sie sie so. Die Staatsanwaltschaft über einen neuen Fall zu informieren und zu Besprechungen einzuladen ist ganz allein Sache ihres Vorgesetzten, und das weiß auch Hendrik ganz genau. Hat Fernando Völxen diesen Floh ins Ohr gesetzt? Aber seit wann lässt sich Völxen von Fernando beeinflussen? Verdammt noch mal, wieso ist denn plötzlich alles so furchtbar kompliziert?

Bing. Die Ladentür.

»*Comisario,* wie schön!«, flötet Pedra.

Hauptkommissar Völxen hatte es noch nie besonders mit der Mode, aber diese schlammfarbenen abgewetzten Cordhosen von ausgesprochen unvorteilhaftem Schnitt und diese ausgelatschten Stiefel hat Jule an ihm noch nie gesehen. Ist das seine Freizeitkluft, in der er den Schafhirten spielt? Wollte Völxen vielleicht einfach nur nicht in diesem Aufzug in der Polizeidirektion erscheinen? Andererseits hat es ihn noch nie auch nur im Geringsten interessiert, was andere über sein Aussehen denken. Wäre es anders, würde er wohl nicht immer seine Fahrradklammern an den Hosen vergessen oder sogar mit Klopapierfetzen im Gesicht herumlaufen.

Völxen nickt Fernando zu, wünscht Jule und Pedra Rodriguez einen Guten Tag und fragt in hektischem Tonfall, ob er seinen Wagen hinten im Hof parken könne. »Die Verkehrspolizei darf ihn nämlich nicht sehen.«

»Aber natürlich«, entgegnet Pedra und blinzelt ihm verschwörerisch zu. »Sollen wir ein paar Säcke drüberlegen?«

Aber Völxen ist schon wieder aus der Tür, wobei er um ein Haar Oda umrennt. Die zeigt ihm hinter seinem Rücken den Vogel und sagt, nachdem sie Pedra begrüßt hat, zu Jule und Fernando: »So ein Spinner. Setzt die Besprechung hier an, weil er Angst hat, sein *Automobil*, das natürlich keine grüne Plakette hat, auf den Parkplatz der PD zu stellen.«

Jules Miene hellt sich auf. Sie hat sich mal wieder viel zu viele Gedanken gemacht.

»Oh, es gibt Maultaschen. Wenn das Bächle wüsste«, bemerkt Oda und verkündet dann: »Eben kam's schon in den Lokalnachrichten.«

»Aber seine Identität ist doch noch gar nicht bestätigt«, sagt Jule.

»Ach, man kennt doch diese Standardsätze: *Bei dem Toten handelt es sich aller Wahrscheinlichkeit nach* … und so weiter. Hauptsache, der eigene Sender ist der Schnellste, ob die Nachricht wahr ist, ist zweitrangig. Dieses Jägerpack war sicher nur allzu gesprächig.«

Völxen kommt zurück, und wenig später sitzen alle vier auf den Hockern und stürzen sich auf die Platte mit den Tapas, die Pedra mit stolzem Lächeln serviert.

»Ein Kumpel von mir kann dir eine grüne Umweltplakette besorgen, du musst nur ein Wort sagen«, flüstert Fernando seinem Chef zu.

»Wie, woher?«, fragt Völxen stirnrunzelnd.

»Das weiß ich doch nicht.«

»Aber das … das wäre doch Betrug, und wenn ich überprüft werde …«

»Ich wollte es dir nur anbieten«, sagt Fernando und schiebt sich eine Scheibe Serranoschinken in den Mund.

»Das war hoffentlich ein Witz?«

»Natürlich«, versichert Fernando und grinst. »Reingefallen.«

Völxen wirft ihm einen Blick zu, der eindeutig als Warnung zu verstehen ist.

Während des Essens drehen sich die Gespräche ausschließlich um kulinarische Themen. Odas Reise nach Peking gibt Anlass zu allerlei Anekdoten über die chinesische Küche und deren Besonderheiten. Die Hauptkommissarin hört sich den ganzen Unsinn lächelnd an und verzichtet darauf, ihre Kollegen daran zu erinnern, dass sie sich bereits sehr gut mit chinesischen Gerichten auskennt. Schließlich kann Tian Tang ausgezeichnet kochen. Sie spürt, dass das Thema Essen nur dazu dient, von dem abzulenken, was sie eigentlich beschäftigt.

Schließlich sagt Jule: »Du wirst das Essen dort lieben. Sogar mein wählerischer Herr Papa war hellauf begeistert. Ihm hat alles geschmeckt – außer die Seegurken.«

»Macht euch keine Sorgen.« Oda lächelt. »Wie ihr wisst, bin ich Halbfranzösin, und die Franzosen essen ja auch so ziemlich alles, was kreucht und fleucht.« Sie senkt die Stimme. »Und wenn ich daran denke, was ich in diesem Laden hier schon alles probiert habe ...«

»Genau. Was würde ein Chinese sagen, wenn man ihm Stierhoden servierte?«, meint Völxen.

»Oder Grünkohl mit Bregenwurst«, schaudert Oda beim Gedanken an das niedersächsische Nationalgericht.

Nachdem Pedra den Tisch abgeräumt und jedem noch einen Espresso hingestellt hat, fragt Fernando: »Mama, willst du nicht mal frische Luft schnappen? Es ist Wochenmarkt, die Sonne scheint ...«

»Und wer passt dann auf den Laden auf? Wer bedient die Kunden?«

»Ich natürlich.«

»Ja, aber ...«

»Und ich gebe acht, dass er nicht in die Kasse greift«, sagt Völxen.

»Gut, meinetwegen.« Achselzuckend zieht Pedra die Schürze aus und verlässt ihr Geschäft.

»Sie muss ja nicht unbedingt mitkriegen, wie wir von ausgenommenen Leichen sprechen«, erklärt Fernando, während Jule auf ihr iPhone starrt.

»Das ist ja wirklich grauenhaft. Fiedler hat mir die Tatortfotos gemailt«, erklärt sie.

»Fotos«, Fernando winkt ab. »Du kannst dir gar nicht vorstellen, wie das stank!«

»Fernando, es reicht«, sagt Völxen gequält. Aber alle sind sich einig, noch nie eine so schlimm zugerichtete Leiche gesehen zu haben.

»Was sagt denn unser schwäbischer Leichenfledderer?«, will Jule wissen.

»Bis jetzt steht nur fest, dass die Leiche über Nacht im Wald lag und die Verletzungen des Brustraums von einem Messer stammen. Bei dem Durcheinander hat er noch nicht sagen können, was genau die Todesursache war. Es fehlen Organe. Aber das geht wahrscheinlich aufs Konto dieser verdammten Wildschweine.« Völxen schüttelt sich. »Dabei esse ich eigentlich gerne Wildschwein.«

»Aß«, korrigiert Oda und fährt fort: »Dass jemand in Raserei gerät und seinem Opfer zahlreiche Messerstiche beibringt, ist ja gar nicht so selten. Aber hier wurde der Rumpf aufgeschlitzt wie bei einem erlegten Tier. Der Täter hat sich richtig Arbeit gemacht. Der wollte nicht nur töten, sondern der Welt etwas mitteilen.« Sie nippt an ihrem Espresso.

»Und was wollte er der Welt mitteilen?«, fragt Völxen.

»Das weiß ich nicht. Möglicherweise geht es hier um ein Familiendrama. So viel Hass deutet auf nahe Angehörige hin. Aber natürlich können wir nicht ausschließen, dass Falkenberg das Zufallsopfer eines Irrsinnigen war.«

Fernando hat eine andere Theorie: »Vielleicht wollte der Täter, dass die Wildschweine und die Füchse die Leiche möglichst rasch fressen. Damit das schneller geht, hat er alles schon appetitlich angerichtet.«

Völxen wirft ihm einen missbilligenden Blick zu, zwischen seine Augen gräbt sich eine Falte.

»Ja, entschuldige!«, ereifert sich Fernando. »Einer der Jäger hat das gesagt. Er meinte, innerhalb weniger Tage wären nur noch ein paar Knochen übrig gewesen.«

»Wenn diese Jagd nicht dazwischengekommen wäre«, ergänzt Oda.

»Das spricht gegen einen Täter aus der Jagdgesellschaft«, meint Jule.

»Aber nicht gegen einen Jäger«, sagt Fernando. »Immerhin wurde die Leiche ähnlich behandelt wie ein erlegtes Stück Wild. Und ein Jäger kennt auch die Essgewohnheiten der lieben Tiere.«

»Ein Tierschützer womöglich auch«, bemerkt Oda.

»Hätte der Täter die Leiche dann nicht besser versteckt?«, zweifelt Jule. »Sie lag doch höchstens zehn Meter vom Weg entfernt, wenn dieser Treiber sie nicht gefunden hätte, wäre wahrscheinlich der nächstbeste Hund beim Gassigehen darauf gestoßen.«

»Das ist was dran«, pflichtet Völxen ihr bei. »Wenn ihm am schnellen Verschwinden der Leiche gelegen hätte, dann hätte er sie noch mehr zerstückeln müssen, oder besser gleich vergraben.«

Oda spießt eine Olive auf und meint: »Der Mörder kennt vor allen Dingen die Gewohnheiten von Johannes Falkenberg, nämlich dreimal in der Woche am Abend durchs Resser Moor zu joggen.«

»Genau. Davon weiß auf jeden Fall schon mal seine Frau«, stellt Völxen fest und erzählt in knappen Worten von ihrem Besuch bei Frau Falkenberg.

»Ich fand, ihre Trauer hielt sich in Grenzen«, meint Oda am Schluss von Völxens Rede. »Jedenfalls wirkte sie sehr beherrscht.«

Die Ladentür geht auf, und ein älteres Paar kommt herein. Zum Glück wissen die beiden schon, was sie wollen, nämlich zwei Kisten Rioja. Fernando holt den Wein aus dem Lager. Dann lässt er die Kunden noch vom Schinken probieren, und sie nehmen auch davon welchen mit. Jule nutzt die Zeit, um nach Fotos von Johannes Falkenberg zu googeln. Sie findet eines, das vor wenigen Wochen aufgenommen wurde. Es zeigt ihn als Sieger eines Golfturniers mit einem hässlichen Pokal in der Hand. Ein kantiges Männergesicht mit hoher Stirn und einer kräftigen Nase, von deren Flügel sich tiefe Falten bis zu den Mundwinkeln ziehen. Er lächelt in die Kamera, aber seine Augen lächeln nicht mit. Sein Haar changiert zwischen Dunkelblond und Grau und lichtet sich an den üblichen Stellen. Kräftiger Hals, breite Schultern, kleiner Bauchansatz, nichts Markantes. Er ist weder attraktiv noch abstoßend, ein ganz normaler Typ Anfang fünfzig. Den Besitzer einer Legebatterie hat sich Jule anders vorgestellt, irgendwie derber, fieser. Natürlich ist ihr klar, dass das Unsinn ist.

Als die Kundschaft wieder weg ist, sind Jule und Fernando an der Reihe, über ihre Recherchen bei der Jagdgesellschaft zu berichten. Jule ergreift als Erste das Wort: »Offenbar gehörte Falkenberg mit zu diesen Betrügern, die in diesem Frühjahr aufgeflogen sind, weil sie ihre Eier fälschlicherweise als ›Bio‹ verkauft haben. Das war das Erste, was die Leute über ihn erzählt haben. Besonders darüber aufgeregt hat sich eine Biobäuerin aus Brelingen namens Merle Lissack. Wenn man dem Klatsch, der in der ehrenwerten Jagdgesellschaft die Runde macht, glauben darf, dann hat Falkenberg dem ganzen Schwindel sogar noch einen draufgesetzt. Er hat nicht nur seine Eier falsch deklariert, sondern heimlich billige Käfigeier aus Polen eingeführt, sie als Bio- oder Freilandeier gestempelt und entsprechend teuer verkauft.«

»Manche Leute kriegen den Hals echt nicht voll«, seufzt Fernando.

»Beweise?«, fragt Völxen.

Fernando zuckt die Achseln. »Das sind jetzt erst einmal die Gerüchte. Ich werde das nachprüfen.«

»Also war Falkenberg nicht gerade beliebt in der Gegend?«

»Na ja, teils, teils«, beantwortet Fernando die Frage seines Chefs. »Er hat sich Beliebtheit erkauft. Er hat zum Beispiel den Sportverein gesponsert und den Reitverein seiner Frau. Aber es ist keiner wegen seines Todes in Tränen ausgebrochen. Falls die Leute entsetzt waren, dann nur darüber, dass in ihrer Gegend überhaupt ein Mord geschieht.«

»Ja, mir wär's auch lieber, man hätte ihn auf dem Kröpcke ermordet, da gäbe es wenigstens Zeugen, und meine Schuhe wären nicht ruiniert«, wirft Oda dazwischen.

»Es gibt noch andere Gerüchte, nämlich dass er was mit seiner Schwägerin gehabt haben soll, und die hätte deswegen vor ein paar Monaten ihren Mann verlassen. Und Frau Falkenberg war wohl auch keine Heilige, angeblich vögelte sie im Reitverein herum«, berichtet Fernando.

Oda grinst hinüber zu Völxen und hebt den Daumen.

»Namen?«, fragt der.

»Damit wollte keiner rausrücken. Ich hatte den Eindruck, es war böses Geschwätz.«

Völxen räuspert sich und sagt: »Dann hätten wir da noch diesen Stapel E-Mails und Drohbriefe.« Er legt die Mappe mit den Ausdrucken auf den Tisch, die ihm Nora Falkenberg überlassen hat. Oda blättert sie durch. Manche Briefe sind noch halbwegs sachlich formuliert. Sie appellieren an das Gewissen Falkenbergs, an seine Verantwortung gegenüber der Kreatur und seiner Umgebung, und stellen die Forderung nach einer artgerechten Tierhaltung. Andere enthalten Beschimpfungen und Drohungen der übelsten Sorte.

Oda deutet auf einen der Ausdrucke. »Schau mal, Völxen, dieses AdT mit dem Kreis, das ist das gleiche Logo, das auch auf die Wand dieser Eierfabrik gesprüht worden ist.«

»Richtig. Jule und Fernando, ihr findet heraus, wer sich dahinter verbirgt.«

»Heute noch?«, fragt Fernando.

»Nein, nein, das hat Zeit bis Ende nächster Woche!«

»Okay, hab verstanden«, seufzt Fernando.

»Ich hoffe, dass Dr. Bächle die Obduktion nicht erst am Montag vornehmen wird. Morgen wird uns Fiedler erste Ergebnisse ...«

Völxen wird vom hellen Läuten der Ladentürglocke unterbrochen. Er hat den Platz mit dem besten Blick zur Tür, und der überraschte Ausdruck auf seinem Gesicht veranlasst die anderen drei, sich umzudrehen.

Es ist wie eine Szene aus einem alten Western: Der Revolverheld betritt den Saloon, und augenblicklich kehrt Stille ein. Der Pianospieler hört auf zu klimpern und geht in Deckung, die Pokerspieler werfen die Karten hin, der Barkeeper stellt schon mal die Flaschen runter.

Selten war Hendrik Stevens' Auftritt so wirkungsvoll. Es dauert einige Sekunden, ehe sich Völxen als Erster wieder fängt und sagt:

»Herr Staatsanwalt, was für eine Überraschung.« Bei diesen Worten wirft er Jule einen nicht gerade freundlichen Seitenblick zu. Deren Gesichtsfarbe wetteifert mit der der eingelegten Tomaten in der Kühltheke. Fernando fixiert zuerst Stevens und dann Jule, und wenn Blicke töten könnten, lägen jetzt zwei Leichen zwischen den Weinregalen. Nur Oda kann sich ein Schmunzeln nicht verkneifen.

Staatsanwalt Hendrik Stevens sieht anders aus, als man ihn auf der Dienststelle kennt. Er trägt Jeans, einen blauweiß gestreiften Sommerpullover und Turnschuhe aus Leinen ohne Socken.

»Die Überraschung ist ganz auf meiner Seite«, sagt Stevens, und erst jetzt sehen die vier, dass hinter ihm noch jemand hereingekommen ist.

»Hier, sehen Sie, wie ich gesagt habe, nur ein paar Schritte. Und das ist mein Laden: spanische und italienische Weine, Tapas und internationale Spezialitäten. Heute gibt es zum Beispiel chinesische Bautze, und die Oliven sind hier viel frischer und billiger als bei diesem türkischen Halsabschneider auf dem Markt. War inzwischen viel los, Nando? Ich hoffe, ihr seid fertig mit eurem … wie sagt ihr immer dazu – Miting?«

SIE IST DABEI, TEE AUFZUGIESSEN, ALS SIE DEN NAMEN HÖRT. Sie hält inne, horcht. Da! Schon wieder dieser Name, und danach folgt eine Kaskade von schrecklichen Worten, die sie nur allzu gut versteht. Sie stürzt zum Radio und reißt den Stecker aus der Dose, so als könnte sie das Gehörte damit ungeschehen machen. Eine ganze Weile steht sie da, wie eine Skulptur aus Eis, die Augen weit aufgerissen, und die Hände auf den Mund gepresst. Schon spürt sie in ihrem Innern diesen Klumpen aus Angst, der immer größer wird, wie ein Schneeball, der den Hang hinabrollt. Sie wagt nicht, die Hände vom Mund zu nehmen, aus Furcht, sie könnte sonst laut schreien. Aber sie darf nicht schreien. Nicht schreien, nicht reden. Niemals!

Ein schriller Ton lässt sie zusammenfahren. Die Türklingel! Ihr Herz beginnt zu rasen, und sie löst sich aus ihrer Erstarrung. Im Schlafanzug kauert sie auf dem Küchenboden und hat dabei das Gefühl, kaum noch Luft zu bekommen. Wieder erschrickt sie fürchterlich, als jemand gegen die Tür hämmert. *Polizei!*

Aber danach wird es wieder still. Schritte im Treppenhaus, die sich entfernen. Doch sie werden wiederkommen, schon bald. Sie weiß nicht, wie lange sie auf dem Boden ausharrt, aber schließlich streckt sie die Beine aus. Sie sind ganz taub geworden. Ihre Gedanken rasen. Machen Pläne. Vorsichtig steht sie auf und bewegt sich ganz langsam, damit keine Diele knarrt und niemand ihre Schritte hört. Sie würde gerne duschen, sich den Schmutz, die Schuld abwaschen, aber sie wagt es nicht. Sie darf keinen Laut von sich geben, muss leise sein wie eine Katze, wie ein Schmetterling, wie ein Geist. Sie hebt den Koffer vom Schrank, legt ihn sachte auf den Boden und öffnet ganz, ganz vorsichtig die beiden Schnappschlösser. Sie zwingt sich, eine Tasse Tee zu trinken, ehe sie anfängt, ihn zu füllen. Der neue Pullover. Als sie ihn anfasst, merkt sie, dass sie friert, und schlüpft hinein. Das Telefon klingelt. Sie zuckt erneut zusammen, schreit sogar leise auf. Verzweifelt presst sie die Hände auf die Ohren, bis die schrillen Töne endlich, endlich aufhören. Hastig zieht sie den Stecker des Apparats heraus. Ihr Herz schlägt jetzt so laut, dass sie glaubt, man müsse es durch die Wände hören. Das Herz ... Nicht daran denken!

Ihr Handy liegt noch neben dem Bett, sie schaltet es aus. Dann schleicht sie zum Schreibtisch, greift nach einem Block und einem Stift. Lange sitzt sie vor dem leeren Blatt, unfähig, ihre Gedanken in Worte zu kleiden. Wie soll man Worte für das Unerklärliche finden?

WERNER FALKENBERGS EINSTÖCKIGES EINFAMILIENHAUS stammt aus den Sechzigerjahren, und wieder einmal fragt sich Oda, ob zu dieser Zeit in diesem Land auch nur ein einziges halbwegs ansprechendes Gebäude errichtet wurde. Das Nachbarhaus zur Rechten muss man derselben Epoche zuordnen. Es ist von einem Gerüst umstellt, auf dem zwei Männer herumturnen und weiße Isolierplatten an die Wände kleben. Der Wind verteilt Styroporflocken über die Nachbargärten, es sieht aus wie Schnee. Im Garten zur Linken geht man gerade mit Maschinengewehren und Pistolen aufeinander los, während vier Mädchen in Rüschenkleidchen ungerührt auf einer Decke sitzen und ihre Puppen kämmen. In der Birke über ihnen hängen bunte Lampions und Buchstaben: *Robin 7 Jahre*. Vierzig Jahre Emanzipation, und nichts hat sich geändert, erkennt Oda und muss trotzdem lächeln, denn gerade fällt ihr ein, wie Veronika schon immer gern ihre Puppen seziert hat.

Der Duft nach Gegrilltem weht über die Hecke. Sie öffnen das Gartentor und folgen den bemoosten Waschbetonplatten, die über den schütteren Rasen bis zur Haustür führen, vorbei an vertrockneten Hortensien und Tomatenstauden mit verfaulten Früchten.

»Einen grünen Daumen scheint er nicht zu haben«, bemerkt Völxen. Auf der Terrasse sticht Unkraut zwischen den Platten hervor, und um einen Klapptisch herum stehen drei vergraute Plastikstühle. An fast allen Fenstern sind die Rollläden heruntergelassen, nur vor dem großen Fenster der Terrasse ist lediglich eine Markise mit ausgeblichenen braunroten Streifen ausgefahren.

Oda klingelt an der Tür und ist beinahe überrascht, als hinter dem geriffelten Glas ein schlanker Schatten erscheint und ihnen aufgemacht wird.

»Werner Falkenberg?«

Er nickt, während man sich gegenseitig mustert. Oda fallen sein blasses Gesicht und seine dunklen, ausdrucksvollen Augen, unterlegt von sepiafarbenen Halbmonden, auf. Sein Haar, kastanienbraun mit ein paar grauen Einsprengseln, könnte einen Schnitt und vor allen Dingen eine Wäsche vertragen. Er ist unrasiert, und das schon seit mehreren Tagen, schätzt Oda und fasst im Geist zusammen: ein im Grunde nicht übel aussehender Mann, der sich jedoch zurzeit ziemlich gehen lässt.

»Ich weiß Bescheid.« Seine Stimme klingt etwas nasal, aber nicht unangenehm.

»Unser Beileid, Herr Falkenberg«, sagt Völxen steif, ehe er sich und Oda vorstellt. Die ist nicht sicher, ob er ihre Namen überhaupt mitbekommen hat, denn er blickt starr an ihnen vorbei in den Nachbargarten, in dem *Robin 7* gefeiert wird.

»Verdammter Scheißkrach da drüben!«, entfährt es ihm. Dann scheint er sich auf seine Besucher zu besinnen und bittet die beiden Ermittler mit der Geste eines Zirkusdirektors herein.

Deren Pupillen sind noch an die Helligkeit des Spätsommertages angepasst, weshalb sie Mühe haben, sich im Innern des Hauses zurechtzufinden. Falkenberg macht keine Anstalten, das Licht einzuschalten, und so folgen sie seinem Schatten durch den dunklen Flur, bis sie ein großes Wohnzimmer betreten, in dem es nur geringfügig heller ist. Ein muffiger Geruch steigt Oda in die Nase. So riecht es für gewöhnlich in Wohnungen sehr alter Menschen, die den Haushalt nicht mehr richtig im Griff haben und aus Angst, sich beim geringsten Luftzug den Tod zu holen, viel zu wenig die Fenster öffnen. Als sich ihre Augen allmählich an das Dämmerlicht gewöhnt haben, erkennt Oda eine Schrankwand mit eingebauter Hausbar in

Eiche rustikal. Gegenüber steht eine Vitrine, vollgestopft mit allerhand Nippes und gerahmten Fotos. Es gibt einen mächtigen Schreibtisch aus Mahagoni, und im hinteren Teil des Raumes steht ein langer Tisch mit sechs hochlehnigen Stühlen, die aussehen, als würden sie seit Jahren vergeblich auf Gäste warten. Hinter einem Sofa hängen Ölschinken mit breiten, verschnörkelten Goldrahmen. Stillleben und Landschaften, soweit Oda das erkennen kann. Schwere Gardinen aus einem samtartigen wirsinggrünen Stoff verhüllen das breite Fenster mit der Markise davor, nur durch einen winzigen Spalt in der Mitte fällt ein Strahl staubigen Sonnenlichts und durchschneidet die Düsternis des Zimmers.

Bonjour tristesse, denkt Oda. *Wie kann ein Mensch nur so wohnen? Diese Möbel, diese Dunkelheit! Hat der Mann eine Lichtallergie, oder leidet er an Migräne?*

»Was genau ist denn passiert?«, will Falkenberg nun wissen, wobei er jedes einzelne Wort betont. Scheinbar hält er das hier für einen Kondolenzbesuch. Er deutet auf das Sofa, dessen dunkelbrauner, abgewetzter Cordsamtbezug exakt zu Völxens Hosen passt. Oda setzt sich und sinkt so tief ein, dass sie sich fragt, wie sie da jemals wieder herauskommen wird.

Völxen war schlauer und hat sich einen der Stühle herangezogen. Er antwortet dem Bruder dasselbe wie schon Nora Falkenberg, nämlich dass man die Obduktion abwarten müsse. Dann räuspert er sich und fügt hinzu: »Herr Falkenberg, wir hätten ein paar Fragen an Sie.«

Der Angesprochene lässt die Worte erst einmal sacken, dann antwortet er reserviert: »Das habe ich erwartet.« Er nimmt sich nun auch einen Stuhl, den er mit übertriebener Sorgfalt postiert, und Oda ärgert sich, dass sie aus ihrer Position zu den beiden aufsehen muss.

»Leben Sie allein hier?«, erkundigt sich Völxen.

Falsche Frage. Falkenberg presst verärgert die Lippen zusammen, steht auf, geht mit großen Schritten durch den Raum, setzt sich schließlich wieder hin und antwortet in gereiztem Ton: »Meine Schwägerin hat Ihnen doch sicher schon längst erzählt, dass … dass mich meine Frau mit unserer kleinen Tochter verlassen hat.«

Völxen nickt und greift das Stichwort sogleich auf: »Ihre Frau soll eine Affäre mit Ihrem Bruder gehabt haben, stimmt das?«

Falkenberg stößt einen trockenen, unfrohen Lacher aus und schüttelt den Kopf. Als Völxen und Oda schon glauben, dies wäre alles, was er dazu zu bemerken hat, meint er: »Das ist Mist. Dummer Dorfklatsch.« Er unterstreicht die Worte mit einer wegwerfenden Handbewegung. Seine Hände, bemerkt Oda, sind groß, aber schmal, mit langen, schlanken Fingern. Hände, die geeignet sind, um damit Klavier zu spielen oder die Seiten eines russischen Romans umzuschlagen. *Was für ein Unsinn! Ich sollte mich vielmehr fragen, ob dies die Hände sind, die Johannes Falkenberg ermordet haben.* Stattdessen fragt sie: »Warum ging Ihre Ehe denn dann auseinander?« *Wegen des unterschiedlichen Geschmacks in Einrichtungsfragen?*

Werner Falkenberg starrt eine große Standuhr mit Schlagwerk und goldenen Zeigern an, als wäre das Zifferblatt ein Teleprompter. Anscheinend findet er dort tatsächlich die Antwort, denn schließlich sagt er in einer langsamen, bedächtigen Art: »Weil ich nicht mehr genug Geld verdient habe. Sicherheit. Die war ihr plötzlich ganz wichtig.« Er schaut wieder das Zifferblatt an, dessen Zeiger auf drei Uhr stehen geblieben sind, vielleicht schon vor Jahren. Dann sagt er: »Ich bin Schauspieler. Aber das wissen Sie ja sicher bereits.«

»Bühne oder Film?«, will Völxen wissen.

Wieder kommt die Antwort mit etwas Verzögerung, ähnlich wie bei einer Fernsehübertragung mit schlechter Verbindung oder als hätte er Angst, spontan etwas Falsches zu sagen.

»Beides. Ich habe zuletzt in zwei Vorabendserien gespielt, aber die eine wird nicht fortgesetzt, und bei der anderen bin ich gestorben. Ich wurde ermordet. Ist das nicht makaber?«

Oda nickt und deutet ein Lächeln an.

»Die Rolle sei ausgelutscht und gäbe nichts mehr her, meinten die Drehbuchautoren und die Redakteurin. Dann musste ich eine Bühnenrolle sausen lassen, weil ich mir bei einer Probe die Hand gebrochen habe. Da hat sich meine Frau eben aus dem Staub gemacht.« Sein Mund mit den schön geschwungenen Lippen verzieht sich zu einem verächtlichen Lächeln. »Sie wird sich bestimmt so einen Nine-to-five-Typen suchen. Vielleicht hat sie ja schon einen.«

Er blickt erneut Oda an, als erwarte er von ihr eine Bestätigung, die jedoch ausbleibt. Stattdessen käut Oda in Gedanken die Worte »aus dem Staub gemacht« wieder. Es klingt nach Heimlichkeit, nach Flucht. Sie muss plötzlich an damals denken, als sie selbst Veronikas Vater verlassen hat, mit zwei großen Koffern, ihrer Tochter im Kinderwagen und einem blauen Auge. Falkenbergs Stimme holt sie zurück in die Gegenwart.

»Mein Bruder hat Sibylle beim Umzug geholfen, vielleicht sind so diese Gerüchte entstanden. Oder es ist Nora, die sich solchen Quatsch ausdenkt. Sie ist ja so eitel, und eitle Menschen sind gerne eifersüchtig.«

Völxen findet, dass es nun an der Zeit ist, Falkenberg zu fragen, wo er gestern Abend ab halb sieben gewesen ist.

Der deutet daraufhin mit ausgestrecktem Arm auf einen Ohrensessel, so als stünde dieser irgendwo am Horizont. Dabei befindet sich das Möbel lediglich in drei Metern Entfernung vor dem Fenster, neben einem kleinen Glastisch mit Messingfüßen und einer Stehlampe mit einem Schirm aus Tierhaut, wie sie vor fünfzig Jahren modern waren. Auf dem Tischchen liegen etliche Bücher und bedruckte DIN-A4-Seiten. Ein Drehbuch?

»Ich habe gelesen. Das Skript für ein Hörbuch, das ich sprechen soll. Und nein, es gibt keine Zeugen dafür.«

Oda und Völxen nehmen dies schweigend zur Kenntnis. Dies wiederum scheint Falkenberg nervös zu machen. Er knetet seine Hände, um sie dann in einer melodramatischen Geste zu ringen und in die Höhe zu recken. »Warum sollte ich Johannes umbringen?«, ruft er so laut, dass Oda zusammenzuckt. »Ja! Ja, wir hatten unsere Probleme.« Er hält inne, schraubt seine Stimme wieder auf Zimmerlautstärke zurück. »Es ... es gab auch Phasen, da haben wir nicht miteinander geredet.« Er verstummt, starrt ins Nichts. »Aber in letzter Zeit hat er mir sehr geholfen«, setzt er hinzu, als man schon glaubte, er sei fertig mit seiner Rede.

»Geholfen«, sagt Völxen. »Wie?«

Falkenberg sieht Völxen an und überlegt. Schließlich antwortet er: »Mit schnödem Geld. Er hat mir während der letzten Monate immer wieder etwas zugesteckt. Ja, das war demütigend.« Er macht erneut eine Pause. »Einerseits. Aber ich war auch froh darum.«

Zugesteckt, wiederholt Oda im Geist. Als wäre er ein Kind oder ein Kellner. »Wie viel Geld war das denn immer so?«, will sie wissen.

Er scheint wieder gründlich nachzudenken, ehe er antwortet: »Zwei-, dreihundert Euro, so in dem Dreh.«

»Wie viel etwa im Monat?«

»Vielleicht ... sechshundert Euro. Oder etwas mehr.«

»In bar?«, fragt Oda.

»Ja, in bar. Wohl um sich Diskussionen mit Nora zu ersparen. Die war schon immer ein gieriges Aas. Bestimmt kassiert sie jetzt auch noch eine satte Lebensversicherung.«

Kann durchaus sein, denkt Völxen und sagt: »Diese Probleme, die Sie mit Ihrem Bruder hatten – worum ging es da?«

Dieses Mal kommt die Antwort ausnahmsweise rasch. »Familienangelegenheiten.«

»Geht's vielleicht etwas genauer?«

Erneut lässt Falkenberg sich Zeit, was Oda allmählich gehörig auf die Nerven geht. Dann sagt er: »Ich fand es nicht gerecht, dass Johannes den Betrieb von unserem Vater allein geerbt hat. Gut, ich habe mich nie dafür interessiert, aber er hätte mir ja dennoch meinen Anteil auszahlen können, als unser Vater vor elf Jahren starb. Aber da hat er sich buchstabengetreu ans Testament gehalten. Hat behauptet, wenn er mir etwas ausbezahlen würde, dann müsste er den Laden dichtmachen.«

»Sie haben also nichts geerbt?«, schlussfolgert Völxen.

»Doch. Das hier«, antwortet Falkenberg mit einer ausladenden Geste, die angesichts des düsteren, heruntergekommenen Ambientes etwas Sarkastisches hat. »Das war unser Elternhaus. Ich bin nach der Trennung von Sibylle hierhergezogen. Es stand lange leer, niemand wollte es kaufen.«

Das wundert nun wirklich keinen der beiden Besucher.

»Warum haben Sie weniger geerbt als Ihr Bruder?«, fragt Völxen.

Falkenberg seufzt, schweigt und erklärt dann: »Vater war der Meinung, ich hätte meinen Erbteil schon dadurch in Anspruch genommen, dass ich mir von ihm die Schauspielschule habe finanzieren lassen. Allerdings hat er das Testament schon 1994 verfasst. Da war der Betrieb noch relativ klein. Später, als es bergauf ging, hat er es leider versäumt, den Nachlass an die Verhältnisse anzupassen.«

»Was hat Ihre Mutter denn dazu gesagt?«, fragt Oda.

Über das bleiche Gesicht legt sich ein schmerzvoller Ausdruck. »Unsere Mutter starb, als ich fünfzehn war. Das alles sind alte Geschichten.« Er fummelt eine Packung Zigaretten und ein Feuerzeug aus der Brusttasche seines Hemdes, dessen Farbe Oda irgendwo zwischen dunkelgrau und violett ansiedeln würde, und zündet sich eine an. Seine Hände zittern dabei und hinterlassen einen feuchten Abdruck auf dem Zellophan der Zigarettenpackung, die er auf den Tisch legt.

Oda will wissen, wann Werner Falkenberg seinen Bruder zum letzten Mal gesehen hat.

Seltsamerweise scheint er bei dieser Frage nicht nachdenken zu müssen. »Letztes Wochenende. Er kam mit dem Rad hier vorbei.«

»Um Ihnen Geld zu bringen?«, fragt Oda.

»Ja, das auch«, erwidert Falkenberg und sieht Oda dabei finster an. »Und gestern haben wir telefoniert«, fügt er hinzu.

»Wann genau?«

»Um fünf oder sechs vielleicht.«

»Worum ging's?«, fragt Völxen.

Falkenberg zieht an der Zigarette, inhaliert den Rauch und atmet ihn nach oben aus. Die Rauchwolke schiebt sich wie eine weiße Schlange durch das Zimmer, als er sagt: »Um nichts Besonderes. Er rief mich an und fragte, ob wir am Sonntag zusammen Mountainbike fahren würden. Das machen ... machten wir manchmal.«

»Sind Sie auch mal zusammen zum Joggen gegangen?«

Der Gefragte wirft Völxen einen verächtlichen Blick zu und sagt: »Ich laufe grundsätzlich allein. Es stört meinen Rhythmus, wenn jemand dabei ist.«

»War Ihnen bekannt, wann und wo Ihr Bruder für gewöhnlich joggen ging?«

»Ich habe gewusst, *dass* er joggen ging, aber nicht, wann und wo.«

»Herr Falkenberg, sind Sie Jäger?«, fragt Oda.

Er verzieht angewidert das Gesicht. »Lieber Himmel, nein. Mein Vater ging ab und zu zur Jagd. Aber ich habe für diesen blutigen Sport nichts übrig.«

»Was für eine Schuhgröße tragen Sie?«

»Schuhgröße?«

»Ja, Schuhgröße«, wiederholt Oda.

»Dreiundvierzig.«

»Besitzen Sie Gummistiefel?«

»Ja.«

»Dürfte ich die mal sehen?«

Er sieht Oda an, als hätte sie ihm gerade einen unsittlichen Antrag gemacht. »Stehen im Flur.«

Oda ist froh, sich von diesem Sofa erheben zu können. Ächzend drückt sie das Kreuz durch, während sie in den Flur hinausgeht. Sie findet sogar den Lichtschalter und auch die Gummistiefel, die auf einer Plastikunterlage hinter der Haustür stehen. Sie sind dunkelgrün und sehen ziemlich neu aus. *Made in Italy*. Nur ein wenig Sand haftet an der Sohle, an deren Seite das Wort *Cofra* eingeprägt ist. Oda macht Fotos von der Sohle und den Seiten. Als sie wieder das Wohnzimmer betritt, hört sie, wie Völxen gerade fragt: »Was wussten Sie über den Schwindel mit den Bio-Eiern?«

Falkenbergs Zigarette glimmt in der Düsternis des Raumes auf. Oda überkommt die Lust, sich ebenfalls eine anzuzünden, aber sie verschiebt das auf später.

»Nur das, was auch in den Zeitungen stand. Aber ich weiß, dass er vorhatte, den ganzen Scheiß hinzuschmeißen und zu verkaufen, um sich zur Ruhe zu setzen.«

»In der Toskana?«, entschlüpft es Oda.

Erstaunen spiegelt sich in Falkenbergs Gesicht, das sich langsam aus der Dämmerung schält und wieder an Kontur gewinnt. Dann lächelt er voller Verachtung. »Hat Nora schon ihre Zukunftspläne herausposaunt? Das ging ja fix mit ihrer Trauer, das muss man schon sagen.«

Oda sieht keine Veranlassung, die Sache richtigzustellen, und Völxen fragt: »Hatte Ihr Bruder denn schon einen Käufer?«

»Ja, einen niederländischen Investor. Der will dort eine riesige, moderne Eierfabrik aufziehen, ungefähr das Zehnfache von dem, was jetzt da steht. Er hat mir versprochen, dass ich vom Verkaufserlös einen Batzen abbekomme.« Falkenberg seufzt. »Das kann ich jetzt wohl abhaken, von Nora krieg ich keinen Cent.« Er drückt den Zigarettenstummel in einen schon recht vollen Aschenbecher, der auf dem Esstisch steht, neben einem Glas mit einem Rest Rotwein und einer angebrochenen Packung Erdnüsse in der Schale.

»Wer wusste noch davon?«, fragt Völxen.

»Keine Ahnung. Ich musste ihm Stillschweigen versprechen. Aber ein Investor wird sich ja vorher mit der Gemeinde auseinandersetzen, wegen der Baugenehmigung. Fragen Sie doch den Bürgermeister, die Stadträte. Vielleicht springt für die auch was dabei raus, wer weiß? Denn hier in der Gegend hält man es dann ja nicht mehr aus. Allein der Gestank, der viele Verkehr, die Verseuchung des Grundwassers ...«

Nach einer seiner üblichen Denkpausen meint er: »Aber ist das ein Mordmotiv? Jetzt, wo Johannes tot ist, wird Nora umso schneller verkaufen.«

»Da wir gerade von Mordmotiven sprechen ...«, sagt Völxen. »Es gab da diese Schmierereien und die anonymen Mails ...«

Er nickt. »Die Weltverbesserer. Klar, die mochten ihn natürlich nicht.« Seine nasale Stimme bekommt einen melancholischen Klang, als er jetzt sagt: »Johannes war der Letzte, der mir von unserer Familie geblieben ist. Jetzt habe ich gar niemanden mehr.« Er blickt auf, als erwarte er von seinen Besuchern einen Kommentar dazu.

Schauspieler, denkt Oda.

»Abgesehen von den Tierschützern – gibt es noch jemanden, der ihn hasste, hat er mal irgendwas in der Richtung erwähnt?«, fragt Völxen.

»Sebastian.«

»Sie meinen seinen Sohn?«

»Er ist Noras Sohn, nicht seiner.« Falkenberg lächelt auf eine unangenehme Art. »Beutekind, sozusagen. Wenn Sie jemanden suchen, der Johannes gehasst hat, dürften Sie bei ihm an der richtigen Adresse sein.«

Die beiden verabschieden sich und gehen zum Wagen. Völxen hat eine SMS von Jule bekommen, die er gebeten hatte, Sebastian Falkenberg einen Besuch abzustatten. Sie schreibt, in seiner Wohnung habe niemand geöffnet. Das gibt ihm nun zu denken.

»Noch eine Viertelstunde da drin und ich hätte mir die Pulsadern aufgeschnitten! *Jetzt habe ich gar niemanden mehr!*«, imitiert Oda Falkenbergs weinerlichen Tonfall. »Das war ganz großes Kino!«

»Ja, da zelebriert einer sein Leid nach allen Regeln der Kunst, das muss man schon sagen.« Völxen schirmt seine Augen mit der Hand ab, denn das gleißende Sonnenlicht blendet ihn nach dem Aufenthalt in Falkenbergs düsterer Höhle. Oda kramt ihren Tabak hervor. Das Gerüst nebenan ist inzwischen verwaist, aber der Kindergeburtstag ist noch in vollem Gange.

Er passt nicht hierher, denkt Oda und sagt: »Verlassene Männer können sich ganz schön reinsteigern in ihren Kummer. Aber ich trau ihm trotzdem nicht über den Weg.«

»Er wird doch nicht den Ast abschneiden, auf dem er sitzt.«

»Bargeld«, sagt Oda. »Lässt sich schwer beweisen, genauso wenig wie dieses angebliche Versprechen, er würde was vom Verkaufserlös des Hühnerhofs bekommen.« Sie nimmt einen tiefen Zug von ihrer Zigarette und schenkt Völxen, der ungeduldig neben dem Wagen steht und von einem Fuß auf den anderen tritt, ein nikotinseliges Lächeln. »Irgendwie kam's mir so vor, als hätte der Kerl was genommen. Redet wie eine Schlaftablette, aber fuchtelt dann wieder mit den Armen herum wie eine Windmühle.«

Völxen zuckt mit den Achseln. »Schauspieler, Künstler ... Sind die nicht alle ein bisschen ...?« Er wedelt mit der Hand vor seiner Stirn hin und her.

»Wie gut, dass du keine Vorurteile hast, Völxen.«

Sie sind auf Höhe des VW-Werks, als Völxens Handy klingelt. Es ist Fernando, der ihnen mitteilt, dass Nora Falkenberg gerade ihren Ehemann in der Rechtsmedizin identifiziert hat. »Scharfe Schnitte, die sich der Hühner-Hannes da an Land gezogen hat«, fügt er hinzu.

Völxen überhört die unpassende Bemerkung. Er denkt an die leeren Augenhöhlen des Toten. Hoffentlich haben sie das irgendwie kaschieren können. Er muss plötzlich an die vielen Autopsien denken, denen er schon beiwohnen musste. Diese vielen fahlhäutigen Leichen, totes Fleisch auf einem kalten Stahltisch im kalten, grellen Licht …

»Völxen? Bist du noch dran?«

»Ja. Begleite Frau Falkenberg bitte in die PD, ich habe noch ein paar Fragen an sie. Wir sind in etwa zwanzig Minuten da. Und bestätige der Presse, dass der Tote Falkenberg ist, damit diese Geier endlich Ruhe geben. Aber über die grausigen Umstände noch kein Wort.«

»Die kennen sie doch längst. Ach, noch was! Giovanni fragt, was deine Franzosenschüssel denn kosten soll, er interessiert sich dafür.«

»Die ist unverkäuflich«, schnaubt Völxen und legt auf.

NORA FALKENBERG HAT bemerkenswert schnell in ihre neue Witwenrolle hineingefunden, zumindest, was ihr Äußeres betrifft. In einem schwarzen Kleid und hochhackigen schwarzen Lackpumps sitzt sie auf dem Sofa in Völxens Büro. Sie trägt das Haar offen, ist dezent geschminkt und sieht alles in allem aus, als ginge sie zu einer Opernpremiere. Die Wartezeit vertreibt sie sich, indem sie das DS-Modell auf dem niedrigen Tischchen um die Keksschale herumschiebt.

Völxen streckt die Hand aus, aber nicht, um seine Besucherin zu begrüßen, sondern um sein Modellauto in Sicherheit zu bringen.

»Entschuldigen Sie.« Sie lächelt.

Völxen dreht einen der Besucherstühle um und setzt sich ihr gegenüber. »Danke, dass Sie noch einen Augenblick Zeit haben, Frau Falkenberg.«

»Noch schlimmer kann es ja nicht werden.«

»Möchten Sie einen Kaffee? Oder Tee? Ein Glas Wasser?«

»Hätten Sie vielleicht einen Schnaps? Oder halten Sie mich dann für eine Alkoholikerin?«

»Aber nein.« Völxen steht auf. Links unten im Aktenschrank stehen eine angebrochene Flasche Kognak und Grappa vom letzten Italienurlaub. Frau Falkenberg wählt den Kognak und kippt ihn in zwei Schlucken hinunter. »Danke. Ich bin etwas neben der Spur.«

Völxen versichert ihr, dass das durchaus verständlich sei, und kommt zur Sache: »Frau Falkenberg, ich wüsste gerne, wer Sebastians biologischer Vater ist.«

Sie zupft am Saum ihres Kleides, das gerade so eben die schwarz bestrumpften Knie bedeckt. »Was spielt denn das für eine Rolle?«

»Ihr verstorbener Mann ist es jedenfalls nicht.«

»Sebastians Vater lebt in München, er hat sich schon jahrelang nicht mehr blicken lassen.«

»Wollten Sie und Ihr Mann keine eigenen Kinder?«

»Was bezwecken Sie denn mit dieser Frage?«, erwidert sie verärgert.

»Ich versuche, mir ein Bild von Ihrer Familie zu machen«, erklärt Völxen ruhig.

»Nein, wir wollten keine Kinder.«

»Wie war das Verhältnis zwischen Ihrem Mann und Ihrem Sohn?«

»Mein Mann hat Sebastian geliebt wie einen eigenen Sohn. Er hat ihn ja auch adoptiert.«

»Liebte er ihn auch in letzter Zeit?«

»Natürlich. Auch wenn es nicht immer einfach war. Erwachsene Kinder können ganz schön … schwierig sein.«

Wem sagt sie das, denkt Völxen. »Und umgekehrt? Mochte Ihr Sohn seinen Stiefvater?«

»Ja. Natürlich gab es ab und zu Reibereien, aber wo gibt es die nicht?«

»Wir müssen Ihren Sohn leider zur Fahndung ausschreiben, wenn er sich in den nächsten Stunden nicht meldet.«

»Mein Sohn hat nichts getan!«, faucht sie.

»Warum ist er dann untergetaucht?«

»Nur weil er sich mal einen Tag lang nicht meldet, ist er noch lange nicht *untergetaucht*, verdammt noch mal!« Sie ist laut geworden.

Völxen lächelt in sich hinein. Kaum kratzt man ein bisschen an der Oberfläche ... »Wir geben ihm noch bis morgen Zeit.« Er ignoriert den wütenden Blick, den sie ihm entgegenschleudert. »Frau Falkenberg, als wir Ihnen die Todesnachricht überbrachten, da sind Sie nicht sofort in das Schlafzimmer Ihres Mannes gerannt, um nachzusehen, ob wir uns vielleicht geirrt haben, wie das die normale Reaktion in so einer Situation gewesen wäre.«

»Ich habe Ihnen geglaubt«, antwortet sie barsch. »Ist das jetzt schon ein Verbrechen?«

»Ich glaube vielmehr, Sie wussten genau, dass Ihr Mann nicht da ist. Wo, dachten Sie, dass er sich befindet?«

»Das ist Unsinn.«

»Kam es öfter vor, dass er die Nacht außer Haus verbracht hat?«

»Ich möchte jetzt gehen.« Mit einer flinken, fließenden Bewegung steht sie vom Sofa auf. Das Kleid bringt ihren durchtrainierten Körper gut zur Geltung. Fernandos Bemerkung von der »scharfen Schnitte« war nicht so ganz aus der Luft gegriffen, muss Völxen zugeben. Der kühle, arrogante Gesichtsausdruck, den sie nun an den Tag legt, soll offenbar die kleine Scharte von eben auswetzen. Aber der Lack ist ab, das ist ihr klar.

»Wussten Sie, dass Ihr Mann seinen Bruder Werner unterstützt hat?«

Sie hält inne. »Unterstützt?«

»Mit Geld. Bargeld.«

Sie schüttelt den Kopf. »Nein, das wusste ich nicht. Wie viel war es denn?« Als Völxen darauf nur mit einem Achselzucken antwortet, sagt sie: »Möglich wäre es schon. Johannes war im Grunde ein gutmütiger Mensch.«

»Im Grunde«, wiederholt Völxen. »Das heißt, dass er an der Oberfläche ... wie war?«

»Ich weiß nicht, was Sie meinen«, behauptet Nora Falkenberg. »Sie drehen mir das Wort im Mund um.«

»Warum hat Ihr Mann Ihnen nichts von dem Geld für seinen Bruder gesagt?«

»Werner ist *sein* Bruder. Johannes war mir doch keine Rechenschaft schuldig. Ich möchte jetzt gehen.« Sie stöckelt auf die Tür zu.

»Hatte Ihr Mann ein Verhältnis mit seiner Schwägerin?«

Sie bleibt so abrupt stehen, als wäre sie gegen eine Glaswand gelaufen. Doch dann geht sie weiter und öffnet die Tür des Büros. Erst jetzt wirft sie einen filmreifen Blick über die Schulter: »Ich weiß nichts darüber. Ich möchte jetzt nach Hause. Gerade musste ich meinen toten Ehemann identifizieren. Ich hoffe, Sie haben dafür Verständnis, Herr Hauptkommissar.«

Die Tür fällt hinter ihr zu. Ein Abgang mit Grandezza, findet Völxen. Ganz großes Kino.

DIE DÄMMERUNG SENKT SICH ÜBER DIE STADT, LANGSAM, UNENDLICH LANGSAM. Sie sitzt auf dem Bett, die Arme um die Knie geschlungen. Ohne sich zu regen, wartet sie auf die Nacht. Sie lauscht auf die Schritte, die gedämpften Stimmen, das Rauschen von Wasserleitungen. Irgendwo läuft ein Fernseher. Vorhin hat auch sie den Fernseher angeschaltet, nur ganz kurz und ohne Ton. Herumstehende Leute hinter einem rotweißen Band, viele Polizisten und ein Sarg, der in ein Auto geladen wurde. Dann ein Foto von *ihm*, und ihr war so, als würde er ihr anklagend in die Augen sehen. Als wüsste er alles. Vielleicht ist das so, vielleicht wissen die Toten alles. Auch, wer sie getötet hat.

Der Himmel leuchtet noch immer in einem blassen Orange. Scharf wie Zähne heben sich die Dächer der Häuser davor ab. Sie macht kein Licht. Der Schein der Straßenlaterne, der durch das Fenster fällt, genügt ihr, um sich zu orientieren. Warten, bis alle schlafen, und dann nichts wie weg. Sie kann nicht länger bleiben, keinen einzigen Tag. Alles ist völlig aus dem Ruder gelaufen.

Aber sie wissen es nicht. Sie wissen es doch nicht!

Doch sehr bald werden sie es wissen.

Allmählich werden die Geräusche im Haus weniger. Als es ganz still geworden ist, steht sie auf. Sie schließt den Koffer, schlüpft in ihre Jacke, hängt sich die Handtasche um, trägt den Koffer vor die Tür. Alles ist ruhig.

Sie zieht die Tür zu. Das Einrasten des Schlosses hallt wie ein Schuss durch das Treppenhaus. Ängstlich lauschend bleibt sie stehen. Gleich wird irgendwo eine Tür aufgehen. Aber nichts geschieht. Im Dunkeln schleppt sie den schweren Koffer die

Treppen hinab, achtet sorgfältig darauf, dass er nirgendwo anstößt. Es ist anstrengend, und sie kann nicht verhindern, dass ein paar Stufen knarren. Dann ist sie unten. Die Haustür knarrt, was für ein Lärm! Hastig schiebt sie den Koffer auf die Straße und schlüpft hinterher. Mit einem Rumms fällt die schwere Tür wieder ins Schloss. Sie ergreift den Koffer, und trotz seines beachtlichen Gewichts rennt sie damit bis zur nächsten Straßenecke. Dann erst geht sie langsamer. Eine Handvoll betrunkener Jugendlicher wartet an der Haltestelle der Linie 10. Sie haben Bierflaschen in der Hand, rülpsen und sagen Worte, die sie nicht versteht. Einer der jungen Männer kommt auf sie zu und spricht sie an. »Ey, was glotzt'n so?« Er ist ganz in Schwarz gekleidet und hat Piercings an den Augenbrauen. Sie umklammert den Griff ihres Koffers. Dann, zum Glück, nähern sich die Lichter der Bahn, und sie erinnert sich, wie sie am Anfang lächeln musste über dieses kleine, alte, langsame Verkehrsmittel, bei dem man die Wagen nur kletternd erreicht. So vieles hier ist klein und alt. Aber sie mochte es. Sie atmet tief durch und blinzelt eine Träne weg. Der Betrunkene hat sich wieder seinen Freunden zugewandt. Die Bahn hält quietschend an. Aber dann erstarrt sie vor Schreck. Jemand ruft ihren Namen.

SONNTAGFRÜH UM ACHT SITZT FERNANDO GÄHNEND AM KÜCHENTISCH. *Scheißjob.* Pedra stellt ihm einen Kaffeebecher hin und dazu zwei frische Croissants.

»Danke, Mama, lieb von dir. Du hättest nicht extra zum Bäcker gehen müssen.«

»Ich konnte doch sowieso nicht mehr schlafen.« Da ihr Sohn nüchtern meistens schlecht gelaunt und kaum ansprechbar ist, wartet Pedra, bis er das erste Hörnchen gegessen hat, und fragt dann vorsichtig: »Kannst du dir vorstellen, warum ich nicht schlafen konnte?«

»Hat Giovanni im Hof wieder an seinen alten Kisten rumgedengelt?«

»Nein. Es ist wegen Li. Sie macht nicht die Tür auf. Gestern nicht und heute früh auch nicht.«

»Sonntagfrüh um acht würde ich auch nicht aufmachen.«

»Fernando, wir müssen was unternehmen!«

»Herrgott, Mama! Sie kann doch übers Wochenende verreist sein.«

»Aber das hätte sie mir gesagt.«

»Warum? Sie ist dir doch keine Rechenschaft schuldig.«

Pedra brummt etwas Unverständliches, und Fernando fragt: »Hast du ihre Handynummer?«

»Ja. Aber da spricht immer nur diese Frau, die sagt, *der Teilnehmer ist nicht erreichbar*. Und an das Telefon in der Wohnung geht auch keiner«, jammert Pedra. »Nando, kannst du nicht die Tür aufmachen?«

»Wie, aufmachen?«

»Na, eben aufmachen. Vorsichtig, sodass sie es nicht merkt, falls sie wiederkommt?«

»Nein, das kann ich nicht!«

»Fernando, ich weiß ganz genau, dass du so was kannst. Ich musste ja schon zur Polizei deswegen.«

»Das ist eine Ewigkeit her, ich war fast noch ein Kind!«

»So was verlernt man nicht.«

Fernando stöhnt auf. »Ich meine damit, dass ich das nicht machen kann, weil ich jetzt die Polizei *bin*, geht das in deinen Sturkopf hinein?«

Aber wie üblich ignoriert Pedra, was sie nicht hören will. »Ich will nicht in ihren Sachen herumschnüffeln, sondern nur sicher sein, dass sie nicht tot da drin liegt.«

»Warum sollte sie? Sie ist jung und gesund. Hör zu, ich muss jetzt los. Wir haben einen Mord aufzuklären, und ich hab eine ganze Menge zu tun. Warten wir das Wochenende ab, okay? Wenn sie sich am Montag nicht meldet und nicht zur Arbeit erscheint, dann unternehmen wir was.«

Seine Mutter ist mit dieser Antwort nicht zufrieden, das sieht Fernando ihr an, deshalb fügt er, ehe er geht und die Tür hinter sich zumacht, hinzu: »Mach keinen Blödsinn, Mama, versprich mir das!«

»Ja, ja.«

WENIG SPÄTER KLINGELT Fernando an einer Wohnungstür im Ahrbergviertel in Linden-Süd Sturm. Es ist ein Viertel, in dem viele spanische Familien leben. Auch einen iberischen Laden gibt es dort. Zwar ist der längst nicht so schön wie der seiner Mutter, dafür aber billiger. Pedra hat wenig spanische Kundschaft, bei ihr kauft eher die Lindener Boheme ein oder Leute, die sich dafür halten.

Er horcht. Irgendetwas hat sich da drin bewegt. Er hämmert gegen die Tür, aber nicht allzu stark. Diese Altbautüren sind schnell kaputt, und dann heißt es wieder, er hätte Gewalt angewendet. »Kripo Hannover, bitte öffnen Sie!«

Er vernimmt schlurfende Schritte, dann geht die Tür auf,

und ein junger Mann in Unterhosen und mit wirren Haaren blinzelt ihn verschlafen an. Sixpack, breite Schultern, gut durchtrainiert. Dass er aus dem Schlaf gerissen wurde, bestätigt sich für Fernando nach einem Blick auf die auffällig ausgebeulten roten Boxershorts.

»Was soll denn dieser Terror?«

»Sind Sie Sebastian Falkenberg?«

»Nö. Der ist nicht do.«

»Kripo Hannover.« Fernando zeigt seinen Ausweis, und der Typ liest vor: »Rodriguez, Fernando. Die längeren Hoore stehen dir besser.«

Der Typ hat einen echt schrägen Akzent. »Und wer sind Sie?«, will Fernando wissen.

»Odrion Lupetzky. Mitbewohner und Austauschstudent.«

»Woher kommen Sie denn?«

»Sochsen.« Er grinst.

Fernando schielt über die dezent gebräunte Schulter des Typen – schon um ja nicht aus Versehen auf seine Boxershorts zu schauen. »Und wo ist Ihr Mitbewohner?«

»Keine Ohnung, Monn.« Er gähnt und zeigt dabei sein makelloses Gebiss. »Scheiße, wie spät ist es eigentlich?«

»Früh«, sagt Fernando. »Kann ich reinkommen?«

»Von mir aus.«

Fernando tritt in den Flur der Wohnung.

»Wann haben Sie ihn zuletzt gesehen?«

»Freitagnochmittag.«

»Haben Sie seine Handynummer?«

»Sicher.« Der Sachse geht in das Zimmer am Ende des Flurs und durchsucht eine Jeans, die über einem Stuhl hängt. Schließlich fischt er sein Handy aus einer der Hosentaschen und tippt darauf herum. »Scheiße, ocht Uhr, seid ihr wohnsinnig?«

»Wieso *ihr*, siehst du mich etwa doppelt?«, entgegnet Fernando, nun auch zum Du wechselnd.

Lupetzky geht nicht darauf ein. Stattdessen schlurft er in die

Küche, kramt aus einer der Schubladen einen Zettel hervor und notiert darauf die Nummer seines Mitbewohners. Fernando, der noch immer im Flur steht, öffnet währenddessen leise die Tür, hinter der er Sebastians Zimmer vermutet. In dem französischen Bett liegt niemand, an der Wand dahinter hängt eine Fotografie von zwei ineinander verschlungenen Männerkörpern in Schwarz-weiß. Mehr kann Fernando auf die Schnelle nicht erkennen, denn Lupetzky kommt wieder aus der Küche und schließt die Tür zu Sebastians Zimmer mit einer nachdrücklichen Geste. »Neugierig, wos?« Er reicht Fernando den Zettel. In den Boxershorts herrscht mittlerweile wieder Flaute.

Fernando legt seine Visitenkarte auf ein Holzgestell, in dem Schuhe stehen. »Falls du was von ihm hörst, richte ihm aus, er soll uns dringend anrufen.«

»Ist wos possiert?«

»Ja«, sagt Fernando und geht.

»Tschüssi«, hört er es rufen, aber da ist die Tür schon zu. Fernando bleibt davor stehen und horcht, ob der Student vielleicht telefoniert, aber er hört nur, wie er ins Bad schlurft und anscheinend bei offener Tür pinkelt. Die Spülung rauscht, dann tappt er wieder über den Flur, eine Tür wird geschlossen, und alles ist ruhig. Fernando betrachtet den Zettel. Die Handynummer von Sebastian ist dieselbe, die sie von Nora Falkenberg erhalten haben. Darunter steht aber noch eine weitere Handynummer und ein Name: Adrian. Den i-Punkt bildet ein Herzchen.

JULE LÖST DEN Blick vom Bildschirm und schaut hinüber zu Fernando, mit dem sie sich das Büro teilt. »Und wer bringt Völxen das bei?«

Fernando wehrt ab. »Ich nicht, ich bin für dieses Wochenende schon bedient. Gestern diese grässliche Leiche, dann verliert 96 gegen die Bayern, und heute früh ein schwuler Sachse mit 'ner Morgenlatte.«

»Okay, das ist wirklich hart.« Jule grinst.

»Machen wir doch Schnick-Schnack-Schnuck«, schlägt Fernando vor.

»Lass mal, ich opfere mich. Mich kann er zurzeit eh nicht leiden, da ist es egal.«

Sie geht über den sonntäglich stillen Flur, pocht vorsichtig an Völxens Tür und wartet artig und mit klopfendem Herzen dessen »Herein« ab. Neben dem DS-Modell, das den Schreibtisch ihres Chefs ziert, steht eine Tasse Tee, von dem ein heuartiger Geruch aufsteigt.

»Ja, Jule, was gibt es?« Ihr Vorgesetzter sieht sie an, schwer zu sagen, ob freundlich oder unfreundlich. Es ist noch nicht lange her, dass er ihr das Du angeboten hat, worüber sie sich sehr gefreut hat. Aber in letzter Zeit hatte Jule manchmal das Gefühl, dass Völxen dies schon wieder bereut, und ihr selbst kommt es immer noch schwer über die Lippen.

»Also, zuerst wollte ich noch mal versichern, dass ich Staatsanwalt Stevens gestern kein Sterbenswort von unserem Meeting in Pedras Laden gesagt habe. Es war Zufall. Er hat einen Cappuccino auf dem Lindener Markt getrunken und ist dabei mit Pedra ins Gespräch gekommen, ohne sie zu kennen, natürlich. Und geschäftstüchtig, wie sie ist ...«

»Das kann ich mir gut vorstellen«, fällt Völxen ihr ins Wort. »Das macht sie immer so.« Schon schwelgt er in alten Zeiten: »Als ich noch beim Kriminaldauerdienst war, hat sie meinem Kollegen und mir an der Dönerbude aufgelauert und uns dann an ihrem langen schwarzen Zopf in ihren Laden geschleppt. Vor zwanzig Jahren kannte natürlich keiner den Begriff *Tapas*, aber das Zeug hat uns geschmeckt, und nach und nach wurde der Laden zum Geheimtipp unter den Kollegen. Damals war Pedra frisch verwitwet, und Fernando ...« Völxen unterbricht sich, aber Jule beendet den Satz. » ... war ein halbstarkes Früchtchen, das Zigaretten und Schnaps klaute und gefälschte Fußballtickets verhökerte. Pedra erzählt mir die Geschichte jedes Mal.«

Völxen nickt und meint dann versöhnlich: »Jule, im Prinzip kann Stevens bei den Meetings dabei sein, nur nicht ganz am Anfang, wenn man noch nicht viel weiß. Ich möchte, dass meine Leute sich trauen, auch etwas vermeintlich Dummes zu sagen, aber das tut keiner, wenn der Staatsanwalt zugegen ist, verstehst du?«

Jule nickt.

»War's das?«, fragt Völxen, als Jule keine Anstalten macht, wieder zu gehen.

»Da ist noch etwas anderes. Es geht um unsere Recherchen über diese Gruppe von Tierrechtsaktivisten, die sich ›Anwälte der Tiere‹ nennt oder kurz: AdT. Wir konnten einige Namen dieser ›Anwälte‹ ermitteln und ...«

»Wie viele?«, unterbricht Völxen.

»Was?«

»Wie viele Namen konntet ihr herauskriegen?«

»Acht. Das scheint der harte Kern zu sein.«

»Gut. Vorladen«, ordnet Völxen an.

»Da gibt es ein Problem ...«

»Ist meine Tochter dabei?«

»Du hast es gewusst?!«

»Geahnt. Mir war schon gestern so, als hätte ich dieses Logo an der Stallwand schon einmal gesehen, und dann ist es mir heute früh, als ich die Schafe gefüttert habe, wieder eingefallen. Ich kenne das Zeichen von Wandas Flugblättern.« Völxen denkt mit einem inneren Lächeln an die Aktion auf dem Kröpcke zurück, die sich gegen Fleischkonsum und Tierversuche richtete. Inzwischen ist ihm aber das Lachen vergangen. »Wir werden alle diese Tier... wie hast du sie genannt?«

»Tierrechtsaktivisten. Das steht auf ihrer Webseite.«

»Ich werde sie ausnahmslos alle zur Vernehmung vorladen lassen, möglichst noch heute. Ich möchte mir nicht nachsagen lassen, ich würde eine Spur vernachlässigen, nur weil meine Tochter unter den ... Beteiligten ist.«

Beinahe hätte er »Verdächtigen« gesagt, denkt Jule, und so grimmig, wie ihr Chef dreinschaut, ist sie froh, nicht in der Haut von Wanda Völxen zu stecken.

»Was ist eigentlich mit der Autopsie?«, fragt Jule.

»Möchtest du hingehen?«, erwidert Völxen.

»Ich will mich nicht vordrängeln.«

»Der Andrang hält sich in Grenzen. Sie ist heute Nachmittag um vier Uhr bei Dr. Bächle persönlich.«

»Wie hast du Bächle denn dazu gekriegt, am Sonntag zu obduzieren?«

»Das war nicht ich, das war dein Freund Stevens«, kommt es etwas mürrisch zurück. »Den wirst du wahrscheinlich auch dort treffen. Hat er dir noch nichts davon gesagt?«

HAUPTKOMMISSAR VÖLXEN SCHALTET das Aufnahmegerät ein und nennt Datum, Uhrzeit und die Namen der Anwesenden. »Die Zeugin wurde über ihre Rechte aufgeklärt und verzichtet auf die Zuziehung eines Anwalts. Ist das so weit korrekt?«

Die junge Frau mit dem blonden Zopf, die ihm gegenübersitzt, schaut ihn aus schmalen Augen wütend an. »Ja«, knurrt sie.

»Dann brauchen wir die Angaben zur Person: Name, Adresse …«

»Wie bitte? Hast du Alzheimer?«

»Okay, lassen wir das. Bei der Zeugin handelt es sich um Wanda Völxen, derzeit wohnhaft in Hannover-Linden, Viktoriastraße …«

»Weiß Mama eigentlich, was du hier abziehst?«

»Ach!«, faucht Völxen. »Leuten Drohbriefe schreiben und Wände vollschmieren, aber nach der Mama schreien, wenn's Ärger gibt. Sehr erwachsen, wirklich!« Erst nach einem Räuspern von Oda beruhigt sich Völxen wieder. Seine Kollegin schiebt ein paar Papierseiten über den Tisch, und er hält fest:

»Für das Protokoll: Hauptkommissarin Kristensen legt einige Ausdrucke von E-Mails an Johannes Falkenberg vor.«

Wanda sieht sich suchend in dem kahlen Raum um. »Gibt's hier keine Videoaufzeichnung? Das ist ja wie in der Steinzeit bei euch. Und wo ist diese Glaswand, die man immer im Fernsehen sieht?«

»Würdest du dir bitte diese Mails durchlesen.«

»Papa, hör doch auf mit diesem blöden Theater!«

»Das ist kein Theater, das ist eine Vernehmung.«

»Meinetwegen. Aber war es wirklich nötig, mich von einem Streifenwagen hierherbringen zu lassen?«

Völxen fährt ungerührt fort. »Diese E-Mails sind alle mit dem Kürzel AdT unterzeichnet, was für ›Anwälte der Tiere‹ steht. Das ist die Gruppe, in der du Mitglied bist, richtig?«

»Wir sind kein Kegelverein, wir führen keine Mitgliederliste.«

»Aber du hast dich in der Vergangenheit schon an Aktionen dieser Gruppe beteiligt.«

»Das weißt du doch ganz genau, Papa. Du hast doch selbst schon unsere Schafe dafür zur Verfügung gestellt!«

»*Du* hast die Schafe einfach entführt!«

Oda senkt den Kopf und beißt sich auf die Lippen. Es war ihr sofort klar, dass Völxens »kleine erzieherische Maßnahme« im Desaster enden würde. Sie hätte gern darauf gewettet, aber es wollte niemand dagegenhalten. Im Gegenteil, das ganze Dezernat hat sie beneidet, dass sie dem Schauspiel beiwohnen darf.

»Wer hat diese E-Mails geschrieben?«, fragt Völxen.

»Keine Ahnung.«

»Wir haben Falkenbergs Computer beschlagnahmt, wir können die IP-Adressen zurückverfolgen …«

»Dann macht das doch.«

»*Falkenberg, bald brennt dein Hühner-KZ. Hühner-Hannes, bald kratzt du selber ab* … Soll ich weiterlesen?«

»Wenn du willst …« Wanda fixiert die Tischplatte.

»Das sind Drohungen. Über die Geschmacklosigkeit von KZ-Vergleichen will ich gar nicht erst reden.«

»Aus Sicht der Hühner …«, beginnt Wanda, wird aber von ihrem Vater niedergebrüllt: »Es geht hier nicht um Hühner, sondern um Mord, mein Fräulein!«

»An einem Tierquäler«, präzisiert Wanda. »Geschieht ihm recht. Aber ich habe weder diese Mails geschrieben noch diesen Scheißtypen umgebracht, falls es das ist, was du wissen willst. Und ich bin auch nicht *dein Fräulein*!«

»Sag mal, hast du mir überhaupt zugehört?«, fragt Völxen mit eisiger Stimme. »Ein *Mensch* wurde brutal ermordet und ausgenommen wie ein, ein …«

»Suppenhuhn?«

Die Ader an Völxens Schläfe droht zu explodieren, aber auf eine beschwichtigende Geste von Oda hin besinnt er sich auf seinen Vorsatz, sich auf gar keinen Fall von Wanda provozieren zu lassen und diese Vernehmung genauso professionell anzugehen wie jede andere auch.

»Warum hattet ihr ausgerechnet Falkenberg auf dem Kieker?«, will er wissen.

»Wir haben einen Tipp bekommen und uns heimlich dort umgesehen, schon vor einem Jahr.«

»Also Einbruch«, konstatiert Völxen.

Seine Tochter zuckt mit den Schultern.

»Von wem kam dieser Tipp?«

»Anonym«, sagt Wanda eine Spur zu rasch und sprudelt dann hervor: »Falkenberg hat gegen die EU-Vorschriften und das Tierschutzgesetz verstoßen, er hat viel zu viele Hühner auf zu kleinem Raum gehalten. Bei einer Freilandhaltung, wie er sie praktizierte, sollte eine Legehenne vier Quadratmeter Platz zur Verfügung haben. Bei Falkenberg hatte sie vielleicht ein Zehntel davon. Und dann besitzt er sogar noch die Unverfrorenheit, seine Eier als *Bio* zu stempeln. Wir haben Bilder und

Videos von den Zuständen dort ins Internet gestellt. Willst du sie sehen?« Sie zieht ihr Handy aus der Tasche ihrer Jeans und prophezeit: »Da wird dir schlecht.«

»Nicht jetzt«, wehrt Völxen ab.

»Ja, klar. Wegschauen ist ja auch viel bequemer!«

»Wanda!«, mahnt nun Oda. »Bleib bitte auch du sachlich.«

»Außerdem haben wir das alles schon einmal bei der Polizei zu Protokoll gegeben«, sagt Wanda trotzig.

»Wie, wann?«, fragt Völxen perplex.

»Vor ein paar Monaten. Falkenberg hat uns doch angezeigt. Wir wurden vernommen, und es wurden ein paar Spraydosen beschlagnahmt. Aber das Ermittlungsverfahren musste eingestellt werden, weil man uns nichts nachweisen konnte.« Wanda grinst ihren Vater triumphierend an, wobei zwei Grübchen auf ihren Wangen erscheinen.

Völxen ist erschüttert. Zum einen über die kriminelle Energie seiner Tochter, zum anderen, weil ihm niemand aus der Staatsanwaltschaft davon berichtet hat. Das hätte es früher nicht gegeben. Da hat man zusammengehalten, sich auf dem kleinen Dienstweg informiert, wenn es die Familie betraf. Aber inzwischen sitzen da drüben ja fast nur noch so karrieregeile Heiopeis wie dieser Hendrik Stevens, für die Loyalität ein Fremdwort ist. Völxen fühlt sich auf einmal wie einer der letzten Dinosaurier. »Warum hast du mir davon nichts gesagt?«

»Ja, warum wohl?«, gibt Wanda zurück.

Eins zu null für die Gastmannschaft, denkt Oda und grinst in sich hinein.

Völxen schüttelt den Kopf. »Weißt du, Wanda, diese Aktion damals, mit den Schafen auf dem Kröpcke, die fand ich in Ordnung, das war originelle und witzige Öffentlichkeitsarbeit für eine gute Sache. Vor allen Dingen aber war sie nicht kriminell! E-Mails mit geschmacklosen Drohungen und Beleidigungen und Schmierereien an einer Stallwand dagegen, was soll das? Wer liest denn bitte schön, was an dieser Wand steht, da kommen ja noch nicht mal zufällig ein paar Spaziergänger vorbei, was bringt das denn? Kannst du mir das mal erklären?«

»Er sollte Angst kriegen. Alle diese Tierquäler sollen Angst kriegen.«

»Ich kann dir sagen, Wanda, was ihr erreicht habt: Falkenberg wollte seinen Betrieb an einen niederländischen Investor verkaufen, und seine Witwe wird das nun umso rascher tun. Dann entsteht dort eine Legebatterie, die zehnmal so groß ist wie Falkenbergs.«

»Scheiße!« Wanda wirkt betroffen.

Eins zu eins.

»Seid ihr jetzt zufrieden, ja?«, tritt Völxen erbost nach.

Wandas Zerknirschung hält nicht lange an. Sie verschränkt die Arme, pariert den herausfordernden Blick ihres Vaters und sagt: »Ich glaube nicht, dass das passieren wird. In der Wedemark wohnen zu viele Leute mit Geld und Einfluss. Die wollen keinen Dreck vor der eigenen Tür.«

Völxen muss ihr insgeheim recht geben. Indessen murmelt Oda etwas von Pferden, die vor Apotheken kotzen.

»Was passiert eigentlich mit dem Protokoll von diesem tollen Verhör hier?«, möchte Wanda wissen.

»Es wird abgetippt, du unterschreibst es, und dann kommt es in die Ermittlungsakte.«

»Und die gebt ihr dann der Staatsanwaltschaft, oder?«

»Genau, du kennst das ja schon.«

»Dann habe ich jetzt mal etwas für euer Protokoll«, verkündet Wanda, beugt sich nach vorn und spricht demonstrativ in Richtung des Aufnahmegeräts. »Sehr geehrte Damen und Herren von der Staatsanwaltschaft, mich würde interessieren, warum im letzten Herbst keiner reagiert hat, als wir euch Hinweise auf den Schwindel mit den falsch deklarierten Eiern geliefert haben. Wo sind denn unsere Fotos und Videos von den polnischen Lastwagen geblieben, die nachts auf Falkenbergs Betriebsgelände ein und aus gefahren sind? Wieso wurde damals nicht gegen Falkenberg ermittelt? Warum saß der Kerl nicht schon längst im Knast? Okay, der Zeitpunkt war ungünstig, ein paar Wochen vor den Landtagswahlen. Da kommt so ein Lebensmittelskandal ganz, ganz, ungelegen, nicht wahr? Denn man ist ja weisungsgebunden ans Ministerium ... Und wenn diese schwarzen Säcke die Wahl nicht verloren hätten, dann wäre vermutlich niemals ermittelt worden, dann ...«

Völxen platzt der Kragen. »So, jetzt reicht's mir! Das ist hier eine Vernehmung in einem Mordfall und keine Demo.«

»Ja, mir reicht's schon lange!« Wanda springt auf. »Kann ich jetzt gehen oder bin ich verhaftet?«

»Setz dich hin, wir sind noch nicht fertig.«

Wanda lässt sich wieder auf den Stuhl sinken und sieht ihren Vater mit zornig funkelnden Augen an. Äußerlich ist sie eine jüngere Ausgabe von Sabine Völxen – zum Glück –, aber den Sturschädel hat sie vom Vater, erkennt Oda.

»Wo warst du am Freitagabend zwischen halb sieben und acht Uhr abends?«

»Du fragst jetzt echt nach meinem Alibi?«

»Ja, echt«, bestätigt Völxen.

»Und wenn ich keines habe, komm ich dann vierundzwanzig Stunden in U-Haft?«, fragt Wanda aufsässig. »Das macht mir eigentlich gar nichts, ich wollte sowieso lernen, da stört mich wenigstens keiner.«

Tatsächlich gewinnt Oda so langsam den Eindruck, dass Wanda dies geradezu provozieren will.

»Dann wird es dich sicher auch nicht stören, wenn wir in der Zeit deinen Computer beschlagnahmen, dein WG-Zimmer auseinandernehmen und alle deine Kleider auf Blutspuren hin untersuchen«, droht Völxen.

»Nur zu!«, giftet Wanda. »Ich sehe schon die Schlagzeilen: *Leiter der Mordkommission verhaftet eigene Tochter wegen Mordverdachts ...*«

»Aufhören, sofort!«, ruft nun Oda. Sie unterbricht die Aufnahme und sagt wütend: »Ihr benehmt euch wie zwei Kinder im Sandkasten.«

Sogar Völxen weicht jetzt Odas eisigem Blick lieber aus. Wanda betrachtet ihre Fingernägel.

»Wanda, weder dein Vater noch ich glauben ernsthaft, dass du etwas mit diesem Mord zu tun hast. Aber dadurch, dass es diese Mails und die Parolen an der Stallwand gibt, seid ihr eine von mehreren Spuren, die wir verfolgen müssen, ob es uns nun gefällt oder nicht. Und da du kein Alibi hast oder es uns nicht sagen möchtest, sind weitere Schritte, wie sie dein Vater schon angedeutet hat, durchaus denkbar. Allerdings sehe ich darin keinen Sinn. Wir wissen alle, dass du nicht Falkenbergs Mörderin bist. Es wäre mir viel lieber, wenn bei diesem Gespräch etwas herauskäme, das uns wirklich weiterbringt. Und dann kannst du wieder gehen.«

»Ich werde meine Freunde nicht verraten!«, ruft Wanda im Ton einer Operettenheldin.

»Das verlangt auch niemand von dir.« Oda fixiert Wanda mit ihren Gletscheraugen. »Es ist uns egal, wer diese Wand beschmiert oder die E-Mails geschrieben hat. Aber wir wüssten gerne, von wem dieser Tipp kam, von dem du vorhin gesprochen hast. Wer hat euch das mit den polnischen Lastwagen verraten? Wir würden natürlich geheim halten, von wem wir die Information haben.« Oda deutet auf das noch immer ausgeschaltete Aufnahmegerät. »Aber du würdest uns damit möglicherweise sehr helfen. Das ist ein fairer Deal, finde ich, und wir hätten alle etwas davon.«

Wanda zögert.

Oda erhöht das Angebot: »Und ich bitte gleich morgen die Gewerbeaufsicht, sich mal die Arbeitsverträge und die Papiere der Leute in Falkenbergs Betrieb anzuschauen ...«

»Okay, das ist fair«, meint Wanda und lächelt. »Es war Sebastian Falkenberg. Der hat uns das gesagt.«

Oda und Völxen sehen einander an.

»Gehört der etwa auch zu euch?«, fragt Oda.

Wanda schüttelt den Kopf. »Er ist mit einem von uns zur Schule gegangen. Kann ich jetzt gehen?«

»Ja«, knurrt Völxen.

Wanda steht auf, wobei sie ihren Vater keines Blickes mehr würdigt, und verlässt das Zimmer. Die Tür donnert ins Schloss.

»Dabei war sie so ein liebes Kind«, seufzt Völxen.

DER LEICHNAM JOHANNES FALKENBERGS wurde entkleidet und gesäubert, das Haar abrasiert, um eventuelle Schädelverletzungen sichtbar zu machen. Es sind aber nur ein paar Schrammen zu sehen. Dr. Bächle steht eine füllige brünette Kollegin unbestimmten Alters zur Seite, die der Rechtsmediziner mit »Frau Dr. Winter« vorstellt. Außerdem hat sich noch eine Praktikantin dazu bereit erklärt, ihm zu assistieren.

»Leider kein besonders schöner Anblick, und es wird nicht besser werden, meine Herrschaften. Wenn also jemand zwischendrin mal rausgehen will, habe ich dafür vollschtes Verschtändnis ...«, sagt Dr. Bächle und wendet sich dann an die Praktikantin: »Das gilt auch für Sie, Fräulein Krischtensen.«

Hendrik Stevens sieht Jule an und hebt fragend die Augenbrauen.

»Odas Tochter«, erklärt Jule leise.

Veronika wartet zurzeit auf einen Studienplatz in Medizin. Um ihren Lebenslauf etwas aufzupeppen, hat ihr Dr. Bächle ein Praktikum in seinem Institut verschafft.

»Das ist ja die reinste Mafia bei euch«, stellt der Staatsanwalt mit gedämpfter Stimme fest.

Jule lächelt. Ob er sich wohl auch gerade daran erinnert, dass sie sich hier, in der Rechtsmedizin, zum ersten Mal begegnet sind? Ein Zusammentreffen, das nicht gerade von Harmonie geprägt war. Kann eine Beziehung überhaupt gut gehen, die in einem Sektionssaal begonnen hat?

Jule hat absolut nichts gegen diesen Ort, sie findet Autopsien interessant, deshalb meldet sie sich oft freiwillig, wofür ihr das ganze Dezernat ausgesprochen dankbar ist. Umso mehr wundert sich Jule, als nun die Tür aufgeht und Hauptkommissar Völxen den Saal betritt.

Auch Dr. Bächle scheint überrascht zu sein. »Do schau her. Heit rennet se mer pfeilgrad die Bude ein!«

Veronika ist Völxen beim Zubinden der Schürze behilflich und reicht ihm einen Mundschutz, aber der Hauptkommissar lehnt mit einem Kopfschütteln ab. »Ich halte Abstand«, verspricht er. Dann nickt er Jule zu und wünscht Hendrik Stevens förmlich einen guten Tag.

»Du hier?«, flüstert Jule.

»Man muss in Übung bleiben«, erwidert Völxen vage.

Jule versucht, sich wieder auf Dr. Bächle zu konzentrieren, was gar nicht so einfach ist. Zwischen Hendrik Stevens und ihrem Chef fühlt sie sich wie ein Ringrichter zwischen zwei Schwergewichtsboxern.

Dr. Bächle nuschelt ein paar allgemeine Angaben zu Größe, Gewicht und Ernährungszustand des Toten in sein Diktiergerät. »Das Öffnen des Torsos können wir uns ja gröschtenteils sparen«, meint er dann. Zunächst aber macht er sich am Hals des Toten zu schaffen. Die Haut dort weist Blutergüsse auf, aber es sind keine Würgemale. Veronika reicht ihm mit stillem Eifer die Instrumente. *Sie ist schon richtig erwachsen*, stellt Jule fest.

»Meine Herrschaften, ich denke, ich habe die Todesursache gefunden«, verkündet Bächle nach einer Weile. »Veronika, was haben wir hier?«

Die Praktikantin spreizt mit zwei Haken die Haut des Halses. »Den Larynx. Allerdings ziemlich kaputt«, antwortet sie.

»Exakt«, bestätigt Dr. Bächle. »Wir haben hier eine schwäre Fraktur des Larynxskelettes. Heißt auf gut Deutsch, dem Mann wurde der Kählkopf zerschmettert ...«

»Wie exotisch«, murmelt Jule mitten hinein in Bächles wohlgesetzte Kunstpause. »Sind Messer und Schusswaffen aus der Mode?«

»... was eine vital-bedrohliche Atemnot und letschtendlich den Tod durch Erschticken zur Folge hat«, ergänzt Bächle und schaut Jule dabei streng an.

»Womit?«, fragen Völxen und Stevens im Chor und blicken danach beide verlegen in entgegengesetzte Richtungen.

»Da gibt's mehrere Möglichkeiten. Mit einem massiven Schtock oder einem Baseballschläger.«

»Oder einem Golfschläger?«, fragt Völxen, auf Bächles Hobby anspielend.

»Freilich.«

»Oder mit der Handkante«, mischt sich Jule ein. »Ein Karateschlag. Geht auch mit dem Fuß oder dem Ellbogen.«

»Wirklich?«, fragt Stevens.

»Das lernt man im Training.« Jule trainiert schon seit Jahren Karate, allerdings hat sie es in letzter Zeit ein bisschen schleifen lassen.

»Der Herr Staatsanwalt meint wahrscheinlich, ob das *wirklich* funktioniert, so ein tödlicher Schlag oder Tritt.«

Jule traut ihren Ohren nicht. *Der Herr Staatsanwalt meint wahrscheinlich* ... Was ist denn in Völxen gefahren, gab es Kreide zum Mittagessen?

»Schaust du nie Bruce-Lee-Filme?«, fragt sie zurück.

»Nein«, antworten Völxen und Stevens schon wieder synchron. Wenn das so weitergeht, befürchtet Jule, dann gehen sie bald zusammen aufs Klo.

Dr. Bächle, der sich nicht gerne unterbrechen lässt, und schon gar nicht in seinem Sektionssaal, blickt finster in die Runde und sagt: »Meine Herrschaften, wie wär's, wenn Sie sich mit Ihren Fragen an meine Wenigkeit wenden würden?«

»Entschuldigung, Dr. Bächle«, sagt Jule.

Keiner wagt jedoch, jetzt noch etwas zu sagen oder zu fragen, also macht Dr. Bächle mit seiner Arbeit weiter, während er vor sich hin murmelt: »1998 ischt mir so ein Fall schon einmal untergekommen. Eine Schlägerei im Milieu. Der Täter war ein ehemaliger Boxer und wurde wegen Körperverletzung mit Todesfolge verurteilt. Er wollte seinen Gegner wahrscheinlich nicht töten, aber der Larynx ischt empfindlich. Er ischt nämlich die entscheidende neuromuskulär geschteuerte Engstelle der oberen Atemwege. Da hat ein schwerer Schlag mit der Fauscht völlig ausgereicht ...«

Während seiner Rede hat Bächle sich den Rumpf des Toten vorgenommen. »Spuren von Tierfraß am linken Lungenflügel, der rechte fählt«, lässt Bächle sein Publikum wissen. Ähnliches hört man von der Speiseröhre, der Leber, dem Magen und dem Darm. Veronikas Aufgabe besteht darin, die Überbleibsel der Organe zum Arbeitstisch von Dr. Winter hinüberzutragen, wo die Rechtsmedizinerin dünne Scheiben vom Gewebe abschneidet, diese zwischen Objektträger klemmt und durch ein Mikroskop betrachtet.

»Waren das die Wildschweine?«, fragt Veronika und verzieht angewidert das Gesicht.

»Ja, vermutlich. Oder Füchse. Die Speiseröhre wurde regelrecht abgekaut, man sieht die ungleichmäßigen Ränder. Das war für die Viecher ein Feschtessen. Wenn die Herrschaften sich vergewissern möchten?«

»Danke!«, wehrt Hendrik Stevens ab. Oberhalb seines Mundschutzes ist er bleich wie ein Fischbauch. Auch Völxen verzichtet, nur Jule beugt sich über den Leichnam und bereut es sogleich. Sie ist es gewohnt, dass wenigstens im Inneren von Leichen die übliche Ordnung herrscht, aber Falkenbergs Körper ist ein makabres Durcheinander von angefressenen Organen, Hautfetzen, Bauchfett, verletztem Muskelgewebe und gesplitterten Knochen. Außerdem macht ihr der Geruch, der schon während der ganzen Zeit aus der Körperhöhle aufsteigt, plötzlich zu schaffen. Sie hat das Gefühl, dass ihr gleich schlecht wird. Mit raschen Schritten geht sie zum Waschbecken und trinkt ein paar Schlucke aus dem Hahn.

Hendrik Stevens kommt auf sie zu, wobei er sich den Mundschutz unters Kinn zieht. »Geh raus. Du musst hier nicht die Heldin spielen«, flüstert er.

»Ist schon wieder okay.« Wäre ja noch schöner, ausgerechnet heute zu schwächeln.

»Du gehst jetzt ein paar Minuten vor die Tür«, sagt Hendrik bestimmt. »Völxen gibt uns schon Bescheid, wenn wir was verpassen sollten.« Uns? Wir? Er kommt also mit? Und verstößt gegen die eiserne Regel: strikte Trennung von Beruf und Privatsphäre? Jule ist baff. Tatsächlich nimmt Hendrik nun ihren Arm und macht Anstalten, sie hinauszubegleiten.

»Interessant ...«, hören sie Dr. Bächle sagen, als sie schon an der Tür sind. Beide bleiben stehen. Jule streift Hendriks Arm ab und nähert sich wieder dem Sektionstisch.

»Veronika, was sähen Sie da?«

»Die *vena cava superior*, Dr. Bächle«, kommt es ohne jedes Zögern.

»Und was fällt Ihnen daran auf?«

»Eine glatte Schnittfläche?«, antwortet Veronika fragend.

»Bravo. Und was haben wir hier?«

»Die *vena cava inferior*. Ebenfalls mit glatter Schnittfläche«, antwortet Veronika. Ihr Gesicht oberhalb des Mundschutzes ist vor Aufregung ganz rot.

»Und das bedeutet?«, fragt Dr. Bächle, der in seiner Dozentenrolle völlig aufgeht.

»Äh, das bedeutet, das Herz wurde bicaval anastomosiert, also an vena cava superior und inferior abgesetzt, mit glatten Schnittflächen.«

Jule bleibt vor Staunen beinahe der Mund offen stehen. *Bicaval anastomosiert.* Ist dies das Gör, das in einem Sarg schlafen wollte, der aufsässige Teenie, der sich mit den Koksnasen einer Punkband herumgetrieben und seine Mutter einen Haufen

Nerven gekostet hat? Wäre Oda doch nur hier, sie würde vor Stolz platzen.

»Bravo, junges Fräulein! Meine Herrschaften, Sie haben es gehört: Dem Mann ischt das Herz herausgeschnitten worden. Für diese sauberen Schnittflächen an den beiden Hohlvenen sind nicht die Wildsäu verantwortlich, das war eindeutig ein Messer.«

Veronika strahlt, als hätte sie gerade den Nobelpreis bekommen.

»Und da sind Sie sicher?«, fragt Völxen und erntet dafür einen vernichtenden Blick von Dr. Bächle, der kühl antwortet: »Frau Dr. Winter wird sich das unter dem Mikroskop ansehen, um unsere Vermutung zu verifizieren.« Wie immer, wenn Dr. Bächle angesäuert ist, spricht er plötzlich perfekt Hochdeutsch. Er trennt mit einem Skalpell die Reste der beiden Venen ab, und Veronika gibt sie weiter an die Rechtsmedizinerin.

»Wurde denn nur das Herz herausgeschnitten?«, fragt Stevens.

»Ja, so schaut's aus«, bestätigt Bächle. »Diese glatten Schnittflächen haben wir sonscht nur in der Haut und im Muschkelgewäbe entdecken können, dort, wo der Bruschtkorb mit einem Messer geöffnet wurde.«

»Voll krass«, bringt es Veronika auf den Punkt.

Völxen lächelt. »Ich hätte es nicht besser ausdrücken können.«

»Des ischt aber noch net alles«, sagt Dr. Bächle und wendet sich wieder an seine Praktikantin. Mit dem Skalpell deutet er auf etwas, das die anderen nicht sehen können, weil sie zu weit weg stehen.

»Was sehen Sie da, junges Fräulein?«

»Draht«, sagt Veronika und verbessert sich sogleich. »Eine Cerclage.«

»Und wann kommen Cerclagen zum Einsatz?«, setzt Dr. Bächle seine Lehrstunde fort.

Hendrik Stevens lässt ein genervtes Schnauben hören. »Könnten wir vielleicht ... au!« Er sieht Jule anklagend an und reibt sich mit der Innenseite seines rechten Budapesters das linke Schienbein.

Jule lächelt freundlich. »Entschuldigung. Ich hatte für einen kurzen Moment Gleichgewichtsstörungen.«

»Cerclagen benutzt man nach Operationen am Herzen?«, sagt Veronika zögernd.

»Genau«, bestätigt Dr. Bächle und präzisiert: »Bei Eingriffen am offenen Herzen, wie es im Volksmund heißt, wird als Zugang eine mediane Schterniotomie gewählt. Das heißt, das Bruschtbein wird medial durchtrennt. Damit sich der Knochen poschtoperativ wieder schtabilisieren kann, werden Cerclagen aus Draht gelägt, die im Knochen verbleiben. Frau Dr. Winter wird sich gleich das Schternium vornehmen.« Er wirft einen Blick in die Runde, ohne dabei das Augenrollen des Staatsanwalts zu beachten. »Also das Bruschtbein. Es müsste eine mediane Schterniotomienarbe zu sähen sein.«

Die Angesprochene ist noch mit den Abschnitten der beiden Venen beschäftigt, und während Dr. Bächle vorsichtig das Sternium freilegt, hebt sie den Blick vom Mikroskop und sagt: »Dr. Bächle, ich glaube, ich sehe hier Narben einer Anastomose.«

Dr. Bächle drückt Veronika das Skalpell in die Hand, wuselt blitzschnell hinüber zum Tisch der Rechtsmedizinerin und murmelt dabei: »Eine Anaschtomose? Sind Sie da ganz sicher, Frau Kollägin?« Er setzt sich hinter das Mikroskop, während Jule ihr Medizinerlatein ausgräbt und den beiden anderen anwesenden Herren erklärt: »Eine Anastomose ist die chirurgisch hergestellte Verbindung von zwei Blutgefäßen.«

»Richtig«, sagt Veronika altklug.

»Und das heißt?«, fragt Völxen in Dr. Bächles Richtung.

Jule ist klar, was das heißt, aber sie will Bächle nicht schon wieder die Show stehlen. Der kommt jetzt auf die drei Ermittler zu, und nach einer wohlgesetzten Pause, die ihre Wirkung beim Publikum nicht verfehlt, verkündet er: »Das heißt, dass unser Mann hier herztranschplantiert war.«

»Falkenberg hat ein neues Herz bekommen?«, staunt Völxen.

»Genau, ein Schpenderorgan«, bestätigt Bächle, und Veronika Kristensen ergänzt: »Und dann hat ihn jemand getötet und das neue Herz wieder rausgeschnitten. Voll krass.«

»WIESO HAT UNS seine Frau das nicht gesagt?«

Oda zuckt mit den Achseln, inhaliert tief und bläst den Rauch über Völxen hinweg. Er hat es längst aufgegeben, sie wegen des Rauchverbots in diesem Gebäude zu rüffeln.

»Sie hat uns gleich im ersten Satz gesagt, dass er herzkrank war, erinnerst du dich? Aber dann hast du ihr eröffnet, dass ihr Mann ermordet wurde …«

»Ich Idiot. Ich hätte sie ausreden lassen sollen«, ärgert sich Völxen.

»Die Frage ist doch: Macht es einen Unterschied?«

»Der Mann hat ein fremdes Herz. Er wird getötet, und jemand schneidet ihm das Herz raus. Das soll nichts bedeuten?«

»Eigenartig ist das schon«, räumt Oda ein.

»Schon was vom Sohn gehört?«, fragt Völxen.

»Nein. Sollen wir nach ihm fahnden lassen?«

»Warten wir noch bis morgen früh«, entscheidet Völxen. »Ach, übrigens … Veronika hat im Sektionssaal brilliert! Sie hat mit Fremdwörtern um sich geworfen und ein erstaunliches Wissen an den Tag gelegt. Du wärst stolz auf sie gewesen. Aus ihr ist wirklich eine kluge junge Frau geworden.«

Oda strahlt. »Das wurde aber auch Zeit, nach all dem jahrelangen Ärger mit ihr.«

»Bei mir ist es wohl umgekehrt. Wanda war immer so problemlos, und jetzt wird sie kriminell.«

»Ja, irgendwann werden die Lämmchen zu Wölfen.«

»Du hast schon bessere Schafwitze gemacht«, grunzt Völxen misslaunig.

»Ach übrigens, Völxen. Diese Aufnahme von Wandas Vernehmung … ich kann das Band nicht mehr finden, ich muss es verschlampt haben, tut mir leid.«

»Danke, Oda.«

Es klopft. Fernando kommt herein und wedelt demonstrativ den Rauch beiseite, der in Odas kleinem Büro hängt wie eine Schlechtwetterwolke.

»Geheimes Meeting?«, fragt er grinsend.

»Sieh dich vor«, brummt Völxen. »Was gibt's?«

»Ein Anruf auf der Hotline. Es gab natürlich nicht nur einen, aber dieser hier scheint ganz brauchbar zu sein: Die Nachbarin der Falkenbergs, eine gewisse Frau Holliger, sagt, sie hätte in den letzten Wochen einige Male ein Auto beobachtet, das wiederholt langsam am Grundstück der Falkenbergs vorbeigefahren ist.«

»Kennzeichen?«

»Konnte sie mir leider nicht nennen. Und den Wagentyp weiß sie auch nicht, nur dass es ein roter Kleinwagen war. Sie scheint schon ein paar Jährchen auf dem Buckel zu haben, der Stimme nach zu urteilen.«

»Ich fahr zu ihr«, beschließt Völxen.

»Soll ich mitkommen?«, fragt Oda, aber es klingt nicht so, als würde sie darauf brennen.

»Nein, nein. Ihr klemmt euch hinter eure Schreibtische. Ich will bis morgen die Lebensläufe der ganzen Familie Falkenberg haben und außerdem die Akte von dieser Anzeige gegen die ›Anwälte der Tiere‹. Und erinnert Fiedler daran, dass er um zehn Uhr zur offiziellen Fallbesprechung hier auf der Matte steht, wenn möglich, mit brauchbaren Ergebnissen. Und falls dieser Sebastian sich meldet, ruft mich an, egal, wie spät.« Grußlos rauscht er hinaus.

»Was ist denn mit dem los?«, wundert sich Fernando.

»Blinder Aktionismus«, sagt Oda. »In Wirklichkeit traut er sich nur nicht nach Hause.«

DASS JOHANNES NICHT mehr am Leben ist, macht Nora weniger zu schaffen als die Umstände seines Todes. Immer wieder sieht sie das Gesicht dieses Kommissars mit den grauen Augen und den buschigen Brauen vor sich, der ihr den Tod ins Haus gebracht hat. Dabei hat sie sich solche Szenen doch schon oft ausgemalt. Jedes Mal, wenn ihr Mann auf Sebastian herumgehackt hat, wenn er ihren Sohn *Weichei* und *Schwuchtel* und noch anderes nannte, gingen ihr dieselben Bilder durch den Kopf: Ein Autounfall. Johannes, der gegen einen Baum oder einen Lastwagen kracht, weil sein Herz versagt hat. Zwei Polizisten, die mit ernsten Mienen vor der Tür stehen ... Oder die andere Variante: wie er hier im Haus plötzlich zusammenbricht, weil er sich mit seinem neuen jungen Herzen völlig übernommen hat. Wie er sie mit seinen letzten Atemzügen bittet, den Defibrillator, der im Schlafzimmer hängt, zu betätigen. Doch sie rührt keinen Finger. Nun aber macht es sie zornig, tatenlos zusehen zu müssen, wie sich die Presse, die Polizei und jeder Trottel, der einen Internetanschluss besitzt, des Todes ihres Mannes bemächtigt. Wie sie rätseln und spekulieren und die grässlichen Details genüsslich und respektlos erörtern. Als wäre Johannes' Tod plötzlich zum Allgemeingut geworden, über das jeder schreiben und sprechen und bloggen und twittern darf, wie es ihm beliebt.

Bisher war noch niemand hier, um ihr beizustehen oder wenigstens zu kondolieren. Nur die alte Schachtel von nebenan hat Nora ihr Beileid ausgesprochen, mal so eben über den Zaun. Sibylle hat vorhin angerufen, immerhin. Johannes hatte immer eine Menge für sie übriggehabt, das hat Nora von Anfang an gewusst. Sie ist bis heute nicht sicher, ob dieses berechnende kleine Biest dies nach ihrer Trennung nicht ausgenutzt hat, damit Johannes ihr bei allem Möglichen hilft: eine Wohnung zu finden, den Umzug zu organisieren ... Manche Frauen sind ja so unselbstständig und kultivieren diese Schwäche auch noch, weil es immer Idioten gibt, die darauf hereinfallen und nur zu gern den Ritter spielen. Jetzt wird Sibylle sich einen anderen Dummen suchen müssen. Dabei ist eine Scheidung doch wirklich alltäglich und harmlos gegen das, was sie, Nora, im Moment durchzustehen hat. Und wo, bitte schön, bleibt ihr weißer Ritter?

Von ihrem Schwager Werner hat sie noch nichts gehört. Das wundert sie auch nicht. Zwischen ihnen herrschte noch nie viel Sympathie. Nora kann nicht einmal genau sagen, was es ist, das sie am jüngeren Bruder ihres Mannes nicht mag. Er sieht gut aus, eigentlich wäre er genau ihr Typ. Aber es ist, als umgäbe ihn ständig eine Wolke ewig schlechter Laune. Da sich Werner einen Dreck um Konventionen schert und in letzter Zeit ohnehin in Selbstmitleid zu ertrinken scheint, ist mit einem Kondolenzanruf von seiner Seite auch nicht zu rechnen. Die Sache mit dem Geld, die der Kommissar angesprochen hat, muss allerdings sofort überprüft werden.

Das Telefon klingelt. Es ist Dr. Wolfram. »Liebe Frau Falkenberg, es tut mir so furchtbar leid …«

Der Tod seines Patienten scheint ihn getroffen zu haben. Oder vielmehr entsetzt, vor allem die, wie er es ausdrückt, »schrecklichen Begleitumstände«. *Begleitumstände.* Klingt wie *Nebenwirkungen.* Risiken und Nebenwirkungen eines Mordes …

»Hat die Polizei denn schon einen Verdacht, wissen Sie etwas?«

Nora sagt, sie wisse auch nicht mehr als das, was im Radio und in den Nachrichten war. Sie merkt während des Telefonats, dass sie mit Dr. Wolfram am liebsten ab sofort, noch in dieser Sekunde, nichts mehr zu tun haben möchte. Nicht, weil sie etwas gegen den Mann hätte, sondern weil er einem Stück Vergangenheit angehört, das sie am liebsten vergessen möchte, rasch und für immer. Sie verabschiedet sich mit dem falschen Versprechen, ihn auf dem Laufenden zu halten.

Nora ist sicher: Wäre Johannes auf eine normale, anständige Weise gestorben, wäre jetzt das Haus voller Anteil nehmender Menschen, die ihr ihre Hilfe anbieten würden. Sie wäre eine *normale* Witwe. So aber ... Ihr Leben ist durch diesen brutalen Mord besudelt worden, besudelt und beschmutzt. Die Polizei war im Haus, *im Haus!*, und man verdächtigt sie und ihren Sohn. Es ist so ungerecht!

DAS WINZIGE KNUSPERHÄUSCHEN ist bis zum Dachfirst hinauf mit wildem Wein berankt, der feuerrot in der Abendsonne funkelt. Davor stehen Beetrosen stramm, Dahlien und Astern neigen sich anmutig über den Jägerzaun, und an der Grenze zu Falkenbergs Grundstück stehen Johannisbeersträucher und Sonnenblumen. Ein Apfelbaum trägt schwer an seinen Früchten, ein paar davon liegen schon im Gras.

Frau Holliger ist den Neunzigern näher als den Achtzigern. Schlohweißes Haar umgibt ihr Spitzmausgesicht wie eine Wolke und erinnert Völxen an die Haarpracht von Dr. Bächle, ebenso ihre Gestalt, die auf eine Größe von etwa einem Meter fünfzig zusammengeschnurrt ist. Allerdings ist Bächle dann doch einen Kopf größer, muss Völxen zugeben. Um die alte Dame nicht zu erschrecken, hat der Hauptkommissar seinen Besuch telefonisch angekündigt, und Frau Holliger hat dies zum Anlass genommen, Tee zu kochen und ein paar süße Teilchen aus der Gefriertruhe zu holen. Dass sie wohl noch nicht genug Zeit zum Auftauen hatten, registriert Völxen, als er hungrig in eines hineinbeißt und der Schmerz in seinen Zahnplomben explodiert.

»Auf die Weite sehe ich noch sehr gut«, versichert Frau Holliger. »Nur kenne ich mich mit Autos halt nicht besonders gut aus. Aber es war rot und klein. Und es fuhr ganz langsam hin und her, meistens zwei- oder dreimal. Jedes Mal hat es in meiner Einfahrt gewendet und dann wahrscheinlich wieder vorne, an der Bushaltestelle.«

»Wie oft konnten Sie dieses Fahrzeug beobachten?«, fragt Völxen und legt die Kuchengabel mit Bedauern auf den Teller zurück.

»Vier Mal. Mir wurde es schon langsam unheimlich. Deshalb habe ich mir einmal das Kennzeichen aufgeschrieben.«

»Das ist ja großartig!«, freut sich Völxen.

»Leider finde ich den Zettel nicht mehr. Ich habe schon alles abgesucht, auch im Altpapier hab ich gewühlt. Es war ein gelber Zettel, so einer, der an einer Seite klebt, das weiß ich ganz genau. Wahrscheinlich hat diese Svetlana ihn weggeschmissen. Das ist die Polin, die hier sauber macht. Ich wollte das nicht, ich kann noch gut alleine putzen, aber meine Tochter hat mir diese Frau aufgedrängt. Sie bezahlt sie auch. Denkt wohl, dass sie dann nicht so oft vorbeizukommen braucht.« Frau Holliger nickt wissend mit dem Kopf. »Nachtigall, ick hör dir trapsen«, murmelt sie in astreinem Berliner Jargon.

»Das mit dem Zettel ist nicht so schlimm«, lügt Völxen. »Wissen Sie denn noch, ob es ein Kennzeichen aus Hannover war?«

»Ja, das schon. An das H erinnere ich mich, aber nicht an den Rest. Tut mir leid.«

»Wann genau haben Sie dieses Auto beobachtet?«

»Das erste Mal Anfang August, so gegen Mittag. Und das letzte Mal vor zwei Wochen. Aber ich bin natürlich nicht immer zu Hause«, fügt sie hinzu. »Ich muss ja auch mal zum Einkaufen fahren, entweder mit dem Bus nach Resse, oder meine Tochter nimmt mich mit zu Real. Kann also sein, dass der noch öfter da war.«

»Verstehe«, sagt Völxen und hackt mit der Kuchengabel einen Brocken aus der Zitronenrolle. »Und dazwischen? Kam das Auto in regelmäßigen Abständen oder auch mal kurz hintereinander?«

»Eher in regelmäßigen Abständen, ja, das kann man sagen. So etwa alle acht Tage ist mir das aufgefallen.«

»War es immer derselbe Tag?«

Sie kneift die Augen zusammen und überlegt. »Jetzt, wo Sie mich fragen: Ja. Es war immer Montag oder Dienstag.«

»War die Uhrzeit auch immer dieselbe?«

»Nein. Mal war es Mittag, mal Nachmittag, einmal schon fast dunkel.«

»Als der Wagen vorbeifuhr, waren Falkenbergs da zu Hause, wissen Sie das?«

»Das kann ich nicht sagen. Wenn die Autos in der Garage stehen, weiß ich nicht, ob jemand da ist oder nicht. Ich gehöre ja nicht zu den Leuten, die den ganzen Tag ihre Nachbarn beobachten. Mir ist eben nur dieser Wagen aufgefallen, weil ich Angst hatte, dass das Einbrecher sein könnten, die einen neuen Tatort ausbaldowern.«

Völxen muss über den altmodischen Gangsterjargon lächeln und fragt:

»Waren denn mehrere Personen im Wagen?«

»Nein, immer nur einer. Ein Mann. Ich glaube, ein jüngerer. Dunkles Haar, so bis hierher.« Sie deutet eine Länge bis zu den Ohrläppchen an. »Das Gesicht konnte ich nicht gut sehen. Er trug immer eine Sonnenbrille, auch dann, wenn es gar nicht sonnig war.«

»War der Mann groß oder eher klein?«

»Woher soll ich das wissen, er saß doch im Wagen.«

»Reichte sein Kopf bis unter die Decke des Wagens?«

Ihre Miene hellt sich auf. »Ach so, jetzt verstehe ich, was Sie meinen. Nein. Er kann nicht sehr groß gewesen sein. Aber so essen Sie doch was, oder mögen Sie nichts Süßes?«

»Doch, doch, aber ich muss mich beherrschen. Die Pfunde«, seufzt Völxen und fährt rasch mit der Befragung fort: »Erinnern Sie sich an irgendein Detail des Wagens, außer dass er klein und rot war? Eine Aufschrift vielleicht, ein Aufkleber, irgendetwas?«

»Nein, so was war da nicht. Mir ist nur aufgefallen, dass der Lack stumpf war. Vielleicht war er aber auch nur dreckig.«

»Was für ein Rot war es? Dunkel, hell?«

Frau Holligers Blicke irren durch die Küche, als suche sie nach einem Farbvergleich. Schließlich deutet sie auf den Wandkalender der Sparkasse, der neben einem altertümlichen Monstrum von einem Kühlschrank hängt. »So ein Rot war es.«

Ein sparkassenroter Kleinwagen mit Hannoverschem Kennzeichen, stumpfem Lack und einem mittelgroßen, jüngeren, dunkelhaarigen Fahrer, fasst Völxen in Gedanken zusammen. »Sagen Sie, wie sind die Falkenbergs denn so, als Nachbarn?«

Sie hebt ihre dünnen Schultern unter der grauen Strickjacke. »Ich kann mich nicht beklagen. Viel Kontakt haben wir nicht. Nur übern Zaun, man wünscht sich Guten Tag und Guten Weg und redet übers Wetter.«

»Kann es ein, dass Sie sie nicht besonders mögen?«

Sie lächelt verschmitzt, als hätte Völxen sie ertappt. »Mir sind diese Leute zu oberflächlich. Da ist dieses seltsame Haus ... und sie macht immer so verzweifelt auf jugendlich, dass man fast Mitleid bekommt. Er war eigentlich ganz nett, ich kann nichts gegen ihn sagen. Aber ins Herz geschlossen habe ich ihn trotzdem nicht gerade.«

Ins Herz geschlossen. Warum drückt sie es ausgerechnet so aus?

»In seinem Hühnerstall soll es ja nicht mit rechten Dingen zugegangen sein, was man so hört und in der Zeitung liest«, fügt Frau Holliger hinzu.

»Kennen Sie auch Sebastian, den Sohn der Falkenbergs?«

»Ja, natürlich. Das war aber nicht sein Sohn, sondern ihrer.«

»Und wie war das Verhältnis zwischen Johannes Falkenberg und Sebastian. Gab es Streit?«

Sie beugt sich ein wenig über den Tisch und senkt die Stimme, als gäbe es potenzielle Mithörer, ehe sie fortfährt. »Nun, mit Stiefkindern ist es ja immer etwas schwierig. Und angeblich soll der Sebastian ja vom anderen Ufer sein, wenn Sie wissen, was ich meine. Das hat dem Falkenberg nicht gepasst, vielleicht hat er ihn deswegen an die Luft gesetzt.«

»Wussten Sie, dass Herr Falkenberg eine Herzoperation hatte?«

»Sie meinen, dass man ihm ein neues Herz verpflanzt hat? Ja, sicher wusste ich das. Davor war er ziemlich krank, er durfte sich kaum anstrengen, kam sofort aus der Puste. Der hätte es wohl nicht mehr lange gemacht ohne dieses neue Herz. Aber nach der OP hat er wieder Holz gehackt und ist sogar Laufen gegangen. Das ist jetzt schon einige Jahre her, fünf oder sechs. Zu mir hat er mal gesagt, er habe ja nun ein junges Herz, damit werde er sicher hundert. Ich fand das makaber. Ich meine, immerhin ist der Spender ja aus irgendeinem Grund jung gestorben. Da sollte man doch ein bisschen mehr Respekt haben, wenn man dem Unglück eines anderen Menschen und dessen Familie sein Leben verdankt, oder was meinen Sie?«

»Durchaus«, stimmt Völxen zu.

Frau Holliger schaut nachdenklich zum Küchenfenster hinaus, von dem aus man die Einfahrt und ein Stück der Landstraße sehen kann.

»Mein Edgar ist vor zwanzig Jahren gestorben, an einem Herzinfarkt. Aber ich weiß nicht ... Wenn er auf einmal das Herz von jemand anderem bekommen hätte ... das wäre mir unheimlich gewesen, mein Edgar mit einem fremden Herzen.« Sie verstummt, scheint nachzudenken, dann fährt sie fort: »Man sagt doch immer, im Herzen, da sitzen die ganzen Gefühle drin, und einem geliebten Menschen schenkt man sein Herz. Aber vielleicht ist das alles nur sentimentales Geschwätz. Meine Tochter ist Apothekerin, und die sagt, das Herz sei nichts weiter als eine Pumpe, ein Muskel, das hätte mit der Liebe und mit Gefühlen rein gar nichts zu tun.« Sie hält erneut inne, dann lächelt sie und fügt hinzu: »Aber das glaube ich ihr nicht. Diese Wissenschaftler, die haben ja auch nicht immer recht.«

VÖLXEN LÄSST FRAU HOLLIGER seine Telefonnummer da und verabschiedet sich. Draußen überprüft er sein Telefon, das er stumm geschaltet hat. Ein entgangener Anruf von Jule. Er ruft zurück und erfährt, dass sie und Fernando noch drei Mitglieder der »Anwälte der Tiere« vernommen haben. Der Rest war nicht erreichbar. »Von den dreien haben zwei Alibis, angeblich waren sie zusammen auf einem Handballturnier. Bei dem Mitglied ohne Alibi handelt es sich um ein Mädchen, das zur Tatzeit allein zu Hause, aber ab neun Uhr auf einer Party war. Ich halte sie ehrlich gesagt nicht für verdächtig«, meint Jule. »Und Sebastian Falkenberg hat sich noch immer nicht gemeldet. Ach, und das Alibi dieses Herrn Swoboda von der Eierfarm hat sich bestätigt, er saß zur fraglichen Zeit im *Dicken Fritz*.«

»Danke, Jule. Macht Feierabend für heute.«

Er parkt seine DS in der Einfahrt von Falkenbergs *palazzo prozzo*, hinter einem silbergrauen Audi A3. Es ist keines der Fahrzeuge der Familienmitglieder. Laut Auskunft der Zulassungsstelle fuhr der Ermordete einen 5er BMW, Nora Falkenberg das Peugeot Cabrio, und es gibt noch einen älteren Rover Freelander, zugelassen auf Johannes Falkenberg. Er kramt im Handschuhfach und findet einen zerfledderten Straßenatlas von Hannover und Umgebung. Das Ding ist bestimmt schon zwanzig Jahre alt, aber das Resser Moor und die Umgebung dürften sich in der Zeit nicht allzu sehr verändert haben. Moore sind sowieso uralt, sinniert Völxen. Tausende von Jahren bleiben sie immer gleich, vorausgesetzt, der Mensch zerstört sie nicht. Seufzend klappt er den Atlas zu und richtet seinen Blick auf das Haus. Er registriert, dass er überhaupt keine Lust auf ein Gespräch mit Nora Falkenberg über das Herz ihres Mannes hat. Aber es muss sein.

Die Wiedersehensfreude hält sich auch bei Nora Falkenberg in Grenzen. »Gibt es etwas Neues?«, fragt sie, als sie die Tür öffnet. Völxen hat das Gefühl, dass dies die höfliche Übersetzung ist von: *Was wollen Sie denn schon wieder?*

»Nein, den Täter haben wir leider noch nicht. Entschuldigen Sie die Störung, ich habe nur ein kleines Anliegen.« Völxen schlägt den alten Atlas auf. »Würden Sie mir bitte die Strecke einzeichnen, die Ihr Mann für gewöhnlich gejoggt ist?«

»Was, jetzt?«

»Wenn Sie so freundlich wären.«

»Ich habe Besuch, meine Freundin Gabi ist hier. Die, die Ihre Beamten nach meinem Alibi gefragt haben.« Es klingt vorwurfsvoll, offenbar nimmt sie es den Behörden übel, dass man ihr nicht blind vertraut.

»Daher wissen wir jetzt, dass Sie es nicht gewesen sein können«, antwortet Völxen. »Es sei denn, Sie lügen uns alle beide an.«

Die letzte Bemerkung scheint Nora Falkenberg keine Antwort wert zu sein. Ihr bleibt nichts anderes übrig, als ihn ins Wohnzimmer zu bitten, wo eine mollige Blondine auf dem Sofa sitzt. Eine angebrochene Flasche Rotwein und zwei Gläser stehen auf dem Couchtisch.

»Frau Trautwein – Kommissar Völxen«, stellt sie die beiden Besucher einander vor.

Völxen nimmt die Degradierung hin und nickt der Blondine zu. Frau Falkenberg trägt den Atlas mit spitzen Fingern hinüber zum großen Esstisch. Der Blumenstrauß von gestern ist verschwunden, dafür stehen jetzt zwei benutzte Suppenteller und ein Topf auf einem karierten Tischtuch.

»Ich hoffe, ich habe Sie nicht beim Essen gestört.«

»Gabi hat mir Hühnersuppe vorbeigebracht«, sagt Nora Falkenberg, und fast klingt es so, als wolle sie sich dafür entschuldigen, dass sie etwas gegessen hat.

Völxen reicht ihr einen Kugelschreiber. Nora Falkenberg setzt sich an den Tisch, beugt sich über die Karte und zeichnet konzentriert Linien ein. Für einen Augenblick wirkt sie jung, wie eine Schülerin, die Hausaufgaben macht. Genauso stolz präsentiert sie schließlich auch ihr Werk und erklärt Völxen die Strecke sowie die Varianten, die es gab. »Aber meistens nahm er die, die ich dicker eingezeichnet habe«, meint sie abschließend. Sie hat ihm noch keinen Sitzplatz angeboten, aber Völxen bleibt ohnehin lieber stehen. Er fragt sie nach dem roten Kleinwagen. Nein, ihr sei kein solches Fahrzeug aufgefallen. »Das kann ja nur die alte Holliger erzählt haben«, kombiniert sie. »Da wäre ich an Ihrer Stelle ein wenig vorsichtig, die Frau ist schon ein bisschen …« Ihr Zeigefinger beschreibt kleine Kreise in Höhe ihrer Schläfe, und Völxens Abneigung gegen die Dame des Hauses vertieft sich noch ein bisschen mehr.

»Von Ihrem Sohn haben Sie nichts gehört?«

»Nein.«

»Schade. Wenn er sich bis morgen nicht meldet, müssen wir nach ihm fahnden lassen.«

»Das ist doch vollkommen übertrieben«, zischt Frau Falkenberg.

Völxen hat nicht vor, mit ihr über polizeiliche Maßnahmen zu diskutieren. »Das war es auch schon, vielen Dank.« Er wendet sich zum Gehen. Frau Falkenberg atmet auf und bringt ihren Besucher zur Haustür. Doch der bleibt davor stehen und sagt: »Frau Falkenberg, eins noch: Bei der Obduktion hat sich herausgestellt, dass Ihr Mann herztransplantiert war.«

»Ja. Und?«

»Davon haben Sie uns gar nichts gesagt.«

»Mir hat man mit acht die Mandeln rausgenommen, das habe ich Ihnen auch verschwiegen«, kommt es giftig zurück. »Was hat denn das bitte schön mit diesem schrecklichen Mord zu tun?«

»Vielleicht nichts«, antwortet Völxen. Eine Pause entsteht. Man merkt Frau Falkenberg an, dass sie verunsichert ist, weil Völxen sich immer noch nicht vom Fleck rührt. »Todesursächlich war ein schwerer Schlag gegen den Kehlkopf. Es hat sich außerdem herausgestellt, dass Ihrem Mann, vielmehr seiner Leiche, das Herz entfernt wurde.«

»Was?«

»Der Täter hat Ihrem Mann das Herz herausgeschnitten.«

Die Mitteilung scheint sie mehr zu schockieren als die gestrige Todesnachricht. Sie starrt ihn an. Ihr Gesicht ist so weiß geworden wie die Wand hinter ihr. Sie tastet nach dem Treppengeländer, als suche sie nach Halt.

»Frau Falkenberg, ich wüsste gerne …« Weiter kommt Völxen nicht.

»Das Herz rausgeschnitten?«, schreit sie, und dann fängt sie an zu lachen. Ihr Gesicht verzerrt sich, sie krümmt sich, aber sie kann sich offenbar nicht beruhigen. Nach Luft ringend, aber noch immer lachend, richtet sie sich wieder auf. Tränen blitzen in ihren Augen, sie rennt die Treppe hinauf. Völxen ist unschlüssig, ob er ihr folgen oder lieber gleich den Notarzt rufen soll. Er hört eine Tür knallen. Noch immer dringt das hysterische Gelächter zu ihm herab, allerdings gedämpfter. Sein Blick fällt auf das Bild, vor dem die Frau eben noch gestanden hat. Es ist ein gerahmtes Foto der Falkenbergs, das aus den Anfangsjahren ihrer Ehe stammen muss. Sie stehen beide an der Reling eines Bootes, hinter ihnen sieht man den Mast, ein Stück Segel und blauen Himmel. Er hat den Arm um sie gelegt und lächelt stolz, sie strahlt in die Kamera. Sie sehen glücklich aus, froh, einander gefunden zu haben. Doch, ja, denkt Völxen, damals war Falkenberg ein recht ansehnlicher Mann: aufrechte Haltung, breite Schultern, klarer Blick. Ein Siegertyp. Nora Falkenberg sah dagegen schon so aus wie heute, nur etwas frischer und fröhlicher. Das Foto scheint im Urlaub aufgenommen worden zu sein, vielleicht während eines Segeltörns. Völxen verdrängt den Gedanken an Falkenbergs zerschundenen Körper auf dem Seziertisch und fragt sich im Stillen, ob der Sohn damals wohl auch dabei war, auf dem Boot. Vielleicht hat er sogar das Foto gemacht.

»Was ist denn los?« Gabi Trautwein kommt um die Ecke geschossen und sieht Völxen fragend und zugleich böse an. Das Gelächter von Nora Falkenberg ist inzwischen in ein von Husten durchsetztes heiseres Lachgebell übergegangen.

Völxen löst den Blick von der Fotografie. »Ich glaube, Ihrer Freundin geht es nicht gut. Sie sollten mal nach ihr sehen.«

»Was haben Sie denn gemacht?«

»Ich habe sie nach der Herztransplantation ihres Mannes gefragt«, sagt Völxen wahrheitsgemäß. »Wissen Sie zufällig, wo die OP stattfand?«

»In den Niederlanden. Und jetzt lassen Sie sie gefälligst in Ruhe, sie hat schon genug durchgemacht! Würde mich nicht wundern, wenn sie einen Nervenzusammenbruch hätte.« Ehe Völxen ihr erklären kann, dass er sowieso gerade gehen wollte, stapft Frau Trautwein schon energisch die Treppe hinauf, mitten hinein in das schaurige Gelächter.

»Ja dann … Wiedersehen.« Sein Gruß verhallt ungehört. Er verlässt das Haus, flieht vor dem irren Lachen und fragt sich, während er in den Wagen steigt, ob eine Freundin, die Hühnersuppe bringt, nicht auch ein falsches Alibi liefern würde.

Sachte senkt sich die Dämmerung herab. Völxen fährt Falkenbergs Laufstrecke ab. Dabei fällt ihm ein, dass er schon zwei Wochen lang nicht mehr walken war. Vielleicht sollte er lieber mal wieder um den Maschsee joggen. Früher hat er das unter dreißig Minuten geschafft, mittlerweile braucht er fünfundvierzig, und selbst dabei muss er sich schon richtig anstrengen. Die Strecke führt ein Stück an der Hauptstraße entlang und biegt dann rechts ab auf die schmale, asphaltierte Straße, die sie schon gestern, auf dem Weg zum Leichenfundort, in Odas Golf entlanggefahren sind. Er parkt die DS ein kleines Stück vor der Stelle, an der der Asphalt aufhört, und geht zu Fuß weiter. Sieben Uhr. Etwa um diese Zeit müsste Falkenberg hier entlanggelaufen sein. Die Wiese, auf der die Jäger geparkt haben, ist wieder eingezäunt, aber man sieht noch die vielen Reifenspuren im zerdrückten Gras. Ein Seniorenpaar in gleichen Funktionsjacken schnurrt auf zwei identischen E-Bikes an ihm vorbei. Sonst ist niemand hier draußen. Eigenartig, dass an einem so schönen Abend nicht mehr los ist. Aber es ist Sonntag, fällt ihm ein. Am Sonntagabend sind die Leute gern daheim. Er wollte vorhin Sabine anrufen, um zu sagen, dass er gegen acht zu Hause sein wird, aber sie ist nicht ans Telefon gegangen. Auf dem Handy hat er es gar nicht erst versucht, meistens steckt es in ihrer Handtasche, und erst nach Tagen entdeckt sie verwundert ihre entgangenen Anrufe. Sabine behauptet, sie habe deswegen noch nie etwas Wichtiges versäumt, im Gegenteil, vieles habe sich in der Zwischenzeit von selbst erledigt. Jetzt, wo er daran denkt, verspürt er ein warmes Gefühl irgendwo in seiner Brust, und er muss lächeln. Von wegen nur ein Muskel. Dann muss er plötzlich an Wanda denken, an diese verunglückte Vernehmung von vorhin. Wie sehr sie sich schon entfremdet haben, seit Wanda von zu Hause ausgezogen ist. Der Gedanke macht ihn traurig.

Er erreicht die Stelle, an der der Waldweg abzweigt, und folgt ihm langsam. Der Weg verläuft schnurgerade, braunes Gras wächst zwischen den ausgetrockneten Fahrspuren. Laut den Angaben der Spurensicherung wurde Falkenberg mitten auf dem Weg ermordet und seine Leiche erst danach in den Wald geschleppt. Völxen geht die hundert Meter bis zu der Stelle, an der der Mord geschah. Ein Fetzen Absperrband an einem Ast markiert den Beginn der Schleifspur. Jemand, der zur Tatzeit ebenfalls den Weg entlangkam, hätte den Mörder schon von Weitem bei seiner Tat beobachten können. Ziemlich gewagt also. Andererseits konnte aber auch der Täter den Waldweg nach zwei Seiten überblicken, was das Risiko wieder relativiert.

Am Horizont steht die Sonne wie eine riesige Blutorange und taucht die Landschaft in ein goldenes Licht. Eine Amsel pfeift ihr Abendlied, in die grünen Schattierungen des Waldes mischt sich das erste Schwarz. *Wie kann jemand an einem solchen Ort eine so schreckliche Tat begehen?*, fragt sich Völxen und macht sich im selben Moment klar, dass das ein ziemlich naiver Gedanke ist. Kriminelle lassen sich gemeinhin eher selten von

Sonnenuntergängen und Vogelgezwitscher von ihren Vorhaben abbringen. Die Spurensicherer haben das ganze Waldgebiet abgesucht. Freitagabend dürfte auf diesem Waldweg etwas mehr los gewesen sein als jetzt, überlegt Völxen. Allerdings hat sich bislang niemand gemeldet, der zur fraglichen Zeit hier draußen etwas Verdächtiges beobachtet hat.

Aber was ist schon verdächtig? Der Täter wird ja nicht mit dem Messer zwischen den Zähnen herumgelaufen sein. Apropos Messer ... Warum wurde Falkenberg durch einen Schlag auf den Kehlkopf getötet, wenn der Täter doch offenbar ein Messer dabeihatte? Weil es eine unblutige Art ist, einen Menschen zu töten? Wollte der Mörder dem Opfer Schmerzen ersparen? Ist ein Erstickungstod, wie er durch einen zertrümmerten Kehlkopf ausgelöst wird, sanfter als ein Stich mit einem Messer? Wie lange dauert es, bis danach der Tod eintritt? Nein, überlegt Völxen, es ging Falkenbergs Mörder nicht darum, seinem Opfer Schmerzen zu ersparen. Er wollte leise töten. Nach einem Messerstich ist ein Mensch immer noch in der Lage zu schreien, mit einem zertrümmerten Kehlkopf nicht. Ein einziger Schlag, dann den leblosen Körper ins Gebüsch zerren, das ist eine Sache von wenigen Sekunden. Ein Gedanke kommt Völxen in den Sinn: Vielleicht war es gar nicht das erste und einzige Mal, dass der Täter Falkenberg auflauerte. Vielleicht saß er über einen längeren Zeitraum Abend für Abend im Gebüsch und wartete auf die beste Gelegenheit. Wie ein Jäger, der wieder und wieder ansitzt, bis ihm der Platzhirsch seine Flanke zeigt. Ein Jäger, der seine Beute ins Gebüsch schleift, sie ausnimmt und ihr das Herz herausschneidet. Was hat das zu bedeuten, dieses Herausschneiden des Herzens? Ist das ein perverses Ritual? Eine Botschaft? Und wie passt die recht professionelle Tötungsart zu dem eher dilettantischen Blutbad, das der Täter hinterher angerichtet hat? Oder überkam den Täter, nachdem er lange Zeit kühl abgewartet und die Tat entschlossen und kaltblütig ausgeführt hatte, plötzlich eine rasende Wut? Warum?

Die Sonne versinkt als roter Feuerball im Moor, und als sie nicht mehr zu sehen ist, dreht Völxen sich um und geht zurück zu seinem Wagen.

ODA SCHAUT ÜBER TIANS SCHULTER

AUF DEN BLOCK, auf dem er sich Notizen macht. Es sind ausschließlich chinesische Schriftzeichen. Sie sehen sehr schön aus, findet Oda. »Was schreibst du?«

Er hebt den Blick. »Eine Einkaufsliste. Sachen, die ich nur in Pekings ältester Apotheke bekomme. Ich werde sie dir zeigen, du wirst staunen, das ist ein Erlebnis.«

»Hoffentlich kaufst du da kein Nashornpulver oder so perverses Zeug«, mischt sich Veronika ein.

»Hältst du mich für einen Quacksalber?«, fragt Tian und zieht eine Augenbraue hoch.

»Ich weiß nicht so recht«, meint Veronika und gießt sich Rotwein aus der Flasche, die auf dem Tisch steht, in ihr Glas.

»Und schon sind die Mitbringsel gestrichen«, grinst Tian.

»He, he, das reicht, Fräulein«, sagt Oda, die ihre Rotweinration für den Abend bedenklich schwinden sieht.

Veronika stellt die Flasche wieder auf den Tisch, nimmt das Glas und geht die Treppe hinauf in ihr Zimmer. Während des ganzen Abendessens hat sie ihre Mutter und Tian mit Einzelheiten der heutigen Autopsie unterhalten. Zart besaiteten Gemütern wäre dabei sicher der Appetit vergangen, aber Tian und Oda sind ja sozusagen vom Fach und inzwischen auch schon abgebrüht. In vier Wochen ist das Praktikum vorbei, dann wird es vielleicht auch wieder normale Tischgespräche geben, hofft Oda.

»Sag mal, unsere Flüge – das sind doch Linienflüge, richtig?«, fragt Oda.

»Ja«, bestätigt Tian, ohne aufzublicken. »Warum?«

»Könnte man die notfalls noch um ein paar Tage verschieben?«

»Und an welchen Notfall denkst du dabei? Krankheit, Naturkatastrophen, Todesfälle in der Familie?«

»Dieser Mordfall … das ist eine heiße Sache, und die Presse sitzt uns im Nacken …«

»Das tut sie doch immer«, entgegnet Tian kurz angebunden.

»Versteh doch, ich habe kein gutes Gefühl, wenn ich mitten in den Ermittlungen einfach abhaue.«

»Wenn ich mich recht erinnere, hast du deinen Urlaub schon vor drei Monaten eingereicht. Von ›abhauen‹ oder ›im Stich lassen‹ kann also überhaupt keine Rede sein. Euer Dezernat besteht doch nicht nur aus dir allein, oder? Wir haben diese Reise jetzt seit einem halben Jahr geplant, und mein Vater rechnet fest damit, dich endlich kennenzulernen. Er wäre tief gekränkt, wenn wir nicht kämen. Und das vollkommen zu Recht.«

»Es heißt ja nicht, dass wir nicht kommen, es geht doch nur um ein paar Tage.«

»Und wenn in ein paar Tagen der Fall immer noch nicht aufgeklärt ist? Wenn es dann einen neuen Mordfall gibt, einen noch spannenderen?« Tians Lächeln ist aus seinem Gesicht verschwunden. »Außerdem habe ich die Termine mit meinen Klienten entsprechend geplant. Vielleicht erinnerst du dich daran, dass auch ich einen Beruf habe, wenngleich er natürlich längst nicht so wichtig ist wie deiner.«

»Du musst nicht sarkastisch werden«, sagt Oda und zügelt ihren aufwallenden Ärger. »Könnte ich nicht ein paar Tage später nachkommen?«

Tian ist aufgestanden. Er sieht Oda so kühl an, dass sie sich unwillkürlich wünscht, sie hätte nicht davon angefangen. Sie will gerade einen Rückzieher machen, als er aus dem Zimmer geht. Durch die Glastür sieht sie, wie er im Flur seine Jacke anzieht. Sie springt auf.

»Jetzt renn doch nicht weg! Können wir nicht wie Erwachsene darüber reden?«

»Findest du, ich bin kindisch?«, fragt er und klingt dabei so bitter, wie sie es von ihm noch nie gehört hat. Er nimmt seine Tasche. Eigentlich wollte er hierbleiben, und normalerweise scheut er keine Auseinandersetzung, es ist gar nicht seine Art. Er greift nach seiner Brieftasche und nimmt ein kleines blaues Heftchen heraus.

»Hier ist dein Flugticket, Oda. Ich werde am Dienstagmorgen pünktlich am Flughafen sein. Was du mit deinem Ticket machst, ist deine Sache. Gute Nacht, grüß Veronika von mir.«

»Tian, jetzt warte doch, lass uns reden!«

»Es gibt dazu nichts mehr zu sagen.« Er geht hinaus, die Tür fällt zu. Sie hört seinen Wagen anspringen. Bewegungslos bleibt sie im Flur stehen und starrt den leeren Kleiderbügel an, über dem soeben noch seine Jacke hing. Ein Hauch seines Rasierwassers hängt noch in der Luft. Sie hat den Bogen überspannt. Seit zwei Jahren versucht Tian, sie zu einem Besuch seines Herkunftslandes zu überreden, und immer wieder sind ihr Gründe eingefallen, warum es gerade jetzt nicht geht. Meistens hat sie Veronika vorgeschoben, die Schule, das Abi, Erziehungsprobleme … Und jetzt macht sie schon wieder einen Rückzieher. Oder denkt zumindest daran. Wahrscheinlich geht es Tian in Wirklichkeit gar nicht um ein paar Tage früher oder später, sondern es verletzt ihn, dass sie sich nicht genauso auf die Reise freut wie er. Dass ihr das Ereignis, dem er seit Wochen entgegenfiebert, lästig ist und ungelegen kommt, mitten in einem brisanten Fall. Trotzdem hätte er nicht gleich wegrennen müssen. *Grüß Veronika von mir.* Was sollte denn das bedeuten, war das … hat er gerade mit ihr Schluss gemacht? Irgendetwas schnürt ihr die Kehle zu, und plötzlich merkt sie, dass sich ihre Augen mit Tränen füllen. Sie blinzelt sie weg. Was in aller Welt soll denn die Heulerei?, fragt sie sich ärgerlich. Sind das etwa schon die ersten Anzeichen der Wechseljahre?

HUNDE HABEN EIN sehr feines Gespür für dicke Luft, und Oscars Ohren zeigen die atmosphärischen Verstimmungen im

Hause Völxen so deutlich an wie Seezeichen. Sie stehen auf Halbmast, ähnlich wie die Mundwinkel von Sabine. Die sitzt auf dem Wohnzimmersofa, den Blick starr auf den Fernseher gerichtet, ohne auch nur mit einer Faser ihres Körpers zu signalisieren, dass sie Völxens Rückkehr bemerkt hat. Auf dem Bildschirm zieht die Steilküste Cornwalls vorüber.

»Guten Abend!«

»N'abend«, murmelt sie kaum hörbar.

Völxen versucht, so zu tun, als ob nichts wäre, und fragt, ob sie schon gegessen habe. Doch Sabine gibt keine Antwort und würdigt ihn keines Blickes.

Klarer Fall, Wanda hat gepetzt.

Völxen tätschelt den Terrier. Das ist das Schöne an Hunden: Sie freuen sich immer, wenn man nach Hause kommt. Da die Aussichten auf eine warme Mahlzeit wohl eher schlecht stehen, öffnet er den Kühlschrank. Nichts ist darin, was man aufwärmen könnte. Wie wär's mit Rühreiern? Aber irgendwie ist ihm jetzt gerade gar nicht nach Eiern. Seufzend macht sich Völxen ein Käsebrot, trinkt ein Bier dazu und geht dann im Dunkeln hinaus zur Schafweide. Aber auch dort erfährt er wenig Trost, die Schafe haben sich unter dem Apfelbaum zusammengerottet und scheinen zu schlafen. Er muss wohl oder übel zurück in die Höhle der Löwin.

Nach einer weiteren Stunde eisigen Schweigens auf dem heimischen Sofa holt sich Völxen noch ein Bier aus dem Kühlschrank und kapituliert nach einem Kampfschluck freiwillig. »Okay, was immer Wanda dir erzählt hat: Es war vielleicht ein bisschen übertrieben, aber deswegen müssen wir uns doch nicht streiten.«

»Streiten wir?«, kommt es knapp.

»Du schweigst mich an. Das ist schlimmer als Streiten.«

»Was hast du dir nur dabei gedacht?«, faucht Sabine ihn an. »Das arme Mädchen ist fix und fertig mit den Nerven.«

»Wirklich? Bei mir war sie noch rotzfrech.«

»Sie im Streifenwagen abholen zu lassen! Warum nicht gleich mit Handschellen?«

»Ich wollte ihr nur klarmachen, wie es enden kann, wenn man Leuten Drohungen an die Wände schmiert und beleidigende E-Mails schreibt.«

»Hat euer Verhör wenigstens sensationelle neue Erkenntnisse gebracht?«, fragt Sabine.

»Ja, allerdings. Sie hat uns einen Tipp gegeben, der sich als nützlich erweisen könnte.«

»Hoffentlich war der Tipp es wert, dass du deine Tochter wie eine Verbrecherin behandelt hast!«

Völxen geht zum Gegenangriff über. »Unsere Tochter ist kein Unschuldslämmchen, Sabine. Hast du gewusst, dass sie wegen dieser Drohungen, Sachbeschädigungen und Beleidigungen vor ein paar Monaten schon einmal zur Vernehmung vorgeladen worden ist?«

Zum ersten Mal schaut ihn Sabine an. »Nein.«

»Ich auch nicht.«

»Und? Was ist daraus geworden?«

»Nichts, sie konnten nicht nachweisen, wer von diesem Haufen was gemacht hat. Diese Truppe, in der sie da verkehrt, die gefällt mir schon seit Längerem nicht mehr. Am Anfang fand ich sie ja noch originell und witzig, aber inzwischen sind sie radikal, verbissen und kriminell.«

»Vielleicht, weil sie mit originell und witzig nichts erreicht haben«, antwortet Sabine. »Das ist doch mit allem so: Frauenbewegung, Anti-Atomkraft-Bewegung, Umweltschutz – nimm, was du willst.«

»Findest du das etwa gut, was diese ›Anwälte der Tiere‹ so treiben?«, ereifert sich Völxen.

»Den Dienstwagen des früheren Landwirtschaftsministers mit Schweinemist zuzuschmieren fand ich jetzt keine so schlechte Idee«, meint Sabine. »Außer, dass Wandas Klamotten nach zwei Wäschen noch immer gestunken haben.«

»Was? Das waren auch die? Und du hast das gewusst?«

Sabine zieht es vor zu schweigen.

Völxen ist fassungslos. »Toll, dass du das auch noch unterstützt. Was kommt als Nächstes? Brandstiftung? Körperverletzung? Wann werden sie den ersten Hühnerzüchter oder Schweinemäster lynchen?«

»Jetzt beruhige dich doch mal. Ich weiß, dass Wanda sich in letzter Zeit von dieser Clique distanziert hat, weil ihr etliche dieser Aktionen auch nicht mehr gefallen haben.«

»Und warum hat sie mir das dann nicht selbst gesagt?«

»Wenn du mit deiner Tochter ein normales Gespräch geführt hättest, anstatt sie von Uniformierten in einen Verhörraum schleppen zu lassen, hättest du es vielleicht von ihr erfahren! Weißt du, Bodo, wenn du jetzt anfangen willst, sie zu erziehen, dann ist das ein bisschen spät. Damit hättest du deutlich früher beginnen müssen, aber damals hattest du ja keine Zeit!« Sabine steht auf und verlässt das Zimmer. Völxen hört sie die Treppen hinaufgehen, lauter als sonst. Er wartet vergeblich, dass sie noch einmal herunterkommt. Ihre letzten Worte haben ihn getroffen. Will sie ihm damit sagen, er sei ein schlechter Vater gewesen? Sie tut ihm damit unrecht, findet er. Das will er nicht so einfach auf sich sitzen lassen. Aber Sabine kommt nicht mehr ins Wohnzimmer, und Völxen trinkt noch ein Bier. Er ist nicht geübt im Streiten. Sabine und er geraten nur selten aneinander, er kann sich an das letzte Mal gar nicht mehr erinnern. Muss schon Jahre her sein. Am Anfang ihrer Ehe krachte es öfter einmal. Aber es folgte immer eine Versöhnung, für die sich jeder Streit gelohnt hat. Die kann er sich heute wohl abschminken, zumindest in diesem Punkt ist er sich hundertprozentig sicher.

»HIER WAR JA EINIGES LOS AM WOCHENENDE«, bemerkt Richard Nowotny, als er am Montagmorgen den Papierberg auf seinem Schreibtisch entdeckt. »Hättet ihr mich doch angerufen, zu Hause war mir eh nur langweilig.«

»Meinst du, du kannst auf die Schnelle so etwas wie eine Ermittlungsakte zusammenschustern?«, fragt Völxen. »Um zehn Uhr ist offizielles Meeting mit der Staatsanwaltschaft ...«

»Na klar, wie immer«, antwortet Nowotny, streicht sich über seine Glatze und murmelt: »Mann, Mann, Mann, ist das wieder ein Durcheinander.«

»Danke, Richard!« Völxen weiß, dass Nowotny nichts mehr liebt, als Ordnung im Chaos zu schaffen. Wegen eines Rückenleidens arbeitet er seit Jahren im Innendienst, aber eine Frühpensionierung kommt für ihn nicht infrage. »Meine Frau würde ausrasten, wenn ich ihr jetzt schon den ganzen Tag auf der Pelle sitzen würde. Und außerdem fühle ich mich noch zu jung zum Tauben füttern. Oder Schafe«, erklärt er in regelmäßigen Abständen. Aber alle sind froh, dass er die wichtige Fleißaufgabe der Aktenführung übernimmt. Nowotny wirkt zwar wie ein gutmütiger Opa, aber er kann recht hartnäckig und ungemütlich werden, wenn die Ermittler mit ihren Berichten nicht nachkommen.

Auf dem Flur begegnet Völxen Frau Cebulla mit einem Tablett, auf dem zwei Tassen Tee stehen. »Da sind Sie ja! Ihre Tochter will Sie dringend sprechen.«

»Ich rufe sie später zurück.«

»Nein, nein, sie ist *hier*. In Ihrem Büro«, wispert Frau Cebulla, denn inzwischen stehen sie genau davor. Völxen ist so verblüfft, dass er glatt seine Manieren vergisst und es versäumt, der Sekretärin die Tür aufzumachen. Aber Frau Cebulla schafft es auch alleine.

Väterliche Erfahrung sagt Völxen, dass Wanda garantiert nicht um acht Uhr aufgestanden ist, um sich bei ihm zu entschuldigen. Mit einer unguten Vorahnung betritt er das Büro. Wanda hängt müde in der Sofaecke und krault Oscar, dessen Kopf auf ihrem Schenkel ruht. Beide werden sofort munter, als Völxen und Frau Cebulla hereinkommen. Der Terrier legt die Ohren an und hechtet vom Sofa, wohl wissend, dass er dort nichts verloren hat, und Wanda richtet sich auf.

»Ein starker Schwarztee, der macht Sie wach«, sagt die Sekretärin, und Völxen ist nicht sicher, wen sie meint. Vermutlich seine Tochter. Ihr Haar sieht aus, als hätte es heute noch keinen Kamm gesehen, und die Jeans mit den Löchern ist dieselbe wie gestern. Nur das blaue T-Shirt ist ein anderes, wenn auch nicht unbedingt ein frisch gewaschenes, davon zeugt ein kleiner roter Fleck, vermutlich Tomatensoße, über der Brust.

»Morgen, Dad.« Sie knautscht das Kissen mit dem Schaf darauf, und ein blökender Laut ertönt. Oscar schießt daraufhin kläffend unter dem Schreibtisch hervor, und Völxen brüllt: »Oscar! Platz!« und »Ruhe!«

Eine Zeit lang hatte es unter den Mitarbeitern seines Dezernats einen Wettbewerb gegeben, wer die albernsten Schafsartikel auftreibt. Bis es Völxen schließlich zu bunt wurde. Er hat den ganzen Plunder aus seinem Büro verbannt und damit gedroht, den Nächsten, der etwas Schafartiges anschleppen sollte, zu versetzen. Nur das Kissen hat er behalten, denn es ist wirklich nützlich, wenn er einmal in entspannter Haltung über etwas nachdenken muss.

»Was gibt es so Wichtiges, ich habe viel zu tun.« Es klingt schroffer als beabsichtigt, und Völxen könnte sich schon wieder ohrfeigen. Statt sie anzupflaumen sollte er lieber froh sein, dass sie ihn wieder *Dad* nennt – eine Anrede, die er zwar nicht mag, die aber darauf hindeutet, dass sie nicht mehr sauer auf ihn ist. Ganz im Gegensatz zu Sabine, die es heute Morgen vorgezogen hat, sich schlafend zu stellen, bis er das Haus verlassen hatte.

»Ich möchte eine Aussage machen«, verkündet Wanda.

»Schieß los.«

»Erst hätte ich gerne eine zweite Person dabei. So wie gestern.«

»Traust du mir etwa nicht?«

»Doch, doch. Aber sicher ist sicher.«

»Jetzt rück schon raus mit der Sprache. Meine Leute sind alle beschäftigt, wir haben gleich eine wichtige Besprechung.«

»Dann sag ich nichts«, gibt Wanda bockig zurück und trinkt von ihrem Tee.

Völxen flucht im Stillen. »Na schön, warte kurz.« Er geht aus dem Zimmer. Seine Wahl fällt auf Fernando, und es sind ausgesprochen niedrige Beweggründe, die ihn dazu bewegen. Sollte Wanda gleich irgendetwas aussagen, was man besser unter den Teppich kehrt, dann ist Fernando dafür der richtige Mann. Fernando klebt nicht an den Buchstaben des Gesetzes, er hat einen ausgeprägten Familiensinn und ist sich stets bewusst, dass Völxen es war, der ihn seinerzeit vor einer Karriere als Krimineller bewahrt hat. Und sollte Fernando dies doch einmal vergessen, dann wird Pedra Rodriguez schon dafür sorgen, ihn in regelmäßigen Abständen daran zu erinnern.

Fernando, notorisch unpünktlich, ist gerade erst im Büro angekommen. Er hat seine schwarze Lederjacke aufgehängt und den Computer hochgefahren und wirkt etwas erschrocken, als Völxen ihm sagt, er solle ihn sofort in sein Büro begleiten. Auch Jule Wedekin blickt überrascht und etwas besorgt von ihrem Bildschirm auf.

»Morgen, Jule. Keine Angst, ich fress ihn schon nicht«, sagt Völxen. Dennoch folgt Fernando ihm in einer Haltung, die an Oscar erinnert, wenn der etwas angestellt hat.

Wanda steht inzwischen am Fenster, die Teetasse in der Hand.

»Ihr zwei kennt euch ja«, sagt Völxen.

»Hi, Wanda.« Fernando hebt lässig die Hand.

»Hi, Fernando.« Wanda lächelt ihn an.

»Meine Tochter möchte eine Aussage machen«, sagt Völxen übertrieben förmlich und weist dabei auf die beiden Besucherstühle. Er selbst nimmt auf seinem orthopädischen Schreibtischsessel Platz. Oscar liegt in seinem Korb und bewegt lauschend die Ohren wie kleine Radarschirme.

Fernando starrt auf den Soßenfleck auf Wandas T-Shirt. Völxen entgeht das nicht. Er räuspert sich und blickt beide streng an, wonach Fernandos Blick rasch eine Etage höher schweift und Wanda zu sprechen beginnt: »Ja, also, du hast mich doch gestern nach meinem Alibi für die Tatzeit zwischen halb sieben und acht Uhr gefragt ...«

»Und du hast es vorgezogen, dich darüber auszuschweigen und zu gehen«, brummt Völxen.

»Weil ich es unmöglich fand, dass du deine eigene Tochter verdächtigst.«

Ruhig. Ganz ruhig bleiben, ermahnt sich Völxen und sagt zu Wanda: »Hast du es dir denn nun anders überlegt?«

»Ja. Damit du keine Schwierigkeiten bekommst, weil du mich nicht festgenommen hast, obwohl ich kein Alibi angegeben habe.«

»Das ist aber nett von dir.« Völxen glaubt ihr kein Wort. Er schielt auf die Wanduhr über der Tür. Schon fast halb neun und noch einiges zu tun. »Also?«

»Ich war bei Moby. Das ist sein Spitzname, eigentlich heißt er Daniel Förster. Er ist ein Kumpel von mir. Um sieben Uhr war ich bei ihm, er wohnt in der Nordstadt. Wir haben Spaghetti gekocht und gegessen, und um halb zehn sind wir zusammen ins UJZ Korn, da war ein Konzert. Ich kann es also nicht gewesen sein.«

Völxen ist so erleichtert, dass er sich die Frage verkneift, warum sie ihm das nicht schon gestern gesagt hat. »Wir nehmen das zu den Akten. Danke, Wanda.«

»Einen Moment«, mischt sich nun Fernando ein. Er bedeutet Wanda, sitzen zu bleiben, und informiert Völxen darüber, dass dieser Daniel Förster ebenfalls zum Kern der Tierschutzaktivisten gehört, gestern aber nicht erreichbar gewesen ist.

Völxen hat einen Geistesblitz, der seine Stimmung jedoch nicht erhellt. »Kann es sein, dass dieser Daniel Förster einen roten Kleinwagen fährt?«, fragt er seine Tochter.

»Ja, aber warum ist das wichtig, was Moby für ein Auto hat?«

Anstelle von Völxen redet erneut Fernando, der sich dabei jedoch an seinen Chef richtet: »Vor etwa einem halben Jahr hat Daniel Förster einen von Falkenbergs Mitarbeitern wegen schwerer Körperverletzung angezeigt. Der Hintergrund: Förster ist in den Stall eingestiegen, um heimlich Filmaufnahmen zu machen. Er wurde erwischt und übel zusammengeschlagen. Kieferbruch, zwei angeknackste Rippen. Außerdem hört er seitdem auf einem Ohr fast nichts mehr. Der Mitarbeiter war jedoch nach dem Vorfall unauffindbar, und Falkenberg hat seine Hände in Unschuld gewaschen. Umgekehrt wurde Daniel wegen Einbruchs und Sachbeschädigung zu einer Geldstrafe und einigen Stunden Sozialdienst verknackt.«

»Das ist doch wohl eine bodenlose Sauerei. Was ist denn das für ein Rechtssystem, in dem wir da leben?«, echauffiert sich Wanda und sieht ihren Vater Zustimmung heischend an.

»Vor allen Dingen ist es ein astreines Mordmotiv«, meint Fernando.

Völxen stützt die Ellbogen auf den Tisch und fixiert seine Tochter: »Hat dieser Daniel Förster dich gebeten, das auszusagen?«

»Nein. Es war so!«

»Wanda, dir ist aber schon klar, dass es eine schwere Straftat ist, jemandem ein falsches Alibi zu geben? Besonders, wenn es um Mord geht?«

»Aber es ist wahr«, behauptet Wanda.

Völxen ist klar, was hier läuft. »Wanda, bitte!« Er kann nicht verhindern, dass sich ein verzweifelter Unterton in seine Stimme schleicht. »Das ist kein Gefallen mehr unter Freunden, hier geht es um Mord. Du riskierst eine Haftstrafe, wenn du eine Falschaussage machst!«

Wanda schweigt und trinkt von ihrem Tee.

Völxen überlegt in Sekundenschnelle, wie er es anstellen könnte, Wanda vom Ernst der Lage zu überzeugen und sie dazu zu bringen, diese Aussage zurückzunehmen. »Wie lautet die Adresse von diesem Förster?«, fragt er Fernando. Er könnte auch Wanda fragen, aber sicher ist sicher.

»Die Akte liegt auf meinem Schreibtisch. Irgendwo am E-Damm«, sagt Fernando. »Soll ich …«

»Nein, warte.« Völxen greift zum Telefon. »Jule, veranlasse bitte sofort die Festnahme eines jungen Mannes. Sein Name ist Daniel Förster. Die Adresse findest du in der Akte, die auf Fernandos Schreibtisch liegt.« – »Nein, keine Streife, das SEK. Dringender Mordverdacht. Da nehmen wir lieber das große Besteck.«

Wanda starrt ihren Vater an. »Bist du jetzt völlig durchgeknallt?«

»Nein«, antwortet Fernando an Völxens Stelle. »So verfahren wir immer mit Mordverdächtigen.«

»Da hörst du es«, sagt Völxen und genießt einen sadistischen Moment lang die erschrockene Miene seiner Tochter, die offenbar gerade begreift, dass der Schuss gewaltig nach hinten losgegangen ist. »Eine Nachbarin von Falkenberg hat mehrmals einen roten Kleinwagen beobachtet, der immer wieder langsam an deren Grundstück vorbeigefahren ist. Das macht deinen Freund mit dem kleinen roten Auto automatisch zu unserem Hauptverdächtigen. Der Staatsanwalt wird sich freuen.«

»Aber … aber ich habe doch gerade gesagt, dass er es auf keinen Fall gewesen sein kann!«, ruft Wanda. »Habt ihr zwei was mit den Ohren?«

Fernando lächelt Wanda an und fragt: »Weißt du, was ein Bewegungsprofil ist?« Ehe sie antworten kann, fährt Fernando fort. »Dein Handy loggt sich, solange es eingeschaltet ist, automatisch bei den nächstgelegenen Funktürmen und Basisstationen ein. Per Dreieckspeilung kann man es, besonders in Städten, jederzeit genau orten, auch im Nachhinein. Solltest du auf deiner Aussage bestehen, werden wir uns einen Gerichtsbeschluss holen und deine Handydaten mit denen von Daniel Förster vergleichen. Also überdenke deine Aussage noch einmal gut, Wanda.«

»Tja. Blöderweise habe ich mein Handy an dem Tag zu Hause liegen gelassen.«

Völxen beißt die Zähne zusammen. Spätestens jetzt ist klar, dass Wanda ihn dreist anlügt, denn sie geht nicht mal aufs Klo ohne Handy. Während er versucht, seinen aufsteigenden Zorn niederzukämpfen, zieht er aus dem Papierstapel, der sich über das Wochenende auf seinem Schreibtisch aufgetürmt hat, die Mappe mit den Fotos vom Leichenfundort. Er sucht die heraus, die Falkenbergs entstellte Leiche besonders anschaulich darstellen, und legt sie eine nach der anderen vor Wanda hin, als würde er Spielkarten austeilen. »Hier. Schau es dir an. Damit du begreifst, wovon wir reden.«

Wanda schielt auf die Fotos hinab. Sie beißt sich auf die Unterlippe. Völxen beobachtet sie. Wenn man solche Bilder nicht gewohnt ist – und wann würde man sich je an so etwas gewöhnen? –, dann sind sie ziemlich schockierend, auch in Zeiten, in denen man im Fernsehen andauernd Leichen sieht, die aufgeklappt wie Sandwiches auf Seziertischen liegen. Die Realität ist jedoch um einiges hässlicher und brutaler. Sogar Völxen hat beim Anblick der Bilder auf einmal wieder diesen Geruch nach Blut und Fäulnis in der Nase, und er hört die Insekten, die der

Kadaver angezogen hat, um seinen Kopf schwirren. Wanda ist blass geworden.

»Jemand hat ihm den Kehlkopf zertrümmert, daran ist er gestorben, und dann wurde ihm das Herz rausgeschnitten. Den Rest besorgten die Füchse und Wildschweine«, erklärt Völxen in neutralem Tonfall.

Sie schiebt die Fotos weg, schluckt. »Das ist grässlich. Aber wir haben damit nichts zu tun. So was könnte Daniel niemals machen – abgesehen davon, dass er zu dem Zeitpunkt in seiner Wohnung war, und zwar mit mir zusammen!«

Völxen verschießt sein letztes Pulver: »Sollte sich das Handy von diesem Daniel zur fraglichen Zeit nicht in seiner Wohnung in der Nordstadt befunden haben, dann steckst du in der Klemme, Wanda, sogar dann, wenn dein Freund unschuldig sein sollte. Das nennt man dann Behinderung einer polizeilichen Ermittlung. Und wenn du einen Mörder deckst, dann Gnade dir Gott. Und mir auch.«

Der Appell verhallt ohne Wirkung. Wanda steht auf. »Sag mir Bescheid, wann ich vorbeikommen soll, um das Protokoll zu unterschreiben.«

Zurück bleibt die zur Hälfte ausgetrunkene Tasse Tee, die Völxen ein paar Sekunden lang ratlos anstarrt, während er vor sich hin murmelt: »Warum tut sie das? Was hab ich ihr getan?« Er schlägt mit der Faust auf seinen Schreibtisch, dass das DS-Modell in Bewegung gerät. »Herrgott, sie ist doch sonst nicht so blöd! Es kommt mir vor, als hätten sie ihr ins Hirn geschissen!«

»Vielleicht ist sie in diesen Daniel verliebt«, meint Fernando.

Völxen greift im Geist nach diesem Strohhalm und nickt. Ja, das wäre eine Erklärung. Die klügsten Menschen machen die dümmsten Sachen, wenn sie verliebt sind. Er ist dankbar, als Fernando von sich aus sagt: »Diesen Auftritt von eben sollten wir erst mal vergessen. Vielleicht kommt sie ja noch zur Vernunft.«

»Ja. Danke, Fernando. Ich weiß das zu schätzen. Aber im

Ernstfall werde ich leugnen, dass du bei dem Gespräch dabei warst. Ich will dich da nicht in was reinziehen, was mich den Job kosten könnte. Ich habe dich nur dazugeholt, weil mein Fräulein Tochter noch jemanden dabeihaben wollte. Offenbar traut sie ihrem eigenen Vater nicht.«

»Meine Mutter würde jetzt ihr Lieblingssprichwort anbringen«, grinst Fernando. »*Züchte Raben, und sie hacken dir die Augen aus.*«

Völxen nickt betrübt.

Fernando versucht, ihn aufzumuntern: »Immerhin haben wir jetzt einen Verdächtigen. Ich schlage vor, wir drehen diesen Daniel auf links, und dann sehen wir weiter.«

»Ja, mach das«, sagt Völxen. »Finde das Kennzeichen von seinem Wagen raus und sieh zu, dass du die Karre findest. Die soll sich die Spurensicherung mal genauer anschauen.« Er steht auf und reißt das Fenster auf. Jemand müsste Fernando einmal sagen, dass es bei den meisten Frauen nicht so gut ankommt, wenn man riecht wie ein Moschusochse.

DANIEL FÖRSTER HAT Ferien, deshalb schläft er noch, als jemand gegen seine Tür hämmert und »Polizei, öffnen Sie!« ruft. Er hat noch dazu das Pech, auf der Seite zu liegen, mit dem Ohr, das noch gut hört, auf dem Kissen. So wird er erst wach, als die Tür krachend aufspringt und acht Männer in Schwarz sein Bett umstellen und ihre Waffen auf ihn richten. Vor Schreck schreit er laut auf und zieht, einem Reflex gehorchend, seine Bettdecke über den Kopf. Offenbar vermuten die Beamten, dass sich darunter ein Waffenarsenal verbirgt, denn die Bettdecke wird ihm vom nackten Körper gerissen. Jemand ergreift seine Arme und biegt sie ihm auf den Rücken. Daniel stößt einen Schmerzensschrei aus. Er spürt ein Knie in seinem Kreuz, dann klicken Handschellen. Einer der Männer nuschelt etwas in ein Funkgerät. Daniel dreht sich um und zieht die Knie an. Er hat Angst, aber er weiß auch, dass es keinen Sinn hat, mit Typen vom SEK zu reden. Jetzt betreten zwei Streifenpolizisten das Schlafzimmer und fragen ihn, ob er Daniel Förster sei.

»Und wenn ich's nicht wäre?«, ächzt Daniel. »Wäre ja nicht das erste Mal, dass ihr den falschen Leuten die Tür eintretet.«

»Sind Sie Daniel Förster?«, wiederholt der Ältere der Uniformierten die Frage. Er hat eine von blauen Äderchen überzogene Säufernase. *In dem Job würde ich auch saufen*, denkt Daniel und antwortet: »Ja, der bin ich. Glück gehabt.«

»Herr Förster, Sie sind vorübergehend wegen Mordverdachts festgenommen«, sagt nun der Jüngere der beiden, ein Babyface mit kleinen Schweinsaugen und blonden Wimpern. »Ziehen Sie sich bitte etwas an, wir bringen Sie zur Polizeidirektion.«

»Hä? Wie soll ich mich denn mit Handschellen anziehen, ihr Komiker?«, schreit Daniel wütend.

Das scheint einzuleuchten, man nimmt ihm die Handschellen wieder ab. Daniel greift nach einem Haufen Klamotten, der neben dem Bett liegt. Wobei immer noch drei der SEK-Typen die Waffen auf ihn richten. Ein ungutes Gefühl, schließlich weiß man nie, wann einem von diesen Hirntoten die Neuronen durchbrennen. Dennoch möchte er sich keinesfalls anmerken lassen, dass er Schiss hat, nicht vor diesen Bullenärschen.

»He, du«, sagt er zu Babyface. »Ich brauch 'ne frische Unterhose. Da drüben, in der Kommode, oberste Schublade. Ich würde mir ja selbst eine holen, aber wenn ich aufstehe, schießen mich diese Intelligenzbestien womöglich noch über den Haufen.«

Babyface sieht Saufnase verunsichert an. Der macht eine kleine Kopfbewegung, und Babyface öffnet vorsichtig die Schublade, als könnten sich darin Giftschlangen befinden.

»Die schwarzen Boxershorts«, sagt Daniel.

Der Polizist ergreift das verlangte Textil mit zwei Fingern und wirft es Daniel hin. »Danke, Herr Wachtmeister. Man will ja ordentlich aussehen, wenn man aus dem Haus geht, gell?« Daniel versucht ein Grinsen, das jedoch ein wenig entgleist, und schlüpft in die Boxershorts.

»Übertreib's nicht, Junge«, knurrt Saufnase.

»Schon gut, schon gut«, meint Daniel und zieht sich die Jeans, die Socken und das T-Shirt von gestern an.

Einer der Männer in Schwarz legt ihm wieder die Handschellen an, nachdem Daniel sich seine Chucks zugebunden hat. Danach sieht das Sondereinsatzkommando seine Aufgabe offenbar als erledigt an und zieht wieder ab.

»Herrgott, musste das sein?«, fragt Daniel anklagend, als er die Wohnungstür sieht, die schief in den Angeln hängt. »Das könnt ihr nicht so lassen. Hier wird geklaut! Was, wenn meine Sachen wegkommen? Ich will wenigstens meinen Laptop mitnehmen!«

»Pack seinen Laptop ein«, sagt Saufnase genervt stöhnend zu Babyface. Der kommt der Aufforderung nach.

»Die Tür kann trotzdem nicht offen bleiben«, sagt Daniel.

»Gibt's hier einen Hausmeister?«, fragt Saufnase.

»Ja, klar, einen Hausmeister, einen Gärtner, einen Butler und einen Concierge«, höhnt Daniel verärgert. »Sind wir hier im Zooviertel oder was? Sieht die Bude vielleicht so aus, als gäbe es einen Hausmeister? Bei uns schaut nur so ein mobiler Dienst alle heilige Zeiten mal vorbei.«

»Fass mal mit an«, fordert Saufnase seinen jüngeren Kollegen auf. »Und du rühr dich nicht von der Stelle!«, fügt er, an Daniel gewandt, hinzu.

Der beobachtet mit einer Mischung aus Zorn und Genugtuung, wie die beiden Polizisten versuchen, die Tür wieder einigermaßen im Rahmen zu befestigen. Er denkt tatsächlich für einen Moment daran zu fliehen, aber in Handschellen durch die Stadt zu rennen erscheint ihm nicht sehr aussichtsreich. Außerdem wirkt eine Flucht immer verdächtig. Ausgerechnet jetzt öffnet sich die Tür der Wohnung gegenüber, und Fabiana, die hübschere der beiden italienischen Germanistikstudentinnen, kommt mit einem Müllsack in der Hand heraus. Sie schaut die Polizisten und Daniel erschrocken an, ihr Blick bleibt an den Handschellen hängen. »Madonna!«

»Nur ein Missverständnis«, sagt Daniel zu ihr und lächelt tapfer. »Das kommt alles wieder in Ordnung. Ihr könnt von Glück sagen, dass sie nicht eure Tür erwischt haben.«

IM BESPRECHUNGSRAUM HABEN sich Völxens Mitarbeiter mit Ausnahme von Fernando eingefunden, außerdem Rolf Fiedler von der Spurensicherung und Staatsanwalt Hendrik Stevens. Auf dem Tisch stehen eine Thermoskanne mit Kaffee, eine Dose Zucker, kleine Milchtütchen und Frau Cebullas Kekse. Doch nur Richard Nowotny und der Staatsanwalt haben sich bislang davon bedient. Dr. Bächle hat sich entschuldigen lassen, er sei wegen einer dringenden Angelegenheit leider verhindert. Völxen vermutet diese dringende Angelegenheit auf dem Golfplatz. Also hat er den Obduktionsbericht noch einmal in gestraffter Form selbst vorgetragen, und jetzt ist Rolf Fiedler dabei, Ergebnisse seiner Abteilung zu präsentieren. Dafür braucht der kantige, wortkarge Mann nicht besonders lange, denn im Grunde ist von den gesicherten Spuren nur ein Stiefelabdruck einigermaßen interessant. Man fand einen Teil des Abdrucks seitlich der Schleifspur, die der Leichnam Falkenbergs hinterlassen hat, als er vom Weg bis zum Fundort geschleppt wurde.

»Es handelt sich um einen Sohlenteilabdruck in Größe 43. Er stammt von einem Gummistiefel von *Aigle*, eine Marke, die gern von Jägern gekauft wird. Den gleichen Abdruck fanden wir auch noch in einem Gehölz nahe des Weges, etwa zehn Meter neben der Schleifspur.« Fiedler geht zu dem Whiteboard, auf dem die Topografie des Leichenfundortes aufgezeichnet ist, und markiert die Stelle mit einem blauen Kreuzchen. »Der Täter muss extrem vorsichtig gewesen sein. Wir haben nirgends im Gebüsch Fasern oder ein hängen gebliebenes Haar oder dergleichen gefunden.«

Völxen seufzt in sich hinein und sehnt sich nach den Zeiten, als Täter noch naiv genug waren, ihre Zigarettenkippen am Tatort zu hinterlassen. Das Fernsehen ist schuld, schlussfolgert er verdrossen, es verdirbt die Kriminellen.

»Danke, Rolf«, sagt Völxen, als Fiedler seinen Bericht beendet hat.

»Dafür nicht. Was dagegen, wenn ich mich wieder vom Acker mache? Gibt noch viel zu tun.«

»Nein«, antwortet Völxen.

»Ja, gehen Sie ruhig«, sagt Hendrik Stevens, und es klingt, als wolle er damit Völxen zurechtweisen. Der Staatsanwalt trägt heute wieder die gewohnten messerscharfen Bügelfalten, und seine Haltung und sein Blick signalisieren ganz eindeutig, dass er hier den Platzhirsch zu markieren gedenkt. *Aber noch ist das mein Meeting, Herr Hendrik A. Stevens!*

Jule Wedekin ist an der Reihe, und es hat schon etwas Komisches, wie sie während ihres Vortrags krampfhaft den Blickkontakt mit Stevens meidet. Ob es an Jule liegt, dass sich der Staatsanwalt so aufplustern muss? Ist es dieser Reflex, dem auserwählten Weibchen beweisen zu müssen, dass man ein Alpha-Männchen ist, und zwar das stärkste von allen? Völxen drängt sich die Vorstellung von einer Pavianherde auf: Stevens sitzt ganz oben auf dem Affenhügel und hat die größte und röteste Geschwulst am Hintern. Er muss kurz grinsen und konzentriert sich dann wieder auf Jules Ausführungen.

»Die Anruflisten auf Falkenbergs Handy ergaben nichts Auffälliges, auch nicht sein Surfverhalten oder die E-Mails – außer den Drohungen natürlich.«

»Gibt es eine Lebensversicherung?«, fragt Stevens.

»Ja, achtzigtausend Euro im Todesfall, aber die Police wurde zur Finanzierung des Hauses herangezogen, die Ehefrau hat also erst einmal nichts davon – außer weniger Schulden auf dem Haus. Die Konten der Falkenbergs konnten wir noch nicht einsehen. Die Volksbank, bei der die privaten und geschäftlichen Konten angesiedelt sind, besteht auf einem richterlichen Beschluss, auf den wir noch warten«, antwortet Jule

»Ist der Stiefsohn inzwischen gefunden worden?«, will der Staatsanwalt wissen.

»Ja«, sagt Völxen. »Vor einer halben Stunde hat der junge Mann geruht, sich bei uns zu melden. Ich habe ihn für elf Uhr herbestellt.« Er bittet Jule fortzufahren.

»Johann Falkenberg wurde am 14. Mai 1960 geboren. Er hat einen Realschulabschluss, arbeitete zunächst als Autoverkäufer, leitete später eine Niederlassung von BMW in Hameln und stieg im Jahr 2000 in die Eierproduktion seines Vaters ein. Der Vater starb zwei Jahre später. Die Mutter ist bereits 1984 verstorben. Johannes Falkenberg war vor Nora schon einmal verheiratet, nämlich mit Tessa Falkenberg, geborene Stein, einer Bauerntochter aus Mellendorf. Die Ehe dauerte von 1987 bis 1996, es gingen keine Kinder daraus hervor. Die erste Frau ist wieder verheiratet und lebt seit 2000 in Hessen. Dann gibt es noch den Bruder, Werner Falkenberg, 1969 geboren. Er machte '88 das Abitur, studierte an einer privaten Schauspielschule in München und war eine Zeit lang ganz gut im Geschäft, vor allem in der Theaterbranche. Später bekam er auch Fernsehrollen, allerdings wurde er nie so richtig bekannt. Er lebt seit einem Jahr getrennt von seiner Frau Sibylle, der Scheidungstermin steht nächsten Monat an.«

An dieser Stelle hebt Oda die Hand und ergänzt Jules Ausführungen. »Der Bruder scheint gerade eine berufliche Pechsträhne zu haben, was er als Grund für die Trennung von seiner Frau angibt. Mir persönlich kam der Mann depressiv vor. Angeblich hat ihn sein Bruder Johannes finanziell unterstützt. Werner Falkenberg hat kein Alibi für die Tatzeit, und er hat als Letzter mit seinem Bruder telefoniert. Es soll um eine Verabredung zum Fahrradfahren gegangen sein. Im Dorf kursieren Gerüchte, dass Johannes was mit Sibylle Falkenberg hatte, aber Werner Falkenberg bestreitet dies energisch.«

»Halten Sie ihn für verdächtig?«, will der Staatsanwalt wissen.

»Im Augenblick ist noch jeder verdächtig, der kein astreines Alibi hat. Das trifft übrigens auch auf die Ehefrau des Opfers zu. Ihr Alibi basiert nur auf einer Aussage der besten Freundin«, erwidert Oda.

»Sobald das *GIG* und *The Harp* in Linden öffnen, fragen wir nach, ob die zwei Damen dort zur Tatzeit gesehen wurden«, versichert Jule. Ehe Stevens monieren kann, warum dies nicht schon längst geschehen ist, fährt sie fort: »Nora Falkenberg, geborene Brühl, stammt aus der Südstadt. Ihre Eltern besaßen einen Schreibwarenladen. Sie hat einen Realschulabschluss und eine kaufmännische Lehre bei *Rossmann* absolviert, später arbeitete sie in einem Fitnessstudio als Trainerin. Die Ehe mit Falkenberg wurde 1998 vor dem Standesamt Hannover geschlossen. Nora Falkenbergs Sohn Sebastian ist im April '91 geboren, er studiert angeblich Jura, hat aber seit zwei Semestern keinen Schein mehr gemacht. Laut der Aussage einer Nachbarin ist er angeblich homosexuell. Sein leiblicher Vater, Heiner Marek, ist seit 1996 in München gemeldet. Wir wissen noch nicht, ob da Kontakt besteht. So weit also die Familie«, schließt Jule ihren Rapport.

Völxen ergreift nun wieder das Wort: »Dann ist da noch die Sache mit dem Eierschwindel. In dieser Angelegenheit ermittelt das LKA. Ich treffe mich heute Nachmittag mit dem Leiter dieser Ermittlungsgruppe, Sie sind herzlich dazu eingeladen, Herr Stevens.«

Stevens kommentiert dies mit einem knappen Nicken.

»Und dann gab es vor einer Stunde eine Festnahme«, verkündet Völxen. »Daniel Förster, zweiundzwanzig Jahre alt, wohnhaft in der Nordstadt. Er gehört einer Gruppe von Tierschutzaktivisten an, die auch schon das Betriebsgebäude von Falkenberg beschmiert haben und verantwortlich zeichnen für ein paar geschmacklose Droh-E-Mails. Förster wurde im März dieses Jahres bei heimlichen Filmaufnahmen in Falkenbergs Betrieb von einem Mitarbeiter erwischt und schwer verletzt. Der Schläger verschwand, Falkenberg wusste angeblich von nichts. Förster blieb auf seiner Anzeige und seinen Schmerzensgeldansprüchen sitzen und bekam im Gegenzug eine Strafe wegen Einbruchs und Sachbeschädigung.«

»Der Schläger könnte der Vorgänger unseres Freundes Swoboda gewesen sein. Zeitlich würde es passen«, meint Oda und fügt dann für die anderen erklärend hinzu: »Swoboda ist angeblich seit März der ›Geschäftsführer‹ dieser Eierfabrik. Völxen und ich haben am Samstag mit ihm gesprochen.«

»Mmmhm! Daffu hätte ich noch gerne eine Notiz für die Ermittlungsakte«, meldet sich Nowotny undeutlich zu Wort, denn er hat gerade in einen von Frau Cebullas staubtrockenen Keksen gebissen. Die Hälfte davon landet auf dem Tisch und auf seinem zerknitterten Hemd.

»Kriegst du«, versichert Oda, während Nowotny unter den angewiderten Blicken des Staatsanwalts die Krümel unter den Tisch fegt.

»Förster hat also ein Motiv, nämlich Rache«, meint Völxen abschließend. »Oberkommissar Rodriguez ist gerade dabei, den Verdächtigen zu vernehmen.«

Stevens nickt. »Das ist gut. Aber solange wir kein Geständnis haben, möchte ich, dass auch andere Spuren verfolgt werden.«

»Selbstverständlich«, sagt Völxen. *Ich mache das schließlich nicht erst seit gestern!*

»Ich weiß nicht, wie es Ihnen geht«, beginnt nun Stevens, »aber mich interessiert diese Sache mit dem transplantierten Herzen, das herausgeschnitten wurde. Das ist doch höchst eigenartig. Oder bin ich der Einzige im Raum, der das seltsam findet?«

Niemand hat Lust, ihm zu antworten, lediglich Richard Nowotny gibt ein undeutliches Brummen von sich. Vielleicht ist es aber auch nur Unmut, weil die Keksschale leer ist.

»Was wissen wir über Falkenbergs Herztransplantation?« Stevens scheint sich an dem Thema festgebissen zu haben. Gut so, denkt Völxen. Hauptsache, er kommt nicht auf die Idee, dass möglicherweise Wanda ...

»Herr Hauptkommissar?« Die Stimme seiner Nemesis reißt Völxen aus seinen Gedanken. Da dem Staatsanwalt wieder niemand geantwortet hat, sieht der nun Völxen abwartend an.

»Noch nichts«, gesteht Völxen. »Als ich die Witwe gestern Abend darauf ansprach, bekam sie einen Lachanfall.«

»Wie bitte?«

»Ich fürchte, es war eine Art Nervenzusammenbruch«, erklärt Völxen. »Aber das Gespräch holen wir heute im Lauf des Tages nach. Immerhin habe wir gerade erst Montagmorgen, und wir stehen noch ziemlich am Anfang der Ermittlungen.«

»Immerhin ist Falkenberg schon seit zwei Tagen tot«, kontert Stevens und ignoriert Jules Stirnrunzeln.

Völxen steckt den Rüffel schweigend weg, und Stevens sagt: »Ich möchte alles über diese Transplantation wissen. Wo und wann sie durchgeführt wurde, wer der Spender war ...«

»Organspenden sind immer anonym«, wirft Jule ein.

»Wir kümmern uns darum, seien Sie ganz unbesorgt, Herr Staatsanwalt«, versichert Oda dermaßen gönnerhaft, dass Stevens schon ein ziemlich großer Ignorant sein müsste, um nicht zu merken, was man hier von ihm denkt. Es scheint ihm jedoch egal zu sein. Manchmal hat Völxen sogar den Verdacht, dass er sich in der Rolle des Arschlochs vom Dienst geradezu genüsslich suhlt.

Jetzt räuspert sich Stevens und sagt: »Diese Tierschutzgruppe ... ›Anwälte der Tiere‹ – so nennen die sich doch, nicht wahr?«

Völxen ist auf einmal, als hätte er einen Kloß im Magen. Krampfhaft fixiert er ein paar Sonnenflecken auf dem Teppichboden, doch vor seinem inneren Auge sieht er eine Hand, die ein Streichholz an eine Lunte legt, an deren Ende ein Paket mit Dynamitstangen liegt.

»Ja, so heißen die«, hört er Jule sagen.

»Wurden außer diesem Daniel Förster noch andere Mitglieder dieser Gruppe vernommen?«

Der Klumpen wächst rasant. Kennt Stevens die Anzeige gegen Wanda und ihre Freunde wegen Sachbeschädigung? Bestimmt. So einer hört doch das Gras wachsen.

»Teilweise«, antwortet Völxen und versucht, seiner Stimme einen harmlosen Klang zu verleihen. »Die meisten von ihnen sind Studenten und derzeit noch in den Semesterferien. Ich möchte erst einmal das Verhör von Daniel Förster abwarten, er ist immerhin dringend tatverdächtig. Vielleicht sind wir in wenigen Stunden schon alle Sorgen los.« Verdammt! Hat er eben wirklich *Sorgen* gesagt? »Ich meine ... vielleicht gesteht der junge Mann, und der Fall ist aufgeklärt«, schiebt Völxen rasch hinterher, was die Sache nicht besser macht. Funken sprühend bewegt sich die Flamme an der Lunte entlang. Auch Oda wirkt auf einmal angespannt, ihre Haltung ist noch aufrechter als sonst.

Stevens schaut durch seine randlose Brille in die Runde. Sein Blick bleibt an Völxen hängen. »Herr Hauptkommissar, bin ich richtig informiert, dass Ihre Tochter dieser Gruppe angehört?«

»Sie war dort eine Weile lang aktiv, aber in den letzten Monaten hat sie sich von diesen Leuten distanziert, weil das Studium Vorrang hat«, antwortet Völxen. Das ist ja nicht gelogen, Sabine hat ihm das erzählt, und Herr Hendrik A. Stevens soll es nur wagen, das Wort seiner Ehefrau anzuzweifeln!

»Sie wurde also nicht vernommen?«, kommt es scharf.

»Ich habe meine Tochter im Beisein von Hauptkommissarin Kristensen *befragt*«, sagt Völxen betont sanft. »Dabei hat sie uns die wertvolle Information gegeben, dass seinerzeit der Tipp mit den polnischen Lastwagen, die nachts auf Falkenbergs Betriebsgelände verkehrten, von Falkenbergs Sohn Sebastian kam.«

»Haben Sie sie auch nach ihrem Alibi gefragt?«, will Stevens wissen.

Aller Augen sind nun auf Völxen gerichtet.

»Herr Stevens, haben Sie Kinder?«, fragt Völxen zurück. Er will Zeit gewinnen, in seinem Kopf rasen die Gedanken. Soll er einfach behaupten, Wanda hätte den Freitagabend zu Hause verbracht? Das würde die Diskussion für den Moment beenden, aber es ist ein gefährlicher Kurs. Sollte Wanda auf ihrer Spaghetti-Geschichte bestehen, dann kann er, Völxen, seinen Hut nehmen. Und was gäbe es Fataleres, als Wanda vor die Wahl stellen zu müssen, entweder ihren Vater oder diesen Daniel ans Messer zu liefern? Nein, in so eine Situation darf er weder Wanda noch sich selbst bringen. Wenn man nur wüsste, ob dieser Kerl schon gestanden hat. Aber Fernando hätte ihm in diesem Fall sicher sofort eine SMS geschickt, er kann sich ja denken, wie sehr er hier auf Kohlen sitzt. Völxen bereut längst, dass er das Meeting nicht auf einen späteren Zeitpunkt verschoben hat. Fürs Erste beschließt er, nur so viel preiszugeben, wie unbedingt nötig ist.

»Meine Familienverhältnisse stehen hier nicht zur Debatte«, wehrt Stevens ab, der Völxens Ablenkungsmanöver durchschaut. »Ihre Tochter und deren Freunde wurden von Falkenberg wegen Sachbeschädigung, Beleidigung, Einbruchs und Hausfriedensbruchs angezeigt …«

»Die Ermittlungen wurden eingestellt, es gab keine Anklage, vergessen Sie das nicht zu erwähnen, Herr Staatsanwalt«, kontert Völxen scharf. »Und nein, meine Tochter nach ihrem Alibi zu fragen erschien mir dann doch zu absurd. Glauben Sie wirklich, dass sie zu so etwas fähig wäre?« Völxen ergreift die Mappe mit den Tatortfotos, die er in die Sitzung mitgenommen hat, und lässt sie so effektvoll auf den Tisch knallen, dass einige der Bilder herausrutschen.

»Das kann ich nicht beurteilen, ich kenne Ihre Tochter nicht«, antwortet Stevens kühl.

Es folgt ein Duell der Blicke zwischen Völxen und Stevens, das unterbrochen wird, als der Staatsanwalt sich plötzlich zurücklehnt, die Arme vor der Brust verschränkt und sagt: »Herr Hauptkommissar, bitte nehmen Sie dies nicht persönlich, aber ich halte gar nichts davon, wenn Beamte in einem Fall ermitteln, in den ihre Familienangehörigen involviert sind. Ich entbinde Sie hiermit von dem Fall Johannes Falkenberg. Soviel ich weiß, ist Hauptkommissarin Kristensen Ihre Stellvertreterin. Sie wird ab sofort die Ermittlungen leiten. Und wie Sie schon sagten – vielleicht gibt es ja bald ein Geständnis Ihres Hauptverdächtigen.«

Stevens' Worten folgt ein Schweigen. Fragende, zornige und ungläubige Blicke kreuzen sich. Schließlich sagt Oda: »Ich muss die Leitung dieser Ermittlung leider ablehnen, ich fliege morgen früh für eine Woche nach Peking.«

Stevens zieht die Augenbrauen hoch. »Und so eine Reise lässt sich nicht verschieben, wenn dringende Ereignisse dies erfordern?« Ohne ihre Antwort abzuwarten, steht der Staatsanwalt auf. »Wie Sie meinen, machen Sie das unter sich aus.«

»Was bildest du dir eigentlich ein?« Die Frage kommt von Jule, die jetzt ebenfalls aufgestanden ist und Stevens über den Tisch hinweg wütend ansieht. »Wir sind keine Idioten und auch nicht deine Lakaien, und es reicht doch, wenn Völxen statt dieser Tierschützer eben die anderen Spuren verfolgt! Ihm wegen Wanda gleich den ganzen Fall zu entziehen ist ja wohl reichlich übertrieben.«

Hendrik Stevens ist die Verblüffung über Jules Ausbruch deutlich anzumerken. Für einen Augenblick wirkt er peinlich berührt. Dann hat er sich wieder im Griff und antwortet: »Das ist leider ein Irrtum, das reicht eben nicht. Sollte es zu einem Indizienprozess kommen, gegen wen auch immer, würde uns die Verteidigung die persönliche Verquickung des Ermittlungsleiters sauber um die Ohren schlagen.«

»Nur, dass das klar ist: Wenn Völxen kaltgestellt wird, mache ich keine einzige Überstunde, nicht eine!«, verkündet Jule, so als hätte Stevens gar nichts gesagt. »Dienst nach Vorschrift ist dann angesagt.« Sie setzt sich wieder hin. Ihr Gesicht ist hochrot angelaufen, doch sie wirkt wie jemand, der endlich ausgesprochen hat, was er schon lange mit sich herumschleppt.

»Chapeau!«, bemerkt Oda mitten in Stevens' vorübergehende Sprachlosigkeit hinein, und Nowotny, der sonst eher maulfaul ist, aber immer gut für unpassende Kommentare zum schlechtesten Zeitpunkt, meint lakonisch: »Jetzt kommt Leben in die Bude!«

»Der Herr Staatsanwalt hat vollkommen recht.« Alle Köpfe wenden sich jetzt Völxen zu, der diese Worte ausgesprochen hat. »Herr Stevens, ich folge selbstverständlich Ihren Anordnungen und halte mich ab sofort aus dem Fall heraus. Bitte sehen Sie meinen Mitarbeitern ihre Bemerkungen nach. Ich wünsche noch einen erfolgreichen Tag.« Er erhebt sich ohne Hast und geht aus dem Zimmer, wobei er die Tür leise, aber mit Nachdruck schließt. Sekundenlang sitzen alle da wie eingefroren.

»Ihr habt es gehört«, sagt Oda. »Ich beende hiermit dieses Meeting. Machen wir uns an die Arbeit.«

FERNANDO HAT DANIEL FÖRSTER in den Vernehmungsraum bringen und ihm die Handschellen abnehmen lassen. Er lässt den jungen Mann erst einmal schimpfen, auf die »blöden Bullen« und auf das deutsche Rechtssystem, das diesen Namen nicht verdiene. Als sich sein Gegenüber einigermaßen abreagiert hat, bittet Fernando ihn zu schildern, was damals, als er in Falkenbergs Betrieb erwischt wurde, genau passiert ist.

»Aber das steht doch in euren Akten, kannst du nicht lesen, Mann?«

»Ich will's trotzdem gern noch mal von dir hören«, sagt Fernando, der es seinem Gegenüber gleichtut und zum Du wechselt.

»Von mir aus«, stöhnt Daniel. »Wir waren dort, nachts. Wir haben den Zaun durchgeschnitten und sind dann in das Gebäude eingestiegen. Ich habe gefilmt, wie die Hühner dort dicht an dicht sitzen, zwischen den Leichen ihrer Artgenossen, und kaum noch Federn haben und sich gegenseitig verletzen, weil es eben viel zu eng ist. Aber die Scheinwerfer haben die Tiere natürlich beunruhigt, sie wurden laut. Auf einmal hieß es: ›Da ist jemand, sofort abhauen!‹ Ich wollte durchs Fenster raus, aber da war auf einmal dieser Typ. Also bin ich erst mal geblieben und habe die Speicherkarte aus der Kamera genommen. Die anderen sind ohne mich losgerannt, der Kerl hinterher. Dachte ich wenigstens. Aber als ich nach ein paar Minuten dann doch durchs Fenster geklettert und runtergesprungen bin, stand der Typ plötzlich vor mir, oder es war ein anderer, keine Ahnung. Jedenfalls wollte der die Kamera. Ich hab sie ihm vor die Füße geworfen und bin losgerannt, aber der hat mich trotzdem verfolgt. Kurz vor dem Zaun bin ich über irgendwas gestolpert und hingefallen, und da hat der mich zu fassen gekriegt und zusammengeschlagen. Der muss mal Boxer gewesen sein, ich hatte überhaupt keine Chance.«

Daniel Förster ist um die eins achtzig groß und eher schlaksig.

»Hast du nicht mal Kampfsport betrieben?«, fragt Fernando.

»Wer erzählt denn solchen Quatsch?«

Fernando geht nicht darauf ein. »Haben dir denn die anderen nicht geholfen, als dich der Typ verprügelt hat?«

Er zögert. »Ja. Nein. Es ging zu schnell. Bis die anderen das mitkriegten, war es schon vorbei. Der hat mich einfach im Dreck liegen lassen, als ich mich nicht mehr gerührt habe. Die anderen haben mich dann rausgeholt und ins Krankenhaus gefahren.«

»Sie haben keinen Notarzt gerufen?«

»Nein, die dachten wohl, es wäre nicht so schlimm. Ich bin erst im Auto ohnmächtig geworden. Und das Nächste, woran ich mich erinnere, ist das Krankenhaus, in dem ich aufgewacht bin.«

Fernando schweigt.

»Das war ein glatter Mordversuch von dem Typen. Aber das hat keine Sau interessiert, die haben nicht mal richtig nach dem gefahndet. Es hat ein paar Tage gedauert, ehe sich die Bullen überhaupt mal zu Falkenbergs Scheißladen rausbequemt haben. Da war der Typ natürlich längst weg. Und Falkenberg tat so, als ginge ihn das alles gar nichts an. *Ich* bin stattdessen angezeigt und verurteilt worden. Das muss man sich mal reinziehen!«

Fernando nickt und lächelt verständnisvoll.

»Aber die Aufnahmen haben wir immerhin retten können. Die stehen jetzt im Internet. Falkenberg hat zwar versucht, dagegen zu klagen, aber was einmal ins Netz gestellt wurde, taucht ja immer wieder auf, da kann man gar nichts machen.« Daniel zuckt mit den Schultern und grinst, ehe er sich von Neuem aufregt: »Ein ganzes Semester hab ich dadurch versäumt, und auf dem rechten Ohr höre ich fast nichts mehr.«

»Das ist übel«, sagt Fernando. »Was studierst du denn?«

»Mathe.«

Genau wie Wanda Völxen. Ob sie sich daher kennen? »Was sagen denn deine Freunde zu der ganzen Sache?«

»Was sollen sie denn schon sagen? Es ist eine Sauerei, Punkt.«

»Warum haben sie dich überhaupt allein gelassen? Hast du dich das mal gefragt? Wenn sie auf dich gewartet hätten, dann hätte dich der Typ doch gar nicht allein erwischt. Euch alle zusammen hätte er ja wohl nicht verprügeln können, oder?«

»Keine Ahnung. Wie gesagt, das ging alles so schnell«, wiederholt Daniel. Seine Augen scheinen Löcher in die Tischplatte brennen zu wollen. Fernando merkt, dass er einen wunden Punkt getroffen hat. Ja, Daniel Förster ist sich sehr wohl darüber im Klaren, dass sich seine Freunde nicht gerade nach dem Musketierprinzip verhalten haben. Auch Wanda muss sich dessen bewusst sein. Fernando würde es gerne vermeiden, Förster nach dessen Alibi zu fragen. Noch kann man Wandas Aussage unter den Tisch fallen lassen, aber sobald dieser Verdächtige ihren Namen nennt, geht das natürlich nicht mehr. Andererseits – was würde SS zu einem Vernehmungsprotokoll sagen, in dem die Frage nach dem Alibi ausgelassen wird?

»Warst du auch dabei, als die polnischen Lastwagen gefilmt wurden?«, fragt Fernando.

Daniel Förster nickt. »Die Staatsanwaltschaft hat sich für die Videos aber nie groß interessiert. Erst nach der Wahl haben die Gas gegeben, dann kam der ganze Schwindel plötzlich ans Licht. Ist das zu fassen?«

»Ach, Staatsanwälte ...«, sagt Fernando und winkt verächtlich ab.

»Aber wegen dieser alten Geschichten habt ihr mich doch nicht vom SEK aus dem Bett zerren lassen, oder?«, fragt Daniel misstrauisch.

»Nein.«

»Ich kann mir schon denken, worum es geht«, sagt Daniel. Sein linkes Knie wippt nervös auf und ab.

»So?«

»Ich sag's gleich: Ich bin froh, dass das Schwein tot ist. Stimmt es, was im Internet steht? Dass man ihm die Eingeweide rausgerissen hat?«

Fernando zieht es vor, darauf nicht zu antworten.

»Hoffentlich musste er leiden. Das hat er verdient. Aber ich war's nicht, falls ihr das glaubt.«

»Dummerweise bist du aber beobachtet worden«, sagt Fernando.

Durch Daniels Körper geht ein Ruck. »Was?«, schreit er.

»Nein! Das kann nicht sein! Ich war da nicht. Ich hab dem nichts getan.«

Fernando trägt seinem Gegenüber die Sache mit dem roten Kleinwagen vor, der in den letzten vier Wochen mehrmals von Frau Holliger beobachtet wurde.

»Das war ich nicht«, behauptet Daniel Förster. »Das ist ja wohl ein Witz!«

»Weißt du, ich kann das gut verstehen. Dieser Kerl quält Tiere und betrügt Leute und verdient damit einen Haufen Geld. Ihr sprüht ihm Parolen an die Wand, ihr schickt ihm wüste E-Mails, aber das alles geht dem Typen am Arsch vorbei. Ihr zeigt ihn an, aber nichts passiert. Er macht munter weiter, lebt in seinem schicken Haus, fährt fette Autos, geht joggen, macht einen auf dicke Hose. Und dann filmt ihr, wie es in seinem Betrieb zugeht, und du ziehst dabei die Arschkarte. Den Letzten beißen die Hunde, wie es so schön heißt. Einer seiner Aufpasser prügelt dich fast zum Krüppel. Du liegst im Krankenhaus, hast Schmerzen und einen Hörschaden fürs Leben, während Falkenberg und seine russische Bulldogge ungeschoren davonkommen. Und du, der du dich ja nur für eine gute Sache einsetzen wolltest, kriegst sogar noch Sozialstunden und eine Geldstrafe aufgebrummt. Das ist echt nicht in Ordnung ...«

»Ey, Mann, was soll die Mitleidsleier?«, unterbricht ihn Daniel. »Bist du der gute Bulle? Wo bleibt denn der böse?«

Das allerdings fragt sich Fernando auch. Die Besprechung müsste doch allmählich vorbei sein, wieso lässt ihn Völxen denn hier so hängen?

»Du hast wirklich gute Gründe, Falkenberg zu hassen«, fährt Fernando fort, den Einwurf ignorierend. »Immer wieder zieht es dich in die Nähe von diesem Typen. Du fährst da vorbei, beobachtest ihn, überlegst, wie du ihn fertigmachen kannst, damit er mal sieht, wie das so ist auf der Verliererseite. Und dann kommt er wieder einmal raus aus seiner Villa und geht joggen. Läuft ein Stück die Straße lang, und du fährst ihm langsam hinterher. Er nimmt den Weg durch das Moor, rechts und links vom Weg sind nur Bäume, und sonst ist niemand da, nur du und dein Erzfeind, und da siehst du deine Chance …«

»Ich war aber in keinem verdammten Moor«, unterbricht ihn Daniel. »Wann soll denn das gewesen sein?«

»Freitagabend. Zwischen halb sieben und Sonnenuntergang.«

»Ich weiß zwar nicht genau, wann die Sonne untergeht, aber ich war am Freitag bis zehn Uhr abends zu Hause.«

Fernando lässt sich nichts anmerken, als er die Frage stellt: »Gibt's dafür Zeugen?«

»Nee. Glaub nicht. Aber ich denke, es ist wohl doch besser, wenn ich jetzt nichts mehr ohne einen Anwalt sage.«

VÖLXEN HOLT OSCAR aus der Obhut von Frau Cebulla ab und verschwindet mit dem Terrier in seinem Büro. Dort plumpst er in den Sessel, verschränkt die Hände im Nacken und legt die Füße auf seinen Schreibtisch. Ein Fehler. Der Stich, der ihm bei dieser Übung in die Lendenwirbel fährt, lässt ihn aufstöhnen, und er gibt seine lässige Haltung wieder auf. Wie er das hasst: hier ein Stechen, da ein Ziehen … Nicht wirklich schlimm, nur gerade so, dass es einen daran erinnert, dass sich der Körper dem Ablauf des Verfallsdatums nähert. Man kann diese Zipperlein gut ignorieren, wenn man beschäftigt ist. Aber wehe, es kehrt Ruhe ein! Leerlauf. So wie jetzt. Aus dem Rennen gekickt worden von einem jungen Ehrgeizling – und das auch noch zu Recht. Er hat Fehler gemacht, und für Fehler bezahlt man immer. Er schubst das DS-Modell hin und her und denkt dabei: Ich bin auch so ein Auslaufmodell. Ein Mann von gestern.

Am besten, er verschwindet für ein paar Tage. Niemand ist unersetzlich, am allerwenigsten er. Zu Hause gibt es dieser Tage genug zu tun. Die Äpfel müssen geerntet und der Schafstall winterfest gemacht werden. Außerdem muss er dringend

Wanda zur Vernunft bringen und sich wieder mit seiner Frau vertragen. Wo sind denn nur diese Urlaubsanträge? Fluchend durchsucht er seinen Schreibtisch, als es zaghaft an die Tür klopft.

»Ja«, brüllt Völxen so gereizt, dass Oscar den Kopf hebt und bellt.

Langsam und vorsichtig wird die Tür geöffnet, als würde die Person dahinter einen Raubtierkäfig betreten. Völxen staunt. Mit allem hätte er gerechnet, nur nicht damit: »Pedra!«

»Guten Morgen, *comisario*!« Sie lächelt ihn an, macht aber zwei Schritte rückwärts, als Oscar sich aus seinem Korb erhebt und auf sie zuläuft.

»Platz!«, donnert Völxen, woraufhin Oscar seinen Lauf abrupt bremst und sich beleidigt zurückzieht.

»Du hast einen *Hund* im Büro?«, sagt Pedra hell entsetzt.

»Keine Angst, der tut nichts.«

»Das sagen sie immer.« Pedra bewegt sich in Zeitlupe auf den Besucherstuhl zu, ohne dabei den Terrier aus den Augen zu lassen, der ein paar Runden in seinem Korb dreht, ehe er sich mit einem missmutigen Seufzer hinlegt.

»Falls du deinen Sohn suchst, der dreht seit zwei Stunden so einen Rotzlöffel durch die Mangel.«

»Was macht er?«, fragt Pedra verwirrt.

»Er hat gerade keine Zeit.«

»Das macht nichts. Ich möchte nicht mit ihm, sondern mit dir reden, *comisario*.« Für Pedra Rodriguez gibt es auf dieser Dienststelle seit jeher nur einen *comisario*, und das ist Völxen.

Der hört auf, nach den Urlaubsanträgen zu suchen. »Setz dich. Möchtest du einen Kaffee? Schmeckt bei uns aber nicht so gut wie bei dir.«

Pedra Rodriguez schüttelt mit ernster Miene den Kopf.

»Ist etwas passiert?«

»Ja. Li ist verschwunden. Ich habe es schon dreimal zu Fernando gesagt, aber der tut nichts!«

»Wer ist Li?«

Hätte er gefragt, wer Frau Merkel ist, wäre ihr Blick nicht weniger verwundert ausgefallen.

»Du kennst nicht Li Xiaolin?« Pedra spricht jeden Buchstaben ihres Nachnamens einzeln aus, wobei sie sich schier die Zunge verknotet.

»Nein«, gesteht Völxen.

»Li wohnt im dritten Stock. Weil der Schiffmann gerade in Barcelona ist.«

»Ah«, sagt Völxen, der nur noch Bahnhof versteht. »Und wer ist Schiffmann?«

»Schiffmann gehört die Wohnung, aber das ist *igual*. Der *padre* von Li kennt den *padre* von dem Chinesen von Oda. *Los padres* wohnen alle beide in *Pekín*. Der Chinese von Oda und der *padre von die Chinese von Oda* haben Li von *Pekín* nach Hannover geschickt, damit sie hier lernen kann, im Krankenhaus von *padre* von Jule. *El profesor*. Li ist nämlich ein Doktor, *una médica*. Hast du es jetzt kapiert, *comisario, ¿sí o no?*«

»Ich hoffe es«, schmunzelt Völxen. Je aufgeregter Pedra ist, desto spanischer wird ihr Deutsch. Er fasst sicherheitshalber noch einmal zusammen: »Diese Li Xao ... Dingsda kommt also aus Peking, sie studiert Medizin oder ist schon fertig damit und hat ein Praktikum gemacht, das ihr wiederum Jules Vater, Professor Dr. Jost Wedekin, vermittelt hat. Der Kontakt kam durch Odas Freund Tian Tang beziehungsweise dessen Vater zustande, und Fernando und du, ihr habt ihr die Wohnung besorgt, weil Herr Schiffmann aus dem dritten Stock in Barcelona ist.«

»Genau, das habe ich gesagt.« Pedra Rodriguez sieht ihn an wie eine Lehrerin einen Schüler, der es nun endlich begriffen hat. Völxen kann nur so staunen, was seine Mitarbeiter hinter seinem Rücken untereinander alles organisieren und mauscheln.

»Seit April ist Li jeden Tag in den Laden gekommen. Aber

jetzt schon drei Tage nicht mehr. Sie geht nicht ans Telefon, und das Handy funktioniert auch nicht. Ich habe an die Tür geklopft, immer wieder. Aber niemand macht auf. Ich mache mir große Sorgen. Fernando will die Tür nicht öffnen, er sagt, dass er das nicht darf.«

»Da hat er recht«, antwortet Völxen. »Allerdings könnte ja Gefahr im Verzug sein …«

»Gefahr im Zug?«

»Hast du schon in der MHH angerufen, wo sie arbeitet?«

»Nein. Deswegen bin ich hier. Ich wollte fragen, ob Jule vielleicht mit dem *profesor* reden kann …«

»Weißt du was?«, unterbricht sie Völxen. »Ich geh selbst dorthin.«

»Das machst du wirklich?«

»Denkst du, ich lüge dich an?«, entgegnet Völxen empört.

»Nein, nein. Aber du bist doch der *comisario*, du hast doch sicher gar keine Zeit für so etwas.«

»Pedra, wenn du mich um etwas bittest, dann nehme ich mir alle Zeit der Welt. Ich fahre sofort los. Soll ich dich zu Hause absetzen?«

»Nein, nein«, sagt Pedra rasch, wobei ihr Blick die Bestie streift, die schnarchend zwischen Aktenschrank und Gummibaum liegt. »Ich nehme die Bahn. Mir ist lieber, du fährst sofort hin.«

»Okay«, sagt Völxen. »*Vamos.*«

DIE GROSSE FAHNE von *Hannover 96* hängt schlapp von der Wand. Davor sitzt Oda und sagt: »Alle Achtung, Jule. Du hast dich vorhin ganz schön weit aus dem Fenster gelehnt.«

»Zu weit, wahrscheinlich. Aber ich halte das nicht mehr aus. Irgendwas muss sich ändern. Entweder ich wechsle in ein anderes Dezernat oder …« Sie spricht den Satz nicht zu Ende, es ist klar, was sie meint.

»Ja, wenn's so weitergeht, sind wir beide in Kürze wieder solo.«

»Ich ja. Aber wieso du?«, fragt Jule.

»Tian macht meine Teilnahme an dieser Reise zu einer Art Härtetest für die Ernsthaftigkeit unserer Beziehung. Dabei bin ich nicht mal sicher, ob er wirklich so traurig wäre, wenn ich nicht mitkäme. Er befürchtet vielmehr, dass er dadurch seinen Vater verärgert. Der hat mich ja nun schon ein paar Mal eingeladen. Du weißt schon, Chinesen und ihre Familienehre ... Die Eltern zu verärgern bedeutet für sie so eine Art mittleren Weltuntergang.«

»Da wäre sie bei mir schon öfter untergegangen«, meint Jule. »Aber du wirst nicht einsam sterben, Oda. Notfalls genügt ein Anruf bei Dr. Bächle ...«

»Am besten wär's, er bleibt schon mal in der Nähe des Telefons.«

»Natürlich wirst du fliegen«, sagt Jule. »Wär ja noch schöner. Wenn Hendrik uns schon Völxen aus dem Verkehr zieht, soll er gefälligst zusehen, woher er Leute kriegt, die uns helfen.«

»Was nützen uns ein paar grasgrüne Anwärter? Die sind eher eine Last.«

»Ich habe auch als Anwärterin hier angefangen«, erinnert Jule.

»Eben«, versetzt Oda. »Du warst die schlimmste Klugscheißerin, die wir je hatten.«

Jule überhört dies und jammert stattdessen weiter: »Ich wollte, es wäre wieder wie früher, alles ist so anders geworden. Ihr traut mir nicht mehr über den Weg, weil ihr denkt, dass ich Hendrik brühwarm alles erzähle, was hier abläuft. Und er ist sauer, weil ich ihm *nichts* erzähle. Gar nichts! Ich kann machen, was ich will, es ist immer verkehrt.«

»Das alles wäre einfacher, wenn er nicht so ein Arsch wäre«, sagt Oda unverblümt.

»Der Mann hat zwei Gesichter, ich schwöre es dir. Der ist wie Dr. Jekyll und Mr Hyde. Wenn er außer Dienst ist, ist er total … anders. Also, ich meine, er ist keiner von diesen Jasagern, aber so einen will ich ja auch nicht.«

»Aber die zweite Seite, sein Arschgesicht, um im Bild zu bleiben, kannst du nicht ausblenden. Und insgeheim imponiert dir vielleicht genau das an ihm.«

Jule spielt kurz mit dem Gedanken, Oda zu sagen, wohin sie sich ihre Analyse stecken kann. Aber sie lässt es sein. Womöglich hat Oda recht. Immerhin hat sie ein Diplom in Psychologie. »Verdammt, ist das alles kompliziert!«, stöhnt Jule deshalb nur.

»Der Typ muss lernen zu akzeptieren, dass du im Dienst auf unserer Seite stehst, und zwar auch dann, wenn es ihm nicht in den Kram passt. Aber ich denke, nach deinen klaren Worten von eben hat er's begriffen.«

Es klopft. Völxen steckt den Kopf durch die Tür und schaut verwundert Oda an, die auf Fernandos Platz sitzt.

»Krisensitzung«, erklärt diese. »Du kommst gerade recht.«

»Ich habe keine Zeit«, entgegnet Völxen. »Jule, du hast doch sicherlich die Handynummer deines Vaters parat. Würdest du sie mir freundlicherweise geben?«

»Äh, ja. Klar«, antwortet Jule perplex. Sie nimmt ihr Telefon, drückt ein paar Tasten, und Sekunden später piept es in Völxens Sakko. »Du hast sie«, sagt Jule zu Völxen, der offenbar darauf wartet, dass sie zu Stift und Papier greift. »Mobilnummer und die Durchwahl in der Klinik.«

»Irgendwann wird kein Mensch mehr des Schreibens mächtig sein«, prophezeit Völxen düster und schließt die Tür.

»Was war das denn?«, fragt Jule.

»Perfekt angewandter Genitiv«, grinst Oda und steht mit der Bemerkung auf, jetzt dringend eine rauchen zu müssen.

Es klopft erneut. Frau Cebulla. »Da ist ein junger Mann, Sebastian Falkenberg. Hätte eine der Damen vielleicht Zeit?«

FALLS SICH PROFESSOR Dr. Jost Wedekin über den Anruf des Vorgesetzten seiner Tochter wundern sollte, so ist ihm bei dem kurzen Gespräch, das er mit Völxen führt, nichts davon anzumerken. »Was kann ich für Sie tun?«, fragt er verbindlich.

»Ich müsste Sie in einer dienstlichen Angelegenheit sprechen«, sagt Völxen. »Ich komme auch zu Ihnen …«

»Wie wäre es, wenn wir uns auf halbem Weg treffen würden?«, schlägt Wedekin vor. »Es gibt da diesen Italiener in der Marienstraße …«

Sie verabreden sich für zwölf Uhr bei *Da Lello*. Völxen wundert sich. Er hat damit gerechnet, dass der Tag eines Professors für Transplantationschirurgie streng durchgetaktet ist. Andererseits nähert sich der Mann auch langsam dem Pensionsalter. Vielleicht wird auch ihm von ehrgeizigen Nachwuchskräften das Skalpell streitig gemacht …

Völxen verlässt mit Oscar an der Leine die PD. Der kurze Fußmarsch wird ihm und dem Hund guttun. Er geht an der Pförtnerloge vorbei und am altehrwürdigen Hauptgebäude der Polizeidirektion. Direkt dahinter biegt er rechts ab in Richtung Maschpark. Sein Telefon klingelt.

»Wo bist du denn?«, kommt es vorwurfsvoll von Fernando.

»Spazieren.«

»Dann stimmt es also. Nowotny meinte, du wärst aus dem Fall raus.«

»Ja«, bestätigt Völxen. »Aber sag mir trotzdem, was los ist.«

»Willst du zuerst die gute Nachricht hören oder die schlechte?«

»Willst du einen Tritt in den Hintern oder woandershin?«

»Förster gibt überhaupt nichts zu und wartet jetzt auf seinen Anwalt.«

»War das die gute Nachricht?«

»Er sagt, er wäre um die fragliche Zeit am Freitag zu Hause gewesen. Allein. Er hat Wanda mit keinem Wort erwähnt.«

»Ach.«

»Ich habe natürlich auch nicht nach ihr gefragt, ich wollte ja keine schlafenden Hunde wecken«, erklärt Fernando.

»Das ist gut. Aber wieso hat er … warte mal!« Völxen kommt ein Gedanke. »Was hättest du gesagt, wenn er Wanda erwähnt hätte?«

»Ich hätte ihm vorgelogen, dass sie eingeknickt wäre und sein Alibi geplatzt wäre«, antwortet Fernando.

»Siehst du, das Kerlchen ist schlau. Er weiß nämlich nicht, ob das vielleicht wirklich passiert ist, weil er heute früh noch keine Gelegenheit hatte, Wanda danach zu fragen oder seine Mails und SMS zu überprüfen. Es kann immer noch sein, dass er sich plötzlich daran erinnert, sobald er mit ihr Kontakt aufgenommen hat.«

»Schon möglich«, gibt Fernando zu. »Oder er weiß gar nichts von Wandas Aussage.«

»Wie meinst du das?«

»Diese Tierschützer haben Daniel Förster damals, bei der Filmaktion in Falkenbergs Stall, böse im Stich gelassen. Er wäre womöglich nicht so arg verprügelt worden, wenn die anderen nicht alle weggerannt wären. Vielleicht denkt Wanda, sie müsste was gutmachen.«

»Verstehe«, sagt Völxen.

»Ich fürchte, wir kriegen keinen Haftbefehl gegen Daniel Förster. Wir haben so gut wie nichts gegen ihn in der Hand.«

»Wir sollten trotzdem seine Wohnung durchsuchen. Vielleicht hat er ja seine Gummistiefel aufgehoben.«

»Ja, oder das blutige Messer. Durchsuchung läuft schon.«

»Sehr gut«, sagt Völxen. »In der Zwischenzeit kannst du ja mit Sibylle Falkenberg reden, der Schwägerin des Opfers. Aber ich will ich euch da nichts vorschreiben, ist ja jetzt euer Fall.« Er legt auf.

Dieser Daniel Förster muss so lange wie möglich, am besten bis morgen, in Haft bleiben, überlegt Völxen. Er braucht die

Zeit, um Wanda zur Vernunft zu bringen. Am besten sollte Sabine mit ihr reden. Dazu müsste seine Frau aber erst einmal wieder mit ihm sprechen. Was für ein Schlamassel! Er bleibt kurz stehen, legt den Kopf in den Nacken und blinzelt in den blauen Himmel. Die Luft ist mild und weich wie Seide, in den Bäumen leuchtet es schon gelb. Oscar verfolgt aufgeregt Geruchsspuren und scheint den unverhofften Spaziergang sehr zu genießen. Was man alles verpasst, wenn man den ganzen Tag in diesem Bau sitzt. Fast muss man Hendrik Stevens dankbar sein, denkt Völxen und erwägt den Gedanken, vorzeitig in Pension zu gehen. Er würde auch nicht in das berühmte schwarze Loch fallen, nein, er hat bereits eine Geschäftsidee für den Vorruhestand: Mietschafe. Er könnte seine Herde erweitern auf ein Dutzend oder auch zwei und sie dann tageweise an Grundstücksbesitzer verleihen, quasi als lebende Rasenmäher. Ein eigenartiges, schwebendes Gefühl macht sich in ihm breit, eine völlig unangebrachte Gelassenheit, während er weitergeht und den Maschteich hinter sich lässt, der in der Sonne glitzert. Eins nach dem anderen. Jetzt wird er erst einmal diese Angelegenheit mit der verschwundenen Chinesin klären, das hat er Pedra schließlich versprochen. Er wird gepflegt mit dem Herrn Professor speisen, einen Berg Nudeln vielleicht, und ein Glas Weißwein dazu ... Schon beim Gedanken daran bekommt er Hunger, und als er am Aegi an der Ampel steht, während der Verkehr mehrspurig an ihm vorüberbraust, ist seine größte Sorge, dass das Lokal vielleicht am Montag Ruhetag haben könnte.

»PSCHT! FERNANDO!« ODA streckt den Kopf aus ihrem Büro und winkt Fernando heran, der gerade versucht, einen zu vollen Becher Cappuccino ohne Transportverluste von Frau Cebullas Zimmer bis in seines zu balancieren.

»Was ist«?

Oda bedeutet ihm mit einer Kopfbewegung hereinzukommen. Eine halb gerauchte Zigarette qualmt im Aschenbecher.

»Sag mal, Oda, hast du schon mal daran gedacht, es mit E-Zigaretten zu versuchen?«

Ein Blick wie ein Eiszapfen durchbohrt ihn.

»Schon gut, schon gut, schau mich nicht so an, da krieg ich echt Angst!« Fernando stellt den Becher ab und verkleckert dabei prompt Odas Schreibtisch.

»Trink doch was ab, wenn's zu voll ist!«

»Damit ich mir den Mund verbrenne? Unter dem Schaum ist der Kaffee immer so heiß. Also, was gibt's?«

»Hast du schon gehört, was bei der Morgenlage los war?«

»Ja. SS hat Völxen geschasst.«

»Und hast du auch davon gehört, wie Jule ihn angeschnauzt hat?«

Fernando setzt sich auf die Schreibtischkante und beugt sich interessiert hinüber zu Oda. »Nein! Erzähl? Im Meeting? Vor allen? Ich will alles wissen, Wort für Wort …«

DAS RESTAURANT HAT gerade aufgemacht, als Völxen eintrifft. Der Kellner mustert ihn und Oscar mit abschätzigem Blick und weist beiden einen Platz im hinteren Bereich des Lokals zu. Die Tische am Fenster scheinen alle reserviert zu sein. Völxen bestellt ein Glas Weißwein *della casa* und ein Wasser. Dann schaltet er sein Telefon aus und krault Oscar hinter den Ohren. Es hat auch Vorteile, wenn man aus dem Rennen ist.

Er kennt Jules Vater nur aus Zeitungsberichten. Das Konterfei des Professors für Transplantationschirurgie ist immer dann zu sehen, wenn seine Abteilung der Medizinischen Hochschule Hannover wieder einmal aufsehenerregende Taten vollbracht hat. Völxen weiß auch, dass Jule und ihr Vater so einige Probleme miteinander haben. Wahrscheinlich hat Jost Wedekin seiner Tochter nie verziehen, dass sie ihr Medizinstudium nach vier Semestern geschmissen hat und Polizistin geworden ist. Umgekehrt war Jule stinksauer auf ihren Vater, als dieser vor einigen Jahren Jules Mutter verließ. Inzwischen ist er wieder verheiratet, mit einer deutlich jüngeren Ärztin. Sie haben einen kleinen Sohn bekommen, der jetzt auch schon bald ein Jahr alt sein dürfte. Jule scheint über ihren Halbbruder nicht sonderlich glücklich zu sein. Jedenfalls hat sie noch nie Babyfotos im Büro herumgezeigt, und Völxen kann sich nicht erinnern, dass sie je den Namen des Kindes erwähnt hätte. Vielleicht täuscht er sich auch. Von diesem Gemeinschaftsprojekt Li Dingsda hat er ja auch nichts mitbekommen. Als Chef wird man nicht in alles eingeweiht, das ist nun einmal so.

Jules unbeherrschter Ausbruch vorhin in der Teambesprechung war nicht typisch für sie und zeigt ihm, wie sehr die Situation sie belastet. Hoffentlich, wünscht sich Völxen, hat diese unselige Liaison mit Hendrik Stevens bald ein Ende. Er gönnt Jule jeden Mann, den sie haben möchte, aber er würde es dennoch begrüßen, wenn der nächste nicht einer übergeordneten Behörde angehören würde. Obwohl Völxen eigentlich keinen Grund hat, an Jules Loyalität zu zweifeln, hat er neuerdings in ihrer Gegenwart stets dieses *Feind-hört-mit-*Gefühl.

Er ist noch dabei, über die Verhältnisse in seinem Dezernat nachzudenken, als Jost Wedekin das Lokal betritt. Sollte sich das ZDF jemals zu einem Remake der *Schwarzwaldklinik* entschließen, wäre dieser imposante Silberlöwe die Idealbesetzung. Der Professor wird vom Chef und vom Kellner denn auch sofort mit *dottore* begrüßt und an einen Fenstertisch komplementiert. Dabei bemerkt Wedekin Völxen, der noch immer der einzige Gast ist. »Herr Hauptkommissar?«

»So ist es«, sagt Völxen und steht auf.

Der Professor geht zu ihm hin und schüttelt ihm die Hand. Er schreckt zurück, als er den Terrier bemerkt, der angefangen hat, ihn zu beschnüffeln.

»Das ist Oscar«, stellt Völxen seinen Begleiter vor und zieht ihn von den Hosenbeinen des Professors weg. »Wenn meine Frau länger arbeitet, muss ich ihn mitnehmen, sonst zerlegt er die Wohnung.«

»Und dabei sieht er so harmlos aus.«

Mit einer dezenten, aber souveränen Handbewegung bedeutet Wedekin dem Kellner, Völxens Getränke an den anderen Tisch zu bringen. Völxen fragt sich, ob Hendrik Stevens irgendetwas mit dem Professor gemein hat. Äußerlich wohl wenig, aber was das selbstsichere, autoritäre Auftreten und den beruflichen Ehrgeiz angeht ... Ist Jules Partnerwahl vielleicht das Produkt eines Vaterkomplexes? Völxen ermahnt sich, derlei Amateurpsychologie besser sein zu lassen, und teilt dem *dottore* mit, dass er sich sehr freut, dass sich dieser für ihn Zeit nehmen konnte.

»Mit den Jahren lernt man zu delegieren.«

Der Kellner bringt die Speisekarten, und Wedekin reibt sich die Hände und meint, er habe einen Mordshunger. Was immer es ist, was Völxen mit ihm besprechen möchte, hat bis nach dem Essen zu warten, lautet der Subtext dieser Botschaft, die der Hauptkommissar sofort versteht. Wenn er von den Italienurlauben mit Sabine irgendetwas gelernt hat, dann dass für dieses Volk die Mahlzeit etwas Heiliges ist, das nur ein ausgemachter Grobian beeinträchtigt, indem er dabei Probleme wälzt und ernste Diskussionen anzettelt. Nicht vor dem Espresso! Völxen ist nur zu gern bereit, sich dieser Regel zu unterwerfen. Schon geht es los mit *bruschetta*, einer Flasche Weißwein und einem frischen Glas für Völxen, denn seiner ist jetzt ohnehin schon zu warm. Wenn er nicht aufpasst, hat er nachher noch einen sitzen.

Die Bestellung artet in einen längeren Disput zwischen dem Professor und dem Inhaber aus, dem Völxen mit Vergnügen lauscht. *Tagliatelle con funghi porcini* hört sich jedenfalls schon mal sehr gut an.

»Mögen Sie Fisch, Herr Völxen?«

»Sicher.« Er kommt sich vor, als wäre er im Urlaub, und irgendwie ist es ja auch so ähnlich. Außerdem kann es gut sein, dass er heute Abend wieder vor leeren Töpfen und einem Kühlschrank voller Gemüse steht.

Den Nudeln mit Steinpilzen folgt eine zarte Seezunge, und zum Dessert gibt es Zabaione. Der Espresso wird serviert. Professor Wedekin erkundigt sich nun endlich nach dem Grund ihres Treffens.

»Es geht um eine Chinesin, die momentan bei Ihnen ein Praktikum macht. Li Xa …«

»Li Xiaolin.«

»Genau.« Völxen erzählt dem Professor das wenige, was er von Pedra Rodriguez erfahren hat, und fragt ihn dann, ob die junge Frau heute zur Arbeit erschienen ist.

»Nein, das ist sie nicht. Sie hat sich auch nicht krankgemeldet. Wir haben uns alle sehr gewundert, denn sie ist sonst sehr zuverlässig.«

»Haben Sie versucht, sie zu erreichen?«

»Meine Assistenzärztin hat es versucht, aber ohne Erfolg.«

»Haben Sie eine Idee, was passiert sein könnte?«

»Nicht die geringste. Ich hoffe sehr, dass ihr nichts zugestoßen ist.«

»Was können Sie mir über sie sagen?«

»Sie ist sechsundzwanzig, hat ein abgeschlossenes Medizinstudium, ist sehr wissbegierig und spricht gut Englisch, aber nicht besonders gut Deutsch. Das dürfte dann auch schon alles sein. Sie ist etwas verschlossen, jedenfalls hat sie nie viel von sich erzählt, eigentlich gar nichts. Aber fragen Sie doch den Freund von Alexas Kollegin, der kennt die Familie.«

»Wer ist Alexa?«

»Meine Tochter Alexa Julia Wedekin«, entgegnet der Professor etwas pikiert

»Ach, Jule! Entschuldigen Sie«, sagt Völxen.

»Ist ja nicht Ihre Schuld«, seufzt der Professor. »Sie hat diesen

Namen noch nie gemocht, ich weiß bis heute nicht, was sie daran auszusetzen hat. Grappa?«

»Für mich nicht, nein danke. Ich habe schon genug über die Stränge geschlagen.«

Wedekin verzichtet ebenfalls auf den Schnaps und sagt: »Ich wundere mich ein bisschen, dass Sie mich wegen Li sprechen wollten. Als Sie anriefen, dachte ich, es ginge um den Mord an Falkenberg. Hab's heute Morgen in der Zeitung gelesen.«

»Warum sollte ich deswegen Sie sprechen wollen?«, fragt Völxen zurück.

Sein Gegenüber lacht. »Sie können den Polizisten wirklich nicht verleugnen, Herr Völxen.«

»Nein«, sagt Völxen und denkt: *Wozu auch?*

»Ich nahm an, Sie wollten mich wegen des postum entfernten Transplantats sprechen«, präzisiert Wedekin.

»Davon stand aber nichts in der Zeitung. Hat Ihnen das Jule ... Alexa erzählt?« *Na warte, Jule!*

»Nein. Sie kennen sie doch, das würde sie nie tun. Es war Dr. Bächle.«

»Dr. Bächle!« Völxen verkneift sich die Frage, ob die Unterhaltung zufällig auf einem Golfplatz stattgefunden hat.

»Bächle wollte wissen, ob die Transplantation bei uns im Hause durchgeführt wurde.«

»Und? Wurde sie?«, fragt Völxen gespannt.

»Nein. Ich hatte mich gerade schlaugemacht, als Sie mich angerufen haben. Johannes Falkenberg stand auf der Warteliste von Eurotransplant, und er wäre bei uns auch operiert worden, wenn ein passendes Organ zur Verfügung gestanden hätte. Aber Sie wissen ja, Organe sind knapp, es gibt viel mehr potenzielle Empfänger als Spender.«

»Und woher kommt dann Falkenbergs Spenderherz?«, fragt Völxen.

Dieses Mal ist es Wedekin, der mit einer Gegenfrage antwortet: »Was haben Ihnen denn die Angehörigen erzählt?«

»Gar nichts«, antwortet Völxen ehrlich.

Das silbergraue Haupt des Professors senkt sich zu einem bedeutungsvollen Nicken. »Jedenfalls nicht von uns«, sagt er schließlich. »Und damit meine ich: nicht aus Europa.«

»Aus China?« Völxen hat vor einigen Wochen einen Artikel über das Geschäft mit Organen gelesen, und was da über das Reich der Mitte gestanden hatte, hat ihm überhaupt nicht gefallen.

Der Professor nickt erneut.

Völxen ist verwirrt. Irgendwie scheint sich in letzter Zeit alles um China zu drehen. Erst Odas Reise, dann diese verschwundene Chinesin, jetzt Falkenbergs Transplantation ... Das ist mehr als nur seine selektive Wahrnehmung.

»Danach kam er wieder zu uns, genauer gesagt in die Kardiologie. Mit einer Transplantation ist es ja nicht getan. Es müssen Medikamente eingenommen werden, die das Abstoßen des Organs verhindern, und der Patient muss regelmäßig untersucht werden. Aber ich fürchte, ich habe schon mehr erzählt, als ich eigentlich dürfte.«

»Der Mann ist ja tot«, versucht Völxen die Bedenken Wedekins zu zerstreuen. »Opfer eines ziemlich brutalen Mordes, um genau zu sein. Aber das hat Ihnen ja schon Dr. Bächle erzählt.«

»Wenn Sie mehr wissen wollen, sprechen Sie am besten mit seinem Hausarzt. Ein gewisser Dr. Wolfram, ich glaube, er hat eine Praxis in der Nordstadt oder in Herrenhausen«, rät der Professor, während er dem Kellner einen Wink gibt. »Ich darf Sie doch einladen, Herr Völxen? Es wäre mir ein Vergnügen.«

Angesichts der Tatsache, dass Professor Dr. Jost Wedekin der Vater seiner Mitarbeiterin ist, hat die Sache ein »Gschmäckle«, wie Bächle sagen würde. Mit solchen Dingen muss man als Beamter wirklich sehr, sehr vorsichtig sein, sagt sich Völxen. Schon weit höher gestellten Amtspersonen aus dieser Stadt sind gut gemeinte Einladungen zum Verhängnis geworden. Andererseits sollte man die eigene Bedeutung auch nicht überschätzen, und zudem befinden sie sich hier sozusagen auf italienischem Hoheitsgebiet. »Gern, wenn Sie es Ihrer Tochter nicht verraten.«

»*Acqua in bocca*«, sagt Wedekin und kreuzt die Finger über seinen lächelnden Lippen, woraus Völxen haarscharf kombiniert, dass das bedeutet, dass er den Mund halten wird.

»Wie wird es jetzt weitergehen? Mit Li, meine ich«, fragt Wedekin, als sie sich vor dem Lokal verabschieden.

»Ich nehme jetzt die 10 nach Linden und veranlasse dort eine Wohnungsöffnung«, sagt Völxen.

Es scheint ein paar Sekunden zu dauern, ehe der Professor verstanden hat, dass mit der 10 kein interner Polizeicode gemeint ist, sondern die Stadtbahn. »Soll ich Sie hinbringen oder irgendwo absetzen?«, fragt er und schaut so entsetzt drein, als hätte Völxen angekündigt, er wolle trampen. Schätzungsweise ist der Mann zuletzt Straßenbahn gefahren, als die einfache Fahrt noch eine Mark kostete.

»Danke, das ist nicht nötig. Oscar und ich steigen gleich da vorn am Aegidientorplatz ein und fahren bis fast vor die Haustür«, erklärt Völxen und bedankt sich noch einmal für das köstliche Essen. Auf dem Weg zur Haltestelle schaltet er sein Telefon wieder ein und ruft Oda an. Es klingelt einige Male, ehe sie sich meldet.

»Was ist? Jule und ich haben gerade Sebastian Falkenberg in der Mache. Angeblich hat er mehr oder weniger das ganze Wochenende bei einem Typen rumgehangen, den er vor ein paar Tagen erst kennengelernt hat.«

»Und da kann er nicht mal ans Handy gehen?«

»Scheint's waren die Herren zu beschäftigt.«

»Hat er ein Alibi?«, will Völxen wissen.

»Zur Tatzeit will er ›in der Stadt‹ gewesen sein. Er rückt nicht damit raus, wo genau. Für mich klingt das Ganze so, als hätte er sich Freitagabend eine Ration Drogen fürs Wochenende besorgt und dann zwei Tage lang mit seiner Neueroberung verbracht, ohne sich durch irgendwelche Anrufe stören zu lassen. Junge Liebe halt, kann man ja verstehen«, meint Oda, und Völxen glaubt, das Grinsen in ihrer Stimme herauszuhören. »Seine Trauer über das Ableben seines Stiefvaters hält sich übrigens in engen Grenzen, um es mal vorsichtig auszudrücken.«

»Ein Drogendealer als Alibi? Ganz schlecht«, sagt Völxen. »Ich weiß jetzt, dass Falkenbergs neues Herz aus China stammt. Kannst du Sebastian fragen, wo genau diese Transplantation in China stattfand?«

»Mach ich. Ich muss jetzt wieder …«

»Warte, Oda! Es geht um Li, diese junge Chinesin, die Jules Vater …«

»Ich weiß, wen du meinst«, unterbricht Oda ihn ungeduldig. »Was ist mit ihr?

»Sie ist verschwunden, seit Samstag. Sie war heute nicht bei der Arbeit und hat sich nicht entschuldigt. Ich sehe mir jetzt die Wohnung an. Kann uns dein Tian vielleicht etwas darüber sagen?«

»Was, verschwunden? Lieber Himmel! Das hätte Tian mir sicher erzählt, wenn der das wüsste.«

»MIR HABEN SIE damals weismachen wollen, die OP würde in Holland stattfinden. Aber ich war ja schließlich nicht blöd. Ich habe den Brief von der chinesischen Botschaft gesehen, mit den Visa darin, und ich habe mitgekriegt, wie sie mit dem Reisebüro telefoniert haben.« Sebastian Falkenberg streicht sein Haar zurück, das ihm sofort wieder über die linke Gesichtshälfte fällt. Die rechte Seite seines Kopfs ist dagegen fast kahl rasiert. Er hat die zarten Gesichtszüge seiner Mutter und deren große braune Augen. Seine Haut ist blass und makellos, die Augenringe kommen wohl eher vom Feiern als vom Trauern. Während der meisten Zeit des Verhörs hat er jene gelangweilte Miene aufgesetzt, die bei Leuten seines Alters zurzeit unheimlich angesagt ist.

»Und wann war *damals?*«, fragt Oda.

»2007. Im September, glaub ich. Die Schule hatte schon seit ein paar Wochen wieder angefangen.«

»Wo waren Sie während dieser Zeit, als Ihre Eltern weg waren?«

»Daheim. Meine Oma war da.«

»Warum wollten die beiden Ihnen verheimlichen, dass die Operation in China gemacht wurde?«, will jetzt Jule wissen.

»Das habe ich mich anfangs auch gefragt«, antwortet Sebastian. »Erst mit der Zeit wurde mir der Grund dafür klar. Danach war mein Stiefvater für mich nur noch ein Mörder.«

»Mörder? Wieso?«, stellt sich Oda dumm.

Er schaut die Kommissarin mitleidig an. »Das weiß doch inzwischen jeder, was da in China abläuft. Dass dort Häftlinge hingerichtet werden, denen man anschließend die Organe entnimmt.«

Diese China-Sache kam ihm nur allzu recht, erkennt Oda. Lieferte ihm einen Grund dafür, eine wohlfeile Rechtfertigung, seinen Stiefvater zu hassen. Aber der eigentliche Hass kommt nicht daher. Der ist schon älter und substanzieller.

»In China gibt es halt nun einmal die Todesstrafe«, provoziert Oda.

»Sie meinen also auch, es wäre schade um die Organe der Hingerichteten?«

»Auch? Wer meint das denn noch?«

Sebastian ignoriert die Frage, steigert sich stattdessen in das Thema hinein: »Aber nein, man muss dabei überhaupt kein schlechtes Gewissen haben, denn die armen Teufel haben ja alle unterschrieben, dass sie die Organe *freiwillig* spenden. Wenn sie eh schon sterben müssen, dann kann man ja noch ein Geschäft damit machen …«

Oda zuckt mit den Achseln, was den jungen Mann noch mehr in Rage versetzt.

»Was glauben Sie denn, wer da hingerichtet wird? Nicht nur

Mörder oder Vergewaltiger, das sind auch politische Häftlinge! Studenten oder Blogger, die nur ihre Meinung sagen wollten ... Das ist Töten auf Bestellung, mit der Giftspritze, und danach schlachtet man ihre Körper aus: das Herz, die Leber, die Nieren, die Milz ...«

»Blödsinn!«, fährt Jule dazwischen.

Sebastian schaut sie verwirrt an.

»Kein Mensch transplantiert eine Milz. Man kann sehr gut ohne Milz leben.«

»Die Milz war 'n Witz«, behauptet der Junge verlegen.

Oder ein Test für uns blöde Bullen, denkt Oda und fragt: »Wissen Sie denn sicher, dass Ihr Stiefvater das Herz eines hingerichteten Häftlings erhalten hat?«

»Woher soll es denn sonst kommen? Man fliegt doch nicht auf gut Glück nach China und wartet, bis ein passender Spender einen Verkehrsunfall hat.« Sebastian nimmt einen Schluck aus dem Becher mit Wasser, der vor ihm steht.

Jule und Oda schweigen.

»Für ein Herz muss einer sterben«, fährt Sebastian fort. »Eine Niere kann gespendet worden sein, aber für ein Herz wird einer hingerichtet, *just in time*, für irgendeinen reichen Sack. In dieser Scheißdiktatur ist mit Geld alles möglich, so was wie Menschenrechte kennen die doch gar nicht!«

»Das ist richtig«, bestätigt Jule. »In der Tat sind die Menschenrechte ein abendländischer Begriff aus der Aufklärung. In anderen Teilen der Welt hat dieser Begriff keine Tradition, übrigens auch nicht in der muslimischen Welt. Man kannte ihn weder im Mittelalter noch bei den Römern oder den alten Griechen, denn deren Gleichheitsidee, die auf dem Naturrecht basierte, galt nur für Bürger, nicht für Sklaven oder ...«

Oda hat während Jules Vortrag angefangen zu grinsen, was Sebastian Falkenberg offenbar restlos auf die Palme bringt. »Ey!«, brüllt er und schlägt mit der Faust auf die Tischplatte. »Was soll 'n das? Wollt ihr Tussen mich verarschen?«

»Sie sind sehr impulsiv, Herr Falkenberg. Sie verlieren wirklich rasch die Contenance«, stellt Oda nun kalt lächelnd fest.

»Leck mich doch!«, sagt er trotzig.

»Ich muss Sie bitten, sich zu mäßigen!«

Der junge Mann verdreht die Augen, vielleicht wegen Odas antiquierter Wortwahl.

»Herr Falkenberg ...«, fährt Oda fort.

»Ich werde diesen Namen ändern lassen!«, zischt Sebastian. »Als Kind habe ich nicht begriffen, was Adoption bedeutet. Aber jetzt will ich keinen Tag länger als nötig so heißen.«

»Meinetwegen«, seufzt Oda. »Wissen Sie, wo genau in China diese Transplantation vorgenommen wurde?«

»Nein.«

»Sie haben nichts aufgeschnappt? Wurde nicht mal eine Stadt genannt? Peking vielleicht?«

»Sie haben nie darüber geredet. Jedenfalls nicht vor mir. Hey, wieso ist diese ganze China-Scheiße eigentlich so wichtig?«

Odas Handy vibriert auf dem Tisch. Sie meldet sich, hört kurz zu, beendet das Gespräch mit einem knappen »Ja, danke« und wendet sich wieder an ihr Gegenüber. »Sie hassten also Ihren Stiefvater ...«

Schweigen. Kein Widerspruch.

»... aber nicht erst seit dieser Sache mit dem Herzen aus China, nicht wahr? Warum also dann? Was hat er Ihnen getan?«

»Quatsch. Gar nichts.« Sein Blick schweift zum Fenster hinaus.

»Wegen nichts hasst man niemanden.«

Es dauert einige Sekunden, dann bricht es aus ihm heraus: »Er ist ein Voll-Proll. Verdient sein Geld mit *Eiern*. Hühner-Hannes nennt man ihn im Ort. Ich habe nie verstanden, was meine Mutter an dem gefunden hat.«

»Wie hat Ihr Stiefvater auf Ihre Homosexualität reagiert?«

Sebastian kräuselt zunächst verärgert die Stirn, aber dann

sagt er: »Er wollte mich zu einem Therapeuten schicken! Als wäre es eine Krankheit. Als er langsam kapiert hat, dass er sich damit abfinden muss, hat er mich nur noch ›die Schwuchtel‹ genannt und mir nahegelegt, ich solle ausziehen. Das hab ich mir nicht zweimal sagen lassen. Gleich nach dem Abi war ich weg.«

»Hat er Ihren Unterhalt bezahlt?«, erkundigt sich Oda.

»Klar, um mich los zu sein.«

»Und Sie leben also bis heute vom *Eiergeld*, ja?«

Sebastian zieht es vor, darauf nicht zu antworten.

»Tja, Geld stinkt bekanntlich nicht. Nicht mal nach Hühnerscheiße«, bemerkt Oda.

Er sieht sie nur wütend an.

»Wie oft waren Sie nach Ihrem Wegzug noch in Ihrem alten Zuhause?«

»Sehr selten.«

»Was heißt das genau?«

»Zwei-, dreimal im Jahr.«

»War da Ihr Stiefvater auch da?«

»Nein.«

»Haben Sie Ihre Mutter zwischendurch woanders getroffen?«

»Wir waren manchmal zusammen in der Stadt.«

»Sie und Ihre Mutter haben also ein gutes Verhältnis zueinander?«

»Ja.«

»Sie studieren Jura?«

»Wissen Sie doch.«

»Aber zurzeit lassen Sie Ihr Studium ziemlich schleifen, wieso?«

»Es ist nicht mein Ding. Meine Mutter wollte das.«

»Und was wollen Sie?«

»Weiß ich noch nicht.«

»Sie sehen sportlich aus, welche Sportarten machen Sie?«

»Ich geh Pumpen.«

»Wie bitte?«

»Ich gehe ins Fitnessstudio, in den Kraftraum.«

»Machen Sie auch Kampfsport?«

»Nein. Warum?«

»Welche Schuhgröße haben Sie?«

»41. Und mein Schwanz misst 16 Zentimeter, wenn Sie's genau wissen wollen!«

Wer ist denn jetzt der Proll?, fragt sich Jule und beobachtet gespannt, wie Oda reagiert.

Die hebt nur ein ganz klein wenig die Augenbrauen, und ein leichtes Lächeln umspielt ihre Mundwinkel, als sie fragt: »Darf ich erfahren, was Sie bewogen hat, mir diese Auskunft zu geben, Herr Falkenberg?«

Sebastian schweigt, setzt wieder seine gelangweilte Miene auf.

»Besitzen Sie ein Auto oder haben Sie Zugang zu einem Fahrzeug?«, fährt Oda unbeirrt fort.

»Ich habe ein Fahrrad.«

»Und damit machen Sie auch mal eine Radtour?«

»*Radtour*? Bin ich ein Rentner? Ich fahr damit in die Kneipe und zum Einkaufen, das war's.«

»Sind Sie Tierfreund?«

»Ich bin Vegetarier. Eier esse ich übrigens auch keine.« Er lächelt. »Sie haben Augen wie ein Husky.«

Wieso dieser plumpe Ablenkungsversuch, wieso gerade jetzt?

»Sagt Ihnen der Name ›Anwälte der Tiere‹ etwas?«

»Ich kenne ein paar von denen, von früher, von der Schule.«

»Sie selbst sind da nicht aktiv?«

»Nein.«

»Warum nicht?«

»Weil es naiv ist zu denken, man könnte Leute wie meinen Stiefvater mit Graffiti oder Flugblättern in der Fußgängerzone aufhalten.«

»Aber jetzt ist Ihr Stiefvater aufgehalten worden.«

Sebastian antwortet nicht.

»Stimmt es, dass Sie den ›Anwälten der Tiere‹ den Tipp gaben, dass auf dem Betriebsgelände Ihres Stiefvaters nachts polnische Lastwagen verkehren?«

Sein Blick wandert Hilfe suchend nach draußen. Aber vor dem Fenster droht ihm nur die altehrwürdige, dunkle Fassade des gegenüberliegenden Gefängnisbaus.

»Woher wussten Sie das?«, fragt Oda.

»Wusste ich was?«

»Das mit den polnischen Lastwagen!«

»Ich wusste von gar nichts!«

Oda holt tief Atem. »Herr Falkenberg. Eben bekam ich den Anruf, dass bei der Durchsuchung Ihrer Wohnung so einiges gefunden wurde, was die Kollegen vom Rauschgiftdezernat interessant finden könnten ...

Sebastian hebt die Hände. »Okay, okay, ist schon gut. Ich hab's halt irgendwo gehört. Dorfgeschwätz.«

»Sie waren also doch noch öfter in der alten Heimat?«

Wieder gleitet sein Blick zum Fenster hinaus, er antwortet nicht.

Oda hakt nach: »Was haben Sie da gemacht? Freunde besucht?«

»Nein.«

»Oder Ihren Onkel?«

»Onkel?«

»Werner Falkenberg.«

»Ach, der. Nein.«

»Hatten Sie Kontakt?«

»Früher schon, in den letzten Jahren kaum noch.«

»Wieso?«

»Keine Ahnung. So halt.«

»Es muss doch einen Grund dafür geben!«, bohrt Oda nach.

»Er wurde mit der Zeit immer komischer.«

»Inwiefern?«, fragt nun Jule.

Oda ist klar, was er meint. Sie hat sofort wieder das Bild dieses melancholischen Vorstadtvampirs vor Augen, wie er in den abgedunkelten Räumen zwischen den Möbeln seiner Eltern herumgeistert. Wenn es wenigstens ein schönes, altes Haus wäre, ein viktorianischer Backsteinbau oder eine heruntergekommene Gründerzeitvilla, dann hätte das Ganze ja noch einen gewissen morbiden Charme, findet Oda; ein attraktiver, verlassener Mann, der seine Freude an der Traurigkeit zelebriert … *Habe ich gerade wirklich* attraktiv *gedacht?* Wie dem auch sei, in diesem heruntergekommenen Siebzigerjahre-Einfamilienelend ist es einfach nur deprimierend.

Diesen Eindruck hat wohl auch sein Neffe gewonnen, denn er antwortet auf Jules Frage: »So depri eben.«

Oda kommt auf das vorherige Thema zurück. »Woher und von wem wussten Sie nun von den polnischen Lastwagen?«

»Mann! Das mit den Lastern wusste doch mit der Zeit jeder in der Gegend, so was kann man nicht verheimlichen.«

»Gut, das mag sein. Aber warum haben Sie dieses Gerücht an Ihre Freunde vom Tierschutz weitergegeben?«

»Hab ich nicht, verflucht noch eins!« Sein Blick flackert.

Glaubt er, dass die Tierschützer seinen Stiefvater ermordet haben? Fühlt er sich deswegen schuldig? Oder verheimlicht er etwas? »Wir wissen, dass Sie es waren.«

»Okay, vielleicht hab ich mal eine Bemerkung fallen gelassen.«

»Gegenüber wem?«

»Florian Kreutzer und Daniel Förster. Die waren mit mir auf der Schule, und jetzt treffe ich sie ab und zu in der *Faust* oder in der *Glocksee*.«

»Und warum haben Sie das getan?«

Er spricht zum Fenster hinaus. »Es hätte mir gefallen, wenn der Alte in den Knast gegangen wäre. Oder wenigstens angeklagt worden wäre. Vielleicht hätte es meiner Mutter mal die Augen geöffnet.«

»Ah«, seufzt Oda genüsslich und lehnt sich mit verschränkten Armen in ihrem Stuhl zurück. »Da haben wir ja das Musterbeispiel eines Ödipuskomplexes, so ein schönes hatten wir schon lange nicht mehr!«

»So ein Stuss!«

Oda beugt sich wieder nach vorn und fasst zusammen: »Es sieht nicht gut für Sie aus: Sie haben kein brauchbares Alibi. Sie sind impulsiv und Sie geben zu, Ihren Stiefvater gehasst zu haben. Ganz besonders verabscheuen Sie ihn wegen der Organspende aus China. Und wie Sie ja inzwischen sicher schon von Ihrer Mutter erfahren haben, wurde dem Opfer postum das Herz herausgeschnitten, was vermutlich eine Art Botschaft sein soll, ein symbolischer Akt.«

»Aber ich war ihn doch schon seit vier Jahren los! Warum hätte ich ihn jetzt noch umbringen sollen?«, hält Sebastian dagegen.

»Rache«, schlägt Oda vor. »Heißt es nicht immer so schön, sie wäre ein Gericht, das man kalt verspeist?«

»Doofe Sprüche ... Ist das alles, was Sie gegen mich in der Hand haben?« Seine Stimmung ist ins Aggressive umgeschlagen, registriert Oda. Vielleicht hätte sie sich die Bemerkung mit dem Ödipuskomplex sparen sollen.

»Sie wollten ihn ja auch wegen Betrugs in den Knast bringen«, erinnert Jule.

»Außerdem stand er zwischen Ihnen und Ihrer Mutter«, fügt Oda hinzu.

Ja, das ist es. Wieder blitzt es bei diesen Worten in seinen Augen zornig auf.

»Sie können mir gar nichts beweisen«, stellt Sebastian fest. »Kann ich jetzt gehen?«

»Ja«, sagt Oda. »Aber wir sind noch nicht fertig mit Ihnen. Sie haben Dreck am Stecken, das rieche ich.«

Der junge Mann steht auf und hebt lässig die Hand. »Tschüss, die Damen!«

»Adieu«, antwortet Oda. »Und tauchen Sie nicht wieder tagelang ab. So was wirkt immer verdächtig.«

PEDRA RODRIGUEZ ERWARTET den *comisario* schon ungeduldig in ihrem Laden. Dennoch sieht sie Oscar missbilligend an.

»Wann kommt der Schlüsseldienst?«, fragt Völxen.

»Den brauchen wir nicht.« Pedra greift in eine Schublade und hält Völxen einen Dietrich unter die Nase. Es ist eine ziemlich professionelle Ausführung, und der Kommissar sieht sich genötigt, sie streng zu fragen, woher sie das Werkzeug hat.

»Ausgeliehen. Hab vergessen, von wem.« Sie lächelt verschmitzt, wobei sich ihr dezenter Damenbart in die Breite zieht.

»Normalerweise holen wir für Wohnungsöffnungen den Schlüsseldienst oder die Feuerwehr«, klärt Völxen seine alte Freundin auf.

»Der Schlüsselmann ist mir zu teuer! Und Feuerwehr – nein danke, das erinnert mich an den Brand im Laden.«

»Den Schlüsseldienst bezahlt der Staat.«

»Der Staat? Der hat doch kein Geld. Der muss doch dauernd die Griechen retten und vielleicht bald auch die Spanier. Los jetzt, *comisario*, ich kann den Laden nicht ewig zumachen.« Pedra hängt das Schild mit der Aufschrift *Komme gleich wieder* an die Tür. Sie überqueren den großen Hof, der zur Hälfte mit Giovannis alten Autos vollgestellt ist, und betreten das Haus durch die Hintertür.

Pedra geht voran und weist schließlich auf die rechte Tür im dritten Stock. Es ist ein für Altbauten aus der Jahrhundertwende typischer Wohnungseingang mit einer Tür von repräsentativer Größe und einer dreigeteilten Glasscheibe zwischen der Decke und dem Türrahmen. Vorsichtshalber klingelt Völxen noch einmal, aber erwartungsgemäß tut sich nichts. Die Tür ist nur zugezogen aber nicht abgeschlossen worden, was die

Sache recht einfach macht, sogar für Völxen, der im Umgang mit Einbruchswerkzeug eher ungeübt ist.

Völxen, den Hund an der kurzen Leine, geht als Erster in den Flur und ist erleichtert, denn er nimmt keine Spur des unverkennbaren Leichengeruchs wahr, der einem bei Wohnungsöffnungen zuweilen entgegenschlägt. Auch Oscar scheint nichts Interessantes zu wittern. Die Wohnung macht einen verlassenen Eindruck. So gut wie nichts deutet mehr auf die Anwesenheit einer jungen Frau hin, keine Kleider, keine Kosmetika. Lediglich eine halb ausgedrückte Tube Zahnpasta liegt noch auf dem Waschbecken, und in der Dusche steht eine Flasche Shampoo.

»Hier ist ein Brief«, ruft Pedra aus dem Zimmer, das als Schlaf- und Arbeitsraum eingerichtet ist. Sie reicht Völxen ein in der Mitte gefaltetes Blatt. Der dreht und wendet es nach allen Seiten, um dann festzustellen: »Der ist auf Chinesisch.«

»Das sehe ich auch.«

»Es sieht jedenfalls nicht so aus, als ob ihr etwas zugestoßen wäre«, resümiert Völxen. »Sie scheint abgereist zu sein.«

»Ja. Der riesengroße Koffer ist weg.«

»Du musst dir also keine Sorgen mehr machen«, sagt Völxen.

»Was? Jetzt mache ich mir erst recht Sorgen! Wieso ist sie weggegangen, ohne mir Auf Wiedersehen zu sagen? Und wohin?«

»Das steht sicher in dem Brief.«

»Ich kann aber kein Chinesisch«, grollt Pedra. »Und was ist, wenn es ein Abschiedsbrief ist?«

Völxen versteht nicht gleich, was Pedra meint. Erst als er den angstvollen Blick ihrer dunklen Augen auffängt, sagt er: »Es ist bestimmt nur eine Erklärung, warum sie abgereist ist. Sie hat sich nicht umgebracht!«

»Im Fluss findet man Leichen oft erst viel später. Oder gar nie«, orakelt Pedra.

»Unsinn. Wenn man sich umbringen will, packt man nicht

vorher seinen Koffer. Ich nehme den Brief mit. Der ist sicher für Odas Freund Tian Tang bestimmt. Wenn der ihn gelesen hat, wissen wir mehr.«

»*Vale*. Aber sobald klar ist, was da drinsteht, sagst du mir Bescheid!«

»Natürlich«, antwortet Völxen. »Ich bin ja selbst neugierig.«

VÖLXEN MUSS IM WARTEZIMMER der *Praxis für Naturheilkunde und fernöstliche Medizin* ausharren, da Tian Tang gerade eine Behandlung durchführt. Diese Auskunft erteilt ihm eine füllige Dame in den späten Fünfzigern, eine Art New-Age-Version von Frau Cebulla mit türkisfarbenen Ohrringen und einem blondierten Haarturm. Allerlei Zierrat hat sich in dem kunstvollen Geschlinge verfangen: Perlen, bunte Spangen, kleine Plastikdelfine und Schmetterlinge aus Federn. Völxen hat fast zwanzig Minuten Zeit, das Werk zu bewundern und sich zu fragen, ob das die Sommerdeko ist und wie das Ganze wohl zu Weihnachten aussehen wird. Ein kleiner Springbrunnen aus Granit plätschert in einer Ecke und veranlasst Völxen nach kurzer Zeit zu fragen, wo sich die Toiletten befinden.

Nach einer Viertelstunde kommt ein älterer Herr aus dem Behandlungsraum, und Völxen wird aufgerufen.

»Hat Oda Sie endlich überzeugen können?«, wird er von Tian Tang begrüßt.

»Wovon?«, fragt der Kommissar.

»Ihre Rückenschmerzen bei mir behandeln zu lassen.«

»Ach die. Ich komme demnächst darauf zurück«, weicht Völxen aus. Tang ist Ende vierzig, das weiß Völxen von Oda, ansonsten wäre es ihm schwergefallen, das Alter des Mannes zu schätzen. Er hat ein nahezu faltenloses Gesicht, und sein Gang ist aufrecht und federnd. Er ist gut eins achtzig groß, was für einen Nordchinesen aber nicht außergewöhnlich sein soll, auch das hat er sich von Oda sagen lassen.

»Nein, ich bin gewissermaßen dienstlich hier«, erklärt er,

während Tian Tang ihn in sein Behandlungszimmer bittet und zu der Empfangsdame sagt: »Frau Häfele, Sie können Feierabend machen.«

Völxen betritt das Zimmer und sieht sich um: Bambusmöbel, gelblich getupfte Wände, verziert mit gerahmten Fotos chinesischer Landschaften. Dunkelbraune Flaschen und Gläser mit chinesischen Schriftzeichen darauf. Er wüsste nur zu gern, was für Apparaturen und Tinkturen sich hinter den Türen der Schränke verbergen.

Die Nachricht vom Verschwinden Li Xiaolins scheint Tang außerordentlich zu beunruhigen. Er tigert mit großen Schritten ein paarmal im Zimmer auf und ab, wobei er leise auf Chinesisch flucht. Zumindest hört es sich für Völxen so an. Obwohl er gerade außer sich zu sein scheint, sind seine Bewegungen von jener lässigen Eleganz, die Völxen unweigerlich an Obama erinnern. Jedenfalls kann er nachvollziehen, was Oda an dem Mann findet.

Tang scheint sich wieder beruhigt zu haben, er bietet Völxen einen Stuhl an und setzt sich selbst auf einen Hocker. »Seit wann weiß man das?«

»Seit heute Mittag. Wobei Lis Nachbarin, Frau Rodriguez, sie schon seit Freitag nicht mehr gesehen hat. Li hat aber etwas hinterlassen …« Völxen reicht Tang den Brief. »Ich weiß nicht einmal, an wen der ist, es war kein Umschlag dabei. Ich kann leider kein Mandarin. Heutzutage lernt man das ja schon im Kindergarten, aber bei mir wurde das versäumt.«

Tang reagiert mit einem sehr flüchtigen Lächeln und fängt an zu lesen. »Der Brief ist an mich«, sagt er schließlich. »Sie schreibt, dass sie ganz schreckliches Heimweh hat, dass es ihr leidtut und dass sie uns alle, die wir ihr geholfen haben, hierherzukommen, nun enttäuschen muss. Aber sie hält es nicht länger aus und möchte wieder nach Hause. Sie schämt sich deswegen, deshalb hat sie sich von niemandem verabschiedet.«

»Aha«, sagt Völxen. »Und das ist alles?«

»Ja«, antwortet Tian Tang, während er den Brief zusammenfaltet und in die Brusttasche seines Leinenjacketts steckt. »Danke, dass Sie ihn mir vorbeigebracht haben. Ich bitte Sie und Frau Rodriguez im Namen von Li und ihrer Familie um Verzeihung für die Unannehmlichkeiten, die durch ihr Verhalten entstanden sind.«

»Äh, eigentlich …«, beginnt Völxen verdutzt, als er den Brief in Tangs Tasche verschwinden sieht, besinnt sich dann aber eines Besseren und sagt: »Das ist ja nicht Ihre Schuld.«

»Ich habe sie hierhergebracht, also bin ich auch für ihr Tun verantwortlich.«

»Wie Sie meinen«, sagt Völxen. »Würden Sie mir noch einen Gefallen tun, Herr Tang? Würden Sie sich vergewissern, ob sie auch wirklich wohlbehalten zu Hause angekommen ist?«

»Natürlich.« Tang schaut auf die Uhr. »Jetzt ist es in Peking schon später Abend, aber ich schicke ihr eine E-Mail und rufe gleich morgen früh meinen Vater an, damit er sich bei der Familie Xiaolin nach ihr erkundigt.«

»Danke«, sagt Völxen. »Auf Wiedersehen und eine gute Reise, falls wir uns nicht mehr sehen.«

Tian nickt und lächelt.

Ja, lächle du nur, denkt Völxen, als er wieder auf der Straße steht. *Aber mich führst du nicht hinters Licht, ich weiß genau, wann man mich anlügt.* Er greift zum Telefon.

»Wedekin.«

»Jule, ich bin's, Völxen.«

»Ah. Du willst sicher wissen, wie es um den Fall steht.«

»Nein, eigentlich …«

Schon sprudelt Jule hervor: »Sebastian Falkenberg hat das mit der Transplantation in China bestätigt, weiß aber angeblich nicht, wo genau sie durchgeführt wurde. Oda ist gerade beim LKA, ich wühle mich durch zwei Umzugskisten mit Unterlagen aus Falkenbergs Büro, und Fernando spricht mit Sibylle Falkenberg. In Daniel Försters Zimmer wurde ein Baseballschläger entdeckt, der ist jetzt bei der Spusi. Leider wird es mindestens bis morgen dauern, bis die das Ding auf DNA-Spuren untersucht haben.« Ein Seufzer unterbricht den Redefluss, was Völxen die Chance gibt zu sagen: »Ich rufe eigentlich an, weil ich einen Spezialauftrag für dich habe.«

»Oh. Ja, ich höre«, kommt es erstaunt und, zumindest bildet sich Völxen das ein, zugleich ein wenig erfreut.

»Was ich dir jetzt gleich sagen werde, ist streng vertraulich, Jule. Erzähl also bitte vorerst niemandem davon, vor allem nicht Oda.«

»VERDAMMT, WIESO HAST du dich denn nicht gemeldet? Ich hätte wirklich etwas Beistand gebrauchen können bei all dem …« Nora Falkenberg findet keine Worte für die Geschehnisse der vergangenen drei Tage.

Sebastian steht im Wohnzimmer und schaut sich um, als sähe er das alles zum ersten Mal. Weihnachten war er zum letzten Mal hier. Nora schiebt die Erinnerung an diesen Heiligabend, der mit Streit und knallenden Türen endete, weit von sich.

Es war nicht immer so gewesen. Sebastian war sechs Jahre alt gewesen, als sie Johannes kennenlernte, und sieben, als sie heirateten. Es schien so, als genieße er es, endlich auch einen Vater zu haben, so wie die anderen. Zumindest ein paar Wochen lang. Bald aber gab es immer häufiger Gebrüll von Johannes und Geplärr von Sebastian, weil Johannes in manchen Dingen sehr konservativ und autoritär war, Sebastian es aber gewohnt war, sich nur von seiner Mutter etwas sagen zu lassen. Und natürlich war er auch eifersüchtig auf den neuen Mann in Noras Leben. Johannes dagegen fehlte es an Verständnis für die Launen und Nöte des Kindes. Kinder versteht nur, wer selbst welche hat, hatte Nora ihn vor sich selbst entschuldigt. Seine erste Ehe war kinderlos geblieben und angeblich daran gescheitert, dass die erste Frau Falkenberg fremdgegangen war. Das erklärte – zumindest in Noras Augen – Johannes' wachsame Eifersucht und seine besitzergreifende Art, mit der er sogar ihren Sohn aus der Zweierbeziehung zu drängen versuchte.

Wann immer es zum Streit zwischen den beiden kam, redete Nora sich ein, dass dem Jungen etwas Strenge guttäte und dass solche Probleme für Patchworkfamilien eben typisch wären. Sie dachte, wenn sie noch ein Kind bekämen, ein gemeinsames, dann würde alles anders. Dann würde Johannes begreifen, was das heißt, dann würde er sich ändern. Aber er war strikt dagegen. Er drohte ihr sogar damit, sie zu verlassen, sollte sie »versehentlich« schwanger werden. Sie verstand seine rigide Haltung nicht, und er war nicht bereit, sie ihr zu erklären. Ein paar Jahre später änderte er ganz plötzlich seine Meinung. Aber da war bereits zu viel geschehen. Nora wollte kein Kind mehr von diesem Mann, ein Kind, das womöglich dessen Charakter erben würde. Nein, für sie war dieses Kapitel erledigt, sie hatte sich mit den Gegebenheiten arrangiert. Johannes hatte ihr ein Pferd gekauft, und Nora investierte viel Zeit und Energie in die Ausbildung des Tieres und in ihre eigene. Außerdem ergab sich im Reitklub immer einmal die Möglichkeit zu einem kleinen Flirt. Nichts Ernstes, gerade so viel, um ihr den Glauben an sich selbst und an ihr gutes Aussehen zu erhalten.

Die richtigen Probleme mit Sebastian begannen mit dessen Pubertät. Jedoch waren nicht die damit einhergehende Launenhaftigkeit und Aufsässigkeit des Jungen, nicht nur das Aufkeimen seiner Homosexualität – *Auch das noch!*, hatte Nora damals im Stillen geseufzt – die Ursache für den offenen Krieg zwischen Johannes und Sebastian. Nein, es war Sebastians rasch reifender Verstand, der den Graben zwischen Stiefvater und Sohn vertiefte. Bald war Sebastian seinem Stiefvater rhetorisch überlegen. Verbale Angriffe von Johannes, der ja ständig etwas an ihm auszusetzen hatte, parierte ihr Sohn zunehmend mit klugem Zynismus. Nora beobachtete diese Scharmützel zu

Beginn mit heimlichem Amüsement. Denn nun wurde klar, dass sie zwar einen Macher mit einer gewissen Bauernschläue, aber keinen Intellektuellen geheiratet hatte. Mit der Erkenntnis wuchs ihre Abneigung und Verachtung für ihn. Natürlich spürte Johannes das. Seine Ausfälle gegen den Feind in seinem Haus wurden aggressiver, und Nora ahnte, worauf die beiden hinsteuerten: Eines Tages würde Johannes merken, dass er mit Worten keine Chance gegen Sebastian hatte, und was dann passieren würde, davor hatte sie Angst. Die beiden waren wie zwei Züge auf Kollisionskurs. In ihrer Verzweiflung erwog Nora, ihren Sohn in ein Internat zu schicken, um ihn aus der Schusslinie zu nehmen, aber der durchschaute ihren Plan und sträubte sich dagegen. Er war inzwischen sechzehn und schien eine finstere Freude am Kräftemessen mit seinem verhassten Stiefvater gefunden zu haben. Das Unwetter stand bereits unübersehbar dunkel und bedrohlich am Horizont, es grollte der erste Donner, es zuckten die ersten Blitze, und das Lachen, auch das heimliche, war Nora längst vergangen. Da kam von völlig unerwarteter Seite die Rettung: Es fing mit einem lästigen Dauerhusten an. Wenige Wochen später kam Johannes kaum noch die Treppen hinauf. Bei der geringsten Anstrengung spürte er Stiche in der Brust und ein Gefühl des Erstickens, und sein Herz begann zu rasen. Das änderte alles. Johannes hatte jetzt einen neuen Feind: An die Stelle des ungeratenen Stiefsohns war die Krankheit getreten, gegen die er ankämpfen musste. Sebastian wiederum schien wenig Lust zu verspüren, auf einen bereits angezählten Gegner einzudreschen. Er ließ es zwar deutlich an Mitgefühl mangeln, wie Johannes bitter bemerkte, jedoch entstand zwischen den Kontrahenten eine Art Waffenstillstand, der es Nora erlaubte, ihrem Mann im Kampf gegen die Krankheit beizustehen. Sie, die noch vor Kurzem an Scheidung gedacht hatte – aber was würde dann aus dem Reitpferd und dem schönen Haus werden? – und zuweilen auch in Mordphantasien geschwelgt hatte, gefiel sich auf einmal in der

Rolle der aufopferungsvollen Ehefrau an seiner Seite. Bald wurde klar, dass Johannes ein Spenderherz brauchen würde, anderenfalls wäre er in einigen Monaten tot. In der MHH konnte ihnen niemand garantieren, dass rechtzeitig ein passendes Organ vorhanden sein würde. Die Liste der Wartenden, auch der dringenden Fälle, war allzu lang. Wirklich viel Hoffnung machte man ihnen dort nicht. Schließlich war es beinahe eine logische Konsequenz, dass sie mit Dr. Wolframs Hilfe die Fühler nach China ausstreckten.

Hinterher fragte Nora sich oft, welche Erwartungen sie eigentlich gehabt hatte für die Zeit danach, wenn Johannes wieder gesund sein würde. Hatte sie etwa geglaubt, dass die Krankheit ihn läutern würde? Dass der überstandene Kampf um sein Leben und sein neues, gesundes Organ ihn verwandeln würden? Dass er aus Dankbarkeit für ihre Fürsorge freundlicher als bisher zu ihrem Sohn sein würde? Oder hatte sie im Geheimen damit gerechnet, dass er auf dem OP-Tisch sterben würde? Hatte sie sich und ihrem Gewissen nur versichern wollen, alles Menschenmögliche unternommen zu haben?

Aber das alles zählt ja nun nicht mehr, sagt sich Nora.

Sebastian fläzt sich mit einer Flasche Cola und seinem Laptop auf das Sofa. Jede Faser an ihm drückt aus, wie sehr ihm der Gedanke, seinen Stiefvater los zu sein, behagt. Vom ersten Moment an, in dem er das Haus betrat, hat er gar nicht erst versucht, dies vor seiner Mutter zu verhehlen. Aufrecht und mit forschendem Blick schritt er durch die Räume, wie ein Eroberer nach gewonnener Schlacht. Sie kann es ihm nicht übel nehmen, will es auch nicht. Die zwei Jahre, die Sebastian nach Johannes' OP noch bei ihnen gewohnt hatte, waren die reine Hölle gewesen. Ihr Mann hatte sich nach einer erstaunlich kurzen Genesungsphase wieder stärker denn je gefühlt, dank seines neuen, jungen Herzens. Natürlich war es ihnen nicht gelungen, den Chinaaufenthalt vor Sebastian geheim zu halten, und dieser, auf dem Höhepunkt pubertärer Kompromisslosigkeit und Aufsässigkeit, hatte von Johannes nur noch als »der Mörder« gesprochen. Für Nora war es ein Leben auf dem Pulverfass gewesen.

Und jetzt, für einen Moment, blitzt sogar der Gedanke auf, dass er … Nein, sagt sie sich sofort. Unmöglich. Dazu ist er nicht fähig. Nicht zu *so etwas*.

Sie setzt sich auf die breite Armlehne des Sesses, als wäre es ein Damensattel, und sagt zu Sebastian: »Ich möchte, dass du hierbleibst. Wenigstens für ein paar Wochen.«

Er schweigt.

»Von mir aus auch länger, so lange du willst. Aber wenigstens in der nächsten Zeit … Darum bitte ich dich.«

»Okay«, sagt Sebastian.

»Ich bin es nicht gewohnt, allein zu sein.«

»Ich weiß.« Er betrachtet sie mit einer Mischung aus Spott und Mitleid. »Diesem Umstand und einer gewissen Sehnsucht nach materiellen Gütern haben wir es zu verdanken, dass wir so viele Jahre mit Hühner-Hannes verbringen durften.«

Nora entgegnet nichts. Er hat ja recht.

Hühner-Hannes. Dass Johannes sein Geld damals mit dem Verkaufen von Autos verdiente, hatte sie ein wenig gestört, genau wie später die Legebatterie. Ein etwas repräsentativerer Beruf hätte es ihretwegen ruhig sein dürfen. Aber die Chefärzte, Rechtsanwälte und Manager hatten sich bereits die gut aussehenden Frauen ohne Anhang geschnappt. Ihr Sohn – sosehr sie ihn auch liebte – verminderte seinerzeit ihren Marktwert doch ganz deutlich. Letztendlich aber, so hatte sich Nora gesagt, war es egal, woher das Geld kam. Hauptsache, es war da.

»Trauerst du etwa um ihn?«, fragt Sebastian.

Sie zögert. Wenn sie jetzt ehrlich ist und Nein sagt, dann fragt er sich doch: Wozu dann das alles? All die verlorenen Jahre? Ja, Sebastian hat wirklich alles Recht der Welt, ihr vorzuwerfen, dass sie diesem Mann erlaubt hat, ihm seine Jugend zu verderben. Dass sie es zugelassen hat, dass er einen Keil zwischen sie und ihren Sohn getrieben hat. Ob sie das jemals wiedergutmachen kann?

Hat sie überhaupt das Recht, um ihn zu trauern, nachdem sie sich so oft gewünscht hat, er möge sterben?

»BUSCHWINDRÖSCHEN?« Die Frau hinter dem Verkaufstisch des Blumenladens sieht Völxen fragend an. »Sie meinen sicher Moosröschen. Diese kleinen da.«

Völxen schüttelt den Kopf. Nein, wenn er *Buschwindröschen* sagt, dann meint er auch ebensolche und keine Moosröschen! Beim angestrengten Nachdenken darüber, wie er seine Ehegattin besänftigen und zu einem Gespräch mit ihm bewegen könnte, kam ihm plötzlich der alte Kosename in den Sinn. Mein Gott, wie viele Jahre ist es wohl her, dass er sie zuletzt so genannt hat? Er weiß nicht mehr, wie dieser Name überhaupt zustande kam, denn eigentlich war er nie ein großer Romantiker. Aber sicher würde sich Sabine daran erinnern und zutiefst gerührt sein, wenn sie diese Blumen sähe.

»Oder meinen sie Wildrosen?«

»Nein, Buschwindröschen.«

»Bedaure, die haben wir nicht. Das Buschwindröschen eignet sich nicht gut als Schnittblume, dazu ist es viel zu empfindlich.«

»Ach, tatsächlich?«

»Ja. Es ist nämlich gar keine Rose, sondern eine Ranunkel. Ein Hahnenfußgewächs«, erklärt die Dame.

Das klingt jetzt nicht sehr poetisch.

»Es ist außerdem ein Frühjahrsblüher, wächst gerne auf Waldboden, und es ist in allen Teilen giftig.«

»War ja klar«, murmelt Völxen.

»Wie bitte?«

»Nichts. Sie kennen sich wirklich gut aus in der Botanik. Geben Sie mir ein paar von diesen Blauen da …«

»Iris.«

»Ja, genau. Blau ist ihre Lieblingsfarbe. Und ein paar rosa Rosen dazu.«

NACH DEM VERHÖR mit Daniel Förster ist die Befragung von Sibylle Falkenberg wie eine frische Brise an einem heißen Sommertag. Ja, genau so würde Fernando die Frau auch beschreiben. Frisch, natürlich. Die Sommersprossen in ihrem Gesicht sind überaus apart, und ihre blaugrünen Augen werden von langen, dunklen Wimpern beschattet. Sie ist weit davon entfernt, dick zu sein, aber sie hat ein klein wenig Babyspeck auf den Hüften, was Fernando sehr apart findet. Es fällt ihm schwer, die Augen von ihren Kurven abzuwenden. Der Ermordete wäre jedenfalls ein Idiot oder ein Heiliger gewesen, wenn er es bei ihr nicht wenigstens versucht hätte.

Sibylle Falkenberg hat ihre fünfjährige Tochter Jill mitgebracht, ein süßes, rothaariges Abbild der Frau Mama. »Tut mir leid, es ging nicht anders, im Kindergarten sind die Läuse ausgebrochen.« Damit Jill nicht hören muss, was nicht für Kinderohren bestimmt ist, hat sich Frau Cebulla der Kleinen angenommen. »Endlich mal was anderes als Völxens Köter«, hat sie sich gefreut und das Kind in ihr Büro entführt.

Fernando beginnt mit der Frage nach dem Alibi und merkt, dass er erleichtert ist, als sie angibt, sie sei schon am Freitagmittag mit Jill nach Husum gefahren, wo sie das Wochenende bei ihren Eltern verbracht hatten. »Ich habe es am Sonntag aus dem Radio erfahren. Mein Gott, wie furchtbar. Ich weiß gar nicht, was ich Jill sagen soll.« Einen Moment lang sieht es so aus, als müsste sie die Tränen zurückhalten, dann fängt sie sich wieder.

»Hing sie sehr an ihrem Onkel?«

»Jill mochte ihn, ja.«

»Und Sie?«

Ein Blick und ein kleines Stirnrunzeln signalisieren Fernando, dass sie längst durchschaut hat, worauf er hinauswill.

»Ich kenne den Dorfklatsch. Reden wir also nicht lange um den heißen Brei herum. Ja, ich mochte meinen Schwager gern. Nein, ich hatte kein Verhältnis mit ihm, weder vor noch nach der Trennung von meinem Mann. Er hat mir lediglich in letzter Zeit bei einigen Dingen geholfen.«

»Wobei genau?«

»Er hat zum Beispiel die Bankbürgschaft unterschrieben. Dadurch musste ich keine Mietkaution hinterlegen und hatte das Geld für neue Möbel zu Verfügung.«

»Sie sind von Beruf Übersetzerin ...«

»Ja. Englisch und Spanisch ...«

»Ah, *muy bien* ...«

»Nicht gerade ein Job, bei dem man Geld scheffelt«, fällt sie ihm ins Wort, und ihr Tonfall macht ihm klar, dass sie jetzt keinerlei Lust verspürt, sich auf ein spanisches Geplänkel einzulassen. »Aber wir kommen zurecht.«

»Und die anderen Dinge?«, fragt Fernando.

»Wie bitte?«

»Sie sagten vorhin, Ihr Schwager hätte Ihnen bei *einigen* Dingen geholfen.«

»Sie sind ein Rabulist, was?«

»*Ein was?*«

»Ein Wortklauber.«

»So hat mich wirklich noch niemand genannt.«

»Johannes half mir bei der Wohnungssuche, beim Umzug, beim Aufstellen eines Schranks und beim Aufhängen einiger Lampen. Ich hoffe, ich habe jetzt nichts vergessen.«

»Warum Ihr Schwager, warum nicht Ihr Mann?«, fragt Fernando.

Wieder ist da etwas in ihrem Blick. Feindseligkeit wäre zu viel gesagt, Wachsamkeit trifft es eher, und vielleicht auch ein gewisses Misstrauen, so als hätte sie bereits schlechte Erfahrungen mit der Polizei gemacht. Es liegt allerdings nichts gegen sie vor, das hat Fernando vorher gründlich eruiert. »Immerhin ging es ja auch um das neue Heim seines Kindes«, setzt Fernando hinzu.

»Werner hätte mir sicher geholfen, wenn ich ihn darum gebeten hätte, aber das wollte ich nicht. Trennung ist Trennung.« Sie schüttelt heftig den Kopf, sodass die kupferfarbenen Locken in Bewegung geraten.

»Demnach ging der Wunsch nach Trennung von Ihnen aus?«

»Hat das irgendetwas mit Johannes' Tod zu tun?«, entgegnet sie scharf.

»Es könnte doch sein, dass Ihr Mann eifersüchtig war.«

»Dann schlage ich vor, Sie fragen das meinen Mann«, kommt es bemüht sachlich. »Wie ich Ihnen bereits sagte, hatte er keinen Grund dazu.«

»Aber wusste er das auch?«

»Haben Sie noch Fragen, die den Mord an meinem Schwager betreffen?«

»Ja. Wie war Ihr Verhältnis zu Nora Falkenberg?«

»Nora? Wir hatten keinen Draht zueinander, das war vom ersten Moment an klar. Wir haben uns aber zum Glück wenig gesehen. Wenn doch, dann hat sie nur über ihr Pferd und das Reiten gesprochen, was mich wiederum total angeödet hat, aber so ist sie eben. Sie merkt es gar nicht, wenn sie andere nervt.«

»Wie war die Beziehung zwischen Werner und Johannes?«

»Johannes war wohl so eine Art Vaterersatz für Werner. Also … früher.«

»Wieso? Er hatte doch einen Vater.«

»Der alte Falkenberg gehörte nicht zu der Generation Väter, die sich um ihre Kinder kümmert. Und die Mutter der beiden starb, als Werner fünfzehn war. Johannes war da schon vierundzwanzig.«

»Und wie war die Beziehung zwischen den Brüdern in letzter Zeit?«

»Das weiß ich nicht.«

»Wissen Sie eigentlich, woher Ihr Schwager sein neues Herz hatte?«

»Wissen Sie es denn?«, fragt sie vorsichtig zurück.

»Ja, aus China.«

»Warum fragen Sie mich dann noch?«

»Ich wollte eigentlich wissen, wie Sie darüber denken.«

»Tja«, antwortet sie und fügt nach einigen Sekunden hinzu: »Das Ganze ist schon reichlich fragwürdig. Aber ich möchte nicht darüber urteilen. Wäre ich selbst schwer krank, oder mein Kind, dann würde ich vielleicht auch zu diesem Mittel greifen. Es ist immer leicht, den Moralapostel zu spielen, wenn man selbst nicht betroffen ist.«

»Woher wissen Sie es? Hat Johannes Ihnen davon erzählt?«

»Nein. Zuerst nicht. Aber mein Mann hat damals schon so etwas geahnt.«

»Wie stand er dazu?«

»Er fand es vor allem daneben, dass sein eigener Bruder versucht hat, ihm was vorzulügen – von wegen OP in Holland.«

Ein kurzes Schweigen entsteht, dann fragt Fernando: »Haben Sie noch Kontakt zu Sebastian Falkenberg?«

Sie zuckt mit den Schultern. »Ich habe ihn schon ewig nicht mehr gesehen. Früher mochte ich ihn. Er war klug und witzig, ein Wunder, bei der Mutter. Aber es gab natürlich Probleme mit Johannes.«

»Wieso ›natürlich‹?«

»Ich hätte Johannes auch nicht gern zum Stiefvater. Dafür war er viel zu sehr Macho.«

»Sie mochten Ihren Schwager nicht wirklich, oder?«

»Wie kommen Sie darauf?« Sie wird ein klein wenig rot.

»Nach allem, was ich bisher über den Mann gehört habe …«

»Werner und ich haben uns früher oft über Johannes und Nora lustig gemacht. Immer, wenn wir in ihr Haus eingeladen wurden, haben wir vorher gewettet, welche Neuanschaffung sie uns wohl vorführen werden. Mal war es der neue Super-Profi-Grill, dann der Induktionsherd, die High-End-Stereoanlage, die automatische Gartenbewässerungsanlage, der Gartenteich mit den Kois, die dann alle in einer Nacht vom Fischreiher gefressen wurden ...« Sie lächelt bei der Erinnerung daran, aber es ist kein boshaftes Lächeln. »Diverse neue Autos mussten wir natürlich auch bestaunen, und dann, die Krönung des Ganzen: das Reitpferd für Madame. Werner hat immer gelästert, dass irgendwann eine Kopie des Fontana di Trevi in der Einfahrt stehen würde.«

Klingt, als hätten die beiden Spaß gehabt – wenn auch auf Kosten der Verwandtschaft. Lästern verbindet nun mal. Fernando wüsste ums Verrecken gern, wieso Sibylle sich von ihrem Mann scheiden lassen will, der doch gar kein so übler Typ zu sein scheint. Aber er wagt es nicht, die Stimmung durch eine weitere Frage danach zu zerstören, jetzt, wo sie gerade so nett ins Plaudern gekommen ist.

»Die Geissens im Kleinen also«, meint Fernando.

»Wer?«

»Diese Neureichen aus dem Fernsehen. Die mit der Joghurtwerbung.«

»Tut mir leid, ich habe keinen Fernseher.«

Mist! Fernando könnte sich ohrfeigen. *Jetzt denkt sie, ich bin ein Proll, der sich am laufenden Band Trash-Sendungen reinzieht.*

»Aber es stimmt schon«, räumt sie ein. »Die beiden waren das Klischeebeispiel für das, was man sich unter Neureichen vorstellt.«

»Hat er sich deswegen auf diesen Schwindel mit den falschen Bio-Eiern eingelassen? Damit er diesen Lebensstandard halten kann?«

»Vielleicht.«

»Was meinte Ihr Mann dazu?«

»Als das rauskam, waren wir schon ... ich habe nicht mit ihm darüber gesprochen, und wenn Sie seine Meinung dazu ...«

»Ja, okay. Dann frage ich ihn selbst.« Fernando hat die Lektion begriffen. »Was glauben Sie, wer Johannes umgebracht hat?«

»Ich weiß es nicht. Vielleicht hängt es mit seinen dubiosen Geschäften zusammen. Ich sollte jetzt gehen, Jill wird bald Hunger bekommen.«

»Ich fahre Sie nach Hause«, sagt Fernando.

»Das ist nicht nötig«, wehrt sie ab. »Wir können die Bahn nehmen.«

»Ich habe sowieso in der Gegend zu tun.« Das ist nicht einmal gelogen, denn ihm ist vorhin eingefallen, dass er sich gerne einmal Daniel Försters Auto ansehen würde, das sicherlich irgendwo in der Nähe seiner Wohnung in der Nordstadt geparkt ist. Das kann er gut auf dem Rückweg von Langenhagen erledigen. »Es macht also gar keine Umstände«, setzt er hinzu und probiert es mit der bewährten Kombination aus Lächeln und Hundeblick.

»Gut. Wenn wir uns darauf einigen können, dass mein Exmann oder die Trennung von ihm keine Themen sind, mit denen wir uns während der Fahrt die Zeit vertreiben.«

»Sie dürfen sich ein Thema aussuchen«, sagt Fernando. »Wenn Sie wollen, können wir auch schweigen wie die Gräber.« Dass das angesichts der Umstände vielleicht nicht der geschmackvollste Spruch war, wird ihm erst hinterher klar. Aber sie sagt nichts, sondern deutet nur ein Kopfschütteln an. Dann steht sie auf, hängt sich die Handtasche um und schwingt ihre runden Hüften so anmutig um den Tisch herum, dass es Fernando den Atem raubt.

VÖLXEN STEHT EBENFALLS ATEMLOS vor einer geschlossenen Tür in der Mitte eines langen Flurs. Die Geräusche, die er dahinter vernimmt, sind ihm vertraut. »Brav, Oscar. Gut gemacht.« Tatsächlich ist es allein des Terriers Verdienst, dass Völxen fast am Ziel ist. Beim Herumirren im Gebäude der Musikhochschule schien der Hund plötzlich Witterung aufgenommen zu haben. Mit einem glockenhellen Spurlaut, der jedes Jägerherz hätte höher schlagen lassen, zerrte er Völxen mitsamt seinem Blumenstrauß kreuz und quer durch das Gebäude bis vor diese Tür. Ein Wunder, dass bei dem Radau nicht alles auf die Flure stürzte, aber offenbar ist man hier an schrille Geräusche gewöhnt.

»Hey, hey, hey, Oscar! Nicht an der Tür kratzen! Lass das, mach Sitz!«

Widerwillig gehorcht der Hund, und beide lauschen auf die schrägen Töne von drinnen. Binnen fast dreißig Jahren hat Völxen sich mit der Klarinette nie so richtig anfreunden können. Das Instrument klingt für ihn noch immer ein wenig wie eine gequälte Katze. Offenbar geht es Oscar ähnlich, denn seine Ohren sind heruntergeklappt.

Die Wartezeit erscheint Völxen endlos. Mit dem Blumenstrauß in der einen Hand und der Leine mit dem sprungbereiten Terrier in der anderen kommt er sich vor wie ein Trottel. Zumindest sehen ihn ein paar Studenten, die an ihm vorbeigehen, unverhohlen amüsiert an. Vielleicht sollte er umkehren, Sabine anrufen und lieber vor dem Gebäude auf sie warten? Aber wie er sie kennt, hat sie ihr Handy garantiert nicht an, das hat sie nie während des Unterrichts.

Endlich kommt da drin Bewegung auf. Stühle rücken, die Tür geht auf, und die Studenten kommen nach und nach mit ihren Klarinettenkoffern in den Händen heraus. Er hört seine Frau ungewohnt streng sagen, dass einige Herrschaften noch viel zu üben hätten, wenn man sich in zwei Wochen nicht blamieren wolle. Sie scheint nicht besonders gut gelaunt zu sein. Vorsichtig, den in Folie eingepackten Blumenstrauß wie ein Schutzschild vor sich haltend, macht Völxen einen Schritt auf sie zu. Beinahe hätte Sabine ihn über den Haufen gerannt, denn sie hält den Kopf gesenkt, und er sieht die kleine Unmutsfalte auf ihrer Stirn. Zum Teufel mit diesen faulen Studenten! Was fällt ihnen ein, seine Frau ausgerechnet heute zu verärgern?

Sie stutzt, dann schaut sie ihn und Oscar verblüfft an. Kein Wunder, es muss schon Jahre her sein, dass er einen Fuß in dieses Gebäude gesetzt hat. Er glaubt, den Ansatz eines Lächelns über ihr Gesicht huschen zu sehen, als sie den Blumenstrauß bemerkt, aber ihre Worte strafen diesen Eindruck sofort Lügen. »Und du denkst, damit ist es getan?«

»Nein«, sagt Völxen zerknirscht. »Buschwindröschen hatten sie auch nicht.«

»Was?«

»Buschwindröschen«, wiederholt Völxen lächelnd.

Sabine sieht ihn verwirrt und misstrauisch zugleich an. *Kann es ein, dass sie den alten Kosenamen vergessen hat?*, fragt sich Völxen tief enttäuscht.

»Hör mir bitte zu …«, beginnt er.

»Ich habe keine Zeit. Ich muss zum Unterricht.«

»Es geht um Wanda. Es ist … es ist etwas passiert.«

Er sieht den Schrecken in ihrem Gesicht und reagiert sofort. »Nein, nein, kein Unfall oder so etwas! Es geht ihr gut. Aber …«

Sie stößt laut hörbar die Luft aus. »Bodo, treib es nicht zu weit!«

»Hör mir einfach nur zwei Minuten zu, danach kannst du mir wieder böse sein. Bitte!«

Sie schaut tatsächlich auf die Uhr. »Gut, sprich.«

Während sie ihren Klarinettenkoffer öffnet, das Instrument hineinlegt und ihre Notenblätter zusammenrafft, erzählt Völxen ihr von Wandas Falschaussage. »Du musst mit ihr reden. Bring sie irgendwie zur Vernunft. Auf mich ist sie wütend, auf mich hört sie nicht mehr.«

»Was macht dich so sicher, dass Wanda lügt? Es könnte doch wirklich so gewesen sein.«

»Nicht einmal dieser Daniel behauptet, dass sie bei ihm war.«

»Aber dann ist doch alles bestens.«

»Nein«, widerspricht Völxen verzweifelt. »Ich habe zwar von Wandas Aussage bis jetzt kein Protokoll angefertigt, aber im

Laufe des Tages, spätestens morgen, wird dieser vermaledeite Staatsanwalt Stevens ihre Aussage haben wollen. Und wenn dann dieses sture Frauenzimmer ihre Lüge wiederholt und ihm obendrein sagt, dass wir ihre Aussage doch schon hätten, sind wir geliefert.«

»Wer ist *wir*? Du und Oda?«

»Nein. Ich und Fernando. Sie wollte unbedingt jemanden dabeihaben, und Fernando ist … Fernando ist loyal, der hält den Mund, wenn ich es ihm sage. Aber ich bringe auch ihn in Schwierigkeiten, wenn rauskommt, dass wir der Staatsanwaltschaft Wandas Aussage vorenthalten haben.«

»Das alles wäre nicht passiert, hättest du nicht den bösen Bullen vor ihr spielen wollen, das ist dir doch klar? Hättest du gleich vernünftig mit ihr geredet, anstatt sie wie eine Verbrecherin zu behandeln, hätte sie dir schon am Sonntag gesagt, was sie zur Tatzeit gemacht hat, und wäre nicht am nächsten Morgen mit dieser Geschichte angetanzt.«

Völxen muss zugeben, dass da etwas dran sein könnte. »Ich habe das inzwischen schon einige Male bereut, das darfst du mir glauben.«

»Kommst du wirklich wegen Wanda, oder weil du selbst in der Tinte sitzt?« Sabine knallt den Deckel ihres Instrumentenkoffers zu.

»Von mir aus können sie mich degradieren, suspendieren, mir den Kopf abreißen, das ist mir egal. Wenn's nur um mich ginge, würde ich nicht hier stehen. Aber es geht um Mord. Eine Falschaussage ist ein schweres Vergehen, mal abgesehen davon, dass die Presse ein gesteigertes Interesse an dem Fall hat, wie immer, wenn die Tat besonders blutrünstig war. Die lechzen nach Neuigkeiten, und die Tochter des Dezernatsleiters, die dem Hauptverdächtigen ein falsches Alibi gibt, das wäre ein gefundenes Fressen. Das würde Wanda ihr Leben lang nachhängen, wann immer irgendjemand im Internet ihren Namen googelt, würden die Zeitungsartikel …« Völxens

Handy fängt an zu klingeln. Automatisch greift er in seine Jackentasche und zieht es heraus. Es ist Jule, wie ihm das Display verrät. Sabine hat den Moment der Unaufmerksamkeit genutzt und ist aus dem Unterrichtsraum gegangen. Sie eilt den Flur entlang, in der linken Hand den Klarinettenkoffer, unter dem rechten Arm die lederne Mappe, die Völxen ihr vor vielen Jahren zum Geburtstag gekauft hat. Sie war teuer, aber es hat sich gelohnt, sie ist über die Jahre nur noch schöner geworden. Wie die Besitzerin.

»Sabine, nun warte doch!«

Aber sie geht unbeirrt weiter, und das energische Klack-klack ihrer Absätze wirkt wie ein Takt vor dem Hintergrund des Gedudels seines Telefons. Sie dreht sich nicht um. Warum auch, es ist alles gesagt. Völxen legt den Blumenstrauß auf das Pult und bellt seinen Namen in den Apparat. Wehe, es ist nicht wichtig!

»Jule hier. Ich habe die Übersetzung des Briefes. War nicht einfach, auf die Schnelle jemanden zu finden, aber dann fiel mir ein, dass ich mal eine Klassenkameradin hatte, deren Mutter aus China stammte. Und durch eine Anfrage beim Einwohnermeldeamt ...«

»Ich hoffe, diese Person ist diskret und verschwiegen und stellt die Übersetzung nicht gleich auf Facebook«, unterbricht Völxen den Sermon.

»Absolut. Sie ist bei der Steuerfahndung.«

»Na gut, lass hören.«

»Ich schick's dir auf dein Handy. Ich wollte nur anrufen – weil du ja manchmal deine Mails ewig nicht anschaust. Oder sie auf dem Smartphone nicht findest.«

»Immerhin habe ich es fertiggebracht, den Brief zu fotografieren und ihn dir aufs Handy zu schicken«, hält Völxen dagegen. Dass dies hauptsächlich einem jugendlichen Kapuzenpulliträger zu verdanken ist, den er in der Stadtbahn um Hilfe bat, muss Jule ja nicht unbedingt wissen.

»Ja, das war … erstaunlich«, gesteht Jule. »Aber sag mal, es geht doch in dem Brief nicht etwa um unsere Li?«

»Doch«, sagt Völxen und macht seinem Ärger Luft: »Der feine Herr Tang! Lächelt mir ins Gesicht, lügt mich dabei unverfroren an und steckt auch noch rotzfrech den Brief ein. Hat der etwa wirklich gedacht, ich bin so dusslig und gebe ein Beweismittel aus der Hand, ohne wenigstens vorher eine Kopie davon zu machen?« Grimmig fährt er fort: »Wart ihr schon bei diesem Dr. Wolfram, dem Hausarzt von Falkenberg?«

»Völxen, wir können uns nicht vierteilen! Und zu allem Überfluss spielt Fernando auch noch den Chauffeur für Sibylle Falkenberg. Als hätten wir nichts Besseres zu tun!«

»Ist sie hübsch?«

»Das fragst du mich im Ernst? Hat dieser Macho schon mal freiwillig eine Hässliche durch die Gegend gefahren?«

»Niemals«, bestätigt Völxen. »Falls Oda nichts dagegen hat und du deinem … Stevens nichts davon erzählst, dann fahre ich zu Dr. Wolfram. Wenn er was Wichtiges von sich gibt, muss er es eben noch einmal vor euch zu Protokoll geben, und das legen wir dann in die Akte.«

»Das wäre uns eine Hilfe«, gesteht Jule. »Und außerdem: Ich erzähle *meinem* Stevens niemals, was auf unserer Dienststelle läuft!«

»Schon gut«, sagt Völxen. »Ach ja, übrigens …«

»Was?«

»Danke, Jule.«

»WAREN SIE MAL DORT? In dieser Eierfabrik, meine ich.« Fernando schaut in den Rückspiegel. Mutter und Tochter haben sich auf der Rückbank niedergelassen, nachdem Sibylle Falkenberg beinahe nicht eingestiegen wäre, weil der Audi keinen Kindersitz hat. Doch Fernando konnte sie schließlich beruhigen. »Ich fahre ganz langsam und nehme die Strafe auf mich, wenn wir kontrolliert werden«, hat er ihr versichert.

»Ja, einmal«, antwortet Sibylle nun. »Das hat mir gereicht. Johannes meinte, der Normalbürger hätte eben viel zu blauäugige Vorstellungen darüber, wie sein Essen produziert wird. Wir haben dieses Thema von da an ausgeklammert, wenn wir uns trafen. Es hätte nur zu fruchtlosen Diskussionen geführt. Aber mal abgesehen vom Tierschutz: Er hat wohl auch immer dubioses Personal beschäftigt.«

»Wie meinen Sie das?«

»Die Sorte von Leuten, denen man nachts nicht allein begegnen möchte.«

»Nachts darf man nicht rausgehen, Mama!«, meldet sich Jill zu Wort.

»Ja, mein Schatz.« Sie streicht dem Mädchen übers Haar. Die Kleine hat von Frau Cebulla aus dem reichhaltigen Schafsartikelfundus ein Plüschtier geschenkt bekommen, das blökt, wenn man es drückt.

»Woher wissen Sie das mit dem Personal, wenn Sie nur einmal dort waren?«

»Ab und zu waren seine Leute auch am Haus beschäftigt: Gartenteich ausheben, Carport bauen, irgendwas betonieren ... Es war klar, dass das Billigarbeiter aus dem Osten waren. Erstens redeten die Russisch untereinander, und zweitens hätte eine ordentlich bezahlte Fachkraft am Wochenende ja wohl was anderes zu tun gehabt. Nora behauptete, sie taugten nur ›fürs Grobe‹, und wenn man sie so ansah ...«

»Verstehe«, sagt Fernando und überlegt, wie viel so ein Mann »fürs Grobe« wohl für einen Auftragsmord verlangen würde.

»Sie können uns an der Ecke rauslassen, wir wohnen da drüben.«

Das Haus, auf das Sibylle deutet, ist ein schmuckloser, gepflegter Block mit sechs Balkonen und steht in einer Straße mit ähnlichen Wohnanlagen sowie einigen Reihenhäusern. Alles ist ordentlich, aber auch ziemlich langweilig.

»Haben Sie vor der Trennung in dem Haus in Resse gewohnt, in dem Ihr Mann jetzt lebt?«

»Lieber Himmel, nein! Da wäre ich nie hingezogen. Ich habe auch nie verstanden, warum er …« Sie unterbricht sich, schüttelt den Kopf und setzt dann noch einmal neu an: »Nein, wir hatten eine wunderschöne, große Altbauwohnung in der List. Aber die konnte keiner von uns alleine halten. Es war zu zweit schon schwierig.« Sie sieht betrübt aus, als sie das sagt.

Fernando hat vor dem Haus angehalten. Sibylle Falkenberg bedankt sich höflich für die Fahrt und hilft Jill beim Öffnen des Sicherheitsgurts.

»Sie müssen dieser Tage noch einmal vorbeikommen und das Protokoll unterschreiben.«

»Ist gut.«

Mutter und Tochter steigen aus. Ehe sie im Hauseingang verschwinden, schaut Sibylle Falkenberg sich nach allen Seiten um. Als hätte sie vor etwas oder jemandem Angst. Vielleicht ist es ihr aber auch einfach nur unangenehm, wenn man sie aus dem Auto eines Mannes steigen sieht, spekuliert Fernando. Er winkt ihr zu, aber sie reagiert nicht und geht rasch ins Haus, Jill mit ihrem Schaf hinter sich herziehend.

»IN SHANGHAI.« Der Arzt nimmt seine Brille ab und massiert sich mit zwei Fingern die Nasenwurzel, an der leichte rote Druckstellen zu sehen sind. Völxen hat sich telefonisch angemeldet, da er nicht schon wieder in einem Wartezimmer herumsitzen wollte. Doch offenbar hat Dr. Jürgen Wolfram seine Sprechstunde für heute schon beendet, denn außer ihm ist niemand in der Praxis zu sehen. Nach einem nicht sehr originellen Witz über Oscar, den Polizeihund, den Völxen nicht zum ersten Mal hört, hat der Arzt die beiden direkt in sein Büro geführt, das neben seinem Sprechzimmer liegt. Die Praxis für Allgemeine Medizin befindet sich im Erdgeschoss einer umgebauten Altbauwohnung in der Straße Im Moore, eine der schöneren Straßen der Nordstadt, vielleicht sogar die schönste. Alte Villen dösen in schattigen Gärten, vermutlich wohnen darin die Professoren der nahen Universität. Wolframs Büro allerdings ist ein enger Schlauch und bis unter die drei Meter hohe Decke mit Regalen und Schränken vollgestopft. Gerade noch ist das schmale Fenster zum Hinterhof frei geblieben. Auf dem Schreibtisch haben sich mehrere Lagen Papier sedimentiert wie Gesteinsschichten in einem Canyon. Darunter röchelt ein altersschwacher Computer vor sich hin.

»Früher war ein Arzt für seine Patienten da, heute ist er überwiegend Buchhalter. Hier ein Bericht, da eine Statistik ... Es macht keinen Spaß mehr. Ich bin froh, dass ich zum Jahresende in Rente gehe«, hat Dr. Wolfram das Chaos kommentiert.

»Haben Sie denn keine Sprechstundenhilfe?«

»Doch. Frau Asendorf. Aber sie hat sich heute krankgemeldet«, hat Dr. Wolfram anklagend bemerkt, und für einen Moment kam es Völxen so vor, als wolle er noch etwas zu Frau Asendorf oder deren Krankheit sagen, aber dann hat er sich nur mit einem schweren Seufzer hinter dem Papierberg auf seinem Schreibtisch verschanzt.

Dr. Wofram ist klein und glatzköpfig, mit einem Zahnbürstenschnauzer über den zu vollen Lippen und mehreren Kinnen. Das Auffälligste an ihm sind jedoch seine basedowschen Augen, die die Farbe von Spülwasser besitzen und so weit hervorstehen, dass man den Eindruck gewinnt, sie könnten jeden Augenblick aus den Höhlen springen. Jedenfalls ist Völxen irgendwie erleichtert, als der Arzt nun seine Brille wieder aufsetzt und sagt: »Die Transplantation fand im Shanghai East Hospital statt, um genau zu sein.«

»Herr Dr. Wolfram, Sie sind praktischer Arzt – steht zumindest draußen auf dem Schild«, beginnt Völxen. »Herr Falkenberg war aber schwer herzkrank ...«

»Sie wollen wissen, warum er sich in meiner einfachen Klitsche behandeln ließ«, unterbricht Wolfram.

»Ich hätte es anders formuliert.«

Dr. Wolfram lächelt. »Dass Falkenberg mein Patient war, hat zwei Gründe: Ich bin zum einen schon seit vielen Jahren der Hausarzt der Familie, und davor war es mein Vater. Zum anderen habe ich auch eine Facharztausbildung in Kardiologie. Allerdings sind die modernen Diagnosegeräte extrem teuer. Sie brauchen einen sehr hohen Patientendurchlauf, damit Sie die Leasingraten für ein zeitgemäßes Equipment bezahlen können. Das kann eine Ein-Mann-Praxis kaum leisten. Aber ich wollte nie in einer Gemeinschaftspraxis arbeiten, ich möchte mein eigener Herr sein. Daher bin ich lieber Allgemeinmediziner geblieben und überweise meine Herzpatienten an professionellere Praxen oder gleich an die MHH, wenn es kompliziert wird.«

»Und bei Herrn Falkenberg war es kompliziert?«

»Oh ja. Es begann mit einem hartnäckigen Husten. Natürlich kam er viel zu spät zu mir, das passiert sehr häufig. Gerade die Herren der Schöpfung spielen ja gern den Helden und sind der Auffassung, wegen einem bisschen Husten lohne sich der Weg zum Arzt nicht. Nun, ich will Sie nicht mit den Einzelheiten seiner Krankengeschichte langweilen«, verkündet der Arzt, doch Völxen befürchtet, dass genau dies gleich geschehen wird. »Mir kam bei Johannes Falkenberg der Verdacht, dass es sich nicht nur um eine verschleppte Bronchitis handelte.« Dr. Wolfram hält inne und schweigt bedeutungsvoll.

»Sondern?«, fragt Völxen, der vom Umgang mit Dr. Bächle weiß, dass es Ärzte gerne spannend machen. Offenbar können sie nicht anders.

»Sie erinnern sich an das Vogelgrippevirus H5N1, das 2006 ausbrach?«

»Ich weiß noch, dass in der S-Bahn plötzlich einige Leute einen Mundschutz getragen haben und mein Nachbar sein Federvieh einsperren musste.«

Der Arzt nickt. »Manche Menschen sind sehr ängstlich, und

die Medien tragen ihren Teil dazu bei. Epidemien und die Angst davor, das gibt immer etwas her.«

»Hatte Falkenberg denn die Vogelgrippe?«

Dr. Wolfram zuckt mit den Achseln. »Ich bin mir nicht sicher. Sie konnten im Labor der MHH nichts dergleichen nachweisen, aber diese Viren sind leider mutationsfreudig und anpassungsfähig. Außerdem findet man ja immer nur das, wonach man auch sucht. Das ist vermutlich in Ihrem Beruf nicht anders, nicht wahr?«

Völxen tut dem Mann den Gefallen und bestätigt dies.

»Jedenfalls wurde Falkenberg sehr rasch immer hinfälliger, und ohne das Spenderherz hätte er bestimmt kein Jahr mehr zu leben gehabt. Zuletzt hatte sein Herz nur noch eine Leistungsfähigkeit von fünfzehn Prozent.«

»Haben Sie den Kontakt nach China vermittelt?«, fragt Völxen, um die Sache ein wenig voranzutreiben. Oscar hat angefangen, sich mit Hingabe am Hals zu kratzen, ein eindeutiges Zeichen, dass es ihm hier nicht gefällt, ebenso wenig wie Völxen. Es ist nicht nur der Raum. Es ist auch dieser Mensch. Völxen kann nicht genau sagen, was ihn an Dr. Wolfram stört. Der Mann ist ihm nicht unsympathisch, aber etwas an ihm verursacht, dass man sich weit weg wünscht.

»Die Falkenbergs haben mich nach Alternativen gefragt, und da habe ich ihnen das *Shanghai East* empfohlen. Dort ist man auf ausländische Kundschaft aus der ganzen Welt spezialisiert. Die Patienten bekommen einen Betreuer, einen Übersetzer und sogar eine persönliche Pflegekraft zugeteilt. Aber das Wichtigste: Man wartet auf ein Organ nur zwei bis drei Wochen, nicht mehrere Monate. Alles in allem ist man vielleicht sechs, acht Wochen dort.«

»Das ist ja phantastisch«, jubelt Völxen, unfähig und auch nicht in der Stimmung, seinen Zynismus zu zügeln. »Und was kostet der Spaß?«

»Was es heute kostet, weiß ich nicht. Als Falkenberg

dort war, waren es angeblich um die hundertdreißigtausend Euro.«

Der Preis für ein fremdes Leben. Der Preis für den Tod, schießt es Völxen durch den Kopf. Laut sagt er: »Erfährt der Empfänger denn, von wem das Herz stammt?«

»Nein«, kommt es entschieden. »Vielleicht das Alter, aber mehr nicht. Auch der Entlassungsbrief von Johannes Falkenberg ist in dieser Hinsicht eher dürftig. Darin standen nur der Befund bei der Einlieferung, einige Laborwerte und die Medikamente, die sie verabreicht haben und die sie für die weitere Therapie empfehlen. Kein Wort über den Spender oder das Organ, wie das hierzulande der Fall wäre.«

»Und natürlich erst recht nicht, dass ein Gefängnisinsasse auf Bestellung hingerichtet wurde.« Es ist Völxen herausgerutscht. Er wollte seine Gedanken zu diesem Thema eigentlich lieber für sich behalten, um den Doktor nicht zu vergrätzen.

Dr. Wolfram runzelt die Stirn. »Ich weiß natürlich um die moralische Problematik, und ich möchte vorausschicken, dass ich kein Befürworter dieser Praxis bin. Andererseits – es werden in China jährlich ein paar Tausend Menschen hingerichtet, die ihre Organe mit ins Grab nehmen würden – in einem Land, in dem die Bereitschaft zur freiwilligen Organspende gegen null tendiert. Die Leute misstrauen den Behörden und den Ärzten und haben Angst, dass sie zu eilig für tot erklärt werden könnten. Wahrscheinlich zu Recht. Aber wissen Sie, Herr Völxen, vom Organhandel mit Hingerichteten profitieren nicht nur die bösen Chinesen. Die westliche Pharmaindustrie, *Roche, Novartis, Pfizer* und wie sie alle heißen, verkaufen ihre Antiabstoßungsmittel in großen Mengen in China. Sie forschen dort über Transplantationen und führen Studien mit Transplantierten durch. Die fragen nicht, woher die Organe kommen. Westliche Berater der chinesischen Regierung verfolgen knallhart die Geschäftsinteressen ihres Landes, ebenso die vielen westlichen Kliniken, die chinesische Transplantationszentren unterstützen. Was glauben Sie, wo die chinesischen Ärzte ihr Handwerk lernen?«

Völxen lässt die rhetorische Frage unbeantwortet.

»Das Chinesisch-Deutsche Herzinstitut in Shanghai wurde vom Deutschen Herzzentrum in Berlin und dem *Shanghai East Hospital* gemeinsam gegründet. Im Berliner Herzzentrum wurden schon über fünfhundert Ärzte aus China ausgebildet, und natürlich waren da auch Transplantationschirurgen dabei. Auch die MHH unterhält Kontakte nach China. Das muss nicht immer etwas Schlechtes bedeuten, aber es schaut auch niemand genau hin, was die Leute hinterher mit ihrem Wissen machen. Man verlässt sich ganz bequem darauf, dass es seit 2007 in der Volksrepublik ein Gesetz gibt, das den Organhandel verbietet. Aber wird das auch kontrolliert?« Der Arzt zuckt mit den Schultern. »Ich finde, ehe man einen Mann wie Johannes Falkenberg verurteilt, sollte man sich an die eigene Nase fassen. Wir alle kaufen Kleidung, ohne uns Gedanken darüber zu machen, wie es in den Fabriken der Billiglohnländer zugeht. Wir kaufen Teppiche, die in Kinderarbeit hergestellt wurden, wir essen Fleisch aus der Massentierhaltung …«

»Ich verurteile gar niemanden«, schneidet Völxen dem Arzt das Wort ab, denn dieser hört sich nun an wie Wanda, wenn sie einen ihrer Vorträge hält. »Ich ermittle in einem Mordfall. Einem besonders grausamen Mordfall. Und dieses Transplantat spielt dabei möglicherweise eine besondere Rolle.«

»Wieso denn das?« Dr. Wolfram reißt seine Leguanaugen hinter der Brille weit auf.

»Das kann ich Ihnen leider nicht sagen. Aber seien Sie versichert, dass es einen Grund hat, weshalb ich diese Fragen stelle.«

»Ja ja. Gut. Wenn ich Ihnen irgendwie helfen kann …«

»Steht in dem Entlassungsbrief das Datum der Transplantation?«

Dr. Wolfram rollt auf seinem Sessel ein Stück zurück, greift hinter sich und öffnet einen kleinen Metallschrank mit Hängeordnern. Es beginnt ein Wühlen und Blättern. Oscar steht auf und schaut winselnd in Richtung Tür.

»Pscht! Gleich«, flüstert Völxen dem Hund zu.

»Hier haben wir es schon«, sagt der Doktor und legt eine Mappe auf den Tisch. »Die Transplantation wurde am 12. September 2007 durchgeführt.«

»Halten Sie es für möglich, dass die Angehörigen des Spenders erfahren haben könnten, an wen das Organ ging?«

»Was?« Dr. Wolframs Augen treten nun bedenklich weit hervor. Sein weißes Hemd hat unter den Achseln großflächige feuchte Flecken bekommen. Es ist viel zu warm in diesem vollgestopften Kabuff.

»In einer deutschen Klinik würde ich sagen: ausgeschlossen. Aber wer weiß, was in China abläuft? Auf der anderen Seite kann den dortigen Kliniken und Behörden nicht daran liegen, dass da was durchsickert. Der Organhandel ist für den chinesischen Staat noch immer ein Riesengeschäft, auch wenn er offiziell verboten ist. Schauen Sie nur ins Internet. Auf *chinahealthtoday.com* und ähnlichen Plattformen wird unverhohlen für Transplantationen in China geworben.«

»Wie ist das möglich?«, fragt Völxen.

»Weil nicht einmal die Regierung immer weiß, was in den Militärkrankenhäusern geschieht. Und vergessen Sie nicht das unglaubliche Ausmaß der Korruption. Ich meine, bei uns gab es zwar auch diese Fälle der … der Bevorzugung einzelner Patienten, aber …«

»Ja, ich erinnere mich«, unterbricht Völxen das Gestammel des Arztes. »Herr Dr. Wolfram, wann haben Sie Johannes Falkenberg zuletzt gesehen?«

»Moment …« Dr. Wolfram, sichtlich erleichtert über den Themenwechsel, durchpflügt die Papierschichten.

Einsamkeit. Das ist es, erkennt Völxen. Wie der Mann da in seinem heillosen Durcheinander herumpusselt, das hat etwas so Armseliges, dass es Völxen traurig macht.

Der Arzt gräbt eine speckige Kladde aus, die offenbar einen Terminkalender beinhaltet. »Am 30. August. Er kam regelmäßig alle vier Wochen zur Kontrolle. Nach der Transplantation war er natürlich auch zur Nachbehandlung in der MHH. Er ließ sich alle sechs Monate gründlich von denen durchchecken.«

»Und dazwischen kam er zu Ihnen.«

»Genau. Blutwerte, EKG ... Er wollte eben sicher sein. Wer einmal dem Tod von der Schippe gesprungen ist ...«

»Wirkte er bei seinem letzten Besuch anders als sonst?«

»Nein. Mir ist nichts aufgefallen.«

»Eine letzte Frage: Sagt Ihnen der Name Li Xiaolin etwas?«

»Nein. Wer soll das sein?« Dr. Wolfram sieht Völxen fragend an, wobei er hinter seiner Brille hektisch blinzelt, als hätte er Staub in die Augen bekommen.

»Nicht so wichtig«, sagt Völxen, verabschiedet sich und legt seine Visitenkarte auf den Schreibtisch, wo sie wahrscheinlich gleich hoffnungslos im Papiermeer versinken wird.

Draußen atmet er erst einmal tief ein. Die klare Luft wirkt belebend wie Riechsalz. Dann schaut er auf die Uhr. Er könnte noch ein Stündchen durch die Herrenhäuser Gärten spazieren. Das würde Oscar gefallen. Auch Völxen war schon seit Jahren nicht mehr dort. Vielleicht würde ihm die barocke Ordnung des Großen Gartens helfen, auch in seinen Kopf wieder Ordnung zu bekommen.

Das schöne Wetter hat nicht nur ihn ins Grüne gelockt. Auf der großen Wiese vor dem Busch-Museum lagert eine ganze Horde junger Leute, die sich sonnen, Federball spielen, grillen und Bier trinken. Automatisch hält er Ausschau nach Wanda. Natürlich ist sie nicht unter dem Jungvolk, das wäre ja auch ein zu großer Zufall.

Zufälle ... Völxen glaubt nicht an Zufälle. Das herausgerissene Herz Falkenbergs, das aus China stammt, während zur selben Zeit eine Chinesin verschwindet, die zumindest schon einmal Berührung mit der Materie der Organtransplantationen hatte. Allerdings stammt das Herz aus Shanghai, und Li Xiaolin kommt aus Peking. Aber der gemeinsame Nenner ist die MHH. Dort war Falkenberg Patient, und dort war Li Xiaolin, »unsere Li«, um die sich alle so rührend gekümmert haben, zuletzt beschäftigt. Wozu würde sie ihr neu erworbenes Wissen nutzen, wenn sie wieder in ihrer Heimat war?

Was glauben Sie, wo die chinesischen Ärzte ihr Handwerk lernen?, hallen Dr. Wolframs Worte in seinem Kopf nach.

Wo richten sie die armen Teufel eigentlich hin? Bereits im Krankenhaus, in dem der Empfänger wartet? Das wäre das Praktischste und Sicherste, und mangelnden Pragmatismus kann man den Chinesen bestimmt nicht vorwerfen. Man stelle sich das vor: Zwei Männer werden am Morgen in eine Klinik gebracht, der eine hat die Nacht vielleicht in einem luxuriösen Hotel verbracht, der andere kommt in Handschellen direkt aus dem Gefängnis. Beide werden noch einmal untersucht, beide erhalten eine Narkose. Der eine hofft, dass er danach besser und länger leben wird, der andere weiß genau, dass dies die letzten Sekunden seines Lebens sind und dass sein Körper in wenigen Minuten ausgeschlachtet wird. Wahrscheinlich warten zur selben Zeit mehrere Menschen auf seine Organe. Leber, Lunge, Nieren, Netzhäute … Warum sollte etwas begraben werden, was Geld bringen kann? Völxen schaudert, und die Haare auf seinen Unterarmen stellen sich auf.

Hundertdreißigtausend Euro. Hat Falkenberg deswegen mehr Hühner gehalten als erlaubt? Aber es gibt noch viele andere Eierproduzenten, die das ebenfalls taten und vermutlich keine Herztransplantation finanzieren mussten. Nein, hinter diesem Schwindel steckt die reine Gier.

Er nimmt sein Handy heraus und liest noch einmal den Brief, den Jule hat übersetzen lassen. Er beginnt ohne Anrede und klingt so ganz anders als der Stuss, den Tian Tang ihm weismachen wollte.

Ich möchte mich bei allen entschuldigen, die mir so viel geholfen haben. Ich kann nicht länger hierbleiben. Es sind schreckliche Dinge geschehen, durch meine Schuld. Ich habe das Vertrauen der Menschen missbraucht, die gut zu mir waren. Diese Scham ertrage ich nicht. Ich kann ihnen nicht länger ins Gesicht sehen. Ich habe meine Ehre verloren und mache meiner Familie Schande. Es ist meine eigene Schuld. Ich bin schwach, und ich habe Angst. Ich danke allen Menschen dieser Stadt, die freundlich zu mir waren. Das habe ich nicht verdient, denn ich bin schlecht. Danke und Verzeihung. Li

DER SPAZIERGANG DURCH den Großen Garten hat Oscar ermüdet. Zusammengerollt liegt er in seinem Korb, während in Völxens Büro diskutiert wird. Völxen hat von seinem Gespräch mit Dr. Wolfram berichtet und dann die Ausdrucke des übersetzten Briefs an seine Mitarbeiter verteilt.

»Für mich klingt das wie ein Geständnis«, sagt Fernando.

»Und was ist das Motiv?«, fragt Oda.

»Ist doch ganz einfach«, erklärt Fernando. »Jemand aus ihrer Familie war im Gefängnis und ist im Jahr 2007 hingerichtet worden. Sein Herz hat Falkenberg bekommen. Li hat das irgendwie rausgekriegt und sich bemüht, nach Hannover zu kommen. Dann hat sie sich in der MHH Zugang zu seinen Daten verschafft und ihn getötet.«

Fernando schaut Zustimmung heischend in die Runde, doch die Mienen der anderen sind eher skeptisch.

Schließlich meint Oda: »Ich werde Tian fragen, ob es in ihrer Familie mal einen Häftling gab. Ich kann es mir aber nicht vorstellen. Wenn in China einer mal in Ungnade gefallen ist, ist es sehr fraglich, ob ein anderes Familienmitglied von ihm dann noch studieren und in den Westen reisen darf. Das ist dort mit der Sippenhaft heute noch so wie früher in der DDR.«

»Der Hingerichtete könnte ja auch ihr Geliebter gewesen sein«, meint Fernando. »Vielleicht sogar der Verlobte. Sie hat

Falkenberg getötet, weil sie das Herz ihres Liebsten zurückhaben wollte!«

Alle im Raum sehen ihn schweigend an.

»Klingt doch logisch«, setzt Fernando etwas verunsichert hinzu. »Oder nicht?«

»Und das Herz hat sie mit ins Handgepäck genommen?«, fragt Jule spöttisch.

»Sorry, aber für mich klingt das eher nach dem Plot eines grottenschlechten Films«, ergreift Oda wieder das Wort. »Sie redet von Schuld und Angst, nicht davon, dass sie etwas Schlimmes *getan* hat.«

»Wir müssen rauskriegen, wen sie hier in Hannover getroffen hat, mit wem sie Umgang hatte. Ich werde meinen Vater löchern«, verkündet Jule.

»Aber nicht, dass du auch noch wegen Befangenheit vom Fall abgezogen wirst«, bemerkt Oda spitz.

»Ich frage meine Mutter, ob Li einen Freund hatte. Der entgeht nichts«, sagt Fernando.

»Und ich rede mit Tian. Er muss so schnell wie möglich ihre Eltern anrufen. Ich hoffe, sie ist inzwischen in Peking und kann uns alles erklären.« Oda seufzt. »Oje, Tian wird sich Sorgen machen. Er fühlt sich für sie verantwortlich.«

»Wieso denn? Sie ist doch erwachsen«, erwidert Fernando.

»Das ist so ein Chinesen-Ding, das verstehen wir nicht.«

»Wann fliegst du eigentlich?«, fragt Völxen.

»Morgen in aller Herrgottsfrühe muss ich am Flughafen sein. Ich wollte die Reise ja schon sausen lassen, aber jetzt, denke ich, wäre es doch ganz nützlich, nach Peking zu fliegen und mit Li zu sprechen, falls sie denn dort ist.«

Völxen hat Oda nichts von Tians Täuschungsversuch erzählt. Tian Tang wird schon merken, dass er es nicht mit einem Deppen zu tun hat, wenn Oda ihm die richtige Übersetzung des Briefs zeigt. Dass er das Gesicht des Chinesen dabei nicht sehen können wird, bedauert Völxen ein wenig. »Ich möchte so viel wie möglich über Li wissen«, sagt er. »Lass dir von Tian alles über sie und ihre Familie erzählen.«

»Ich habe sie bis jetzt auf keiner Passagierliste entdecken können«, schaltet Jule sich ein. »Aber da es von Hannover nach Peking keinen Direktflug gibt, kommen etliche Abflughäfen infrage, und manche Gesellschaften stellen sich quer, von wegen Datenschutz und richterliche Verfügung. Es wird dauern, das alles zu überprüfen.«

»Jetzt wartet doch erst mal ab«, meint Oda. »Vielleicht klärt sich das alles bald. Was haben wir sonst noch im Fall Falkenberg?«

Odas Frage unter spezieller Betonung des Wortes Falkenberg erinnert Völxen daran, dass eigentlich sie die Ermittlungen leitet. Aber der Vermisstenfall Li Xiaolin ist seiner, auch wenn darüber noch keine Akte angelegt wurde und damit offiziell noch gar kein Fall existiert. Und wer, fragt Völxen sich besorgt, vertritt Oda Kristensen ab morgen? Nach Alter und Dienstrang wäre Fernando der Nächste, der dafür infrage käme, wenn man Nowotny einmal ausklammert. Fernando, der mit Stevens kooperieren muss – das kann kein gutes Ende nehmen. Aber noch weniger gefällt Völxen der Gedanke, dass Jule die Ermittlungen leiten soll, zumal Fernando sich dann zu Recht übergangen fühlen würde.

Der meldet sich nun zu Wort: »Sibylle Falkenberg hat ein Alibi. Sie und ihre kleine Tochter sind schon Freitagmittag zu ihren Eltern nach Husum gefahren.«

»Wurde das überprüft?«, hakt Oda nach.

»Nein.«

»Dann hat sie so lange keines, bis das veranlasst wurde«, sagt Oda.

»Sie bestreitet, ein Verhältnis mit ihrem Schwager gehabt zu haben, und beschreibt ihn als neureichen Angeber, der aber zuweilen nützlich war. Und sie wollte ums Verrecken nicht damit rausrücken, warum sie sich scheiden lassen will.«

»Ihr Mann hat angedeutet, dass es ihr um Sicherheit ging. Im Klartext: Er hat ihr nicht gut genug verdient. Über so etwas redet man natürlich nicht so gern«, gibt Oda zu bedenken.

Fernando widerspricht: »So berechnend kam sie mir nicht vor.«

»Sagtest du nicht gerade, sie fand ihren Schwager zwar nicht besonders toll, aber nützlich?«, entgegnet Oda.

»Ja, okay«, räumt Fernando ein. »Jedenfalls war ich dann noch in der Nordstadt und habe das Auto von Daniel Förster fotografiert. Vielleicht können wir das der alten Frau zeigen …«

»Lass sehen«, sagt Völxen.

Fernando gibt ihm sein Handy. »Du musst drüberwischen, dann kommt das nächste Foto.«

»Hältst du mich für einen Idioten?«, fährt Völxen ihn an und sagt wenig später: »Ich fürchte, das können wir vergessen. Die Nachbarin sagte, es sei nichts Auffälliges an dem Auto gewesen. Und jetzt schaut euch diese Schrottkiste an.« Völxen hält das Handy in die Höhe. »Die Mühle wird ja nur noch von Aufklebern zusammengehalten.«

»War's das dann mit unserem Hauptverdächtigen?«, fragt Jule.

»Noch nicht«, antwortet Völxen. »Das heißt nur, dass Förster nicht mit seinem Wagen dort herumfuhr. Deswegen kann er Falkenberg trotzdem getötet haben.«

Oda fährt fort: »Die Droh-E-Mails auf Falkenbergs Computer konnten fast alle Försters IP-Adresse zugeordnet werden. Das Ergebnis der DNA-Untersuchung seines Baseballschlägers steht noch aus. Dann wäre da noch die liebe Familie: Sebastian Falkenberg, der seinen Stiefvater hasste und kein Alibi, aber ein kleines Drogenproblem hat. Der Bruder des Opfers, Werner Falkenberg, der sich seinen Depressionen hingibt und in einem grässlichen Haus hinter zugezogenen Gardinen lebt wie ein Vampir, und die Ehefrau, die vermutlich die Alleinerbin ist.

Apropos Nora … Jule, du hattest doch als Jugendliche sicher ein eigenes Reitpferd.«

»Ich muss dich enttäuschen. Neben dem Ballett, den Klavierstunden und dem Erlernen toter Sprachen blieb wenig Zeit für andere Hobbys. Außerdem befürchtete mein Vater, ich würde vom Reiten O-Beine bekommen. Aber über gewisse Grundkenntnisse verfüge ich natürlich – falls man mal auf eine Fuchsjagd eingeladen wird. Warum fragst du?«

Oda muss lachen, auch Völxen grinst. *Gut gekontert, Alexa Julia Wedekin!*

»Jemand sollte sich mal in diesem Reitstall umhören. Wir haben noch gar nicht die Möglichkeit in Betracht gezogen, dass Frau Falkenberg einen eifersüchtigen Geliebten haben könnte. Und da sie ihre Freizeit vorwiegend mit ihrem Pferd verbracht hat, läge es nahe, dort mit der Suche anzufangen.«

»Meinetwegen«, sagt Jule.

»Bis jetzt haben wir uns einen groben Überblick verschafft«, fährt Oda fort. »Ab sofort müssen wir tiefer graben, und zwar bei allen. Unter Familienmitgliedern gibt es ja immer irgendetwas, einen alten Groll, alte Geschichten …«

»Wurde das Alibi der Ehefrau schon überprüft?«, erkundigt sich Völxen.

»Ich geh heute noch ins *GIG* und frage dort nach«, sagt Jule.

Fernando reagiert sofort: »Wir könnten das Alibi doch gleich nach Dienstschluss zusammen checken, was meinst du?«

Oda schickt einen Blick zur Decke. *Ach, Fernando!*

Sogar Oscar jault leise auf, und seine Hinterbeine zucken.

»Wie süß, er träumt!«, ruft Jule übermäßig begeistert und beugt sich in Richtung Hundekorb, um Fernandos Blick auszuweichen. »Na, wen verfolgst du denn, Oscar? Ein Schaf?«

Wozu ein Hund im Büro doch gut ist, denkt Völxen.

Oda ergreift wieder das Wort: »Ich war beim LKA wegen des Eierskandals. Man ermittelt schon seit 2011 gegen rund hundertfünfzig Agrarbetriebe, etwa hundert davon in Niedersachsen. Es geht nicht nur um Biobetriebe, sondern auch um Boden- und Freilandhaltung. In jedem dieser Fälle sind deutlich mehr Legehennen gehalten worden als erlaubt, teilweise auf engstem Raum. Völxen, du hast das Gewimmel ja gesehen. Da muss ich kein Experte sein, um zu erkennen, dass da was faul ist.« Oda schüttelt den Kopf und sagt wütend: »Ich kann diese jungen Leute, die das anprangern, inzwischen sehr gut verstehen.« Ihr Tonfall wird wieder nüchtern. »Falkenberg hat den Bogen durch diese Sache mit den polnischen Eiern natürlich total überspannt. Dadurch wurde noch mehr Staub aufgewirbelt, wovon die anderen Gauner nicht begeistert gewesen sein dürften. Es gibt da auch noch eine Biobäuerin aus Brelingen, die Falkenberg in den vergangenen Jahren schon mehrmals wegen Verstoßes gegen das Tierschutzgesetz angezeigt hat. Die Frau heißt Merle Lissack ...«

»Den Besen kenne ich!«, platzt Fernando heraus. »Sie war als Jägerin bei der Treibjagd dabei und hat Falkenberg gleich auf einem der Handyfotos erkannt, die von der Leiche kursierten. Jede Wette, dass das Foto jetzt eingerahmt über ihrem Bett hängt.«

»Jägerin und Biobäuerin, soso. Die Dame solltest du schleunigst überprüfen, am besten gleich morgen«, sagt Oda.

»Und was ist mit den anderen Tierschützern?«, fragt Fernando und schielt dabei hinüber zu Völxen.

»Was das betrifft ...«, Oda lächelt teuflisch, »... sind wir einfach noch nicht dazu gekommen, die restlichen Leute zu vernehmen, so leid mir das tut. Personalmangel. Außerdem sind noch Semesterferien, da ist jeder anständige Student in Südfrankreich.«

Jemand klopft an die Tür. Die vier zucken zusammen und sehen sich an. Dieselbe Frage schwebt über ihren Köpfen: *Der Staatsanwalt?*

Völxen ruft: »Herein!«

Aber es ist nur Frau Cebulla. »Ich wollte nur daran erinnern, dass gleich die Pressekonferenz stattfindet.«

»Danke«, sagen Völxen und Oda im Chor.

»Das ist heute dein Privileg«, meint Völxen.

Oda hebt die Versammlung auf.

»Du machst dich gut als Ermittlungsleiterin«, bemerkt Völxen, als Fernando und Jule gegangen sind.

»Gerade jetzt, wo der Spaß am größten ist, muss ich nach China.«

»Was sagst du der Presse?«

»Das Nötigste.«

»Doch nichts über Li, oder?«

»Natürlich nicht. Auch nichts von dem Herz. Wenn die das spitzkriegen, dann rennen die uns die Bude ein. Das ist doch *die* Story für Markstein und Konsorten. Ich sehe schon die Schlagzeile: *Gekauftes Herz aus China zurückgeklaut!* Und jeder, der einen Asiaten auf der Straße sieht, ruft dann bei uns an. Nein, ich sage, dass wir das Motiv in dieser Eiergeschichte vermuten. Es kann nicht schaden, wenn die anderen Saukerle auch ein bisschen Angst kriegen und das Thema wieder an die Öffentlichkeit kommt. Man hat das ja schon fast wieder vergessen.«

»Du bist so böse«, sagt Völxen lächelnd. Er ist dabei, seinen Hund anzuleinen, als Oda fragt: »Sag mal, wo ist eigentlich das Original von Lis Brief? Der muss auf jeden Fall in die Akte, zu den Beweismitteln. Auch wenn ihn kein Schwein versteht.«

»WAS HAST DU dir nur dabei, gedacht, Tian?«

Tian Tang lässt sich Zeit mit der Antwort, was nicht gerade dazu beiträgt, Odas Zorn zu besänftigen. Gleich nach der Pressekonferenz ist sie zu seiner Wohnung gefahren, wo sie ihn beim Kofferpacken angetroffen hat. Jetzt faltet er mit unendlicher Langsamkeit ein Hemd zusammen, legt es auf einen Stapel anderer gefalteter Hemden und sagt: »Weil der Brief sehr persönlich ist und die Polizei nicht das Geringste angeht. Ich wollte mich erst einmal selbst darum kümmern.«

»Und? Hast du dich gekümmert?«

»Ja. Mein Vater wird die Familie kontaktieren.«

»Und wann wird dein Vater das tun?«, fragt Oda gereizt.

»Oda, das ist nicht so einfach, wie du dir das vorstellst ...«

»Wieso? Gibt's in Peking keine Telefone?«

»Das verstehst du nicht.«

»Nein, das verstehe ich wirklich nicht«, bestätigt Oda. »Wenn sie zu Hause ist, prima. Aber wenn nicht, dann müssen es ihre Eltern doch schnellstmöglich erfahren. Machst du dir denn gar keine Sorgen?«

»Ich mache mir sogar sehr große Sorgen«, sagt Tian ernst. »Ich fühle mich für sie verantwortlich.«

»Dann tu doch was! Wozu brauchst du deinen Vater als Mittelsmann?«

Tian schweigt und faltet eine Hose zusammen.

Normalerweise bewundert Oda die Gelassenheit ihres Geliebten, aber im Augenblick bringt sie sie auf die Palme. Sie zwingt sich zu einem einigermaßen freundlichen Tonfall, als sie sagt: »Erzähl mir von ihr.«

»Du hast sie doch kennengelernt«, erwidert Tian.

»Ich bitte dich! Wir haben einmal bei dir zu Hause zusammen gegessen, und da haben wir nur ein bisschen Small Talk auf Englisch betrieben, während ihr andauernd Mandarin gesprochen habt«, erinnert sich Oda. Sie ruft sich Li ins Gedächtnis. Klein, zart, adrett. Weder besonders hübsch noch besonders hässlich – nach europäischen Maßstäben. »Erzähl mir von ihrer Familie.«

»Alter Pekinger Stadtadel.«

»Also ein verwöhntes höheres Töchterchen?«

»Höhere Tochter auf jeden Fall, verwöhnt – das glaube ich nicht. Sie ist die einzige Tochter, weshalb ihr viel abverlangt wird.«

»Gab es mal einen Häftling in ihrer Familie?«

Tian dreht sich abrupt um. »Siehst du! Genau deswegen wollte ich nicht, dass sich die Polizei darum kümmert. Ich weiß genau, was ihr euch jetzt vorstellt.«

»Ach ja?«

»Deine eigene Tochter hat uns gestern das Abendessen mit den Einzelheiten der Obduktion dieses ermordeten Eierproduzenten versüßt. Heute steht Völxen mit diesem Brief in meiner Praxis. Li hat in der MHH in der Abteilung für Transplantationsmedizin gearbeitet. Denkst du, ich kann nicht zwei und zwei zusammenzählen?«

Wäre Veronika hier, würde Oda ihr gern den Hals umdrehen für ihre Geschwätzigkeit. Aber nein, es ist nicht Veronikas Schuld. Sie selbst hätte ihr verbieten müssen, vor Tian über diese Obduktion zu sprechen, die sie so aufregend fand. Aber wer konnte denn ahnen, dass ausgerechnet Tians Schützling in diesen Fall verwickelt sein würde? »Tian, ich glaube auch nicht, dass Li etwas Schlimmes getan hat. Aber sie fühlt sich schuldig und hat Angst, das steht in ihrem Brief. Ich möchte gerne herausfinden, was es damit auf sich hat. Was weißt du über sie?«

»Im Grunde nichts«, antwortet Tian und betrachtet die Reihe seiner Sakkos.

»War sie mal verlobt, hatte sie einen Freund?«

»Ehrlich, ich weiß es nicht. Ihr Vater ist ein Geschäftspartner meines Vaters. Bevor sie nach Deutschland kam, habe ich sie ein einziges Mal gesehen, als sie ungefähr zwölf war. Unsere Familien haben sich zufällig beim Sonntagsspaziergang im Beihai-Park getroffen. Beim Chrysanthemenfest. Aber es ist mit Sicherheit niemand aus ihrer Familie im Gefängnis hingerichtet worden, falls es das ist, worauf du hinauswillst.«

»Jede Familie hat ihr schwarzes Schaf.«

»Die Mitglieder dieser Familie haben garantiert noch nicht einmal einen Strafzettel bekommen. Auch nicht die schwarzen Schafe«, antwortet Tian und legt ein paar Krawatten fächerförmig neben den Koffer, als könne er sich nicht entscheiden, welche er einpacken soll. »Sie gehören zu den Familien, die mit 200 Sachen durch Peking rasen, ihr Auto auf dem Platz des himmlischen Friedens parken und an Maos Mausoleum pinkeln könnten, ohne dass ihnen etwas passieren würde. Überspitzt dargestellt«, fügt er mit einem kleinen Lächeln hinzu.

»Verstehe. *So* eine Familie ist das.«

»Das heißt nicht, dass sie nicht ehrenwert wären«, sagt Tian rasch. »Ich hätte mich sonst nicht für Li verbürgt.«

»Du hast dich nicht *verbürgt*. Du hast ein paar Kontakte hergestellt, damit sie an die MHH kommen darf, das ist alles«, widerspricht Oda.

»Das …«

»Ja, ja, schon gut, das verstehe ich nicht«, nimmt Oda ihm das Wort aus dem Mund. »Hast du als ihr Bürge dann wenigstens irgendeine Ahnung, was sie hier so gemacht hat in ihrer Freizeit?«

Tian schüttelt den Kopf. »Ich habe sie doch kaum gesehen. Ab und zu habe ich ihr gemailt und mich erkundigt, ob es ihr gut geht. Sie hat dann immer von der Arbeit erzählt und betont, wie dankbar sie ist, hier sein zu dürfen und lernen zu können. Alles sehr förmlich.«

»Wie kannst du dich für jemanden verbürgen, den du kaum kennst?«

»Mein Vater kennt ihren Vater schon lange Zeit.«

Oda hat plötzlich das Gefühl, dass Tian ihr noch nie so fremd war wie jetzt gerade.

»Was meinst du, hatte sie Heimweh?«

»Bestimmt. Es ist schwierig am Anfang, wenn alles fremd ist. Aber das wäre für sie niemals ein Grund gewesen, ihre Ausbildung abzubrechen. Schon allein deshalb, weil ihre Eltern das nicht billigen würden.«

»Was wäre dann ein Grund?«

Tian klappt den Kofferdeckel zu und sieht sie an. »Oda, ich

bin für Li eine Art Respektsperson. Niemand, bei dem sie ihr Herz ausschütten würde.«

»Bei wem würde sie es denn dann ausschütten?«

»Vielleicht bei einer Freundin gleichen Alters.«

»Eine andere Chinesin?«, überlegt Oda.

»Das wäre eine Möglichkeit. Aber ehe du fragst: Ich weiß von keiner.«

»Und wenn sie einen Freund hatte? Einen Chinesen vielleicht, den sie hier kennengelernt hat? Verliebte machen allerhand Unsinn …«

»Oda, was für eine abstruse Theorie verfolgst du da?«, fragt Tian lauernd.

»Abstrus? Jemand hat einen Menschen ermordet und ihm das Herz aus der Brust geschnitten. *Das* ist abstrus!«

»Und ihr denkt jetzt, jemand hat sich für den Tod desjenigen gerächt, dessen Herz euer Opfer erhalten hat?«

Jetzt, wo Tian es ausspricht, kommt es Oda tatsächlich vollkommen blödsinnig vor. Sie sieht Li vor sich, diese zierliche junge Frau, die trotz ihrer sechsundzwanzig Jahre wie ein Mädchen wirkt. Nein, Li kann es nicht gewesen sein. Aber jemand, den sie kennt?

Tian schiebt den Koffer beiseite, setzt sich daneben und sagt ernst: »Es entspricht nicht der chinesischen Mentalität, auf so eine Art Rache zu üben, glaub mir.«

Oda nimmt seine Hand und zeichnet mit dem Finger die bläulichen Adern auf seinem Handrücken nach. »Gut, das glaube ich dir«, sagt sie. »Du kennst die Mentalität der Chinesen besser als ich. Aber Ausnahmen gibt's immer, oder?«

VÖLXEN SCHAUT SEINEN Schafen beim Grasen zu. Die wählerischen Biester fressen nicht alle Gräser, über die ganze Weide verteilt bleiben bestimmte dürre Stengel stehen, die sie verschmähen. Da wird er wohl doch mit der Sense ranmüssen. Vorhin hat ihm Sabine von ihrer Unterredung mit Wanda berichtet. »Sie glaubt nicht, dass dieser Daniel Förster nichts von ihrem gemeinsamen Spaghettiessen erwähnt hat, und bleibt vorerst bei ihrer Aussage. Das hast du wirklich super hingekriegt, alle Achtung!«

Völxen hat darauf verzichtet, sich zu verteidigen. Früher oder später wird Sabine sich wieder einkriegen, darauf hofft er zumindest.

»Ist sie in diesen Kerl verliebt?«, hat er nur gefragt.

»Angeblich nicht«, hat sie geantwortet. »Ich hatte das Gefühl, dass sie glaubt, sie schulde ihm etwas. Aber das soll sie dir selbst erklären.«

»Sie kann doch nicht ein Unrecht mit einem anderen gutmachen!«, hat Völxen verzweifelt gerufen, aber Sabine hat nur mit den Schultern gezuckt und weiter den Salat zubereitet, den es zum Abendessen gegeben hat. Sonst nichts, nur Salat. Aber Völxen hatte ohnehin keinen Appetit. Er kann sich im Moment selbst nicht besonders gut leiden. Fünfundzwanzig Jahre lang war er ein ziemlich ehrlicher Polizist gewesen. Kein Paragrafenreiter, nein, das nicht, aber er hat nie wirklich krumme Sachen gemacht. Bis jetzt.

JULE SITZT MIT durchgedrücktem Kreuz auf der Vorderkante eines riesigen Sessels, starrt abwechselnd auf ein farbenprächtiges abstraktes Gemälde und aus dem Fenster auf die benachbarten Gründerzeitfassaden. Müssen kleine Kinder denn nicht um sieben Uhr ins Bett? Anscheinend nicht, denn Klein Mäxchen turnt auf seinen krummen Dackelbeinen noch fröhlich durch die Wohnung. Jule hätte sich mit ihrem Vater viel lieber in einer Kneipe getroffen, aber der bestand darauf, dass sie wieder einmal ihren Bruder sehen müsse.

Jule war seinerzeit nicht gerade begeistert darüber, einen Halbbruder zu bekommen. Als ob eine wenige Jahre ältere »Stiefmutter« nicht schon reichen würde. Dennoch hat sie gehofft, es würden sich schwesterliche Gefühle einstellen, wenn das Kind erst auf der Welt wäre. Aber die lassen auf sich warten, und auch mit Brigitta wird Jule nicht so richtig warm. Dabei gibt es an ihr im Grunde nichts auszusetzen. Sie ist auf eine unaufdringliche Art hübsch, hat bis zu Mäxchens Geburt als Ärztin gearbeitet und behandelt Jule stets freundlich und zurückhaltend. Sie ist wirklich keine »Schlampe«, wie Jules Mutter sie zu bezeichnen pflegt. *Vielleicht*, rätselt Jule, *rede ich mir nur ein, dass ich sie nicht mögen darf, weil alles andere eine Art Verrat an meiner Mutter wäre. Trotzdem, man macht sich nicht an dreißig Jahre ältere, verheiratete Männer heran. Wobei – wie war das mit Leonard, Jule? Wo war da dein Gefühl für Anstand und Moral?* Alte Geschichten, längst Schnee von gestern. Zum wiederholten Mal in den letzten paar Stunden schielt sie auf das Display ihres Handys. Nein, Hendrik Stevens hat nicht angerufen. *Sicher wartet er darauf, dass ich anrufe und mich für meinen Ausbruch von heute Morgen entschuldige. Aber das sehe ich gar nicht ein. Vielleicht ist es sogar besser, wenn außerhalb des Dienstes Funkstille zwischen uns herrscht, zumindest solange wir an diesem Fall arbeiten.*

»So, Mäxchen, sag Gute Nacht zu Papa und Alexa.«

Na endlich!

Professor Wedekin drückt im Vorbeigehen einen Kuss auf den zart beflaumten Kopf seines Sohnes, verschwindet dann in der Küche und kommt wenig später zurück, in jeder Hand einen Drink. »Gin Tonic gefällig?«

Na also, denkt Jule. *Der Abend gewinnt langsam an Qualität.*

»Oder bist du im Dienst?«, fragt er.

»Nein. Wäre ich es, würdest du jetzt im Verhörraum sitzen, mit einer grellen Lampe, die dir ins Gesicht scheint.«

»Das hättest du wohl gerne.« Ihr Vater lässt sich auf das Sofa sinken. »Prost, Tochter. Schön, dass du mal hier bist.«

Leise klirren die Eiswürfel in den Gläsern.

»Ich weiß gar nicht, was ich dir noch über diese Li sagen kann, was ich nicht schon deinem Boss gesagt habe.«

»Wieso wollte sie nach Hannover?«

»Möglicherweise, weil wir das größte Transplantationszentrum Deutschlands sind? Oder weil ihr Onkel hier wohnt?«

»Ihr Onkel?«

»Ja. Der Freund deiner Kollegin …«

Jule verzichtet darauf, die Sache richtigzustellen, und sagt: »Sie hat einen Brief hinterlassen, in dem sie von Schuld spricht. Hat sie im Dienst irgendwie Mist gebaut?«

»Nein. Ich habe von meinen Leuten nur Gutes über sie gehört, und es ist auch keiner gestorben, als sie auf der Intensivstation gearbeitet hat. Darüber hinaus hatte sie kaum Gelegenheit, etwas Ernsthaftes anzustellen. Sie hat ja nicht selbstständig operiert, nur assistiert. Vielleicht durfte sie mal einen zunähen – wenn überhaupt. An unsere Patienten lassen wir schließlich nicht jeden.«

»Mit welchen deiner Leute hatte sie engeren Kontakt?«

»Das weiß ich doch nicht.«

»Mit wem saß sie zum Beispiel in der Mensa zusammen?«

»Denkst du, ich habe Zeit für die Mensa? Ich bin kein Beamter, mein Schatz.« Da ist er wieder, dieser priesterliche Tonfall, den er in seinen selbstgefälligen Momenten anschlägt. Also ziemlich oft.

»Aber man redet doch mit seinen Kollegen.«

»Ich bin nicht ihr Kollege, Alexa. Ich bin der Chef ihres Chefs. Also praktisch Gottvater.« Er lächelt selbstironisch. Zumindest hofft Jule das. *Danke, Papa, dass du mich daran erinnerst, warum ich nicht weiter Medizin studieren wollte.*

»Ich dachte an Landsleute von ihr. Kommt dir da zufällig jemand in den Sinn?«

»Mein liebes Kind … Die MHH beschäftigt an die zehntausend Leute in neunzig Abteilungen, und ständig kommen und gehen Hospitanten und Praktikanten aus aller Welt. Da sind immer auch ein paar Chinesen dabei. Aber ich habe wirklich keine Zeit, mich um die sozialen Kontakte meiner Praktikanten zu kümmern, kannst du mir das bitte nachsehen?«

»Wer könnte es denn wissen?«, bohrt Jule weiter.

Er seufzt. »Ich frage morgen mal meine Mitarbeiter, okay?«

»Großartig.« Jule zwingt sich zu einem Lächeln.

»Aber wie wär's, wenn du morgen zur Verwaltung spazierst, dir die Namen sämtlicher Chinesen der MHH geben lässt und sie alle vernimmst? Das ist es doch, was Polizeiarbeit ausmacht, habe ich recht? Das wolltest du doch, das war doch dein Traumberuf.«

Hoffentlich wird Mäxchen Arzt, denkt Jule und sagt: »Guter Vorschlag. Lass ich gleich morgen die Anwärter machen.«

Vorhin, kurz vor Feierabend, ist noch eine Mail eingegangen, in der stand, dass dem Dezernat 1.1.K ab morgen zwei Leute zur Verstärkung zugeteilt werden. Genau genommen, sind es zwei blutjunge Durchläufer vom Betrugs- und Rauschgiftdezernat. Sie trinkt von ihrem Gin Tonic. »Mann, ist der lecker!«

Ihr Vater lächelt geschmeichelt. Jule wüsste gern, ob er sich jemals gefragt hat, wo Li und Konsorten ihre in Hannover erlernten Fähigkeiten später einsetzen werden. Aber dies ist gerade kein günstiger Zeitpunkt für Diskussionen über Ethik und Moral. Sie fragt stattdessen: »Könnte Li eine Gelegenheit gehabt haben, an Falkenbergs Krankenakte heranzukommen?«

Auch der Professor nimmt nun einen großen Schluck. Aus dem Kinderzimmer hört man das Klimpern einer Spieluhr. *Der Mond ist aufgegangen.* Matthias Claudius. Sehr geschmackvoll. Jedenfalls besser als La-le-lu.

»Ich will das nicht ausschließen«, antwortet Jost Wedekin. »Schließlich war sie ins Geschehen voll eingebunden.«

»Weißt du, ob Falkenberg in der Zeit, in der Li bei euch gearbeitet hat, eine seiner Kontrolluntersuchungen machen ließ?«

»Ich dachte schon, dass du das fragen wirst.« Er holt seine Aktentasche aus dem Arbeitszimmer und entnimmt ihr eine Klarsichthülle, in der ein paar Blätter stecken. »Ich habe meine Hausaufgaben gemacht.«

»Brav«, lobt Jule. »Und?«

»Falkenberg war am 15. Juli zum letzten Mal zur Untersuchung in der Kardiologie. Dort war Li seit dem 1. Juli. Davor hatte sie Dienst auf der Inneren Intensiv. Zu mir kam sie erst im August.«

»Also könnte sie ihm dort begegnet sein.«

»Ja. Das ist übrigens ihre Bewerbung. Die habe ich für dich kopiert. Ihre Zeugnisse, der Lebenslauf … Vielleicht könnt ihr damit etwas anfangen. Es ist alles ins Englische übersetzt.«

»Danke.« Jule blättert die Unterlagen durch, dann stutzt sie.

»Was gefunden?«, fragt der Professor.

»Das kann man wohl sagen!«

NORA FALKENBERG FÜLLT den Wasserkocher. Sie trinkt schon den ganzen Tag Tee, denn obwohl es warm ist, draußen und drinnen, fröstelt sie und hat ständig das Bedürfnis, etwas Heißes zu sich zu nehmen.

»Was ist jetzt eigentlich mit der Kohle?«, fragt Sebastian, ohne vom Bildschirm seines Laptops aufzusehen. Ihr ist, als hätte er sich seit Stunden nicht vom Wohnzimmersofa wegbewegt. Wahrscheinlich ist dem auch so.

»Was?«

»Na, mit dem Haus, dem Betrieb …«

»Warum fragst du? Willst du etwa ins Eiergeschäft einsteigen?«

Sebastian gibt ihr erwartungsgemäß keine Antwort darauf. Er grinst, senkt den Blick und hackt weiter auf seinem Laptop herum.

Nora weiß, dass sie die Alleinerbin ist. Sie und Johannes waren zusammen beim Notar, noch vor der Operation. Sebastian erhält als Adoptivkind einen Pflichtteil. Allerdings hat Nora weder eine Ahnung, wie hoch das Erbe ist, noch, wie viele Schulden auf dem Betrieb und auf dem Haus lasten. Ob am Ende überhaupt etwas übrig bleiben wird? Sie hat heute vergeblich versucht, diesen Finanzberater zu erreichen, der Johannes immer dabei geholfen hat, das vorhandene Geld schneller zwischen den Steuerparadiesen dieser Welt hin und her zu schieben, als das Finanzamt folgen konnte.

Aber obgleich Nora durchaus dem Materiellen verhaftet ist, ist Geld momentan nicht ihre Hauptsorge. »Ich habe Angst«, gesteht sie.

Keine Reaktion. Hat Sebastian sie überhaupt gehört?

Klack-klack-klack-klack-klack.

Könnte er wohl gnädigst einmal aufhören, auf der Tastatur herumzutippen?

»Wovor?«, fragt er nach einer Ewigkeit.

»Angst eben. Immerhin ist Johannes *ermordet* worden.«

»Aber das hat doch nichts mit dir zu tun.«

Klack-klack-klack.

Nora ist kurz davor, ihm das Ding aus den Händen reißen und es an die Wand klatschen. »Bist du dir da sicher?«, entgegnet sie mühsam beherrscht.

Endlich hat er die Güte, sie anzusehen. »Der Mord hängt doch bestimmt mit seinen ... Geschäften zusammen, meinst du nicht?«

»Ich weiß es nicht«, gesteht Nora und denkt darüber nach, ob sie ihrem Sohn von dem Chinesen erzählen soll.

»ODA? JULE HIER. Du, stell dir vor, sie war in Shanghai. Bevor Li ihren Studienplatz an der Renmin Universität in Peking angetreten hat, hat sie im *Shanghai East Hospital* als Praktikantin in der Krankenpflege gearbeitet. Von März bis Oktober 2007. Falkenbergs Operation war in derselben Klinik am 12. September.«

Für ein paar Sekunden bleibt es still in der Leitung, dann meint Oda: »Das ist ja interessant. Dieser Dr. Wolfram hat Völxen erzählt, dass dort jeder Ausländer für die Dauer seines Aufenthalts seine eigene Pflegekraft bekommt.«

»Theoretisch könnte das Li gewesen sein.«

»Ihr solltet Nora Falkenberg ein Foto von Li zeigen. Vielleicht erkennt sie sie.«

»Hast du eines?«, fragt Jule. »Das auf der Bewerbungskopie ist ziemlich schlecht.«

»Ja. Ja, ich glaube schon.« Oda klingt ein wenig gehetzt. »Als wir bei Tian zu Hause gegessen haben, habe ich die zwei fotografiert. Ich schau gleich mal nach. Himmel, auch das noch! Ich bin gerade am Kofferpacken. Ich hasse Kofferpacken! Und heute Nacht krieg ich bestimmt kein Auge zu, so sehr graut mir vor dem Flug.«

»Das Flugzeug soll ja angeblich eines der sichersten Transportmittel sein ...«

»Das sagt mir Tian auch jeden Tag.«

»Du schaffst das. Und wenn du in China bist, kannst du vielleicht rauskriegen, wessen Organe in dieser Klinik an dem bewussten Tag transplantiert wurden.«

Oda lässt ein Schnauben hören. »Sonst noch was? Erstens reise ich nach Peking, nicht nach Shanghai, zweitens möchte ich meine Organe noch eine Weile selbst behalten. Und sag jetzt nicht, dass meine Lunge sowieso keiner haben möchte.«

»Wollte ich gar nicht.«

»Du lügst.«

»Stimmt.« Jule hat noch eine Frage: »Wer leitet eigentlich die Ermittlungen, solange du weg bist?«

»Fernando.«

»Na dann. Gute Reise, Oda!«

»Danke. Wir skypen, falls ich lebend dort ankomme.«

»Ich dachte, skypen wäre in China verboten?«

»Ja, aber man kann ein kostenpflichtiges Tool runterladen, und damit klappt es dann doch. Tian sagt, so wäre das mit vielen Dingen in China. Für Geld kriegt man alles, was eigentlich verboten ist.«

»SAG MAL, MAMA, hat Li eigentlich mal Besuch bekommen?«, ruft Fernando in Richtung Küche, wo Pedra gerade einen Thunfischsalat zubereitet. Er selbst steht vor dem Spiegel im Bad und rasiert sich.

»Woher soll ich das wissen, Nando? Denkst du, ich liege den ganzen Tag auf der Lauer und beschatte meine Nachbarn wie so ein … ein …«

»Blockwart?«

»Was?«, ruft Pedra.

»Egal. Hast du nun jemanden gesehen? Vielleicht einen anderen Chinesen oder eine Chinesin?«

»Nein, ich habe niemanden bei ihr gesehen. Deshalb habe ich mich ja ein bisschen um sie gekümmert. Weil sie hier doch niemanden hat.«

»Verstehe.« Fernando kommt aus dem Bad in die Küche und probiert den Salat. »Lecker. Weißt du, wo mein Lieblingshemd ist? Das helle mit den dünnen blauen Streifen.«

»In der Wäsche.«

»*¡Mierda!*«

Pedra wedelt mit der Hand vor ihrem Gesicht herum. »Nimm nicht immer so viel Rasierwasser! Was hast du heute eigentlich noch vor? Es ist schon fast zehn Uhr, anständige Leute gehen bald ins Bett. Triffst du wieder eine Frau aus dem Internet?«

»Mama!!!«

»Wieso denn nicht? Man muss mit der Zeit gehen, und du steuerst auf die Vierzig zu …«

»Das ist ja wohl noch einige Jahre hin!«, entrüstet sich Fernando. »Und wenn du es unbedingt wissen willst: Ich muss mit Jule ein Alibi überprüfen gehen.«

»Soso.«

»Ja. Wir arbeiten. Ich bin nämlich für die nächsten acht Tage der Ermittlungsleiter in unserem aktuellen Fall.«

»Du?«

»Ja, ich! Was ist daran so verwunderlich?« Er winkt ab, ehe sie etwas darauf erwidern kann – die Antwort wäre womöglich wenig schmeichelhaft für ihn. »Hat sie mal von ihren Arbeitskollegen erzählt?«

»Jule?«

»Nein, Li.«

»Nein.«

»Aber über irgendwas müsst ihr doch geredet haben, wenn sie fast jeden Tag bei dir im Laden saß!«

»Ich habe ihr von meinen jungen Jahren in Sevilla erzählt, und wie ich deinen Vater kennenlernte, und wie süß du als kleiner Junge warst, und deine Schwester natürlich auch …«

Fernando seufzt. Bestimmt kam in diesen Erzählungen auch sein Großvater, der Stierkämpfer, wieder nicht zu kurz. »Und sie? Hat sie auch etwas erzählt, von ihrer Familie, von China … irgendwas? Versuch dich zu erinnern, Mama, jede Kleinigkeit kann wichtig sein.«

»Ich denke ja schon die ganze Zeit nach, der *comisario* hat mich das auch schon alles gefragt. Aber ich habe nie gut verstanden, was sie gesagt hat. Ihr Deutsch war so komisch. Und Englisch kann ich ja nicht. Aber sie hat mein Essen gemocht. Hoffentlich ist ihr nichts Schlimmes geschehen! Wisst ihr denn schon, was in dem chinesischen Brief gestanden hat?«

»Dass sie Heimweh hat«, schwindelt Fernando.

»Ja, das habe ich mir auch gedacht. Manchmal hat sie so verloren ausgesehen wie ein Küken, das aus dem Nest gefallen ist.«

»Mir kommen gleich die Tränen! Kannst du dich mal ein bisschen im Haus umhören? Vielleicht weiß diese Schreckschraube aus dem ersten Stock, die den ganzen Tag am Fenster hängt, etwas.«

»Frau Bertone ist eine sehr nette alte Dame, aber sie sieht schlecht. Ich werde sie trotzdem fragen. Obwohl das eigentlich deine Aufgabe wäre, du bist schließlich die Polizei.«

»Aber du kannst das viel besser, und ich habe dazu auch gar keine Zeit. Als Ermittlungsleiter ist man viel beschäftigt. Gute Nacht, Mama!«

DR. WOLFRAM DROHT, an dem Unterfangen zu scheitern, Ordnung in seine Unterlagen zu bringen. Am Freitag will ein junges Ärztepaar vorbeikommen, das sich für die Übernahme der Praxis interessiert. Da darf hier kein solches Chaos herrschen. Und ausgerechnet jetzt muss sich Elli krankmelden. Mit einem lapidaren Spruch auf dem AB, von wegen, sie fühle sich nicht wohl. *Fühlt sich nicht wohl!* Als wäre sie eine Adelige aus dem neunzehnten Jahrhundert. Wer fühlt sich schon wohl, er selbst vielleicht? Dr. Wolfram ist so sauer auf seine Sprechstundenhilfe, dass er sich bis jetzt verkniffen hat, sie anzurufen und sich zu erkundigen, wie es ihr geht und wann sie wiederkommt. Wenn es mit dem Teufel zugeht, wird sie womöglich die ganze Woche fehlen und diesen Papierkrieg ihm allein überlassen. Aber dann kann sie sich gleich endgültig zum Teufel scheren. Frauen! Nie sind sie da, wenn man sie braucht. Sie waren, genau genommen, noch nie für ihn da. Zwei Ehefrauen sind ihm quasi durch die Hände geglitten, inzwischen hat er den Gedanken an eine feste Beziehung aufgegeben. Denen, die ihm gefallen, gefällt er nicht, und umgekehrt, so einfach ist das.

Im Augenblick hat er ohnehin andere Sorgen. Seit er vom Tod Johannes Falkenbergs erfahren hat, liegt ihm etwas auf der Seele. Er würde gern mit jemandem reden über diese ... Sache, die ihm nicht mehr aus dem Kopf gehen will. Mit Nora Falkenberg? Nein, das geht nicht. Er würde damit gegen das Gebot der ärztlichen Schweigepflicht verstoßen. *Und wenn schon? Wie lange bin ich noch Arzt, ein paar Monate?* Aber es hat es ihn gekränkt, wie kurz angebunden sie gestern am Telefon war. Nein, er sollte wohl besser mit diesem Kommissar sprechen. Aber was ist, wenn er sich irrt? Und selbst, wenn nicht? Nein, das geht nicht, es geht einfach nicht! Noch ist er schließlich Arzt, er kann nicht … Er zuckt zusammen. Was war das? War da nicht eben ein Geräusch an der Tür? Er steht auf, späht in den Flur. Ursprünglich war die Praxis eine großzügige Wohnung, so wie die restlichen Wohnungen im Haus und auch die seine, die über der Praxis liegt. Zum Glück wohnen schon seit Längerem keine Studenten mehr im Haus. Die anderen Mieter sind gesittet und ruhig, so wie er. Ruhig und alt. In ein paar Monaten ist er Pensionär. *Was fange ich dann nur mit meiner Zeit an?* Dr. Wolframs Blick wandert über seinen Papierberg hinweg zum Fenster, aber er sieht nur eine dunkle Fläche. *Im Grunde*, überlegt er, *ist es doch egal, wenn ich meine Approbation verliere. Bis es so weit ist, bin ich ohnehin hier fertig.*

Da war wieder so ein Knacken. Aber alte Häuser knacken und knarzen doch andauernd, das fällt tagsüber nur nicht so auf. Als er nach dem Locher greift, merkt er zu seiner Verwunderung, dass seine Hand zittert und sein Puls in die Höhe schnellt wie ein Geysir. Er hat Angst.

EIGENTLICH HÄTTEN JULE und Fernando das *GIG* am Lindener Markt bereits nach fünf Minuten wieder verlassen können. Die Bedienung hat sich sofort an Nora Falkenberg und ihre Freundin erinnert. »Ja, an die beiden erinnere ich mich. Sie haben zuerst oben im Raucherraum gesessen, später sind sie aber doch wieder runtergekommen und haben rumgezickt, weil meine Kollegin, die oben bedient hat, zwischendurch bei ihnen abkassieren wollte. Denn hier unten bin ich zuständig.« Sie seufzt und verdreht die Augen. »So was lieben wir ja. Später haben sich zwei Herren zu ihnen an den Tisch gesetzt, und die vier haben sich ganz gut unterhalten.«

»Kannten die sich?«, fragt Jule, während sie sich im Lokal umsieht. Es erstreckt sich über zwei Ebenen und wirkt trotz seiner Größe sehr gemütlich. Große Bogenfenster erlauben den Blick auf den Lindener Markt. Ein Hirschgeweih hängt über einem Monitor. Von Fernando weiß Jule, dass im *GIG* häufig

Fußballspiele übertragen werden. Im Sommer steht dann eine Leinwand vor dem Lokal auf dem Marktplatz.

»Nein, jedenfalls nicht zu Anfang«, antwortet die junge Frau. »Ich habe die zwei gefragt, ob ich die Herren zu ihnen an den Tisch setzen kann. Freitagabend wird es immer etwas eng, und die hatten zu zweit einen Vierertisch. Ich glaube, die sind dann sogar zusammen gegangen«, verrät die Bedienung. »Zumindest haben sie alle auf einmal bezahlt.«

»Die zwei Männer – waren das Stammgäste?«, fragt Fernando.

»Die waren schon öfter hier. Aber ihre Namen kenne ich nicht.«

Fernando bedankt sich. Jule steigt die Stufen hinauf und schaut sich auch auf der Galerie kurz um. Ein großzügiger Raucherbereich liegt am Ende des Raums, hinter einer Glaswand. Genau wie unten liegen auch hier überall Perserteppiche auf dem dunklen Holzboden, und neben normalen Stühlen gibt es auch Sofas und Sessel. Sie geht wieder hinunter.

»Möchtest du auch einen Tempranillo?«, fragt Fernando, der bereits ein Glas Rotwein vor sich stehen hat.

Jule nickt. Sie ist mit der Stadtbahn hier, und eigentlich würde sie sich am liebsten möglichst rasch betrinken. *Wieso?*, fragt sie sich, und eine Sekunde später: *Wieso nicht?* Nach einem Tag wie dem heutigen, braucht man da noch einen weiteren Grund? »Nette Kneipe«, sagt Jule.

»Oda müsste hier doch Stammgast sein. Wo sonst darf man in dieser Stadt noch in halbwegs menschenwürdiger Umgebung rauchen?«

Fernando grinst. »Ich bin gespannt, was sie in Peking erreichen wird.«

»Ich schätze, gar nichts«, sagt Jule. »Aber wenigstens können wir die Ehefrau schon mal von der Liste der Verdächtigen streichen.«

»Es sei denn, sie hätte jemanden angeheuert.«

»Das passt aber nicht zu den Verwüstungen an der Leiche, so was würde ein Auftragsmörder nicht tun«, entgegnet Jule. »Bleiben also noch Falkenbergs Stiefsohn, der kein vernünftiges Alibi hat, und sein Bruder. Vielleicht ging es Werner auf den Sack, wie Johannes mit Geld um sich geschmissen hat, während er selbst auf dessen Almosen angewiesen war. So was ist demütigend. Was ist denn so lustig?«

»*Auf den Sack*. Bravo. Langsam geht deine großbürgerliche Erziehung ganz schön den Bach runter.«

»Der Umgang färbt ab«, kontert Jule und fragt: »Was ist eigentlich mit dem Alibi von Werners Exfrau, dieser Sibylle Falkenberg?«

»Die Kollegen aus Husum haben mit den Eltern gesprochen, das Alibi geht in Ordnung.«

»Eltern lügen für ihre Kinder.«

»Sie hat doch nun wirklich überhaupt kein Motiv.«

»Oder wir kennen es noch nicht. Vielleicht hat sich der gute Onkel an ihrer kleinen Tochter vergriffen. Das würde auch den Hass erklären, der hinter dieser Tat steckt.«

»Dann hätte sie ihm die Eier abgeschnitten, nicht das Herz entfernt«, gibt Fernando zu bedenken.

»Auch wieder wahr.«

Jule grinst vor sich hin, als ihr einfällt, dass Fernando morgen früh wohl seine erste Besprechung als Leiter einer Ermittlung abhalten wird. Darauf ist sie schon gespannt, besonders falls Hendrik dabei sein sollte. Diese Begegnung hat durchaus das Potenzial, ihre kleine Entgleisung von heute Morgen in den Schatten zu stellen. Ha, Hendrik Stevens, du wirst es noch bereuen, dass du Völxen geschasst hast!

»Was freut dich so?«, fragt Fernando.

»Der Feierabend«, sagt Jule. »Und dass wir mal wieder zusammen einen trinken gehen.«

Fernando strahlt. Das lässt sich ja gut an. Sie prosten sich zu.

Der spanische Rotwein wärmt Jule den Magen und vermittelt so ein leichtes Gefühl im Kopf. Genau das, was sie jetzt braucht. Plötzlich ist ihr Hendrik … vielleicht nicht gerade egal, aber jedenfalls nicht mehr gar so wichtig. Der beruhigt sich schon wieder. Und sollte er heute wirklich nicht mehr anrufen, und morgen auch nicht, dann wird sie das locker wegstecken. Sie trinkt noch einen Schluck.

»Solange wir keine heiße Spur haben, müssen wir alle Richtungen verfolgen«, nimmt Fernando das Gespräch wieder auf. »Die Chinesen, die Familie, die Tierschützer, und morgen auch noch diese garstige Biobäuerin.«

»Gesprochen wie ein erfahrener Ermittlungsleiter.«

Draußen hört man Sirenen. Die Feuerwehr.

»Was ist eigentlich aus diesen polnischen Eierlieferanten geworden?«, denkt Fernando laut nach.

»Keine Ahnung.«

»Vielleicht waren in den Lastwagen nicht nur Eier.«

»Sondern?«

»Zigaretten, Drogen, Nutten, was weiß ich? Vielleicht hat Falkenberg seine letzte Rechnung nicht bezahlt.«

»Apropos Zahlen«, murmelt Jule. »Morgen trete ich diesem Banker auf die Füße, und dem Provider auch, wegen der Verbindungsnachweise. Diese ewige Warterei macht mich noch ganz verrückt! Ständig wartet man in diesem Job auf irgendwas. DNA-Analysen, Telefonlisten, Auswertungen der Spurensicherung, Durchsuchungsbeschlüsse … Warten, warten, warten. Und dazwischen: Berichte schreiben, Protokolle, Statistiken … Wann hatten wir eigentlich unsere letzte Verfolgungsjagd, so wie sie das immer im Fernsehen zeigen?«

»Hatten wir überhaupt schon mal eine?«, fragt Fernando zurück. »Und wann durfte ich die letzte Tür eintreten?«

»Wann haben wir zuletzt in der Gegend rumgeschossen?« Jule ringt die Hände.

»Ich weiß nicht mal, wann ich zuletzt Kerzen und Musik anhatte! Ganz zu schweigen von diesen knallharten Verhören, bei denen man den Typen so richtig Angst einjagt.« Beide kichern. Die Tür geht auf, ein Schwung neuer Gäste kommt herein und mit ihnen ein Schwall Sirenengeheul.

»Das sind unsere«, stellt Fernando fest. »Vorhin war's die Feuerwehr.«

»Da hast du deine Musik! Geh zum Trachtenverein, da erlebst du was«, seufzt Jule.

»Möchte wissen, was da schon wieder los ist.«

»Ruf doch die Leitstelle an, wenn's dir keine Ruhe lässt.«

»Nein, ich kann mich beherrschen«, sagt Fernando. »Wenn wir schon mal zusammen einen trinken gehen ...«

»Wir arbeiten.«

»Ja, schon klar. Wollen wir noch woanders arbeiten?«

Jule zögert. Man muss vorsichtig sein bei Fernando. Sie ist nicht sicher, ob er noch immer für sie schwärmt oder ob diese gelegentlichen Versuche, sie anzubaggern, ganz einfach seinem Naturell entsprechen. *Vielleicht muss man sich viel eher Sorgen machen, wenn das aufhört*, überlegt Jule. Erst verliert Fernando das Interesse, dann wird man für alle anderen Männer unsichtbar ... Sosehr er ihr auch manchmal auf die Nerven geht, so muss sie doch zugeben, dass man mit Fernando Spaß haben kann. Mehr als mit Hendrik, der einen scharfen, subtilen Humor besitzt. Mit Fernando hingegen kann man zwanglos herumalbern. Bei ihm muss man kein Blatt vor den Mund nehmen, der legt nicht jedes Wort auf die Goldwaage. Und er ist in den letzten Jahren tatsächlich ein bisschen erwachsener geworden. Abgesehen von der Tatsache, dass er immer noch bei seiner Mutter wohnt. Objektiv betrachtet sieht Fernando auch besser aus als Hendrik. Aber kann man die zwei überhaupt vergleichen? Die sind ja wie Feuer und Wasser. *Verdammt, was mache ich mir da überhaupt für Gedanken? Er hat mir schließlich keinen Heiratsantrag gemacht, sondern nur gefragt, ob wir das Lokal wechseln sollen.*

»Wir könnten uns doch noch in der irischen Kneipe nach

dem Alibi der beiden Damen erkundigen«, schlägt Jule vor. »Doppelt hält besser!«

VÖLXEN FINDET SICH auf dem Sofa wieder, vor laufendem Fernseher, es läuft irgendeine Talkshow. Sabine ist anscheinend schon ins Bett gegangen. Normalerweise weckt sie ihn und ermahnt ihn, nach oben zu gehen, wenn er anfängt, vor der Glotze einzunicken. Aber heute hat sie darauf verzichtet. Zwischen ihnen herrscht immer noch Eiszeit, mit einer nur ganz, ganz leichten Tendenz zum Tauwetter. Im Laufe des Abends hat sie sich immerhin zu ein paar dürftigen Wortwechseln mit ihm hinreißen lassen, und sein Blumenstrauß steht in der Küche auf dem Tisch. Dort, neben der Vase, lärmt gerade sein Handy. Davon ist er also wach geworden. Mit steifen Gliedern erhebt er sich vom Sofa, taumelt in die Küche und nimmt den Anruf entgegen. »Völxen!«

Es ist der Kriminaldauerdienst. Eine Kommissarin, die noch recht jung klingt, informiert ihn über ein »Brandgeschehen mit Todesfolge« in der Nordstadt. »Die Kollegen vor Ort vermuten, dass da was faul ist. Wir dachten, falls sich jemand von Ihrem Dezernat das ansehen möchte …«

»Auf jeden Fall. Vielen Dank«, sagt Völxen. »Wie heißt denn die Straße?«

Er wird schlagartig wach, als er die Adresse hört. »Im Moore, sagen Sie? Konnte der Tote schon identifiziert werden?«

IN DER IRISCHEN BAR findet gerade ein Karaoke-Singen statt, was bei Jule zunächst einen spontanen Fluchtreiz auslöste. Aber Fernando hat sie schließlich überzeugen können, sich das Spektakel wenigstens ein Guinness lang anzuhören. Doch dann erweist sich die Sache als gar nicht so übel wie befürchtet. Unter den Sängern sind etliche Iren, die schöne Stimmen haben und das Ganze nicht zum ersten Mal machen. Einige Darbietungen wirken jedenfalls sehr professionell, und unter den ausgewählten Liedern sind viele, die man schon ewig nicht mehr gehört hat, aber eigentlich immer schon wunderbar fand. Vor allem dann, wenn man nicht mehr ganz nüchtern ist. Natürlich ist es auch erheiternd, wenn sich zwischendurch mal ein allzu mutiger, angetrunkener Gast blamiert. Jule und Fernando amüsieren sich jedenfalls, und Jule verdrängt den aufblitzenden Gedanken, dass sie mit Hendrik als Begleiter wohl niemals hier gelandet wäre. Längst ist man mit den Iren vom Nachbartisch in Kontakt, und eben hat einer von ihnen wieder eine Runde geschmissen, auch für Jule und Fernando. Jule muss sich eingestehen, dass sie schon lange nicht mehr so viel gelacht hat. Sogar mitgesungen hat sie ab und zu. Ein angesäuselter Ire hat offenbar einen Narren an ihr gefressen, jedenfalls sülzt und nuschelt er ihr fortwährend ins Ohr. Nach einer weiteren Runde vom dunklen, schweren Bier ist es dann so weit.

»So!« Jule rutscht vom Barhocker. Sie ist etwas wackelig auf den Beinen und verkündet: »Ich sing jetzt was.«

Ehe Fernando etwas entgegnen kann, stürmt Jule nach vorn, unter beifälligem Gejohle der Gäste. Sie entscheidet sich für *Sweet Dreams* von den Eurythmics und findet sich selbst grandios. Da sie den Text lesen muss, entgeht ihr, wie Fernando ab und an das Gesicht verzieht, als hätte er auf ein Schrotkorn gebissen.

Sie bekommt viel Applaus, als sie mit hochrotem Gesicht an den Tisch zurückstolpert. Fernando klopft ihr lachend auf die Schulter. »Du warst großartig! Wirklich großartig, ja doch.«

Wenn Hendrik mich jetzt sehen könnte, der fände mich sicher peinlich. Ach, zum Teufel mit Hendrik! Sie schaut Fernando herausfordernd in die Augen und sagt: »So. Jetzt bist du dran.«

»Fein«, frohlockt Fernando. »Gehen wir zu dir oder zu mir?«

»Mit Singen!«

»Okay, aber ich muss dich fairerweise warnen.«

»Es macht nichts, wenn du nicht so gut bist wie ich«, meint Jule gönnerhaft. »Es zählt der gute Wille.«

»Ich meine, ich warne dich, weil du mir danach hoffnungslos verfallen sein wirst!«, prophezeit Fernando und erwidert den anhaltenden Blick ihrer Bernsteinaugen.

»Das riskiere ich.«

Während zwei junge Iren zusammen mit der ganzen Kneipe *Whisky in the Jar* zum Besten geben, tuschelt Fernando mit dem DJ an der Karaokeanlage. Dann sind die Iren fertig, und Fernando verkündet mit feurigem Blick und großer Geste, dass das nun folgende Lied für Jule sei. Normalerweise würde Jule in so einer Situation am liebsten im Boden versinken, aber nach zwei Gin Tonic, dem Rotwein und einer nicht näher bekannten Anzahl Guinness nimmt sie die Widmung mit einem huldvollen Lächeln entgegen. Fernando greift zum Mikrofon und gibt dann ein unheimlich melancholisches spanisches Liebeslied zum Besten, bei dem fast allen in der Kneipe die Tränen kommen, zum einen, weil es so unglaublich traurig klingt, zum anderen, weil Fernando manche Töne nicht richtig trifft. Auch Jule muss sich die Tränen trocknen und gleichzeitig den sabbernden Iren vom Nachbartisch auf Abstand halten.

Fernando erntet großen Applaus, als er seine Darbietung mit einer tiefen Verbeugung beendet und an ihren Tisch zurückkommt, in stolzer Haltung wie ein Torero nach siegreichem Kampf. Mit einer souveränen Geste wischt er den Arm des irischen Verehrers von Jules Schulter, der ihn daraufhin streitlustig ansieht, dann aber doch lieber zu seinen Kumpels geht, die ihn zurückpfeifen. Fernando fasst Jule um die Taille und zieht sie zu sich heran, als wollten sie Tango tanzen. Doch stattdessen drückt er ihr einen Kuss auf die Lippen, der deutlich länger dauert, als dass er noch als Anerkennung für Fernandos Darbietung durchgehen könnte. Die Iren klatschen dazu.

Es folgt ein Augenblick der Verlegenheit, dann sagt Jule, dass es nun wohl Zeit wäre, nach Hause zu gehen. Sie protestiert nicht, als Fernando die Rechnung bezahlt. Untergehakt gehen sie zum nächsten Taxistand. Fernando gibt Jules Adresse in der

List an, und Jule sagt auch dazu nichts, obwohl es eigentlich viel praktischer wäre, von hier aus zuerst Fernando in Linden abzusetzen. Der nimmt nun ihre Hand, und Jule, der noch immer das spanische Lied wie Sirup in den Ohren klebt, spürt ein kleines Beben in ihrer Brust. Sie löst ihre Hand aus der von Fernando und greift nach ihrem Handy, das in der Innentasche ihrer Jacke vibriert. »Verdammter Mist!«

»Was ist?«

»Völxen hat schon dreimal angerufen und mir auch auf die Mailbox gesprochen.«

Fernando überprüft nun auch sein Telefon. Auch bei ihm hat Völxen einige Male angerufen und zuletzt eine denkbar knappe SMS geschickt: *Ruf an.* »Was ist denn auf deiner Mailbox«?, fragt er Jule.

»Ein Fluch.«

»Völxen verflucht dich?«, fragt Fernando, auch nicht mehr ganz nüchtern und entsprechend schwer von Begriff.

»Nein, nicht mich. Du weißt doch, dass er Mailboxen hasst. Das war vor über einer Stunde«, stellt Jule fest.

»Meinst du, wir sollten ihn zurückrufen?«

»Eigentlich haben wir keinen Bereitschaftsdienst«, meint Jule. »Andererseits ruft uns Völxen sicher nicht umsonst so oft an.«

Sie sehen sich an.

»Ich ruf an«, seufzt Fernando.

»Okay. Ist wohl besser.«

Nachdem Fernando mit Völxen telefoniert hat, bittet er den Taxifahrer, in die Nordstadt zu fahren. »Der Tote ist Falkenbergs Arzt.«

Von Sekunde zu Sekunde schwindet die eben noch vorhandene Leichtigkeit. Fernando meint, Jule solle doch nach Hause fahren. »Zu zweit müssen wir dort ja nicht unbedingt antanzen, und außerdem bist du …«

»Bin ich was?«

»Du hast schon einiges getrunken.«

»Seh ich etwa betrunken aus?«

»Nein. Ich?«

»Nicht die Bohne«, kichert Jule. »Jetzt bin ich schon unterwegs, jetzt will ich auch wissen, was los ist.«

VOR DEM HAUS, in dem sich Dr. Wolframs Praxis befindet, stehen vier Löschfahrzeuge, zwei Ambulanzen, etliche Streifenwagen und ein Dienstwagen vom Kriminaldauerdienst. Das Feuer scheint bereits unter Kontrolle zu sein, es werden Schläuche aufgerollt, alles geschieht ruhig, keine Spur von Hektik. Grelle Scheinwerfer beleuchten die Szenerie. Fernando verspürt ein vages Unwohlsein, das nichts mit seinem Alkoholkonsum zu tun hat, sondern mit den Erinnerungen an den Brandanschlag auf den Laden seiner Mutter, bei dem diese um ein Haar ums Leben gekommen wäre. Er versucht, nicht daran zu denken, aber das ist schwierig bei dem beißenden Qualm, der noch immer zwischen den Häusern hängt. Damals hatte Fernando diesen ekelhaften Geruch noch wochenlang in der Nase. Eine kleine Meute von Neugierigen drückt sich gelangweilt hinter dem Absperrband herum, und an den Fenstern der gegenüberliegenden Häuser stehen mehr Leute als vermutlich sonst um diese Zeit. Dabei gibt es wirklich nicht viel zu sehen, nur zwei zerborstene Fensterscheiben und geschwärzten Putz bis hoch zum ersten Stock. Die Mauern des Altbaus haben dem Feuer offenbar gut widerstanden. Jule und Fernando zeigen einem der Feuerwehrleute ihre Dienstausweise.

Der Mann deutet auf die offen stehende Haustür. »Zwei von euch sind gerade rein.«

»Zwei?«, wiederholt Jule erstaunt. »Der wird doch nicht einen von den neuen Anwärtern rausgeklingelt haben?«

Fernando zuckt nur mit den Achseln und betritt den Hausflur, wobei er sich mit der einen Hand Mund und Nase zuhält. Mit der anderen stützt er Jules Arm, da diese Probleme mit dem

Gleichgewicht zu haben scheint. Sie müssen durch Löschwasserpfützen waten. Der Gestank nach Verbranntem ist hier drinnen unerträglich intensiv.

»Ich hasse Brände, man stinkt noch tagelang selber danach«, mault Jule in einem Anfall von Reue. Sie hätte doch Fernandos Angebot annehmen und sich von ihm nach Hause bringen lassen sollen.

Ja, das hätte ich wirklich tun sollen, stellt sie gleich noch einmal fest, als sie Völxen im Vorraum der Praxis stehen sieht, im gleißenden Licht eines Scheinwerfers, und neben ihm, im Trenchcoat, Hendrik Stevens.

»Ähm. Guten Abend … zusammen«, stottert Jule.

Hinter den beiden kann man in ein kleines, völlig ausgebranntes Büro sehen. Etwas, das die Umrisse eines menschlichen Körpers hat, liegt am Boden, zugedeckt von einer silberfarbenen Plane, die das Licht des Scheinwerfers reflektiert.

»Na so was«, sagt Völxen, der auch schon Geistreicheres von sich gegeben hat, als er Jule und Fernando bemerkt.

Fernando hält immer noch Jules Arm. Die macht sich nun von ihm los, wobei sie ein wenig schwankt, und sagt: »Wir … wir haben noch das Alibi von …« Mitten im Satz hält sie inne, als hätte man einen Film angehalten. Das menschliche Gehirn, muss Jule feststellen, ist ein eigenartiges Organ, das besonders unter dem Einfluss von Guinness zu Fehlfunktionen neigt. Während sie gerade problemlos den Text von *Sweet Dreams* wiederholen könnte, vor allem singend, will ihr der Name ihres letzten Mordopfers und dessen Ehefrau ums Verrecken nicht mehr einfallen. Sie hat einen Aussetzer, ausgerechnet jetzt. Kann es sein, dass dieses irische Gesöff erst mit Verzögerung so richtig wirkt?

»… das Alibi von … der Frau. Das haben wir überprüft.«

»Nora Falkenberg!«, ruft Fernando eine Spur zu laut. »Ihr Alibi stimmt.«

Völxen mustert die beiden unter seinen buschigen Brauen

heraus und sagt leise: »Kann es sein, dass ihr einen im Tee habt?«

Jule und Fernando sehen sich an.

»Tee? Nein«, sagt Fernando, und Jule ergänzt: »Guinness, kein Tee.«

Hendrik Stevens sagt gar nichts, sondern presst die Lippen zusammen, als hätten sie einen Klettverschluss. Jule weicht seinem Blick aus, nicht zuletzt, weil sie Mühe hat, ruhig und gerade dazustehen. Das Zimmer, die Gesichter, alles wankt, als befände man sich auf einem Boot bei Windstärke sieben. Läge nebenan nicht eine verkohlte Leiche, hätte das Ganze durchaus etwas Komisches. Auch so muss sie sich schon zusammenreißen, um nicht zu kichern.

»Wer, zum Teufel, hat denn den da geholt?«, fragt nun Fernando, mit einer Kopfbewegung auf den Staatsanwalt deutend.

Völxen kommt auf die beiden zu wie ein gereizter Stier und zischt: »Ihr zwei verschwindet jetzt sofort! Wir sehen uns morgen früh in meinem Büro. Aber gefälligst nüchtern.«

»WIESO HAST DU SS ANGERUFEN?«, fragt Fernando am nächsten Morgen.

»Muss ich mich jetzt schon vor euch rechtfertigen? Darf ich dich daran erinnern, wer hier der Chef ist? Jedenfalls bis jetzt noch?«, entgegnet Völxen schlecht gelaunt.

»Nein, aber ...«

»Ich habe Stevens angerufen, weil ich keinen von euch erreicht habe. Außerdem dachte ich mir: Wenn der Kerl seine Nase schon überall hineinstecken muss und immer sofort informiert werden möchte, dann kann er ruhig auch mitten in der Nacht an einen Tatort kommen. Dann sieht er mal, dass wir arbeiten, und zwar zu den unmöglichsten Zeiten, und uns nicht nur im Büro die Ärsche platt sitzen. Ich konnte ja nicht ahnen, dass ...« Völxen macht eine wegwerfende Handbewegung, und ehe Fernando etwas sagen kann, beugt er sich über seinen Schreibtisch und sagt: »Hör zu: Es ist mir egal, was zwischen dir und Jule läuft, aber falls es den Ablauf hier im Dezernat noch mehr beeinträchtigt, als es ohnehin schon der Fall ist, dann muss irgendwas passieren.«

»Es läuft gar nichts«, verteidigt sich Fernando. »Wir haben das Alibi von Frau Falkenberg überprüft und waren danach noch in der irischen Kneipe Karaoke singen. Und weil es dort so laut war, haben wir halt die Handys nicht gehört. Das ist alles.«

Völxen schaut Fernando fassungslos an. »Ka-ra-o-ke?«

»Ja. Wir waren gut!«

Völxen bewegt langsam den Kopf hin und her und seufzt. »Ich glaube, ich bin langsam zu alt, ich versteh die Welt nicht mehr ...«

»Was ist denn nun mit diesem toten Doktor von gestern Abend?«, fragt Fernando.

»Nichts. Die Nachbarn haben nichts gesehen oder gehört, jedenfalls bis es brannte. Der Mann hat keine Angehörigen, und seine Sprechstundenhilfe habe ich noch nicht erreicht. Sie war gestern schon krankgemeldet, als ich bei Wolfram war. Aber wieso geht sie dann nicht ans Telefon? Da könntest du eigentlich gleich mal hinfahren.«

Fernando wehrt ab. »Tut mir leid, das geht nicht. Wie du ja weißt, bin ich für die Zeit von Odas Abwesenheit der leitende Ermittler in Sachen Falkenberg, da habe ich andere Aufgaben. Vielleicht kann Jule …«

Fernando hält inne, denn er sieht Völxen an, dass der jeden Augenblick aus der Haut fahren wird. Zu seiner Rettung klopft es an die Tür, und Völxen brüllt: »WAS?«

Es ist Frau Cebulla, die eine Tasse Tee und eine Schale mit Butterkeksen vor Völxen hinstellt. »Der Staatsanwalt lässt fragen, wann es ein Meeting im Fall Wolfram gibt.«

»Der schon wieder! Sagen Sie ihm, ich rufe ihn gegen Mittag an. Schließlich brauchen wir ja erst mal was zum Besprechen, nicht wahr?«

Frau Cebulla schaut Völxen über ihr rotes Brillengestell hinweg nachsichtig an. Er ist unrasiert und hat Ringe unter den Augen, was auf eine Nacht mit kaum oder wenig Schlaf hindeutet. Unbeirrt fährt sie fort: »Kommissarin Wedekin lässt ausrichten, dass sie erst um zehn Uhr kommt. Sie wüssten angeblich schon Bescheid.«

Völxen grunzt etwas von einem Wunder, dass sie überhaupt käme.

»Und dann wären da noch Kommissar z. A. Axel Stracke und Kommissarin z. A. Karin Reiter«, verkündet die Sekretärin.

»Wer?«

»Die Anwärter. Die Verstärkung.«

Auch das noch. »Herein mit ihnen.«

Frau Cebulla macht auf ihren Gesundheitsschuhen kehrt.

»Einen kriege ich!«

»Einen was?« Völxen schaut Fernando begriffsstutzig an.

»Einen Durchläufer kriege ich für *meinen* Fall.«

Völxen schließt kurz die Augen und sagt dann leise: »Übertreib es nicht, Rodriguez!«

»Du darfst wählen«, sagt Fernando großzügig.

Es klopft wieder, und zwei lächerlich junge Menschen betreten das Büro. *Haben die überhaupt schon einen Führerschein?*, fragt sich Völxen.

Man stellt sich einander vor, und Völxen drückt beiden die Hand, ebenso Fernando, der die junge Frau dabei anglotzt, als hätte man sie ihm, ihm allein, in einer Kristallschale mit einem Papierschirmchen obendrauf serviert. Dann wendet sich der Hauptkommissar an Karin Reiter, die so dünn ist wie ihr Mittelscheitel. »Fräu ... Frau Reiter, waren Sie schon einmal bei einer Obduktion dabei? Nein? Dann haben Sie heute die Gelegenheit dazu. Melden Sie sich in der Rechtsmedizinischen Abteilung der MHH bei Dr. Bächle, und grüßen Sie ihn von mir. Über das Ergebnis informieren Sie mich dann bitte sofort telefonisch.«

»Äh ... und wie komm ich da hin?«, piepst es.

»Oh, Sie dürfen sich einen von unseren Dienstwagen aussuchen!«

»Cool. Echt?«

»Nein, natürlich nicht! Sie fahren mit den Öffis! Das Ticket bekommen Sie erstattet, die Formulare dafür gibt Ihnen Frau Cebulla.«

»Und was mache ich?«, fragt Axel Stracke.

Völxen blickt an dem baumlangen Jüngling hinauf, dem das Haar tief in die Stirn hängt. Er ist mindestens einen Kopf größer als Fernando, der angeblich eins achtzig misst, eine Angabe, die jedoch besonders auf den letzten fünf Zentimetern schierem Wunschdenken entspringt.

»Für Sie, Herr Kommissar z. A. Stracke, wird Oberkommissar Rodriguez sicherlich eine interessante Aufgabe finden.«

Fernando runzelt die Stirn. Saudumm gelaufen! Jetzt hat er statt der süßen Blonden diese Hopfenstange an der Backe. Aber dann hellen sich seine Züge auf, und er sagt zu Axel Stracke: »Sag mal, warst du schon einmal auf einem Biobauernhof?«

NORA FALKENBERG SCHIEBT das Foto von Li Xiaolin mit spitzen Fingern über den Schreibtisch zurück wie etwas Schmutziges. »Nein, die kenne ich nicht.«

»Aus Shanghai vielleicht?«, fragt Jule. »Aus der Klinik? Sehen Sie noch mal genau hin.«

Die Witwe schüttelt den Kopf. »Ich erinnere mich nicht. Es ist schon so lange her.«

Immerhin sagt sie nicht, dass Asiaten alle gleich aussehen, denkt Jule und wechselt das Thema. »Frau Falkenberg, wir haben uns zwischenzeitlich die Auszüge der diversen Konten von Ihnen und Ihrem Mann angesehen. Können Sie mir die Barabhebung von zwanzigtausend Euro am 3. September dieses Jahres erklären?«

Wieder Kopfschütteln. »Nein. Ich war das nicht.«

Zumindest dieser letzte Satz ist wahr. Nachdem heute Vormittag endlich die verlangten Unterlagen eingetroffen sind, hat Jule sofort mit dem Leiter der Bankfiliale gesprochen. Der hat bestätigt, dass Johannes Falkenberg den Betrag selbst abgehoben hat. Leider ohne anzugeben, wofür er gedacht war.

»Wofür hat Ihr Mann so viel Bargeld gebraucht?«

»Ich weiß es nicht. Ich habe mich nie um seine Geschäfte gekümmert.«

»Dann will ich es Ihnen erklären. Bis vor ein paar Monaten wurden des Öfteren größere Bargeldbeträge abgehoben. Nachdem die Ermittlungen der Staatsanwaltschaft wegen Betrugs und Verstoßes gegen das Tierschutzgesetz begonnen hatten, war damit schlagartig Schluss – bis vor zwei Wochen. Hat Ihr Mann wieder angefangen, Eier aus Polen anzukaufen?«

»Ich sagte doch: Ich weiß nicht, wofür das Geld war«, antwortet Nora Falkenberg und betont dabei jede Silbe laut und deutlich, als wäre ihr Gegenüber taub oder schwer von Begriff. Dabei sieht sie Jule feindselig an.

Die merkt, wie der Kopfschmerz von heute Morgen langsam wieder zurückkehrt, trotz der zwei Tabletten, die sie schon eingeworfen hat. Dennoch lässt sie nicht locker. »Zwanzigtausend Euro sind eine Menge Geld, finde ich. Ihre finanzielle Situation ist nicht besonders rosig. Es laufen etliche Kredite, unter anderem auch der, mit dem die Behandlung Ihres Mannes im *Shanghai East* bezahlt wurde. Und da wollen Sie mir allen Ernstes sagen, dass Sie nichts über eine Barabhebung von zwanzigtausend Euro wissen?«

»So ist es aber.«

Ich hätte Völxen mit ihr reden lassen sollen, erkennt Jule. *Der kann besser mit solchen Tussen umgehen und hat vermutlich keinen Kater.*

»Wurde Ihr Mann vielleicht von jemandem erpresst?«, bohrt sie weiter.

Ein kaum wahrnehmbares Zucken geht durch Noras Gesicht, das perfekt geschminkt, aber so ausdruckslos wie ein leerer Teller ist. »Erpresst? Weswegen denn? Die Staatsanwaltschaft hat doch schon alles auf den Kopf gestellt, womit sollte man ihn denn noch erpressen?«

»Sagen Sie's mir«, antwortet Jule. Das Pochen hinter der Stirn wird immer unerträglicher.

»Ich sage es noch einmal, ich weiß nichts von dem Geld.«

»Man hat Ihren Mann ermordet und ihm das Herz herausgeschnitten, das Herz, das aus China stammte. Kann die Barabhebung damit zu tun haben?«

Die Frau schweigt.

»Gestern Nacht starb Ihr Hausarzt, Dr. Wolfram, bei einem

Brand, der höchstwahrscheinlich gelegt wurde. Der Arzt, der für Ihren Mann den Kontakt zum *Shanghai East Hospital* herstellte.«

Endlich kommt Leben in ihre maskenhafte Miene, sie reißt erschrocken die Augen auf. »Was sagen Sie da?«

»Dr. Wolfram ist tot!«, wiederholt Jule. »Er liegt gerade in der Autopsie. Dort, wo vor drei Tagen noch Ihr Mann lag.«

Jule hat gehofft, dass diese Nachricht den Bann brechen wird, aber das Gegenteil trifft ein: »Ich möchte dieses Gespräch nicht ohne meinen Anwalt fortsetzen«, verkündet Nora Falkenberg mit verkniffenem Mund.

»Bemühen Sie sich nicht«, sagt Jule. »Wir sind schon fertig.«

Nora Falkenberg erhebt sich und ist schon fast aus der Tür, als sie plötzlich stehen bleibt und sich noch einmal umdreht. Sie greift in ihre Pradatasche und zieht ein Mobiltelefon heraus, ein einfaches Billigmodell. »Das wollte ich Ihnen noch geben: Johannes' Zweithandy. Ich habe es gestern Abend in seiner Jacke gefunden. Die PIN ist sein Geburtsdatum, 1405.«

DIE MOTOREN JAULEN AUF. Oda ist schon jetzt flau im Magen. Sie hat, wie erwartet, kaum geschlafen, und es nützt auch nichts, dass Tian ihre Hand hält. Die andere hinterlässt einen feuchten Fleck auf der Armlehne. Jetzt beschleunigt die Maschine, und Oda wird in den Sitz gepresst, als das Flugzeug abhebt. *Das alles muss ich gleich noch einmal durchstehen, in Frankfurt*, denkt Oda, während sie gegen den Druck auf den Ohren angähnt.

Sie hat vor dem Einsteigen mit Völxen telefoniert, der ihr von Dr. Wolframs Tod berichtet hat.

»Hältst du das etwa für einen Zufall?«, hat sie ihn gefragt.

»Nein.«

»Ist es dann nicht besser, wenn ich hierbleibe?«

»Nein.«

Ich kann immer noch umkehren, überlegt Oda. *Von Frankfurt mit dem Zug zurück nach Hannover. Was soll ich in Peking, wenn man mich hier braucht. Peking läuft nicht davon.*

Aber Tian. Tian wird mir davonlaufen, wenn ich jetzt einen Rückzieher mache.

In der Vergangenheit dauerten Odas Beziehungen ein paar Wochen oder Monate, höchstens. Mit Tian ist sie schon zwei Jahre zusammen. *Und doch ist er mir manchmal so fremd …,* denkt sie nun. *Aber das ist doch gerade das Reizvolle, oder nicht? Mag sein. Aber es ist auch anstrengend. Zwei Menschen aus völlig verschiedenen Kulturkreisen, das kann doch nicht gut gehen. Nicht auf die Dauer.*

Die Stewardessen klappern mit ihrem Wagen den Gang ab.

»Möchtest du einen Kaffee?«, fragt Tian.

»Nein, nichts.«

»Oder einen Tomatensaft? Man trinkt das ganze Jahr über keinen Tomatensaft, nur im Flugzeug geht der massenhaft weg. Ist das nicht eigenartig? Sogar ich trinke immer einen nach dem Start.«

»Danke, ich möchte nichts.«

»Wenn wir in Frankfurt sind, frühstücken wir erst einmal ausgiebig.«

»Ja.« Sie löst ihre Hand aus seiner. Keine Berührung jetzt. Sie drückt den Kopf gegen die Sitzlehne, ihr Atem geht schwer. Sie ist müde, ihr ist ein wenig schlecht, sie hat Angst und das alles wächst ihr gerade völlig über den Kopf.

Eine junge Frauenstimme meldet sich über Lautsprecher, begrüßt die Fluggäste und verkündet, dass sie, Nicole Krüger, die Maschine nach Frankfurt steuern werde. Einige Passagiere runzeln die Stirn, und auch Oda ertappt sich beim Gedanken, dass sie den sonoren Bass eines Helmut Krüger deutlich beruhigender gefunden hätte als das muntere Stimmchen von Nicole. *Das sind dann wohl die Grenzen der Emanzipation,* erkennt sie selbstironisch.

Tian dagegen trinkt gänzlich unbeeindruckt von seinem grässlichen Tomatensaft und sagt dann zu Oda: »Li ist übrigens wieder zu Hause.«

»Was?« Oda dreht sich ruckartig zu ihm um, so weit es der Sicherheitsgurt zulässt.

»Li ist wieder bei ihren Eltern. Sie hat mir eine SMS geschickt.«

»Wann?«

»In der Nacht. Vorhin habe ich sie entdeckt..«

»Wann ist sie dort angekommen?«

»Weiß ich nicht.«

»Geht es ihr gut«?

»Ja, ich denke schon.«

»Und wo war sie in der Zwischenzeit?«

»Am Amsterdamer Flughafen, wo sie auf ein Stand-by-Ticket gewartet hat. Was machst du?«

Oda kramt in ihrer Handtasche. »Was wohl? Ich schicke Völxen eine SMS.«

»Das Einschalten von Mobiltelefonen ist während des Fluges verboten«, zitiert Tian die Vorschriften.

Oda zögert, meint aber dann: »Das verdammte Ding wird deswegen schon nicht gleich abstürzen.«

»Aber vielleicht funktioniert das Handy im Moment gar nicht.«

»Wieso? Hier oben sind wir doch näher an den Satelliten, da muss es doch eigentlich noch viel besser klappen. Was? Was ist so lustig?«

Tian lacht leise in sich hinein. »Das fragst du? Seit Tagen versuche ich dir zu erklären, warum Flugzeuge trotz ihres Gewichtes fliegen, aber du hast dich geweigert, es zu verstehen. Und jetzt erteilst du mir eine Lektion in Satellitentechnik?«

Oda sagt nichts dazu.

»Ruf ihn doch an, wenn wir in Frankfurt sind. Auf die eine Stunde kommt es doch jetzt nicht an.«

»Meinetwegen. Aber wir müssen unbedingt mit Li reden, wenn wir in Peking sind.«

»*Ich* werde mit ihr reden«, sagt Tian. »Falls sie und ihre Familie das möchten.«

Das werden wir ja sehen, denkt Oda und winkt die Stewardess heran. »Ich hätte jetzt doch gern einen Tomatensaft.«

ELVIRA ASENDORF WOHNT im dritten Stockwerk eines älteren Mietshauses in Herrenhausen. Nachdem Völxen mehrmals an ihrer Tür geklingelt und geklopft hat, sagt hinter ihm eine verrauchte Stimme: »Sie ist nicht da. Das müssten Sie doch inzwischen gemerkt haben.«

Ein glatzköpfiger Mann in einer schmuddeligen Strickjacke steht in der Tür gegenüber. Aus seiner Wohnung dringt ein Geruch nach Zigarettenrauch und angebrannten Zwiebeln.

»Wissen Sie, wo sie sein könnte?«, fragt Völxen.

»Nein. Und selbst wenn – warum sollte ich Ihnen das sagen?«

Völxen stellt sich vor und weist sich aus. Der Nachbar betrachtet den Dienstausweis, sieht dann wieder Völxen an und meint: »Das Foto ist aber auch schon ein paar Jährchen alt.«

»Finden Sie, dass ich heute besser aussehe?«

Der Mann, dessen Name, Roth, unter der Türklingel steht, runzelt skeptisch die Stirn und murmelt etwas über den Zahn der Zeit, der an allen nagt.

Völxen wiederholt seine Frage nach Frau Asendorfs Verbleib.

»Ich weiß nicht, wo sie ist«, antwortet Roth und fragt neugierig zurück: »Hat sie was angestellt?«

»Nein«, sagt Völxen. »Wann haben Sie Frau Asendorf zuletzt gesehen?«

»Mein Gott, ist ihr etwas zugestoßen?«

»Weiß ich nicht«, erwidert Völxen. »Also?«

»Am Sonntag, gegen Mittag. Da hatte sie eine große Tasche in der Hand und ist die Treppe runtergegangen.«

»Hat sie gesagt, wohin?«

»Nein. Ich habe sie nur zufällig, gesehen, durch den Türspion. Sie hat sich nicht bei mir abgemeldet.«

»Hat sie Ihnen sonst Bescheid gesagt, wenn sie verreist ist?«

»Sie ist nicht oft verreist. Eigentlich nie.«

»Haben Sie zufällig einen Zweitschlüssel zu ihrer Wohnung?«

Er schüttelt den Kopf. Alles andere hätte Völxen auch gewundert. Herr Roth ist nicht der Typ Mensch, den man gern in seine Wohnung lassen würde, wenn man nicht da ist.

»Selbst wenn ... ich dürfte sie doch gar nicht hineinlassen ohne einen Durchsuchungsbefehl, oder?«

Klugscheißer! »Beschluss«, sagt Völxen. »Es heißt richterlicher Durchsuchungsbeschluss.«

»Und so einen haben Sie?«

»Nein«, antwortet der Hauptkommissar. »Was wissen Sie über Frau Asendorf?«

»Nicht viel. Sie dürfte etwa in den Dreißigern sein, etwas propper ...« Seine krallenartigen, blau geäderten Hände deuten einen fülligen Hüftumfang an. Er selbst ist mager und besitzt den fahlgelben Teint eines Kettenrauchers. »Aber ganz hübsch«, setzt Roth hinzu. »Sie arbeitet bei einem Arzt in der Nordstadt.«

»Hat sie einen Freund?«

Der Mann gerät ins Grübeln. »Hm. Tja. Wie soll ich sagen ...«

»Wie wär's mit ja oder nein?«, schlägt Völxen vor.

»Ich glaube, sie hatte einen Geliebten.«

»Sie meinen einen Verheirateten?«, präzisiert Völxen.

»Ja, ich denke schon. Der hat sich immer so heimlich die Treppen raufgeschlichen. Und ist dann mitten in der Nacht wieder abgehauen. Ich hab die zwei nie zusammen kommen oder gehen sehen.«

»Seit wann hatte sie den Geliebten?«

»Seit anderthalb Jahren, oder auch zwei. Manchmal, wenn ich im Flur war, habe ich sie zufällig telefonieren gehört. Dann hat sie so ganz schrill und laut geredet. Glücklich klang sie jedenfalls nicht. Eher ein bisschen durch den Wind.«

Was täte die Polizei nur ohne Nachbarn, die »zufällig« an Türspionen hängen und Gespräche mithören, überlegt Völxen und fragt: »Konnten Sie was verstehen?«

»Nein, wo denken Sie hin? Ich belausche doch nicht meine Nachbarin!« Herr Roth sieht ihn empört an.

»Der Mann – was war das für einer?«

»Keine Ahnung. Wie gesagt, der hat sich hier immer so rein- und rausgeschlichen, mit gesenktem Kopf und hochgestelltem Kragen – wie ein Agent. Und durch das Guckloch an der Tür sieht man die Leute ja nur so klein. Aber ich glaube, er war schon etwas älter. Zumindest älter als die Asendorf.«

»Was fuhr er für einen Wagen?«

»Den habe ich nie gesehen. Den hat er bestimmt woanders geparkt. Oder er ist immer mit der Stadtbahn gekommen. Aber irgendwie sah er nicht aus wie einer, der mit der Stadtbahn fährt.«

Völxen fragt sich, worin sich Stadtbahnfahrer und Nicht-Stadtbahnfahrer wohl unterscheiden, aber er geht nicht näher darauf ein. Denn gerade hat er eine Eingebung …

FERNANDO SIEHT KARIN REITER mit einer vollen Teetasse aus Frau Cebullas Büro kommen und folgt ihr mit raschen Schritten. »Na, Kollegin, wie hast du deine erste Autopsie überstanden?«

»Gut«, antwortet sie und strahlt so stolz wie ein Kind, das seinen ersten Turm aus Bauklötzchen fertiggestellt hat. Fernando findet, dass sie blass aussieht. Kein Wunder. Nach seiner ersten Autopsie war er nicht nur blass, sondern er hat auch alles, was er im Magen hatte, wieder von sich gegeben. Gelegentlich passiert ihm das noch heute, weswegen er sich vor dieser Tortur, so gut es geht, drückt.

»Aber du könntest mir helfen.«

»Aber sicher doch, immer«, antwortet Fernando. »Was hast du für ein Problem?«

»Ich weiß noch gar nicht, wo ich mich hinsetzen soll. Gibt es irgendwo einen freien Schreibtisch?«

Odas Büro fällt ihm spontan ein. Kann man die zwei Anwärter in dem kleinen Raum zusammenpferchen? Aber eigentlich steht das Einzelbüro doch eher ihm, als Ermittlungsleiter, zu. Zumindest, solange Oda weg ist.

»Du kannst dich an meinen Platz setzen. Komm mit.«

Karin folgt ihm in das Büro, das er sich mit Jule teilt. Die ist noch immer nicht am Platz. Gut so, dann erspart er sich die Diskussion mit ihr.

Kommentarlos betrachtet die Anwärterin die übergroße Hannover 96-Fahne und platziert ihre Teetasse zwischen einem Aktenstapel und der angebrochenen Schachtel Aspirin. »Und wo sitzt du jetzt?«

»Mach dir keine Sorgen, ich finde schon ein Plätzchen«, versichert Fernando und beginnt, seinen Krempel zusammenzuraffen. »Sah der Doktor schlimm aus?«

»Geht so. Na ja, die Frisur ist schon krass. Ein bisschen wie Einstein, oder als hätte man ihm die Haare im Dunkeln geschnitten.«

Fernando lacht. »Ich meinte nicht Doktor Bächle, sondern den Verbrannten, Dr. Wolfram. Gleich bei der ersten Obduktion eine Brandleiche, das war sicher ganz schön heftig.«

Sie zuckt mit den Schultern. »Es ging. Sein Tod war nämlich nicht ›thermischen Ursprungs‹, wie Bächle es ausdrückte.«

»Sondern?«

SEKUNDEN SPÄTER FLITZT FERNANDO über den Flur und stößt auf der Höhe von Völxens Büro fast mit Jule zusammen.

»Oh! Guten Morgen.« Er fährt sich mit der Hand über den Nacken, wie immer, wenn er unsicher ist.

Auch Jule scheint ein wenig verlegen zu sein. »Morgen, Fernando. Ich … ich will gerade zu Völxen. Ich habe wichtige Neuigkeiten.«

»Ich auch. Geradezu sensationelle.« Ehe Jule etwas sagen kann – etwas über den gestrigen Abend, zum Beispiel –, hat Fernando schon geklopft und öffnet ihr die Tür, ohne eine Antwort von drinnen abzuwarten. Sie finden sich beide in Völxens leerem Büro wieder.

»Verflucht, wo ist er denn hin?«, murmelt Fernando.

»Was ist denn so sensationell?«, fragt Jule.

»Du zuerst.«

»Immer ich«, mault Jule, die gerade an ihr Karaoke-Erlebnis denken muss. Und an den Kuss hinterher. Kann es sein, dass er in ihrer Erinnerung länger gedauert hat als in Wirklichkeit? Aber sie kann Fernando ja schlecht danach fragen. Und eigentlich ist es doch auch egal, oder?

»Jule? Erde an Jule!«, holt Fernando sie aus ihren Gedanken zurück.

»Was?«

»Was wolltest du Völxen sagen?«

Sie reißt sich zusammen. »Johannes Falkenberg hatte eine Geliebte. Schon seit über anderthalb Jahren. Und zwar eine gewisse Elvira Asendorf.«

Im Verzeichnis des Prepaid-Handys, das Nora Falkenberg ihr überlassen hat, tauchten ein paar polnische Mobiltelefonnummern auf, für die sich das LKA gewiss interessieren wird. Daneben fand Jule nur zwei Nummern, die über einen Zeitraum von zwanzig Monaten häufig benutzt wurden: eine deutsche Handynummer, über die schlüpfrige SMS zwischen »Puschelhase« und »Mausebärchen« ausgetauscht wurden, und eine Festnetznummer, die unter dem Namen Elvira Asendorf registriert ist. Auch die Handynummer gehört dieser Dame.

»Sie ist Dr. Wolframs Sprechstundenhilfe«, erklärt Jule. »Und was hast du? Ich wette, du kannst das nicht toppen!« *Was rede ich eigentlich für einen kindischen Scheiß daher?*, schießt es ihr durch den Kopf.

Fernando macht es auch nicht besser, indem er darauf eingeht und im aufgesetzt munteren Tonfall eines nervigen Radiomoderators antwortet: »Von wegen! Laut unserem schwäbischen Leichenfledderer starb Dr. Jürgen Wolfram nicht an den Folgen des Brandes. Auch nicht an Rauchvergiftung …«

»Spuck's aus, Fernando!«

»… sondern ihm wurde der Kehlkopf zertrümmert.«

»Das ist allerdings …«

»… der Hammer, ich weiß. Wette gewonnen.« Und dazu grinst Fernando, als wären sie die Protagonisten einer albernen Soap. *Wir benehmen uns wie Idioten*, registriert Jule. Sie findet endlich wieder einen normalen Gesprächston: »Weiß Völxen das schon?«

»Karin hat's ihm gesimst.«

»Wer?«

»Die Anwärterin. Die Verstärkung«, fügt Fernando hinzu, als Jule ihn aus ihren leicht geröteten Augen verständnislos ansieht.

»Rufen wir ihn besser mal an.«

»Ja, rufen wir ihn an«, sagt Fernando.

Doch keiner der beiden rührt sich vom Fleck. Jule schaut an ihm vorbei aus dem Fenster, und Fernandos Blick saugt sich am Gummibaum fest.

»Wie … wie geht's dir heute eigentlich so?«, fragt Fernando schließlich.

»Bisschen Schädelbrummen.«

»Das … war ein … ein schöner Abend gestern«, stottert er. »Jedenfalls der größte Teil.«

»Fand ich auch«, sagt Jule. Sie sieht ihn an und lächelt, wobei sie sich fragt, wie es Kerle immer schaffen, nach einer Sauferei am nächsten Tag dennoch einigermaßen frisch auszusehen.

Fernando lächelt zurück.

Die Tür wird geöffnet, sie fahren erschrocken herum.

»Hier verstecken Sie sich also!«

Die beiden senken verlegen den Blick, aber Frau Cebulla beachtet das nicht, sondern wendet sich an Fernando: »Herr Rodriguez, wie ich hörte, sind Sie zurzeit der Ermittlungsleiter im Fall Falkenberg?«

»Das ist richtig«, bestätigt Fernando und macht dabei ein Gesicht wie ein auf den Rücken gerollter Rüde, dem man den Bauch krault. Frau Cebulla setzt ihn darüber in Kenntnis, dass Sebastian Falkenberg zur Vernehmung erschienen sei. Man verständigt sich darauf, dass Jule das Verhör durchführen wird, da sie den jungen Mann schon kennt, und Fernando Völxen anruft.

»Lassen Sie ihn ein bisschen im Verhörraum schmoren, ich komme gleich«, sagt Jule zu Frau Cebulla, ehe sie alle drei Völxens Allerheiligstes verlassen. Jule wundert sich, dass Fernando ihr nicht in ihr gemeinsames Büro folgt, sondern Kurs auf Odas Kabuff nimmt. Noch mehr staunt sie, als sie Fernandos Platz besetzt vorfindet.

»Kommissarin z.A. Karin Reiter!« Die Anwärterin springt blitzschnell auf, es fehlt nur noch, dass sie salutiert. Jule nennt ihren Namen und drückt der jungen Frau die Hand. »Wieso sitzen Sie hier?«

»Fernando war so großzügig ...«

Das sieht ihm wieder ähnlich! Hat er sich doch klammheimlich Odas Büro unter den Nagel gerissen, obwohl er sich sonst immer darüber beschwert, dass es darin stinken würde wie in einem Aschenbecher.

»Fernando, ja, der ist großzügig«, bestätigt Jule. *Vor allem gegenüber Blondinen!* Sie lässt sich von Karin Reiter noch einmal Bächles Obduktionsergebnis schildern und bittet sie dann, ihr einen Kaffee zu holen. »Aber bitte aus dem Automaten, die abgestandene Maschinenbrühe von Frau Cebulla vertrage ich heute nicht.«

»Okay.«

»Nur Milch, kein Zucker! Und falls Sie Frau Cebulla mit dem Becher sieht, dann sagen Sie, der wäre für Sie.«

»Mach ich.« Die Tür fällt zu.

Jule lehnt sich zurück, legt die Füße auf die Schreibtischplatte, schließt die Augen und massiert sich die Schläfen, hinter denen es schon wieder leise pocht. Neulinge, sinniert sie, sind wie Hunde. Man muss ihnen von Anfang an klarmachen, wo ihr Platz innerhalb der Rangordnung ist: nämlich ganz unten. Eigentlich, fällt ihr ein, wäre jetzt der Moment günstig, um Hendrik anzurufen. Sie hat es bis jetzt vor sich hergeschoben, dabei ist klar, dass kein Weg daran vorbeiführt, falls ihr etwas an ihm liegt. Das Maß dessen, was eine Beziehung vertragen kann, dürfte nach dem gestrigen Abend wohl langsam voll sein. Es besteht Erklärungsbedarf. Allerdings braucht sie dazu erst einmal einen klaren Kopf. Und das ist ja gerade das Problem. Sie nimmt die Füße vom Schreibtisch, als Karin ihr den Kaffee hinstellt. »Tschuldige. Ich bin heute etwas angeschlagen. Fernando … Oberkommissar Rodriguez und ich waren gestern noch spätnachts an einem Tatort.«

»Bei diesem Brand?«, fragt Karin.

»Genau.« Jule unterdrückt nachlässig ein Gähnen. »So ist das hier eben: Man steckt in einem Fall und kommt kaum noch zum Schlafen.«

»Hat Rodriguez eigentlich eine Freundin?«

Jule verschluckt sich fast am heißen Kaffee. »Wieso? Hat er dich schon angebaggert?«, fragt sie, unbewusst zum Du übergehend.

»Nein!«, antwortet sie mit verlegenem Lächeln. »Ich find ihn nur ganz cool.«

Jule lächelt zurück und sagt mit falschem Bedauern: »Fernando wohnt leider mit einer Frau zusammen.«

Das ist nun mal die Wahrheit. Pedra ist schließlich eine Frau, auch wenn sie einen Schnurrbart hat.

WAS VON DR. WOLFRAMS Praxis noch übrig ist, sieht bei Tageslicht nicht besser aus als gestern Nacht. Rauchgeschwärzte Wände, Pfützen von Löschwasser auf verkohltem Parkett, angesengte Bücher und Ordner, der Schreibtisch ein Haufen Holzkohle. Völxen sieht den Doktor im Geist noch dort sitzen, diese einsame Kröte von einem Mann. Er hat keine Angehörigen, es scheint niemanden zu geben, der um ihn trauert. Vielleicht hatte der Mann kein besonders schönes Leben, doch der Umstand, dass es gewaltsam ausgelöscht wurde, macht Völxen auf eine seltsame Weise traurig. Kehlkopf zertrümmert. Wie bei Falkenberg. Und danach das Feuer. Warum das Feuer? Um die Todesart zu verschleiern? Dann wäre es doch einfacher gewesen, den Doktor auf eine andere Art umzubringen. Das Feuer, es ging um das Feuer. Was sollte es vernichten? Musste Wolfram nur deshalb sterben, weil er zufällig abends noch in seinem Büro saß?

Völxen ist nicht allein hier. Ein Brandursachenforscher vom Landeskriminalamt, in einen weißen Schutzanzug gehüllt, bewegt sich vorsichtig durch die Trümmer. Schließlich beugt er sich über einen blaugelben Plastikkasten, der auf den ersten Blick aussieht wie ein Staubsauger ohne Schlauch. »Ein mobiles Massenspektrometer«, hat er Völxen bei dessen Eintreffen aufgeklärt und stolz hinzugefügt: »Bis vor Kurzem waren diese Dinger raumfüllende Apparate. Die haben wir zwar auch noch bei uns im Labor, aber diese kleinen Schätzchen hier sind ungemein praktisch und zurzeit der letzte Schrei.«

»War sicher sauteuer.«

»Oh ja! Aber die Investition lohnt sich. Vor allem die Kampfmittelbeseitiger haben viel Spaß damit.«

Noch immer stinkt es erbärmlich. Völxen hält sich ein großes Stofftaschentuch vor Mund und Nase. Dank einer aufmerksamen Nachbarin kam die Feuerwehr ziemlich rasch und hat das Übergreifen des Brandes auf die anderen Wohnungen verhindert. Sonst wäre die Leiche des Doktors womöglich so sehr verbrannt gewesen, dass man die genaue Todesart nicht mehr hätte feststellen können.

»Eindeutig Brandbeschleuniger«, murmelt der Experte vom LKA jetzt hinter seinem Mundschutz.

»Benzin?«, fragt Völxen.

»Grillanzünder. Bei Benzin wäre von der ganze Bude nichts mehr übrig geblieben. Es gibt zwei Brandherde. Den Schreibtisch und dieses Schränkchen da drüben.« Er deutet auf den von der Hitze des Feuers verzogenen Metallschrank hinter dem Schreibtisch. Völxen hat plötzlich ein Bild vor Augen: Dr. Wolfram, der Falkenbergs Patientenakte aus der Hängeregistratur fischt. Deshalb das Schränkchen und der Schreibtisch.

»Wurde das Zeug auf dem Schreibtisch vergossen oder darunter?«

»Sowohl als auch.«

Der Computer unter dem Schreibtisch ist zu einer Art abstraktem Kunstwerk der Zerstörung zusammengeschmolzen. Ging es darum: Vernichtung von Daten, die keiner sehen sollte? Falkenbergs Krankenakte? Aber der Arzt hat sie doch offen vor Völxen auf den Tisch gelegt. Was enthielt die Akte, dass man dafür tötet? Doch nur den mageren Arztbrief der Klinik in Shanghai und ansonsten Blutwerte, EKGs, Medikationen und dergleichen. War darin noch etwas, das der Doktor ihm verschwiegen hat? Oder glaubte der Täter das nur? Hätte er Wolfram auch umgebracht, wenn dieser sich oben in seiner Wohnung aufgehalten hätte? Wahrscheinlich. Wer Informationen vernichten möchte, muss konsequenterweise auch den beseitigen, der diese Informationen kennt.

Verdammt noch mal, worum geht es hier eigentlich? Um diese China-Geschichte? Warum müssen sechs Jahre danach Leute sterben? Oder bin ich auf dem Holzweg?

Jetzt kann man nur hoffen, dass es irgendwo noch eine Kopie der Patientenakten gibt. Einen USB-Stick vielleicht, einen Laptop oder dass die Datei verschlüsselt auf irgendeinem Server liegt. Falls man hier schon so modern war. Vielleicht findet sich ein Hinweis in Dr. Wolframs Wohnung. Zusammen mit Hendrik Stevens hat sich Völxen gestern Nacht dort umgesehen. Ein zweiter Computer ist ihm nicht aufgefallen, und nichts deutete darauf hin, dass der Täter auch in die Wohnung eingedrungen ist. Er könnte allerdings Dr. Wolfram die Schlüssel abgenommen haben, nachdem er ihn getötet und ehe er das Feuer gelegt hat. Wo sind die Wohnungsschlüssel, waren die bei der Leiche? Auf jeden Fall muss die Spurensicherung in die Wohnung. Und vor allen Dingen muss diese Sprechstundenhilfe so rasch wie möglich gefunden werden. Sie ist die Einzige, die wissen kann, ob es noch irgendwo eine Kopie der Patientendaten gibt. Da sie tatsächlich Falkenbergs Geliebte war – gerade vorhin hat Fernando ihn angerufen und seinen Verdacht bestätigt –, schwebt womöglich auch sie in Gefahr. Weiß sie das? Ist sie deshalb untergetaucht? Schon die zweite verschwundene Frau. Erst diese Chinesin, jetzt die Sprechstundenhilfe, wenn das so weitergeht, gehen uns die Verdächtigen aus.

Völxen verabschiedet sich von dem LKA-Mann und geht hinaus auf die Straße. Langsam kriecht der Herbst in die Bäume. Gelbbraune Blätter segeln auf den Gehweg.

Völxen fällt das Herbstgedicht von Möricke wieder ein, das ihm seine Lehrerin vor fast einem halben Jahrhundert eingebläut hat.

Im Nebel ruhet noch die Welt,
Noch träumen Wald und Wiesen.
Bald siehst du, wenn der Schleier fällt,
Den blauen Himmel unverstellt,
Herbstkräftig die gedämpfte Welt
In warmem Golde fließen.

Komisch, dass man sich so etwas ein Leben lang merkt und andere, oft wichtigere Dinge einfach vergisst. So wie Sabine ihren alten Kosenamen, fällt Völxen mit leisem Groll wieder ein.

Die Luft ist schwer, es ist warm geworden und sieht nach Regen aus. Aber der will noch nicht kommen, auch wenn ein paar Tropfen sicherlich eine Erlösung wären. Völxen fällt in der schwülen Luft das Atmen schwer, und außerdem ist er so müde, dass er das Gefühl hat, seine Augen könnten ihm jeden Moment zufallen. Am liebsten würde er wieder in die Herrenhäuser Gärten gehen und sich auf den Rasen legen, wie die Studenten. Drei Stunden Schlaf sind einfach zu wenig. Früher hat er so etwas locker weggesteckt. Früher ... Sein Handy klingelt. Es ist Oda.

»Wo bist du?«

»Flughafen Frankfurt. Ich wollte dir nur sagen, dass Li wieder aufgetaucht ist. Heute Nacht bekam Tian eine SMS von ihr. Sie ist zu Hause, bei ihren Eltern in Peking. Völxen? Hast du mich gehört? Bist du noch da?«

»Ja. Das ist gut«, antwortet er und setzt hinzu: »Falls es wahr ist.«

»Wie meinst du das?«

»Falls uns dein Freund nicht wieder verschaukelt.«

»Völxen, du bist nachtragend wie ein Elefant.«

Da mag etwas dran sein. Den Versuch, ihn zu täuschen, wird er ihrem Chinesen jedenfalls so rasch nicht verzeihen.

»Ich werde versuchen, mit ihr zu sprechen«, fährt Oda fort. »Sobald ich mehr weiß, *skypen* wir, okay?«

»Wir tun *was*?«

»Schon gut«, sagt Oda und legt auf.

»SEBASTIAN – DARF ICH Sie so nennen? Den Namen Falkenberg mögen Sie ja nicht.«

»Von mir aus«, antwortet der junge Mann gönnerhaft und gähnt Jule über seinen Kaffeebecher hinweg an. Es kostet sie eine übermenschliche Anstrengung, es ihm nicht nachzumachen.

»Wo ist denn Ihre Kollegin heute?«, fragt er und sieht sich

um, als könnte sich Oda irgendwo in dem kahlen Raum versteckt haben.

»Sie steht hinter der verspiegelten Wand und hört uns zu.«

Wieder lässt er seinen Blick durch das Zimmer schweifen, um dann sofort zu erkennen, dass es diese Wand hier nicht gibt. »Sehr witzig!«

»Ist Ihnen mittlerweile eingefallen, wo Sie zur Tatzeit waren?«, fragt Jule, und es klingt längst nicht so scharf und inquisitorisch wie beabsichtigt.

»Das wusste ich schon immer«, kommt es trotzig. »In der Stadt.«

»Das reicht mir nicht.«

Sebastian schnaubt. »Mann, ich war bei so einem Typen, der …« Er hält inne.

»Drogen verkauft?«, hilft ihm Jule auf die Sprünge. »Nennen wir die Dinge ruhig beim Namen. Es geht hier um Mord, nicht um ein paar Pillen.«

»Ich hab mir bei ihm halt was besorgt, fürs Wochenende. Wenn ich euch seinen Namen nenne, dann bin ich quasi tot.«

Jule blickt ihn mit einem gleichgültigen Schulterzucken an und sagt nichts.

Wieder stöhnt er genervt auf. »Was zählt schon das Alibi von so einem Typen, falls er überhaupt mit euch reden würde?«

»Schönes Schlamassel«, stellt Jule fest.

»Mag sein. Aber schließlich müsst ihr *mir* beweisen, dass ich was getan habe, nicht umgekehrt.«

»Wo waren Sie gestern Abend?«

»Gestern? Zu Hause. Also, bei meiner Mutter.«

»Den ganzen Abend?«

»Ja.«

»Kann das sonst noch jemand bezeugen? Alibis von Müttern sind nämlich fast so wenig wert wie die von Drogendealern.«

Jetzt kommt Bewegung in die schlaksige Gestalt, die bis dahin im Stuhl hing wie eine Marionette mit zerschnittenen

Fäden. »Wieso brauche ich jetzt auch noch ein Alibi für gestern Abend?«, blafft er Jule an.

»Würden Sie bitte meine Frage beantworten?«, gibt die zurück.

»Nein, sonst war niemand da. Wir haben uns unterhalten, allein.«

»Wann sind Sie nach Hause gefahren?«

»Gar nicht. Ich werde in nächster Zeit dort wohnen. Meine Mum hat mich darum gebeten.«

Ein spöttisches Lächeln umspielt Jules Lippen. Hatte Oda also doch recht mit ihrer Ödipustheorie. »Gestern Abend wurde in der Praxis von Dr. Jürgen Wolfram, dem Hausarzt Ihres Stiefvaters, ein Brand gelegt, bei dem der Doktor zu Tode kam«, teilt Jule nun dem jungen Mann mit.

»Echt?« Sebastians Überraschung wirkt aufrichtig. »Arme Sau. Aber was hat das, bitte schön, mit mir zu tun?«

»Kennen Sie Dr. Wolfram?«

»Ja. Ich war auch schon bei dem. Ich weiß zwar nicht, was alle an diesem Quacksalber fanden, aber wieso sollte ich seine Praxis abfackeln?«

Gute Frage. Jule trinkt vom inzwischen kalt gewordenen Kaffee. Ihr alkoholvernebeltes Hirn arbeitet heute deutlich langsamer als gewohnt. »Dr. Wolfram hat damals Ihrem Stiefvater den Kontakt nach China vermittelt. Und bei unserem letzten Gespräch ließen Sie deutlich erkennen, dass Sie diesen Organhandel zutiefst verabscheuen …«

»Das ist doch lächerlich!«

»Finden Sie?«

»Und wie.«

»Wussten Sie, dass Ihr Stiefvater eine Geliebte hatte?«

Sebastian wirft mit einer Kopfbewegung sein Haar zurück und hebt affektiert seine gezupften Augenbrauen. »Echt? Das sieht ihm ähnlich, diesem eitlen Egomanen. Ich nehme an, sie ist dreißig Jahre jünger.«

»Zwanzig«, sagt Jule und versucht dabei, die Gedanken an ihren Vater, diese Brigitta und Mäxchen zu verscheuchen. Allerdings funktioniert es nicht sehr gut, sie kommen immer wieder hoch, wie ein Korken, den man unter Wasser drückt. Nein, der Besuch gestern hat ihr nicht gutgetan. Kein Wunder, dass sie danach das Bedürfnis verspürte, sich zu betrinken. Sie versucht, sich wieder auf das Verhör mit Sebastian Falkenberg zu konzentrieren, und zeigt ihm das Foto von Li Xiaolin.

Er betrachtet es kurz. »Nein, kenn ich nicht. Wer ist das?«

»Sie hat bis vor Kurzem an der MHH gearbeitet hat. Es ist möglich, dass sie Ihren Vater damals in Shanghai nach seiner Operation betreut hat.«

»Nie gesehen.«

»Sie ist seit Samstag verschwunden.«

Auf einmal verändert sich die gleichgültig-aufsässige Miene des Jungen, was Jule nicht entgeht.

»Ja? Wollten Sie mir etwas sagen?«

»Meine Mutter war doch vorhin bei Ihnen?«, beginnt er zaghaft.

»Ja.«

»Hat sie Ihnen was von dem Chinesen erzählt?«

Jule spürt, wie ihr Puls beschleunigt. »Dem Chinesen?«, wiederholt sie.

»Egal. Ist nicht so wichtig.«

»Jetzt reden Sie schon, oder sollen noch mehr Leute sterben?«, fährt Jule ihr Gegenüber an, wobei sie absichtlich ein wenig dramatisiert.

»Gestern Abend hat sie mir erzählt, dass vor ungefähr zwei Wochen so ein Typ bei ihnen war. Ein Chinese. Der wollte mit Johannes sprechen.«

»Und? Was wollte der?«

»Das weiß ich nicht.«

»Hat er Ihren Stiefvater bedroht?«

»Keine Aaahnung«, sagt Sebastian in quengelndem Tonfall.

»Ich war doch nicht dabei. Das müssen Sie schon meine Mutter fragen. Mir hat sie bloß gesagt, dass sie Angst hat.«

»NEIN, JULE, ICH kann jetzt unmöglich nach Resse rausfahren. Ich muss die Agenda für das Meeting vorbereiten.«

»Agenda? Geht's noch?«, entgegnet Jule. Sie sitzt auf der Kante von Odas Schreibtisch, hinter dem sich Fernando gerade aufplustert wie ein Wellensittich. »Und überhaupt, du hättest mich ruhig fragen können, ehe du mir das Blondchen ins Büro setzt.«

»Wärst du denn einverstanden gewesen?«

»Niemals.«

»Der Lulatsch, dieser Axel, kann doch bei der Falkenberg vorbeischauen. Der ist eh schon in der Gegend, bei Merle Lissack, diesem Bio-Drachen.«

»Die Sache ist zu wichtig, das kannst du keinem blutigen Anfänger überlassen«, widerspricht Jule.

»Dann soll Völxen das übernehmen. Oder du.«

»Völxen ist raus aus dem Fall Falkenberg«, erinnert ihn Jule. »Und mir wird sie nichts sagen, ich hab keinen Draht zu der Frau. Aber ich könnte mir vorstellen, dass du von uns allen am ehesten was bei ihr erreichst.«

»Wieso glaubst du das?«, fragt Fernando lauernd.

»Du bist nun mal ein Frauentyp, Fernando. Mit deinem Charme wickelst du doch jede um den Finger.«

Fernando nimmt diese Schmeichelei mit Skepsis zur Kenntnis und widerspricht: »Aber Völxen kennt die Frau besser, und er ist zurzeit in der Nordstadt, in der Praxis von Wolfram, also praktisch schon halb dort. Ich schick ihn hin. Ist mir doch scheißegal, was dein ... der Herr Weisungsbefugte dazu meint.«

»Du schickst Völxen?«, wiederholt Jule, wobei sie jedes Wort einzeln betont. »Also, das möchte ich hören!«

HINTER DEM LANDTAGSGEBÄUDE ballen sich dunkle Wolken zusammen. Doch noch ist es windstill und auffallend warm, wie meistens kurz vor einem Regen. Völxen sitzt vor der Markthalle, rührt in seinem Cappuccino und betrachtet die Anzugträger um sich herum. Den Nebentisch besetzen drei Damen mit Einkaufstüten der besseren Läden Hannovers, man süffelt Prosecco. Völxen bevorzugt ruhigere Orte. Lieber beobachtet er seine Zeitgenossen, ohne selbst auf dem Präsentierteller zu sitzen, aber Volker Meise, Dr. Volker Meise, nicht zu vergessen, scheint sich hier wohlzufühlen. Er grinst den Kommissar über sein angelaufenes Weißweinglas hinweg an, und Völxen sieht dabei unwillkürlich den sommersprossigen Lümmel aus der letzten Bank vor sich, mit den abstehenden Ohren und der Topffrisur.

»Mensch, Bodo, altes Haus! Wie lange haben wir uns nicht gesehen? Dabei arbeiten wir doch gerade mal ein paar Hundert Meter voneinander entfernt.«

Das ist wahr. Volker Meise, Völxens Jahrgang und jahrelang sein Banknachbar, hat Jura studiert und ist schließlich im Innenministerium gelandet, ein paar Gehaltsstufen höher als ein Leitender Hauptkommissar. Aber Völxen beneidet ihn nicht darum. Ein Ministeriumsposten wäre nichts für ihn. Ständig muss man nach oben buckeln, während sie unten an deinem Stuhl sägen, und wechselt die Regierung, dann landet man mit Pech im Abseits. Aber Volker Meise war schon immer ein pfiffiges Kerlchen gewesen, der vorgesorgt und sich auf allen Seiten Freunde gemacht hat. Offenbar sitzt er fest im Sattel und hat auch den letzten Regierungswechsel gut überstanden. Von der einstigen Topffrisur ist nur noch ein Ring geblieben, ein paar Sommersprossen sind noch da und die Ohren … Der Kerl hat sich doch tatsächlich die Segelohren anlegen lassen, was sagt man dazu?

»Und, alter Junge, wie geht's dir denn? Macht die Verbrecherjagd immer noch Spaß?« Meise spricht unangenehm laut, wie einer, der sich selbst gern reden hört.

»Doch, doch, ja. Ich habe ein tolles Team, das wunderbar

harmoniert und mit dem ich mich ausgezeichnet ...« Völxens Handy klingelt. *Was waren das noch Zeiten, als man in Ruhe ein Gespräch führen konnte*, denkt er, während er das Display betrachtet. Fernando. Das könnte wichtig sein. Eine Entschuldigung murmelnd, drückt er auf die grüne Taste. »Ein Chinese? – Was, *ich*? Sag mal, bist du noch immer blau? Schwing gefälligst deinen Arsch auf deinen Hobel und sieh zu, dass du da rausfährst. – Nein, das verdammte Meeting interessiert mich einen Dreck!« Er schüttelt den Kopf, während er das Handy wegsteckt und sich bei Volker Meise entschuldigt. »Wo waren wir stehen geblieben?«

»Harmonie in eurem Team.« Meise grinst bis hin zu seinen operierten Ohren.

Das eben sei eine Ausnahme gewesen, versichert Völxen.

»Was kann ich für dich tun, Bodo? Du hast mich doch sicher nicht ohne Hintergedanken aus meinem Bau gelockt.«

Völxen nickt. Dann trägt er Volker Meise sein Anliegen vor. Als er fertig ist, fährt Volker mit der Zungenspitze über seine Mundwinkel. Das tat er schon in der Schule, wenn er angestrengt nachdenken musste. »Hm«, macht er dann. »Ich kann dir nichts versprechen, aber ich hör mich mal um!«

»Danke!«, sagt Völxen. »Mehr wollte ich gar nicht!«

»Und sonst, Bodo? Was macht die Familie? Wohnt ihr noch immer in diesem Kaff – wie hieß es noch gleich?«

Eine halbe Stunde später verlässt Völxen gut gelaunt den Tisch. Er ist überzeugt, dass Volker sein Bestes tun wird. Denn sein alter Freund schuldet ihm was, das dürfte ihm klar sein: Hätte Völxen ihn damals nicht immer in Mathe und Physik abschreiben lassen, wäre er gar nie dorthin gekommen, wo er heute ist. Der Himmel ist schwarz geworden, und die ersten schweren Regentropfen zerplatzen auf dem Bürgersteig. Schon wieder klingelt sein Telefon. Es ist Pedra Rodriguez, die in erregtem Flüsterton loslegt: »*Comisario*, ich habe etwas herausgekriegt.«

»Ja?«

»Meine Nachbarin, Frau Bertone, hat zwei- oder dreimal einen jungen Mann im Hausflur gesehen. Der kam immer von Li – oder ging zu ihr. Es war immer am Abend. Sie sagt, er hätte wie ein Chinese ausgesehen.«

»Sehr gut, Pedra. Ich danke dir!«

»Gern geschehen, *comisario*. Sag mal, Völxen, stimmt es, dass Fernando jetzt der Chef ist?«

Völxen schluckt. »So ungefähr«, antwortet er grimmig. »Aber nicht mehr lange.«

NORA FALKENBERG WIRFT die Handtasche auf das Schränkchen im Flur und streift sich die Pumps ab. Sie ruft nach Sebastian, aber der antwortet nicht, und da seine Schuhe nicht, wie sonst, kreuz und quer im Flur herumliegen, ist er wohl auch nicht da. Sie geht zum Kühlschrank, in dem sie eine angebrochene Flasche Weißwein findet, gießt sich ein Glas ein und lässt sich auf das Sofa fallen. Nora brauchte nicht erst das Handy zu entdecken, um zu wissen, dass ihr Mann eine Geliebte hatte. Wo sonst sollte er herkommen, wenn er sich im Morgengrauen ins Haus schlich? Hatte er wirklich gedacht, sie würde ihm all diese Verbandstreffen und Stammtische abnehmen und den fremden Geruch an seiner Kleidung nicht bemerken? Sie wusste bis gestern Abend, als sie das Handy gefunden hat, nicht, wer es war, aber nur, weil sie es gar nicht unbedingt wissen wollte. Weil ihr die Tatsache, dass er an ihr, Nora, kein sexuelles Interesse mehr zeigte, gar nicht einmal so ungelegen gekommen war. Sie hatte sich in den letzten Jahren vor seinem Körper geekelt. Diesem Körper mit dem fremden Herzen.

Es hat im ersten Moment trotzdem wehgetan, diese SMS-Nachrichten zu lesen. Aber dann hat sie gestern Nacht doch beinahe lachen müssen, als sie herausfand, zu welchem Anschluss die Festnetznummer gehörte. Elli Asendorf, Dr. Wolframs Sprechstundenhilfe. Wie primitiv, wie einfallslos! Die erstbeste Frau, der er regelmäßig begegnete .... Was hat Johannes nur an diesem farblosen Geschöpf gefunden? Wahrscheinlich Anbetung und Bewunderung, es ist doch immer dasselbe. Oder war es passiert, weil sie vom Typ her ein bisschen Sibylle ähnelt? Auch so ein Pummelchen mit treudoofem Augenaufschlag. War Elli vielleicht ein Sibylle-Ersatz? »Perverses Schwein«, murmelt sie und nimmt einen großen Schluck Wein.

Aber vielleicht reimt sie sich da auch nur etwas zusammen.

Sie glaubt natürlich nicht, dass Elli Asendorf, dieses Mäuschen, Johannes umgebracht hat. Warum auch? Aber dennoch hofft Nora, dass die Polizei das anders sehen wird und dass das kleine Biest jetzt mal so richtig Stress bekommt. Ja, sie soll sehen, wie es ist, wenn man unter Mordverdacht steht. Mit einem kleinen Lächeln auf den Lippen stellt sie sich vor, wie Elli verhört wird, vielleicht schon jetzt, in diesem Augenblick, und wie sie in U-Haft wandert, falls sie kein Alibi hat. Aus diesem Grund hat Nora dieser unsympathischen Kommissarin Wedekin auch nichts über den Chinesen gesagt, wie sie es eigentlich vorgehabt hatte. Sollen die sich ruhig erst mal an Elli als Hauptverdächtigter festbeißen. Hoffentlich lässt die Polizei jetzt endlich sie und ihren Sohn in Ruhe und widmet sich stattdessen ausgiebig dieser kleinen Schlampe!

Das Glas ist rasch geleert. Sie geht zum Kühlschrank und füllt es nach. Voller Zorn muss sie daran denken, wie oft Johannes sie gebeten hat, in der Praxis anzurufen und einen Termin für ihn zu machen. Klar, dass für ihn *immer* ein Termin frei war. *Und ich dumme Kuh dachte, es käme daher, dass er Privatpatient ist ...* Es klingelt. Wer ist das denn jetzt? Hat Sebastian seinen Schlüssel vergessen? Widerstrebend steht sie auf, schüttet den Wein in die Spüle. Ihr Sohn soll nicht sehen, dass sie am helllichten Tag trinkt. Es läutet noch einmal. »Jaja, nur die Ruhe«, murmelt sie und öffnet die Haustür.

»Du?«

»HAB ICH DICH!« Blitzschnell ergreift Merle Lissack das Huhn, das sie in die Ecke des Auslaufs getrieben hat. In ihren verdreckten Gummistiefeln pflügt sie durch die flatternde und aufgeregt gackernde Hühnerschar bis zum Tor zurück und streckt ihrem Besucher triumphierend das Huhn entgegen. »Ist sie nicht toll? Dieses Federkleid! Glänzt wie eine Öllache, so muss das sein: fast schwarz, mit diesem wunderschönen Grünschimmer.«

»Frau Lissack ...«

»Kein bisschen Weiß darin! Gascogne-Hühner dürfen kein Weiß im Gefieder haben, nicht wahr, meine Süße?« Sie lächelt die Henne an, und für einen Moment sieht es beinahe so aus, als wollte sie das Tier küssen. Aber das lässt sie dann doch sein.

Axel Stracke betrachtet die Hühner, die auf dem stark ausgedünnten Rasen herumpicken. Sie sind tatsächlich alle ganz dunkel. Wie eine Schar Nonnen sehen sie aus. Ihre Besitzerin trägt das auserkorene Huhn hinüber zum Schuppen und setzt es in eine Blechwanne, die auf einer Waage steht. Die Henne lässt sich dies ohne Gegenwehr gefallen. Die Bäuerin stößt einen anerkennenden Pfiff aus. »Zweitausendzweihundert Gramm, ein Prachtstück!«

Geradeso als hätte das Tier die Worte verstanden, ruckt es affektiert mit dem Kopf und plustert sich auf. *Dummes Vieh*, denkt Axel und fragt: »Wird die jetzt geschlachtet? Falls ja, könnten Sie damit warten, bis wir ...«

»Geschlachtet? Sind Sie wahnsinnig? Das ist eine Prinzessin, die geht mit zur Ausstellung! Die kommt in die Zucht.« Sie greift in eine Kiste und holt eine Kneifzange heraus. »Halten Sie mal!«

»Äh, was?«

»Na, das Schätzchen hier, was denn sonst?«

»Aber ... ist die auch ... ich meine, beißt ... äh, pickt die nicht?«

»Nun stellen Sie sich nicht so an, junger Mann!«, trompetet die Bäuerin mit dem granatapfelroten Haarschopf.

Axel greift zögernd mit beiden Händen nach dem Huhn. Das Tier fühlt sich warm und weich an und lässt sich von ihm halten, ohne sich groß zu wehren. Die Bäuerin befestigt mit der Zange einen gelben Ring am Hühnerbein, während Axel den spitzen Schnabel im Auge behält. Dann, endlich, nimmt sie ihm das Tier wieder ab und trägt es zurück zu den anderen. Wie viele Hühner sind das wohl? Hundert? Mehr?

Kommissar z. A. Axel Stracke räuspert sich, denn er findet, dass es jetzt wirklich an der Zeit ist, sein Anliegen vorzubringen. »Frau Lissack, ich bin hier, um Ihnen ein paar Fragen zu stellen wegen des Todes von Herrn Falkenberg.«

»Fragen Sie, fragen Sie. Aber ich muss nebenbei die Exemplare für die Ausstellung heraussuchen. Welches würden Sie als Nächstes nehmen?«

Er übergeht ihre Frage. »Frau Lissack, wo waren Sie am vergangenen Freitag zwischen halb sieben und acht Uhr?«

Sie löst den Blick nicht von der Hühnerschar, schweigt eine Minute lang. Dann geht sie wieder in das Gehege und fängt das nächste Huhn. Sie streckt es Axel entgegen, der einen Schritt zurückweicht. »Wie finden Sie es?«

»Hübsch.«

»Hübsch!? Sehen Sie sich nur den Kamm an! Wie rot der leuchtet, und diese gleichmäßige Form, ohne Doppelspitzen, das darf nämlich nicht sein. Und so schöne rote Ohrlappen!«

Axel hat sich noch nie Gedanken gemacht, wo bei Hühnern die Ohren sitzen. Vermutlich am Kopf, wie bei anderen Tieren auch.

»Sehen Sie nur, diese klaren, großen Augen! Meinen Mädels geht es prächtig, das sieht man, und das schmeckt man auch! Es gibt im ganzen Landkreis keine so guten Eier wie meine.«

»Wie viele Eier legt denn so ein Huhn im Jahr?« Vielleicht,

so Axels Überlegung, ist es nicht schlecht, ein wenig Interesse zu zeigen.

»Diese Turbohühner von Falkenberg legen ungefähr dreihundert Eier im Jahr. Meine Hühner legen knapp zweihundert, dafür verkaufe ich die Eier zum doppelten Preis. So haben alle etwas davon, die Hühner, die Kunden und ich.«

»Apropos Falkenberg«, beginnt Axel vorsichtig. »Wo waren Sie denn nun am letzten ..?«

»Jetzt Sie! Suchen Sie sich ein Huhn aus … welches würden Sie zur Ausstellung mitnehmen?«

»Das da vorne.« Axel deutet auf das nächstbeste Tier, das zwischen den dürren Grashalmen nach Futter scharrt.

»Nein. Der Hals ist zu kurz, die Brust zu schmal. Sie müssen sich schon ein bisschen Mühe geben!«

Axel stöhnt leise auf. Er hat sich diesen Job wirklich anders vorgestellt. Jedenfalls hat er nicht damit gerechnet, dass er nach Brelingen fahren und als Juror bei einem Schönheitswettbewerb für Hühner fungieren muss. Seine Sneakers sind bereits voller Dreck, und dieses Weibsbild treibt ihn noch in den Wahnsinn. Lustlos betrachtet er die Hühnerschar. Auf den ersten Blick gleichen sich die Tiere wie ein Ei dem anderen. Tatsächlich aber sehen sie bei genauerer Betrachtung doch verschieden aus. Schließlich sagt er: »Sehen Sie die drei an der Wasserschüssel – das mittlere, das dicke, das gefällt mir.«

»Eine gute Wahl!«, lobt ihn die Bäuerin und spurtet prompt los, um das Huhn zu fangen.

»Wie viele sollen denn noch mit zur Ausstellung?«, fragt Axel vorsichtig, als auch dieses Exemplar mit seiner Hilfe beringt worden ist.

»Ein Dutzend.«

»Also, so viel Zeit habe ich wirklich nicht. Könnten Sie vielleicht …«

Merle Lissack lächelt ihn verschmitzt an. Dann meint sie:

»Kommen Sie rein, Junge. Ich mache uns einen Tee, dann unterhalten wir uns.«

Schicksalsergeben folgt ihr Axel ins Innere des verwinkelten Fachwerkhauses, dessen bröckelnder Putz von Efeu zusammengehalten wird. Das ganze Anwesen hat einen gewissen maroden Charme – wenn man für das Landleben schwärmt. Was auf Axel jedoch nicht zutrifft. Er ist in einem Kaff hinter Hameln aufgewachsen und möchte nie mehr dorthin zurück.

Merle Lissack streift sich die Gummistiefel ab und brüllt: »Mama, ich bringe Besuch mit, einen jungen Polizisten.« Sie geht in die Küche und sagt zu Axel: »Gehen Sie ruhig schon ins Wohnzimmer, dort, links. Meine Mutter freut sich immer über Herrenbesuch.«

Es dauert etwas, bis sich Axel an das Dämmerlicht im lissackschen Wohnzimmer gewöhnt hat. Die Einrichtung ist nicht gerade sein Geschmack: massive, dunkle Möbel, und davon viel zu viele. In einer Schrankwand lauern Familienfotos und auffallend viele Bilder von Schulklassen. Jetzt bemerkt er eine winzige, weißhaarige Frau, die fast in einem riesigen, abgewetzten Lehnstuhl verschwindet. Sie trägt eine rosa Strickjacke und ist tief über eine aufgeschlagene Zeitung gebeugt, die auf ihrem Schoß liegt. Liest sie? Axel räuspert sich, aber die Frau bewegt sich nicht.

»Entschuldigung?«

Keine Reaktion. Ist sie schwerhörig, schläft sie? Wieso hängt ihr Kopf so komisch herab? Das, was er von ihrem Gesicht sehen kann, ist bleich wie Wachs und zerknittert wie ein mehrmals benutztes Pergamentpapier. Ein ungutes Gefühl beschleicht ihn, doch er überwindet sich, tritt nahe an die Frau heran und berührt vorsichtig ihre Schulter: »Hallo? Frau Lissack?«

Der Kopf ruckt nach oben, ähnlich wie bei einem Huhn. Sie nimmt die Lesebrille ab und sieht ihn aus klaren grauen Augen an. Sie wirkt überrascht, aber nicht sonderlich erschrocken.

»Ich heiße Müller. Anneliese Müller. Lissack war der Mann meiner Tochter. Hat sich aber schon vor Jahren aus dem Staub gemacht.«

Axel stellt sich ebenfalls vor und drückt eine schlaffe Hand, an der viel zu viel Haut hängt. Dann weiß er nicht, was er sagen soll. »Schöne Hühner haben Sie, Frau Müller«, bemerkt er schließlich.

»Kommen Sie wegen der Sache mit Falkenberg?«

Axel bejaht dies. »Kannten Sie den Mann?«

»Den Mann«, wiederholt sie und schüttelt lächelnd den Kopf, als hätte Axel einen Scherz gemacht. »Ich kannte Johannes schon als kleinen Jungen. Er war nicht dumm, aber immer etwas nachlässig und undiszipliniert.«

»Meine Mutter war Lehrerin an der Grundschule«, erklärt die Tochter, die gerade hereinkommt und einen Teller mit Gebäckstücken auf den Tisch stellt. »Tee kommt gleich. Oder möchten Sie lieber Kaffee?«

»Nein, Tee ist gut«, sagt Axel, der eigentlich nur eins möchte: wissen, ob diese Frau ein Alibi hat, und dann so schnell wie möglich raus hier.

»Beide Falkenbergs habe ich unterrichtet: Johannes und später auch seinen Bruder, den Werner«, erklärt die ehemalige Lehrerin. »Der war klüger als der Johannes, aber ein schwieriger Charakter. Sehr launisch und verschlossen. War ja auch kein Wunder, bei der Mutter.«

Merle Lissack kommt mit dem Tee. Sie faltet die Zeitung zusammen und gießt drei zierliche Tassen voll.

»Dass der Schauspieler geworden ist …«, beginnt Frau Müller, spricht aber nicht weiter.

»Was war denn mit der Mutter?«, fragt Axel.

Ihre Wangen haben jetzt einen rosigen Schimmer bekommen, sie scheint glücklich zu sein, jemanden zum Reden gefunden zu haben. Bestimmt kommt sie wenig unter die Leute. »Sie hatte schreckliche Wutanfälle, bei denen sie die Kinder grün und blau schlug, vor allem den Kleineren. Ich bin ein paarmal hin und hab mit der Frau geredet, ihr sogar mit dem Jugendamt gedroht, wenn das nicht aufhört. Jedes Mal zeigte sie sich einsichtig und sanft wie ein Engel, und ich hab ihr alles geglaubt. Aber dann wieder …« Sie schaufelt zwei Löffel Zucker in ihren Tee, rührt um und fährt fort: »Aber der Johannes, der hat, als er größer geworden war, seinen jüngeren Bruder immer, so gut es ging, beschützt. Er war kein schlechter Kerl, egal, was meine Tochter heute über ihn sagt.« Ein Seitenblick trifft Merle, die gerade in eine Mohnschnecke beißt.

»Und was meinte der Vater der beiden dazu?«, fragt Axel, der sich für eine Quarktasche entschieden hat.

»Den hat Kindererziehung nicht interessiert. Einmal habe ich mit ihm darüber geredet, da ist er beinahe ausfallend geworden und meinte, ich solle mich um meine eigenen Angelegenheiten kümmern. ›Das sind meine Angelegenheiten‹, habe ich ihm geantwortet. Seine Frau sei krank, hat er daraufhin erklärt, und manchmal, wenn die Jungs zu wild seien, gingen ihr eben die Nerven durch. Außerdem hätte eine Ohrfeige noch keinem geschadet, man kennt diese Sprüche ja.« Sie winkt verdrossen ab. »Aber das waren nicht nur ein paar Ohrfeigen.«

»Mama, iss doch was und rede nicht pausenlos«, mahnt Merle.

»Ach, essen kann ich doch auch noch später.«

»Welche Krankheit soll denn das gewesen sein?«, fragt Merle mit vollem Mund.

»Das weiß ich nicht«, gesteht die pensionierte Lehrerin. »Aber offensichtlich war sie nicht ganz richtig im Oberstübchen.« Sie tippt sich an die Stirn. »Vielleicht Depressionen. Sie hat sich ja dann auch vor den Zug geworfen. Das war eine üble Sache. Der Johannes war damals schon erwachsen, aber den Werner erwischte es mitten in der Pubertät.« Sie hält inne, um mit der Gabel nun doch ein winziges Stück Apfelkuchen aufzuspießen.

»Mama, der junge Kommissar will wissen, wo ich Freitagabend war«, kommt Merle Lissack nun von selbst auf Axels Anliegen zu sprechen.

»Du brauchst ein Alibi«, schlussfolgert die alte Dame messerscharf. »Kein Wunder, wo du immer so über den Falkenberg herziehst.«

»Ja, und ich wiederhole es gerne: Er war ein Betrüger und ein Tierquäler!«

Frau Müller wendet sich an Axel. »Sie war bei der Chorprobe, so wie jeden Freitag. Kurz vor sieben ist sie gegangen, und um neun war sie wieder hier.«

»Möchten Sie die Namen und Adressen der anderen Chormitglieder?«, fragt Merle Lissack.

»Vielleicht zwei oder drei davon«, sagt Axel.

Sie kritzelt die Angaben auf einen leeren Briefumschlag, den sie unter der Zeitung hervorzieht. *Warum, zum Teufel, konnte sie mir das mit der Chorprobe nicht gleich sagen?* Axel beantwortet sich die Frage selbst: Weil sie dadurch Hilfe beim Beringen der Hühner hatte – und einen Gesprächspartner für ihre Mutter. Er leert seine Tasse und steht eine Spur zu hastig auf.

»Möchten Sie ein paar Eier mitnehmen, junger Mann? Merle, pack ihm doch einen Karton voll ein!«

»Nein, danke«, wehrt Axel ab. »Das wäre ja Vorteilsnahme im Amt.«

»Ah, ein ganz Korrekter«, grummelt die alte Frau.

»Wiedersehen und danke für den Tee. Ich finde alleine raus.«

»Gern geschehen«, sagt Merle Lissack, und ihre Mutter lächelt, während sie gegen die Lehne des Sessels sinkt und fast im selben Moment einschläft.

FERNANDO JAGT ÜBER die B6. Draußen fliegen Plakate vorbei, auf denen gruselig grinsende Politiker und ihre fett gedruckten Lügen zu sehen sind. Nach der Bundestagswahl verschwinden diese Scheußlichkeiten hoffentlich rasch wieder vom Straßenbild. Eine dunkle Wolkenwand hat sich aufgebaut, jeden Moment kann es anfangen zu regnen. Das passt ja! Fernando ist sauer. Auf Völxen, der ihn noch immer behandelt wie den fünfzehnjährigen Halbkriminellen, der er vor zwanzig Jahren war, am meisten aber auf Jule, die ihn anscheinend nur attraktiv findet, wenn sie zu viel getrunken hat. Nüchtern dagegen scheint sie einen ziemlich schlechten Geschmack zu haben, was Männer angeht. Erst dieser korrupte Typ vom Raub- oder Betrugsdezernat, mit dem sie ein Verhältnis einging, obwohl der Mann Familie hatte, und jetzt dieser furztrockene Hendrik Stevens. Was findet sie nur an dem?, fragt sich Fernando. Der Kerl sieht doch echt scheiße aus! Und noch schlimmer: Er benimmt sich auch so. Sicherheit, ist es das? Träumt sie vom Eigenheim am Stadtrand? Man darf ja nicht vergessen, aus was für einem Stall sie stammt. Andererseits ist ein Staatsanwalt nun auch kein Großverdiener. Aber ehrgeizig und skrupellos, wie der Typ nun mal ist, hat er sicher eine steile Karriere vor sich. Doch wenn es das ist, was ihr imponiert, warum lässt sie sich nicht gleich von ihrem Herrn Papa mit einem von dessen Kollegen verkuppeln? Solchen Gedanken nachhängend biegt er ab und folgt den Landstraßen bis zur pseudotoskanischen Villa der Falkenbergs, wo er sich, noch immer wütend, den Helm vom Kopf reißt. Aus alter Gewohnheit will er seine Locken aufschütteln, aber die sind ja gar nicht mehr da. Als es im Juli ein paar Tage lang so heiß war, hat er sie sich abrasieren lassen, was er inzwischen bereut. Das Peugeot Cabrio von Nora Falkenberg parkt in der Einfahrt, und hinter einer großen Buchsbaumkugel steht ein Männerfahrrad. Es öffnet jedoch niemand, obwohl er mehrere Male klingelt und gegen das Eichenholz klopft. Schläft sie, hört sie Musik über Kopfhörer oder hat sie ihn gesehen und will nicht schon wieder mit der Polizei reden? Fernando beschließt, es auf der Rückseite zu versuchen. Vielleicht ist sie im Garten. Eine Windbö verwirbelt ein paar welke Blätter, die vom Nachbargrundstück auf den Rasen geweht wurden. Der ist so weich und dicht wie ein grünes Fell. Die Luft riecht nach Regen.

»He, Sie da! Was machen Sie denn da?«

Die Stimme, die der auffrischende Wind zu Fernando hinüberträgt, klingt rau wie Schmirgelpapier und gehört auf keinen Fall Nora Falkenberg. Fernando blickt sich nach allen Seiten um, aber da ist niemand. Erst, als er erneut gefragt wird, was er hier treibe, entdeckt er die Gestalt zwischen den Büschen des Nachbargartens.

»Frau Holliger!«, erinnert er sich. »Ich bin von der Polizei.« Er geht ein paar Schritte auf sie zu und zückt seine Dienstmarke. »Wissen Sie zufällig, ob Ihre Nachbarin zu Hause ist?«

»Sehe ich aus wie ein Wachhund?«

»Zumindest benehmen Sie sich wie einer.«

»Werden Sie mal nicht frech, junger Mann! Sie sehen gar nicht aus wie ein Polizist. Und woher wissen Sie eigentlich meinen Namen?«

»Sie haben neulich bei der Hotline angerufen …«

»Bei was?«

»Bei uns, bei der Polizei. Wegen des roten Wagens, der hier ab und zu vorbeifuhr, erinnern Sie sich?«

»Natürlich erinnere ich mich. Ich bin ja nicht senil!«

»Sagen Sie mal … den Fahrer – haben Sie den eigentlich auch gesehen?«

»Das habe ich doch schon alles Ihrem Kollegen erzählt, diesem charmanten älteren Herrn.«

Charmant? Redet sie wirklich von Völxen? »Sagen Sie, könnte es sich bei dem Autofahrer um einen Chinesen gehandelt haben?«

Ein fetter Regentropfen trifft Fernando im Nacken. Er zuckt zusammen. Die alte Dame wirft einen besorgten Blick zum Himmel und dann zu dem Wäschekorb, den sie unter dem Arm trägt. »Ich habe ihn ja nur von der Seite gesehen, aber das

Haar war dunkel und ganz glatt und es ging bis hier ...« Sie deutet mit der freien Hand an ihr Ohr. »Ein Chinese? Hm. Kann schon sein. Vielleicht war es aber auch ein Japaner. Wer kann das schon unterscheiden?«

»Niemand«, sagt Fernando. »Gehen Sie rein, es fängt an zu regnen!«

»Denken Sie nur, das hatte ich gerade vor«, versetzt Frau Holliger, wendet sich um und verschwindet wie ein Geist zwischen den Johannisbeersträuchern. Fernando umrundet die falkenbergsche Villa, geht auf die Terrassentür zu und späht ins Innere. Das Licht ist an, was die Sache erleichtert. Nora Falkenberg hat Besuch. Bei dem Gast handelt es sich um einen Mann mittleren Alters, der einen Parka trägt und gerade gestikulierend auf Nora einredet. Sie dagegen steht mit verschränkten Armen da und betrachtet ihn mit einem Gesichtsausdruck, den Fernando nicht genau deuten kann. Besonders wohl scheint sie sich nicht zu fühlen. Jetzt rückt der Typ ihr auf die Pelle. Sie steht mit dem Rücken zur Anrichte, sagt etwas und hebt dabei die Hände, als wollte sie etwas vehement verneinen oder ihn abwehren. Was die beiden miteinander reden, ist nicht zu verstehen, die Dreifachverglasung der Tür lässt keinen Laut nach außen dringen. Fernando überlegt, ob er die zwei weiter beobachten oder eingreifen soll, doch da fängt es plötzlich an zu gießen, als hätte jemand die Dusche aufgedreht. Fernando hat keine Lust, klatschnass zu werden. Er hämmert mit der Faust gegen die Terrassentür. Der Mann fährt herum. Seine Augen liegen tief in den Höhlen. Irgendwie sieht er aus wie einer, der schon länger nicht mehr gut geschlafen hat.

Nora Falkenberg schlängelt sich an ihrem Besucher vorbei, geht mit eiligen Schritten um einen großen Tisch herum und öffnet die Tür. Sie trägt eine Art Hausanzug aus grauer Kaschmirwolle, der an genau den richtigen Stellen eng anliegt. »Herr Kommissar!«, begrüßt sie ihn eine Spur zu laut. Es klingt beinahe, als würde sie sich freuen, ihn zu sehen. Nun ja, vielleicht hat Jule recht, womöglich hat er bei ihr einen bleibenden Eindruck hinterlassen, auch wenn die Umstände nicht gerade erfreulich waren.

»Kommen Sie rein, es schüttet ja wie aus Eimern. Was machen Sie denn im Garten, Herr ... Verzeihen Sie, wie war noch gleich Ihr Name?«

Okay, so bleibend war der Eindruck auch wieder nicht. Aber was bedeuten schon Namen? »Rodriguez. Fernando Rodriguez.«

»Wieso haben Sie denn nicht geklingelt?«

Fernando versichert, dass er das sehr wohl getan habe.

»Dann müssen wir es überhört haben. Oder die Klingel ist kaputt, das war sie schon einmal«, plappert Nora drauflos.

Fernando hat den Eindruck, dass Nora bei ihrer letzten Begegnung in der MHH, als sie die Leiche ihres Mannes identifizieren musste, gefasster und kontrollierter wirkte als jetzt. »Und Sie sind?«, wendet er sich an den Mann.

»Werner Falkenberg«, kommt es barsch.

»Mein Schwager.« Nora Falkenberg ringt sich ein Lächeln ab.

Wieso ist sie so nervös?, fragt sich Fernando, während er den Bruder des Ermordeten unverhohlen mustert und sich daran zu erinnern versucht, was Oda über ihn erzählt hat. Ach ja, richtig: dass er in einem grässlichen Haus hinter zugezogenen Gardinen lebt, wie ein Vampir. Der Vergleich passt, findet Fernando und fragt den Mann: »Was wollten Sie hier?«

»Bitte?«, entgegnet Falkenberg pikiert. »Was geht Sie das an? Mein Bruder ist tot, denken Sie nicht, dass es da einiges zu reden gibt?«

Schauspieler, fällt Fernando ein. Schauspieler ohne Rollenangebote. Anscheinend werden gerade keine Vampirfilme gedreht. Er muss an Sibylle Falkenberg denken und an das wenige, was sie über ihren Mann erzählt hat. Wie passen diese attraktive, sympathische Frau und dieser seltsame Typ zusammen?

»Mein Schwager und ich haben über die Beerdigung gesprochen«, behauptet Nora Falkenberg. Fernando glaubt ihr kein Wort. Die beiden wirken auf ihn wie ein ertapptes Liebespaar, das gerade einen kleinen Streit hatte.

»Ich geh dann mal«, sagt Werner Falkenberg.

»Gehört das Fahrrad vor der Tür Ihnen?«, fragt Fernando.

»Ja. Ist was damit?«

»Ich meine nur – weil es draußen gerade gießt.«

Er ignoriert Fernando und wendet sich an Nora. »Wir sprechen ein andermal.«

Nora sagt nichts und reagiert auch sonst in keiner Weise. *Komisch, die beiden*, denkt Fernando.

»Ich finde selbst raus!« Ohne Gruß und mit weit ausladenden Schritten verlässt Werner Falkenberg das Zimmer. Die Haustür schlägt zu. Nora zuckt zusammen. Sie wirkt durcheinander.

»Gab's eben Streit?«, fragt Fernando.

»Nein, nein.«

»Ich hatte fast den Eindruck, dass er Sie bedroht.«

»Da täuschen Sie sich. Wir hatten ... eine Diskussion. Es ging um Geld, um die Beerdigung ... Das Übliche. Wir konnten uns noch nie besonders gut leiden.«

»Wissen Sie, warum seine Ehe auseinanderging?«, fragt Fernando, der schon wieder an Sibylle Falkenberg denken muss.

»Nein. Darüber haben die beiden nie mit uns gesprochen.«

Fernando gibt sich damit zufrieden und fragt sie ohne Umschweife nach dem Chinesen, ohne zu erwähnen, dass es ihr Sohn war, der die Polizei darüber informiert hat.

Sie atmet tief durch, setzt sich an den Tisch und bietet Fernando einen Platz ihr gegenüber an.

»Dieser Chinese ... mein Gott, ja, den hatte ich vollkommen vergessen. Sie glauben ja gar nicht, was ich in diesen Tagen alles um die Ohren habe ...«

Fernando schickt ein aufmunterndes Lächeln über die große

Tafel. »Das kann ich gut verstehen«, sagt er. »Erzählen Sie mir einfach jetzt alles, was Sie darüber wissen.«

Sie zuckt mit den Achseln. »Im Grunde nichts. Es ist ungefähr zwei oder drei Wochen her. Da stand dieser junge Mann vor der Tür und wollte meinen Mann sprechen. Es war am späten Nachmittag, Johannes war aber nicht da. Ich fragte ihn, was er von meinem Mann wolle, aber das sagte er mir nicht. Er meinte nur, er müsse mit ihm reden.«

»Sprach der Mann Deutsch?«

»Zuerst schon, aber dann haben wir ins Englische gewechselt, das konnte er besser.«

»Worüber haben Sie denn gesprochen?«

»Über gar nichts. Ich habe ihn in den Betrieb geschickt, denn er ist mir irgendwie unheimlich gewesen. Ich habe gedacht, im Betrieb, da sind sind noch Swoboda und die anderen Arbeiter, da ist Johannes jedenfalls nicht allein mit diesem Typen.«

»Er war Ihnen also nicht ganz geheuer.«

»Ja.«

»Warum?«

»Ich weiß nicht. Er sah eigentlich ganz harmlos aus. Wie ein Student. Es war wohl mehr die Tatsache, dass da ein Chinese nach meinem Mann fragt, die mich ... nun ja ... beunruhigt hat.«

»Wieso? Was dachten Sie, was er will?«

»Ich weiß nicht. Gar nichts.« Sie stützt die Ellbogen auf und schüttelt den Kopf.

»Was hat Ihnen Ihr Mann hinterher über die Unterhaltung erzählt?«

»Er sagte nur, dass alles in Ordnung wäre, und ich habe nicht weiter nachgefragt.«

»Hatten Sie den Eindruck, dass er nicht darüber reden wollte?«

»Ja, ein bisschen schon.«

»Was glauben Sie, was der Chinese wollte?«

»Wie ich schon sagte: Ich weiß es nicht!«

»Ja, aber Sie müssen sich doch Gedanken gemacht haben«, insistiert Fernando.

»Ich weiß es nicht mehr.«

»Frau Falkenberg, ich bitte Sie! Ihr Sohn hat gemeint, Sie hätten Angst. Wir können Sie nur beschützen, wenn Sie uns die Wahrheit sagen. Zum Beispiel wo die zwanzigtausend Euro geblieben sind, die Ihr Mann am 3. September in bar abgehoben hat. War das Geld für den Chinesen bestimmt? Hat er Ihren Mann erpresst?«

»Unsinn«, wehrt Nora ab. »Ich weiß weder, was der Chinese wollte, noch, wo das Geld geblieben ist. Bitte, das müssen Sie mir glauben.«

»Wovor genau haben Sie Angst?«, will Fernando wissen.

Für einige Momente ist es still, während der Regen ans Fenster trommelt. Nora Falkenberg fröstelt. Dann richten sich ihre Rehaugen auf Fernando, und sie sagt: »Ich habe Angst, weil Johannes ermordet wurde, und jetzt auch noch Dr. Wolfram. Ich habe Angst, dass sich jemand an uns rächt. Einer von dieser Sekte.«

ODA UND TIAN haben einfach, aber hervorragend gegessen. Auch das Bier schmeckt ausgezeichnet, vom Wein hat Tian vorsichtshalber abgeraten. Im Fenster des schlichten kleinen Restaurants, das in der Nähe ihres Hotels liegt, hängen zahlreiche Käfige mit bunten Vögeln darin, und an der Wand ist ein riesiger Flachbildfernseher angebracht, in dem die Nachrichten laufen, allerdings ohne Ton.

Sie haben den Nachmittag schlafend im Hotelzimmer verbracht, um sich von der Reise und dem Jetlag zu erholen, und nun ist Tian dabei, den nächsten Tag zu planen. »Um vier sind wir zum Tee bei meinem Vater eingeladen. Also könnte ich dir vorher die Verbotene Stadt zeigen oder, wenn wir nicht zu spät aufstehen, den Sommerpalast. Den finde ich ja eigentlich noch schöner, besonders bei diesem herrlichen Wetter. Weißt du eigentlich, was für ein Glück wir haben? Blauen Himmel sieht man in Peking nicht allzu oft. Vielleicht sollten wir doch zuerst auf den Kilimandscharo steigen ... Oda? Verdammt, wo bist du bloß mit deinem Kopf?«

»Was? Oh, entschuldige.«

»Du hörst mir gar nicht zu!«

»Doch Sommerpalast. Das ist gut.«

Tian seufzt. »Oda, ich habe mich so sehr auf diese Reise gefreut, und du ... Du denkst nur an euren Fall und wie du an Li herankommen kannst.«

Oda gibt sich einen Ruck. »Das stimmt nicht. Ich finde es hier ... überwältigend. Ich bin nur immer noch müde, das muss die Zeitumstellung sein.«

»Dann ist es ja gut.«

»Aber es stimmt schon, ich *muss* mit Li sprechen. Warum können wir nicht einfach zu ihr hingehen und darauf bestehen? Sie ist schließlich eine erwachsene Frau.«

»Aber sie wohnt bei ihren Eltern, und ihr Vater ist ein Geschäftsfreund meines Vaters. Ich kann unmöglich dort aufkreuzen und verlangen, mit Li zu reden. Das wäre grob unhöflich, und das würde auf meinen Vater zurückfallen.«

»Ein Mord ist auch grob unhöflich.«

»Oda, du bist hier keine Polizistin, vergiss das nicht!«

»Ich bin immer und überall Polizistin«, versetzt Oda. »Verdammt, Tian, du hast diesem Mädchen zu seiner Praktikumsstelle verholfen, wir alle haben ihm geholfen. Findest du nicht, dass die Kleine uns was schuldet? Es ist ja wohl nicht zu viel verlangt, dass sie uns erklärt, warum sie einfach abhaut. *Das* wäre höflich.«

»Was kann ich mehr tun, als sie zu bitten? Ich habe ihr schon zwei Mails geschrieben. Sie wird sich schon noch melden, sie weiß, dass wir eine Woche hier sein werden.«

»Ruf sie an! Jetzt. Sie soll sich ein Taxi schnappen und hierherkommen!«

»Es ist fast Mitternacht«, erinnert sie Tian. »Chinesen gehen früh zu Bett.«

»Sie kann doch morgen ausschlafen, sie hat ja wohl noch keinen anderen Job.«

»Was willst du eigentlich von ihr? Ihr wisst doch, dass sie nichts Schlimmes getan hat. Als dieser Arzt ermordet wurde, saß sie entweder schon im Flugzeug oder noch im Wartebereich des Amsterdamer Flughafens. Und du hast selbst gesagt, der Mörder dieses Arztes wäre auch der Mörder des Eierfabrikanten.«

»Du kannst ihr ja sagen, dass sie nichts zu befürchten hat. Aber ich muss sie trotzdem sprechen.« Oda verschweigt, was in den letzten Mails ihrer Kollegen stand, die sie eifrig auf dem Laufenden halten.

»Ich weiß nicht, ob diese Handynummer, die ich von ihr habe, hier in Peking noch funktioniert«, windet sich Tian.

»Dann probier's doch einfach«, antwortet Oda. »Oder hast du vielleicht noch die alte? Du hast doch schon mit ihr telefoniert, bevor sie nach Deutschland kam.«

Tian zieht widerwillig sein Handy aus der Hosentasche und blättert durch sein Adressbuch. Schließlich drückt er auf die Anruftaste und lauscht kurz, ehe er auf Mandarin zu reden beginnt. Sein Ton ist leise und eindringlich, und Oda wird ganz kribbelig. Er scheint tatsächlich Li am Telefon zu haben.

Mit einem Gesichtsausdruck, der schwer zu deuten ist, legt er schließlich auf. Er winkt die Tochter des Hauses heran, die sie bedient hat, und bezahlt die Rechnung. Dann führt er Oda nach draußen, die Straße entlang. Der Verkehr, der tagsüber die Innenstadt erstickt, hat ein wenig nachgelassen, aber noch immer schießen genug große Wagen an ihnen vorbei. »Jetzt ist mir klar, warum es unserer Autoindustrie so gut geht«, hat Oda schon auf der Fahrt vom Flughafen in die Stadt bemerkt, und später, beim Bummel durch die Einkaufsstraßen, hat sie Tian gefragt: »Gibt es in Peking eigentlich auch normale Autos oder werden hier nur Bonzenwagen zugelassen?«

»Hier ist die Hauptstadt«, hat Tian geantwortet. »Hier sitzt das Geld, hier zeigt man, was man hat. Du musst bedenken, ihr Europäer seid schon sehr lange reich, ihr habt gelernt, damit umzugehen. Die Chinesen – zumindest einige davon – sind dagegen erst in den letzten paar Jahren reich geworden. Sie müssen den Umgang mit Geld erst noch lernen.«

Jetzt stehen sie am Straßenrand, und Tian hält Odas Arm so fest, als hätte sie vor zu fliehen. »Was hat Li gesagt? Was machen wir jetzt?«, fragt Oda verunsichert.

»Wir versuchen, ein Taxi zu ergattern.«

Ein blaugelber Wagen hält an, und Tian verhandelt mit dem Fahrer. Dann steigen sie ein, und das Taxi rast durch das nächtliche Peking. Tian schweigt, Oda ebenfalls, nur der Fahrer sagt ab und zu etwas, das sich anhört, als würde er auf den Verkehr fluchen. Dazwischen zieht er geräuschvoll seinen Nasenschleim hoch, wie es hierzulande unter Männern der Brauch ist. Das normalerweise dem Hochziehen folgende Spucken lässt er zum Glück sein.

Oda fragt sich, ob sie gerade ihre Beziehung strapaziert, um einer Spur nachzujagen, die sich vielleicht als Sackgasse entpuppt. Ist es das wert? Aber es ist ein bisschen spät für derartige Zweifel, denn jetzt lässt Tian das Taxi anhalten, und sie steigen aus.

Sie sind umzingelt von spiegelnden Wolkenkratzern. In diesem Teil der Megastadt scheint das Leben gerade erst richtig anzufangen: Dichter Verkehr wälzt sich über mehrspurige Straßen, auffällig viele junge Menschen in Partylaune sind unterwegs, offenbar bereit, sich gleich in die Clubs zu stürzen. Jungs mit albernen Haarschnitten und in Designerklamotten brüllen in ihre Smartphones, magere, stark geschminkte Mädchen stöckeln auf schwindelerregend hohen Absätzen einher, in Kleidchen, die eher an Unterhemden erinnern. *So würde ich Veronika niemals aus dem Haus gehen lassen*, denkt Oda, während sie sich fasziniert umsieht »Wo sind wir?«

»In Sanlitun«, sagt Tian. »Dem Amüsierviertel für die kommunistische Jugend.«

»Das sehe ich.« Vor ihnen liegt eine Fußgängerzone, im Apple-Store herrscht großes Gedränge. Der weiße Apfel prangt auf dem Dach des Gebäudes und leuchtet mit der Mondsichel um die Wette. Oda macht ein Foto davon.

Wenigstens hat er seinen Humor wiedergefunden, registriert sie erleichtert.

In einem großen Lokal, das im Stil eines Irish Pub eingerichtet ist, sitzt eine Gruppe junger Leute um einen großen Tisch herum, auf dem etliche Bierflaschen und Cocktailgläser stehen. Als eine der Frauen Tian und Oda hereinkommen sieht, steht sie auf und kommt auf die beiden zu.

Ohne sich dessen bewusst zu sein, starrt Oda sie fassungslos an. Wann immer Oda Li Xiaolin in Hannover zu Gesicht bekommen hatte, war sie unauffällig gekleidet gewesen: Jeans, Sneakers, dicke Pullover. Sie trug kaum Make-up und hatte ihr Haar meist zurückgesteckt oder zum Pferdeschwanz gebunden. Aufgrund ihrer zurückhaltenden, fast schüchternen Art hatte sie auf Oda eher wie ein sechzehnjähriges Au-pair gewirkt und weniger wie eine Ärztin. Jetzt aber ist Tians Schützling kaum wiederzuerkennen, auch wenn sie immer noch nicht wie eine Ärztin aussieht mit ihrem ultrakurzen Rock, dem knallengen Spitzenoberteil, den High Heels, der raffinierten Hochsteckfrisur und einer gehörigen Portion Schminke im Gesicht. *Diese Party Queen ist also unser scheues Rehlein Li in ihrem angestammten Biotop*, konstatiert Oda.

Sie geben sich etwas steif die Hände und setzen sich an einen freien Tisch. Tian tauscht mit Li ein paar der hierzulande wohl unvermeidlichen Höflichkeitsfloskeln auf Mandarin aus, dann wechseln sie ins Englische.

Oda hat erwartet, dass sich Li verlegen und schuldbewusst zeigen würde. Doch die Chinesin blickt ihnen gerade in die Augen und beharrt auf Odas Nachfrage darauf, sie wäre aus Heimweh zurückgekehrt. Die Eltern, die Freunde … Sie macht eine Handbewegung hinüber zu dem großen Tisch, an dem es laut und lustig zugeht. Fast möchte man ihr das glauben.

»Aber in dem Brief stand, du hättest etwas getan, für das du dich schämst. Was war das, Li?«, erkundigt sich Oda.

»Der Brief war nicht für dich«, antwortet die junge Frau, und ihr Gesicht erinnert bei diesen Worten an eine verschlossene Auster.

Oda schaut hinüber zu Tian. Dessen Miene ist nicht zu deuten. »Li, wir ermitteln im Mordfall Johannes Falkenberg. Hast du davon noch gehört?«

»Ich weiß nicht, wer das ist.«

Die Antwort kam viel zu schnell, um wahr zu sein, findet Oda. »Es gibt inzwischen einen zweiten Todesfall, ein gewisser Dr. Wolfram. Sagt dir der Name etwas?«

»Nein.«

»Ich weiß, dass du niemandem etwas angetan hast. Aber bitte, Li, rede mit mir. Du brauchst nichts zu befürchten, ich bin hier nur Touristin. Aber ich bin auf deine Hilfe angewiesen.«

Sie schweigt und blickt Oda abwartend an.

»Du warst im Herbst 2007 im *Shanghai East Hospital*, ist das richtig?«

»Ja.«

»Was hat du dort gemacht?«

»Ein Praktikum in Krankenpflege.«

»Warst du auch Pflegerin für ausländische Patienten? Solche, die ein Organ transplantiert bekommen haben?«

»Kann sein.«

»An so etwas erinnert man sich doch.«

»Es ist lange her.«

»In welcher Abteilung warst du im September 2007?«

»Das weiß ich nicht mehr.«

»Kennst du diesen Mann?« Sie schiebt ein Foto von Falkenberg, das ihn zu Lebzeiten zeigt, über den Tisch und behält dabei ihr Gegenüber im Auge. Li berührt das Foto nicht, sie schaut es nur kurz an.

»Ich weiß es nicht. Diese Ausländer sehen für uns irgendwie alle gleich aus.« Ihr Ton ist sarkastisch, und Oda hat Mühe, ihren Zorn zu zügeln. *Dieses undankbare kleine Miststück! Haben wir ihr je Anlass gegeben, uns so zu behandeln?* Auch Tian runzelt jetzt missbilligend die Stirn. Li scheint einzusehen, dass sie übers Ziel hinausgeschossen hat. »Ich erinnere mich nicht«, sagt sie etwas sanfter.

»Li, woher kamen die Organe, die man im *Shanghai East* den Ausländern verpflanzt hat?«

»Verkehrsopfer.«

»Das glaube ich weniger«, sagt Oda.

Li wendet sich an Tian. Die beiden sprechen kurz in ihrer Sprache miteinander. Li klingt aufgeregt, Tian beruhigend. Dann sagt Tian zu Oda auf Deutsch: »Oda, darüber darf sie nicht sprechen, es wäre zu gefährlich für sie, bitte sieh das ein.«

»Wieso? Glaubt sie, dass du ein Spitzel bist? Oder ist das Lokal verwanzt?«

»Oda, es wäre gut, wenn du das Thema wechseln würdest«, sagt Tian eine Spur schärfer.

»Ist ja gut«, sagt Oda resigniert und wendet sich wieder an die junge Chinesin: »Li, hattest du in der MHH Zugang zu den Patientendaten?«

»Soweit es nötig war.«

»Hast du je die Akte von Johannes Falkenberg zu Gesicht bekommen?«

»Ich kenne diesen Mann nicht.«

»Du warst doch auch in der Kardiologie, oder?«

»Ja.«

»Hast du Falkenbergs Daten – seine Adresse – jemandem weitergegeben? Jemandem außerhalb der Klinik?«

»Nein, habe ich nicht«, kommt es aus Lis glänzendem Kirschmund. Ihre Stimme ist ruhig, fast ausdruckslos. Sie scheint ihre Gefühle hervorragend verbergen zu können.

Mit trotziger Beharrlichkeit fährt Oda fort: »Wer ist der junge chinesische Mann, der dich in Linden einige Male besucht hat?«

Sie zuckt nicht zusammen, auch ihr Blick flackert nicht. Nur ihr Körper scheint sich zu versteifen, als wäre sie schockgefroren. Oda hat den Eindruck, dass Li unter ihrer dicken Schicht von Make-up rot geworden ist, aber im Schummerlicht des Pubs kann das auch Einbildung sein. Sie registriert Tians überraschten Seitenblick.

»Ich hatte keinen Besuch«, antwortet Li.

Ein Blick in dieses unbewegte Gesicht genügt, um Oda ahnen zu lassen, warum Li nach Peking zurückgekehrt ist: Nicht, weil sie selbst ein Verbrechen begangen hat, sondern weil sie jemanden deckt, der eines begangen hat oder zumindest darin verwickelt ist. Sie ist zurückgekehrt, weil sie weiß, dass die deutsche Polizei in ihrer Heimat nichts ausrichten kann. Vermutlich bereut sie den Brief, den sie an Tian geschrieben hat, schon längst. Oda hat verloren, das wird ihr in dieser Sekunde klar. Die Niederlage schmerzt. Es kommt selten vor, dass sie aus einem Verdächtigen oder einem Zeugen so gar nichts herausquetschen kann. »Wenn du einen mit deinen Eisaugen anschaust, gefriert einem das Blut. Du solltest dich mal beim Mossad bewerben«, hat Fernando neulich zu ihr gesagt. Dergleichen hat sie schon öfter gehört. Doch hier ist alles ganz anders. Li Xiaolin ist wie verwandelt und lässt sich weder durch Blicke noch mit Worten aus der Ruhe bringen. Und Oda hat nicht, wie sonst, die Staatsmacht hinter sich. Hier kann sie nicht mit U-Haft oder dem Straftatbestand der Behinderung einer Ermittlung drohen, hier ist sie ganz auf sich zurückgeworfen. Nicht einmal ihre eigene Sprache kann sie benutzen, sondern sie muss die Befragung in ihrem etwas eingerosteten Englisch durchführen. Doch das alles lässt Oda nicht als Entschuldigung für ihr Versagen gelten. *Ich kann es ebenso gut gleich sein lassen*, erkennt sie. *Aus Li werde ich nichts herausbekommen, sie ist in einem System groß geworden, in dem sie gelernt hat, dass Schweigen überlebenswichtig sein kann.*

»Dein Bekannter ist gesehen worden«, versucht sie es dennoch.

»Das muss ein Irrtum sein. Es tut mir leid, dass ich nicht helfen konnte.« Sie sieht bei diesen Worten Tian an, als wolle sie sich versichern, dass er sie versteht. Der schenkt ihr ein schwaches Nicken und zieht es darüber hinaus vor zu schweigen. Dann steht Li auf und verabschiedet sich von Oda artig mit einem deutschen »Auf Wiedersehen«. Sie wechselt mit Tian noch ein paar leise Worte auf Mandarin, ehe sie auf ihren hohen Hacken zu ihren Freunden hinüberstöckelt.

Oda platzt fast vor Wut und Enttäuschung. »Danke für deine tatkräftige Schützenhilfe!«

»Du wolltest mit ihr sprechen, du hast mit ihr gesprochen«, entgegnet Tian. »Ich bin nicht dafür verantwortlich, wenn dabei nicht das herausgekommen ist, was du dir gewünscht hast.«

»Du hättest ihr ruhig etwas mehr ins Gewissen reden können! Sie verschweigt doch etwas.«

»Warum sollte ich dir helfen, wenn du mir nicht vertraust?«

»Wieso, was meinst du?« Natürlich weiß sie ganz genau, worauf er hinauswill. Verdammt, es war ein Fehler, ihn über Lis chinesischen Bekannten im Unklaren zu lassen und dennoch seine Hilfe einzufordern. Außerdem hat er recht. Seit Tian Völxen mit der falschen Übersetzung von Lis Brief zu täuschen versucht hat, traut sie ihm nicht mehr uneingeschränkt. Zumindest nicht, was Li angeht.

»Dass sie Besuch von einem Chinesen hatte, konntest du mir

nicht vorher sagen? Gleichzeitig erwartest du, dass ich für dich deine Verhöre führe? Und ich möchte noch einmal betonen, dass ich nach wie vor der festen Überzeugung bin, dass du auf der falschen Spur bist und dich mit dieser Schnüffelei höchstens noch in Gefahr bringst.«

»Es tut mir leid.«

»Ja, mir auch«, sagt Tian, und Oda erschrickt, denn sein Ton ist nicht etwa verärgert, wie bei einem normalen Streit, sondern traurig. So traurig, als wäre soeben etwas zu Ende gegangen.

»HALLO, SIE DA! Herr Kommissar!«

Fernando will gerade auf sein Motorrad steigen, da bemerkt er Frau Holliger, die unter den triefenden Büschen steht und ihm heftig zuwinkt. Der Regen hat aufgehört, aber der Himmel ist noch immer schwarz wie ein Grab, da kommt ganz bestimmt noch etwas herunter. Deshalb – und wegen des Meetings, das in einer Viertelstunde anfängt – hat Fernando es eilig, wieder zurück in die PD zu kommen. Keinesfalls wird er jetzt mit dieser Alten plauschen, der gerade ein bisschen langweilig ist.

»Kommen Sie doch bitte mal her!«, ruft Frau Holliger.

»Ich habe leider keine Zeit, ich muss ... zu einem Einsatz!«

»Ach«, sagt sie sichtlich enttäuscht. »Da kann man nichts machen. Aber wenn Sie den netten Kommissar treffen, der neulich hier war, dann sagen Sie ihm bitte, dass ich den gelben Zettel gefunden habe. Er hat nicht mehr geklebt und ist unter die Kaffeemaschine gerutscht, so was Dummes!«

»Mach ich«, ruft Fernando und stülpt sich den Helm über. *Den netten Kommissar, dass ich nicht lache.*

Frau Holligers Abschiedsgruß wird vom Aufheulen des Motors verschluckt. Wie befürchtet holt ihn auf dem Westschnellweg der nächste Schauer ein, und so kommt Fernando nicht nur zehn Minuten zu spät, sondern auch mit nassen Jeans in den Besprechungsraum. Hendrik Stevens begrüßt ihn. »Schön, dass Sie auch zu uns gefunden haben, Herr Oberkommissar.«

Ja, du mich auch!, denkt Fernando. Er murmelt eine Entschuldigung und setzt sich so weit wie möglich von dem Staatsanwalt weg. Zufällig ist der Stuhl neben der Anwärterin Karin Reiter noch frei. Er lächelt ihr zu, während Jule gerade berichtet: »Frau Asendorf, die Sprechstundenhilfe von Dr. Wolfram und die Geliebte von Johann Falkenberg, hat sich gemeldet. Sie ist in Rom.«

»Hält sie das für einen guten Zeitpunkt für Kulturreisen?«, brummt Völxen.

»Dort wohnt eine Freundin von ihr. Sie wollte angeblich nicht allein sein, und sie ging nicht an ihr Handy, weil sie geahnt hat, dass Nora Falkenberg das zweite Handy ihres Gatten früher oder später entdecken und sie dann beschimpfen oder sogar bei ihr zu Hause auftauchen würde. Laut Elvira Asendorf ist Nora Falkenberg hysterisch und jähzornig.«

Völxen winkt ab. »Dass die Damen gegenseitig keine sehr gute Meinung voneinander haben, erstaunt mich nicht. Wann kommt Frau Asendorf zurück?«

»Ich habe ihr dringend nahegelegt, dass sie den nächstbesten Flug nach Hause nehmen soll«, antwortet Jule.

Fernando gießt sich Kaffee ein. Seine Hose klebt unangenehm an den Schenkeln, aber das macht ihm nichts aus. Was er gleich zu sagen hat, kann dem Fall – seinem Fall! – möglicherweise die entscheidende Wende bringen. Aber noch ist Jule an der Reihe. Die klappt ihren Laptop auf und erklärt: »Oda Kristensen hat gerade eben in Peking mit Li Xiaolin gesprochen. Aber das kann sie uns selber sagen … einen Moment …«

Es dauert ein wenig, bis die Skype-Verbindung steht. Dann sieht man Odas Gesicht. »Hallo, ihr Lieben! Tag, Herr Staatsanwalt.«

Alle scharen sich um Jule, die Oda zuwinkt. »*Ni hau*, Oda!«

»Sag mal, ist es bei euch jetzt nicht mitten in der Nacht?«, schreit Völxen. Jule hält sich das Ohr zu und sagt: »Du musst nicht so brüllen, rede ganz normal!«

»Ja, es ist schon nach zwei«, bestätigt Oda. »Aber der Jetlag hält mich wach. Und wie ihr seht, bin ich immer im Dienst, Urlaub hin oder her.« Sie lächelt. Die Verbindung ist gut, wenn man bedenkt, dass der halbe Erdball zwischen ihnen liegt. »Ich bin sicher, dass Li jemanden deckt. Aber ich weiß nicht, wie ich aus ihr rauskriegen soll, wer das ist. Ich glaube, Li ist nach Peking zurückgekehrt, weil sie Angst hatte, dass wir sie hier zu einer Aussage zwingen könnten«, schließt Oda ihren Bericht.

»Wie hätten wir das denn anstellen sollen?«, grummelt der Staatsanwalt. »Deutschland ist schließlich keine Diktatur und auch kein Folterregime.«

»Mag sein, aber als Chinesin hat man halt so seine Erfahrungen mit der Staatsgewalt«, hält Oda dagegen. »Und über das *Shanghai East Hospital* hat sie uns auch nichts erzählt. Tian meinte, das wäre zu gefährlich für sie. Tut mir leid, dass ich nicht mehr in Erfahrung bringen konnte.«

»Trotzdem danke, Frau Kristensen«, sagt Stevens. »Ihr Einsatz ist bewundernswert. Schlafen Sie gut.«

»Ich versuch's, Herr Staatsanwalt. *Au revoir*!«

»Wartet doch mal …«, ruft Fernando, aber da ist die Verbindung schon unterbrochen. Jule klappt den Laptop zu, und alle setzen sich wieder an ihre Plätze. Hendrik Stevens wendet sich an Völxen: »Herr Hauptkommissar, Sie sind aufgrund der Obduktionsberichte absolut sicher, dass es sich bei Falkenberg und Dr. Wolfram um ein und denselben Täter handelt?«

»Ja«, sagt Völxen. »Ein Schlag gegen den Kehlkopf ist eine recht ausgefallene Methode, um jemanden zu töten. Ich halte es für ausgeschlossen, dass zwei verschiedene Täter innerhalb weniger Tage so vorgehen. Noch dazu, wo es zwischen den Opfern Verbindungen gibt und wir der Presse den genauen Tathergang bis jetzt vorenthalten haben.«

Stevens macht für einen Augenblick den Eindruck, als hätte er den Faden verloren. Dann sammelt er sich, mustert Völxen durch seine randlose Brille und fragt ihn: »Hatte dieser

Dr. Wolfram etwas mit den Tierschutzaktivisten zu tun, gegen die wir bis jetzt ermittelt haben?«

Völxen schüttelt den Kopf. »Nein. Da gibt es überhaupt keine Verbindung.«

»Der Doktor war ja kein Tierarzt«, erinnert Richard Nowotny den Staatsanwalt und greift nach der Schale mit den Gummibärchen, die neben der Thermoskanne steht, um sich, wie immer, zuerst alle roten herauszupicken.

Die Anwärter grinsen.

Fernando ergänzt: »Daniel Förster wurde bereits wieder aus der U-Haft entlassen. Es gab keine DNA-Spuren auf der Schlagwaffe, die in seinem Zimmer gefunden wurde.«

Stevens steht auf und schließt dabei sein Jackett.

Was kommt jetzt?, rätselt Fernando. *Ein Plädoyer? Die Stevens-One-Man-Arschloch-Show«?*

Der Staatsanwalt wendet sich Völxen zu. »Ich möchte mich hiermit in aller Form bei Ihnen entschuldigen, Herr Hauptkommissar. Ich denke, es spricht nichts dagegen, dass Sie ab sofort wieder die Leitung der Ermittlungen übernehmen, sowohl im Fall Wolfram als auch im Fall Falkenberg. Ganz offensichtlich habe ich mich geirrt, was den Verdacht gegen diese Gruppe junger Tierschützer angeht, zu der Ihre Tochter gehört.« Für einen Moment sieht es so aus, als wollte er Völxen die Hand geben. Dann aber verzichtet er doch darauf und setzt sich wieder hin, während Völxen sagt: »Alles halb so wild, Herr Staatsanwalt. Ich bin froh, dass wir das klären konnten. Ich sehe vollkommen ein, dass Sie zunächst nicht anders handeln konnten, um Schaden von mir und unserem Dezernat und der ganzen Behörde abzuwenden.«

Fernando versucht vergeblich, einen Funken Ironie in Völxens Rede zu entdecken. Was ist das für ein Gesülz? Ist das wirklich noch Völxen, der da spricht? Wird er jetzt auf seine alten Tage weich in der Birne? Er schaut hinüber zu Jule, die ihren Hendrik A. Stevens geradezu hemmungslos anstrahlt. Na toll!

Gleich werden sich alle in die Arme fallen und mit Frau Cebullas abgestandenem Kaffee Brüderschaft trinken. Das war's dann also mit seiner Ermittlungsleitung.

»Fernando, was ist bei der Befragung von Nora Falkenberg herausgekommen?«, hört er Völxen fragen. Täuscht er sich, oder schwang da ein kleines bisschen Häme im Tonfall mit? Außerdem könnte er ihn in Gegenwart des Staatsanwalts ruhig mit »Herr Oberkommissar« ansprechen. Fernando hat Mühe, seinen Zorn hinunterzuschlucken. Da er sich jedoch vor seinem Widersacher keine Blöße geben will, nimmt er Haltung an und berichtet, was Frau Falkenberg über den Chinesen, der bei ihnen gewesen ist, weiß oder vielmehr nicht weiß. »Dennoch hatte ich ein sehr aufschlussreiches Gespräch mit ihr.« Fernando macht eine Pause und versichert sich der allgemeinen Aufmerksamkeit, ehe er in die Runde fragt: »Hat jemand Ahnung, was es mit der Falun-Gong-Sekte auf sich hat?« Sein Blick bleibt an Jule, dieser wandelnden Wikipedia-Ausgabe, hängen, doch ehe die überhaupt Luft holen kann, hört man Karin Reiter antworten: »Das ist eine Bewegung, die buddhistische Meditationstechniken praktiziert. Ihre Anhänger werden in China von der Partei verfolgt und in Arbeits- und Umerziehungslager gesteckt. Es gibt glaubhafte Berichte von Journalisten und Bloggern, dass Falun-Gong-Anhänger, die vorher medizinisch untersucht worden waren, aus den Lagern verschwanden. Man fand angeblich Leichen, denen Organe fehlten. Die Falun-Gong-Anhänger gelten als besonders begehrte Organspender, denn sie sind aufgrund ihrer Lebensweise recht gesund, während die normalen Strafgefangenen fast alle mit Hepatitis B infiziert sind.«

»Genau«, bestätigt Fernando und lächelt Karin zu, während Jule vergisst, den Mund zu schließen.

»Ich weiß das, weil mein Bruder Buddhist geworden ist«, erklärt Karin und fährt fort: »Die chinesische Regierung behauptet natürlich, das wäre alles nur Propaganda des Westens und von Falun Gong. Es ist allerdings auffällig, dass der starke Anstieg der Transplantationszahlen in China mit der Verfolgung dieser Gruppe zeitlich zusammenfällt.«

»Was genau hat das aber nun mit unseren beiden Delikten zu tun?«, erkundigt sich Hendrik Stevens unterschwellig gereizt.

»Einiges«, antwortet Fernando. »Nora Falkenberg behauptet, dass Dr. Wolfram ihr damals, als er den Kontakt zum *Shanghai East Hospital* herstellte, versichert hätte, dass dort nur »solche Organe« – das ist ihre Wortwahl – zum Einsatz kämen. Und nachdem dieser Chinese vor der Tür stand und wenig später ihr Mann und sein Hausarzt auf dieselbe Weise umgebracht wurden, hat sie natürlich eine Heidenangst, weil sie glaubt, die Morde wären Racheakte von Angehörigen dieser Falun-Gong-Leute.«

Jule hat ihre Sprache wiedergefunden: »Vielleicht ist das aber auch nur ein Ablenkungsmanöver, das Nora Falkenberg und ihr Sohn sich ausgedacht haben. Sebastian hat nach wie vor für beide Tatzeiten kein vernünftiges Alibi. Also erfindet man einen rätselhaften Chinesen und macht sich die Gerüchte über diese verfolgte Sekte zunutze – und schon sind wir auf dem falschen Dampfer und jagen einem chinesischen Phantom nach. Sebastian ist kein Dummkopf, dem traue ich so viel Phantasie durchaus zu. Wer weiß, möglicherweise habe sogar ich die beiden erst auf die Idee gebracht, als ich Nora das Foto von Li zeigte. Warum hat sie denn nicht schon früher etwas über diesen Chinesen gesagt, sondern erst nachdem Sebastian uns diesen Köder hingeworfen hat? Erst danach ist sie plötzlich Fernando gegenüber furchtbar gesprächig geworden. Da stimmt doch etwas nicht.«

»Vielleicht liegt es daran, dass ich meine Befragungen anders führe als du«, erwidert Fernando mit einer gewissen Grundschärfe im Ton. Er hat ihr das strahlende Lächeln, das sie vorhin Stevens schenkte, noch längst nicht verziehen. »Außerdem hatte ich nicht den Eindruck, dass Nora Falkenberg gelogen hat.«

»Ach. Woher willst du das so genau wissen? Hat sie dich mit ihren unschuldigen Rehaugen angeblinkert?«, erwidert Jule, die heute offenbar auf Krawall gebürstet ist.

»Wenn man so viele Vernehmungen durchgeführt hat wie ich, dann spürt man das«, versetzt Fernando.

Völxen schaltet sich ein: »Könntet ihr zwei eure Scharmützel vielleicht nach Dienstschluss austragen?«

Jule und Fernando verstummen, und Nowotny meint: »Was sich liebt, das neckt sich.«

Völxen macht weiter: »Ich gebe zu bedenken, dass Li Xiaolin tatsächlich ein paar Mal Besuch von einem jungen Chinesen hatte. Was nichts heißen mag, es gibt ja viele Chinesen in Hannover und an der MHH, und warum sollte sie keinen Kontakt zu einem Landsmann gehabt haben? Allerdings müssen wir uns fragen: Warum leugnet sie es gegenüber Oda, wenn es harmlos war?«

»Weil sie keinem Unbeteiligten die Polizei auf den Hals hetzen möchte?«, schlägt Jule vor.

»Wer sagt denn das mit dem Besuch?«, fragt Fernando.

»Deine Mutter!«

»Oh!«

»Oder vielmehr diese Nachbarin, Frau Bertone …«

»Die? Die ist blind wie eine Natter! Als ich noch längere Haare hatte, hat sie mich immer mit ›Guten Morgen, Frau Mathei‹ begrüßt. Das ist eine fünfzigjährige Frau aus dem ersten Stock.«

Sogar Hendrik Stevens muss grinsen, aber nur knapp unter der Wahrnehmungsgrenze.

Jetzt meldet sich Axel Stracke zu Wort: »Dann kommt diese Hühnerfrau wohl auch nicht als Täterin infrage, oder? Sie hat keine Verbindung zu dem Doktor, und sie hat ein Alibi für Freitagabend: Sie war bei der Probe des Kirchenchors.«

»Stimmt«, sagt Fernando. »Tut mir leid, dass du umsonst dort warst.«

»Ja, mir auch. Es war grausig. Ich musste ihr beim Beringen der Hühner helfen und dann noch mit ihr und der Mutter Tee trinken. Dabei haben sie mir alte Familiengeschichten aufgetischt …«

»Könnten wir vielleicht wieder zur Sache kommen?«, schneidet ihm der Staatsanwalt das Wort ab. »Herr Hauptkommissar, wie wollen Sie denn nun als Nächstes vorgehen?«

»Wir befragen Falkenbergs Geschäftsführer. Wenn dieser Chinese wirklich dort war, müsste es ja noch irgendwer mitbekommen haben. Und dann bin ich natürlich sehr gespannt, was uns Frau Asendorf zu erzählen hat. Sie scheint mir momentan das wichtigste Verbindungsglied zwischen den beiden Mordfällen zu sein. Dann muss geklärt werden, ob es eine Kopie von Falkenbergs Krankenakte gibt, auf die es der Mörder und Brandstifter offenbar abgesehen hatte. Ich werde außerdem selbst noch einmal mit Nora Falkenberg und vor allem mit ihrem Sohn sprechen. Die Schonzeit für das Bürschchen ist jetzt definitiv abgelaufen. Und wir sollten uns auch Werner Falkenberg, den Bruder, nochmals vorknöpfen.«

»Der war übrigens gerade da, als ich bei Nora Falkenberg ankam«, sagt Fernando. »Ein sehr komischer Kauz, wie Oda schon gesagt hat.«

»Na, dann wissen wir ja, was wir zu tun haben.« Völxen steht auf. »Jule, du machst Elvira Asendorf noch mal ordentlich Druck, damit sie möglichst rasch hier erscheint.«

»Ich möchte bitte auf dem Laufenden gehalten werden, auch zwischen den Meetings«, wendet sich Hendrik Stevens an Völxen.

»Selbstverständlich«, antwortet dieser lammfromm.

»Ach ja, was sagen wir der Presse?«

»Das entscheiden am besten Sie, Herr Staatsanwalt«, antwortet Völxen. Stevens nickt. Dann steht er auf und greift im Hinausgehen in die Schale mit den Gummibärchen, die Nowotny noch übrig gelassen hat.

Als die Tür hinter ihm zugefallen ist, sagt Völxen: »Das alles hat Zeit bis morgen. Schlafen wir uns erst einmal alle gründlich aus.«

GEGEN ABEND IST das Wetter wieder schön geworden. Völxen hat bei seinen Schafen nach dem Rechten gesehen und steht jetzt am Zaun. Die Tiere grasen. Ab und zu wirft ihm der Bock einen prüfenden Blick zu. *Ja, guck du nur, du falscher Fuffziger!* Dass sich der Staatsanwalt bei ihm entschuldigt und ihn wieder eingesetzt hat, war Balsam für Völxens Ego, aber das Gefühl des Triumphs ist schnell wieder verflogen. Es hätte erst gar nicht so weit kommen dürfen, sagt sich Völxen. Er wird heute früh zu Bett gehen, er ist müde. Das liegt aber nicht nur am mangelnden Schlaf. Er hat das Gefühl, dass die Müdigkeit tiefer geht, eine Art Lebensmüdigkeit ist. Was? Wie klingt das denn? Auf jeden Fall zu dramatisch.

Ein kompakter Umriss wird auf dem Nachbarhof sichtbar, und schon kommt Jens Köpcke um die Weide herum auf ihn zu. Eigentlich wäre Völxen gerade lieber allein mit seinen Schafen und seinen Gedanken, aber der Hühnerbaron scheint Gesprächsbedarf zu haben.

»Sie haben ihn erschossen«, verkündet er.

»Wer? Wen?«

»Die Jäger. Den Marder. Drüben, hinterm Schuppen.«

Rache, denkt Völxen. *Ein Urtrieb.*

»Sie haben den Hund in den Schuppen gelassen, und als das Vieh rauskam – peng!« Köpcke wirkt hochzufrieden.

»Aha«, sagt Völxen. Er möchte lieber keine Einzelheiten darüber hören. Köpcke zaubert zwei Bierflaschen hervor, öffnet sie und streckt Völxen eine hin.

»Und woher wisst ihr, dass ihr den Richtigen erwischt habt?«, fragt der Kommissar nach einem Schluck vom Herrenhäuser.

»Bauchgefühl.« Köpcke klopft sich dabei auf die ausgeprägte Wölbung seiner blauen Latzhose.

»Na dann.«

Ihren Gedanken nachhängend, leeren sie die Bierflaschen. Irgendwo quaken ein paar Frösche, und die Sonne, die tief über dem Deisterkamm schwebt, sinkt noch ein bisschen tiefer. Über der Schafweide tanzen die letzten Mücken.

»Stimmt das, was in der Zeitung steht?«, fragt Köpcke nach einer Weile.

»Hin und wieder.«

»Ich meinte das mit Falkenberg ... ist es wahr, dass man ihn regelrecht ausgenommen hat?«

»So in etwa«, sagt Völxen. »Es war ...« Ihm fehlen die Worte, um das zu beschreiben, was er lieber vergessen würde, und er möchte auch gar nicht mehr davon sprechen. »Kanntest du ihn?«

»Vom Sehen«, entgegnet Köpcke.

»Wo habt ihr euch denn gesehen?«

»Auf der *EuroTier*.«

Nach einer weiteren Schweigeminute fragt Völxen: »Was meinst du, Jens, kann es sein, dass man von einem Tag auf den anderen seinen Beruf nicht mehr ertragen kann?«

Köpcke antwortet nicht. Das ist auch gar nicht notwendig. Die Gespräche mit dem Nachbarn am Zaun haben für Völxen ohnehin eher den Charakter von Selbstgesprächen. »Angeblich soll das schon vorgekommen sein«, fährt Völxen fort. »Polizisten, zwanzig Jahre im Dienst, und auf einmal ist Schluss, man kann keine Leichen mehr sehen. Es sind nicht nur die Toten. Ich möchte auch keine Todesnachrichten mehr überbringen, und ich ertrage die Zeugen nicht mehr, die nichts wissen oder einen anlügen oder den Mund nicht aufkriegen. All das. Ich gehöre langsam zum alten Eisen. Ich kann ja nicht mal mein Handy richtig bedienen. Mein *Smartphone*. Ich bin aber nicht *smart*!« Dann ist die Luft raus. Er schweigt und leert seine Bierflasche.

»Burn-out«, sagt Köpcke.

»Was?«

»Hat neuerdings jeder. Lass dich doch versetzen. Irgendeinen Sesselfurzerposten werden sie schon für dich finden, auf dem du dich bis zur Pension rumfläzen kannst.« Köpcke öffnet noch zwei Flaschen und reicht Völxen eine davon. Der will erst ablehnen, aber nun ist das Ding ja schon offen.

Völxen setzt die Bierflasche an und merkt, wie durstig er ist, nach diesem langen Tag und der kurzen Nacht. Dann verfallen die beiden in ein ausgedehntes männliches Schweigen. Mit niemandem auf der Welt, findet Völxen, lässt es sich so gut schweigen wie mit Jens Köpcke.

»WAS HATTE DENN GESTERN DIESE CHARMEOFFENSIVE

ZU BEDEUTEN?«, fragt Fernando am nächsten Morgen. Er steuert den Dienstwagen, während es sich sein Chef auf dem Beifahrersitz bequem gemacht hat.

»Wovon redest du?«, entgegnet Völxen scheinheilig.

»Von deiner Kriecherei in Stevens Hintern«, platzt Fernando heraus.

»Tja«, sagt Völxen und grinst. »Immerhin bin ich dadurch nun wieder der Leiter dieser Ermittlung.« Boshaft registriert er Fernandos verspannten Unterkiefer. »Weißt du, manchmal ist es einfach sinnvoller, die Klappe zu halten«, belehrt ihn Völxen, woraufhin Fernando tatsächlich keinen Laut mehr von sich gibt, bis sie an ihrem Ziel angekommen sind. Sie steigen aus. Im Hintergrund verdünnisieren sich ein paar osteuropäische Leiharbeiter.

»Arme Viecher«, meint Fernando beim Betrachten der dicht an dicht eingepferchten Hühner. »Dieser Krach, und der Gestank! Irgendwie ist mir der Appetit auf Eier gerade … – Scheiße, Völxen, da kommt ein Typ mit Hackfresse und 'ner Mistgabel direkt auf uns zu!«

Fernandos rechte Hand fährt unter seine Jacke und zum Holster der Pistole. Swoboda kommt mit langen Schritten auf die beiden Beamten zu und vermittelt den deutlichen Eindruck, dass das Gerät in seiner Hand gleich zum Einsatz kommen wird.

»Der will nur spielen«, meint Völxen.

»Also, auf mich wirkt er sehr unentspannt«, sagt Fernando.

»Haut ab, verdammte Drecksäcke!« Der Aufforderung folgen ein paar Bemerkungen in Fäkalsprache, die gegen die freie Presse und Beamte des Gewerbeaufsichtsamts gerichtet sind.

»Moin, Herr Swoboda!«, sagt Völxen.

Der Geschäftsführer, vermutlich leicht kurzsichtig, baut sich vor ihnen auf und erkennt erst jetzt den Hauptkommissar wieder. Er beruhigt sich ein wenig und knurrt: »Ah, Bullen. Was wollt ihr denn schon wieder?«

»Wir hätten da noch ein paar Fragen, Herr Swoboda«, sagt Völxen überfreundlich. »Unter anderem zum Besuch eines Chinesen etwa zwei Wochen vor Falkenbergs Tod. Klingelt es da bei Ihnen?«

Dies scheint in Swobodas Augen ein unverfängliches Thema zu sein, er gibt jedenfalls bereitwillig Auskunft. »Ja, stimmt, neulich war so ein Schlitzauge da.« Nein, er wisse nicht, was der gewollt habe, und Falkenberg habe kein Wort darüber verloren. »Ich dachte ja: Der verkauft uns jetzt an die Chinesen. Aber dann wäre doch sicher gleich ein ganzes Rudel von denen aufgetaucht, oder?«

»Möglich«, sagt Völxen.

»Wie ein Investor sah der auch nicht aus«, erzählt Swoboda.

»Wie sah er denn aus?«, fragt Fernando.

»Na, wie Schlitzaugen eben aussehen.« Swoboda zieht seine kleinen Schweinsaugen mit den Fingern lang, und Fernando verspürt eine ziemlich große Lust, gegen ein paar Dienstvorschriften zu verstoßen.

Völxen wirft ihm einen warnenden Blick zu. »Wie alt war der Mann?«

»Woher soll ich das wissen? Diese Brut kann doch kein normaler Mensch schätzen.«

»War er alt, war er jung?«, beharrt Völxen unbeirrt auf einer Antwort.

»Eher jung, würde ich sagen.«

»Was hatte er an?«

»Jeans und eine Stoffjacke, glaube ich. Auf jeden Fall keinen Anzug.«

»Hat Falkenberg hinterher etwas zu dem Treffen gesagt?«

»Nur, dass ich mit niemandem drüber reden soll, schon gar nicht mit seiner Frau. Als ob die sich je bei uns im Betrieb blicken lassen würde!«

»Wie geht es denn jetzt hier weiter?«, erkundigt sich Völxen.

Swoboda spuckt über den Zaun zwischen die Hühner, die sich daraufhin gackernd um die Spucke raufen. »Keine Ahnung, ist mir auch scheißegal. Ich bin zum Monatsende weg. Weiß der Teufel, ob ich von der gnä' Frau überhaupt meinen Lohn kriege.«

»Dann danke ich für die Auskunft«, sagt Völxen. Als sie wieder im Wagen sitzen, schüttelt er den Kopf und lächelt grimmig.

»Was ist?«, fragt Fernando.

»Schon absurd, wenn sich einer, der wie ein Schwein aussieht, über anderer Leute Schlitzaugen lustig macht.«

»Wenigstens wissen wir jetzt, dass der Chinese existiert. Aber viel mehr auch nicht«, meint Fernando.

»Ja, und die alte Dame ist hiermit rehabilitiert.«

»Wer?«, fragt Fernando.

»Na, eure Nachbarin.«

»Ach so, die! Ach, apropos Alte ...«

»Ich sagte alte *Dame*!«, fährt ihn Völxen an. »Etwas mehr Respekt, wenn ich bitten darf.«

»Okay, okay. Also die andere alte *Dame*, diese Frau Holliger, hat mir gestern im Gebüsch aufgelauert. Sie lässt dich grüßen.«

»Danke.«

»Sie sagte etwas von einem gelben Zettel unter der Kaffeemaschine, keine Ahnung, was das zu bedeuten hat, du vielleicht?«

Völxen sieht Fernando von der Seite an. Seine Augenbrauen streben aufeinander zu. Kein gutes Zeichen.

»Was denn? Hab ich was falsch gemacht?«

»Das mit dem gelben Zettel sagst du mir erst *jetzt*?«

»Entschuldige, ich dachte nicht ...«

»Jetzt gib schon Gas!«

WÄHREND VÖLXEN MIT Frau Holliger über die bevorstehende Apfelernte plaudert, führt Fernando eine Halterabfrage durch. Sie ergibt, dass der rote Kleinwagen ein uralter Ford Fiesta ist, zugelassen auf einen gewissen Andreas Sonnenbichler, geboren am 19. August 1990 in Landshut, derzeit wohnhaft im Kötnerholzweg in Linden-Mitte.

»Sonnenbichler hört sich jetzt nicht unbedingt chinesisch an«, bemerkt Fernando, als sie wieder in Richtung Stadt unterwegs sind.

Völxen krallt sich am Sitz fest. »Musst du so rasen?«

»Du hast gesagt, ich soll Kerzen und Musik anmachen. Soll ich dann mit fünfzig über die B6 schleichen?«, gibt Fernando zurück. Offenbar kann man dem Alten heute gar nichts recht machen. »Nichts mehr gewohnt, was?«

»ACH, KARIN«, SAGT JULE. »Ich hätte eine Bitte ...«

»Latte macchiato aus dem Automaten?«, fragt die Anwärterin leicht aufsässig.

Jule lässt eine ungemütliche Sekunde verstreichen und sagt dann: »Nein. Du und Axel, ihr fahrt in die MHH und hört euch dort in den Abteilungen, in denen Li Xiaolin war, ein wenig unter dem Personal um. Ich möchte wissen, mit welchen Mitarbeitern sie Kontakt hatte oder vielleicht sogar befreundet war. Besonders interessant sind dabei Landsmänner von ihr. Am besten, ihr fangt in der Kardiologie an ...«

»Dürfen wir da einfach so rein?«, fragt Karin unsicher.

»Klar. Ihr führt schließlich Ermittlungen in einem Mordfall durch. Und sollte irgendwer rumzicken, dann sagt einfach, dass es die Idee von Professor Dr. Wedekin war. Das ist mein Vater.«

ANDREAS SONNENBICHLER IST gerade aufgestanden, davon zeugen die halb volle Kaffeetasse und das angebissene Nutellabrot auf dem Küchentisch.

»Sie sind Student?« Völxen lässt seinen Blick durch die etwas schmuddelige Küche schweifen. So ähnlich sieht es in Wandas WG auch aus. Vielleicht sollte er heute mal bei ihr vorbeischauen?

»Maschinenbau, fünftes Semester«, antwortet der schlaksige junge Mann mit einem bayerischen Akzent. Er bestätigt, dass der rote Fiesta ihm gehört, und fragt dann: »Wieso? Ist was damit?«

Völxen erklärt ihm, was nötig ist. Andreas Sonnenbichler bestreitet jedoch, mit seinem Wagen jemals in der Wedemark gewesen zu sein, und schon gar nicht während der letzten paar Wochen. Völxen ist geneigt, ihm das zu glauben, denn Sonnenbichler ist ziemlich groß, blond und trägt einen Bürstenhaarschnitt, während Frau Holliger einen mittelgroßen Dunkelhaarigen mit längerer Frisur gesehen haben will.

»Aber Ihr Auto war mehrmals dort, dafür gibt es Zeugen«, beharrt Fernando.

»Das muss dann der Fang gewesen sein.«

»Wer?

»Mein Mitbewohner. Fang Yonggan. Der hat sich mein Auto ab und zu ausgeliehen.«

»Jetzt kommen wir der Sache schon näher«, frohlockt Völxen, während sich Fernando bereits aufmacht, den Mitbewohner zu suchen.

»He! Warten Sie mal!«, protestiert Sonnenbichler laut. »Der ist nicht da.«

»Und wo finden wir ihn?«, fragt Völxen.

»Vermutlich in der MHH. Der macht dauernd irgendwelche Praktika, auch in den Semesterferien.«

Fernando und Völxen tauschen einen Blick.

»Worum geht's hier eigentlich?«, fragt Sonnenbichler verunsichert.

»Um Mord«, antwortet Völxen.

Sonnenbichlers Kinnlade klappt herunter.

Fernando nutzt dessen Schrecksekunde und erkundigt sich nach dem Zimmer von Fang. Der Student zeigt ihm eine Tür am Ende des Flurs. Während Fernando sich in Fang Yonggans Zimmer umsieht, quetscht Völxen in der Küche sein inzwischen recht zahm gewordenes Gegenüber aus. Laut dessen Angaben wohnt Fang seit dem Frühjahr hier. Er bekam das Zimmer aufgrund seines Gesuchs am virtuellen Schwarzen Brett der Leibniz-Universität. Er studiert Medizin im siebten Semester und ist, so Sonnenbichler, ein angenehmer Mitbewohner. »Ich habe ihm erlaubt, mein Auto mitzubenutzen, gegen ein bisschen Kohle. An der alten Schüssel kann man ja nicht mehr viel kaputt machen, und die meiste Zeit steht das Ding eh nur rum.«

»Woher kommt Ihr Mitbewohner, wissen Sie das?«

»Aus China.«

»Das Land ist groß.«

»Ich weiß es nicht. Irgendeine Stadt mit einem Namen, den sich kein Schwein merken kann. Er hat nie viel davon erzählt.«

»Haben Sie sich seinen Pass zeigen lassen, als er hier einzog?«

»Äh ... nein.« Er steht auf, verfolgt von den wachsamen Augen Völxens. Doch er kramt nur eine Packung Zigaretten aus der Schublade eines alten Küchenschranks und zündet sich eine an.

»Hatte er Freunde in Hannover?«, fragt Völxen, den Rauch wegwedelnd.

»Ja, klar. Fang ist ein ganz netter Typ, nicht so ein verbissener Streber wie die *Twins* in meinem Semester.«

»*Twins?*«

»So nennen wir die Chinesen«, erklärt Sonnenbichler. »Weil sie alle gleich aussehen. Wie Zwillinge eben.«

Völxen denkt sich seinen Teil und fragt: »War in letzter Zeit mal eine junge Chinesin bei Fang zu Besuch?«

»Keine Ahnung. Ich war die letzten Wochen über kaum zu Hause.«

Er steht erneut auf und löscht die Zigarette unter dem Wasserhahn. Der Tabak scheint ihm heute noch nicht zu schmecken. »Und der Fang soll also einen umgebracht haben?«, wendet er sich dann an Völxen.

»Dazu kann ich keine Auskunft geben«, antwortet der.

»Verstehe.«

»Hat Ihr Mitbewohner mal über Falun Gong gesprochen?«

»Hä?«

Völxen wiederholt den Begriff und fügt hinzu: »Das ist eine Art Sekte, die in China verfolgt wird.«

»Nein, die hat er nie erwähnt.«

»Hat er überhaupt über Politik gesprochen, über sein Land?«

»Nein. Das ist aber oft so, die *Twins* … die Chinesen in unserem Fachbereich reden auch wenig über ihre Heimat, und wenn, dann nur Quatsch. Ich glaube, die haben sogar hier Angst vor Spitzeln. Oder sie sind wirklich überzeugt, dass China das Allergrößte ist. Ich meine – wenn sie hier studieren dürfen, dann sind ihre Familien sicher reich und systemkonform. Sonst wären die gar nicht hier. Sie brauchen ja ein Visum und müssen viel Geld hinterlegen, damit sie auch wieder zurückkommen.«

»Wann haben Sie Fang zum letzten Mal gesehen?«, will Völxen wissen.

»Gestern Abend. Er war in seinem Zimmer.«

»Wissen Sie zufällig, wo Fang am letzten Freitagabend war?«

»Nein. Ich bin am Donnerstag zu meiner Freundin nach Berlin gefahren und erst gestern wiedergekommen.«

»Waren Sie mit Ihrem Auto in Berlin?«

»Ja. Ich musste ein Regal transportieren.«

Jedenfalls ist Fang nicht mit Sonnenbichlers Auto zum Tatort gefahren, schlussfolgert Völxen.

Fernando kommt zurück in die Küche und fragt: »Spricht Fang eigentlich gut deutsch?«

»Ja, sehr gut«, bestätigt Sonnenbichler. »Dafür, dass er erst seit drei Jahren hier lebt.«

Sagte Nora Falkenberg nicht, der Besucher hätte schlecht Deutsch gesprochen? Wer von beiden lügt denn nun? Fernando wirft einen Blick auf den Küchentisch, auf dem Sonnenbichlers aufgeklappter Rechner steht. Er hat eine Idee: »Sind Sie und Fang Facebook-Freunde?«

»Was? Ja, schon.«

»Wir würden uns gern mal Fangs Profil ansehen.«

»Äh … also, ich weiß nicht …«

»Ich kann auch die Jungs vom LKA darum bitten, seinen Account zu knacken. Für die ist das lediglich eine Fingerübung. Aber dann würden wir uns Ihre Seite auch gleich mit anschauen.«

»Jaja, schon gut«, wehrt Sonnenbichler ab und greift brav in die Tasten. Völxen zwinkert Fernando hinter dem Rücken des Studenten zu, hebt den Daumen und nickt anerkennend.

»Ach, wen haben wir denn da«, sagt Fernando wenig später, als er sich durch Fangs Chronik arbeitet. »Unsere Freundin Li Xiaolin. Ey, das ist ja 'n Ding!« Fernando starrt auf ein Foto, das drei junge Männer zeigt. Sie haben Gläser in der Hand und strecken dem Fotografen den Mittelfinger entgegen.

»Den linken kenne ich doch. Das ist der schwule Sachse!«

»Wer?«, fragt Völxen.

Fernando kramt in der Innentasche seiner Lederjacke nach dem Zettel mit den Handynummern, die ihm Sebastian Falkenbergs Mitbewohner am Sonntagmorgen gegeben hat. »Da ist er ja.«

Völxen betrachtet den zerknüllten Zettel. »Adrian. Und sogar mit einem Herzchen auf dem i«, bemerkt er süffisant.

Fernando gibt derweil *Adrian* ins Suchfeld von Fangs Freundesliste ein.

»Hier! Adrian Lupetzky, genau, so hieß der.«

»Das ist ein Typ aus Fangs früherer WG«, sagt Sonnenbichler. »Von dem hat er schon erzählt.«

»Und was ist mit Sebastian?«, fragt Völxen. »Hat Fang diesen Namen auch mal erwähnt?«

»Unter seinen Facebook-Freunden ist er jedenfalls nicht«, stellt Fernando gerade fest.

»Aber auf dem Foto, das war er doch«, sagt Andreas Sonnenbichler. Fernando scrollt wieder auf das Partyfoto. Sonnenbichler deutet auf den jungen Mann rechts von Fang. »Den kenne ich, der war schon ab und zu hier.«

»Ist Fang auch schwul?«, fragt Fernando.

»Wieso *auch*? Ich bin nicht schwul!«

»Hat ja keiner behauptet«, sagt Völxen. »Also?«

»Nein. Soviel ich weiß, nicht. Der ist bei Sebastian und Adrian ausgezogen, weil ... na ja, weil's ihm dann doch ein bisschen zu viel wurde. Die zwei haben wohl recht viel Party gemacht, auch mit Drogen und so, und Fang ist nicht so der Typ dafür. Aber sie waren trotzdem noch befreundet.«

»Dann hat Fang Sebastian wohl später aus seiner Freundesliste gelöscht«, grübelt Fernando. »Die Frage ist, warum. Es kann natürlich auch umgekehrt gewesen sein, dass Sebastian Fang gelöscht hat.«

Völxen steht auf. »Fernando, schick ein Foto, auf dem Fang gut zu erkennen ist, zur PD und an Jule. Und ruf die Spusi an. Die sollen sich das Zimmer und das Auto vornehmen. Dann fährst du noch mal raus nach Resse und bringst Sebastian zum Verhör in die PD. Sie, Herr Sonnenbichler, begleiten mich bitte zur Polizeidirektion. Wir müssen Ihre Aussage protokollieren.«

Der Student schaut mit großen Augen von Fernando zu Völxen. Es scheint, als würde er so langsam begreifen, dass die Lage ernst ist. »Resse?«, wiederholt er. »Geht es um den Mord im Schwarzen Moor, von dem dauernd was in der Zeitung steht?«

»Ja«, sagt Völxen.

»Das glaub ich nicht.«

»Was glauben Sie nicht?«, fragt der Hauptkommissar.

»Dass der Fang … dass der was damit zu tun haben soll. Der ist echt in Ordnung, der könnte nie einen umbringen.«

Völxen nickt. »Sie glauben ja gar nicht, wie oft wir diesen Satz schon gehört haben.«

JULES HANDY BLÖKT. Es ist Völxen.

»Wo bist du?«, fragt er.

»Auf dem Weg zum Flughafen, um Frau Asendorf abzuholen. Nicht, dass die uns wieder entwischt oder umgebracht wird. Wieso, was ist denn?«

Völxen informiert sie über die neuesten Erkenntnisse.

»Die Anwärter sind gerade in der MHH«, fällt Jule ein. »Ich hab sie gebeten, vor Ort rauszufinden, mit wem Li dort Kontakt hatte. Die können diesen Fang Yonggan doch in die PD schaffen.«

»Nein! Pfeif sie sofort zurück. Der Mann hat zwei Leute umgebracht, da kann eine Festnahme leicht eskalieren. Ich informiere das LKA, die sollen das SEK hinschicken. Fernando hat dir ein Foto von Fang gemailt. Bitte leite es ans SEK weiter. Nicht, dass die uns noch den falschen Chinesen anschleppen.«

Völxens Worte lassen Jule schlagartig fromm werden. *Lieber Gott, bitte, bitte lass diesen Fang nicht gerade bei meinem Vater arbeiten. Das SEK auf seiner Station – das verzeiht der mir bis zum Jüngsten Tag nicht!* Sie unternimmt einen verzweifelten Versuch, das Unheil abzuwenden: »Das SEK? Völxen, ich bitte dich, das ist eine *Klinik*! Es könnten Leute vor Schreck sterben, wenn diese Kerle in voller Montur auflaufen. Wenn da nur bei einem Patienten der Blutdruck steigt, wird uns die Presse schlachten. Lass mich hinfahren. Die Asendorf kann auch eine Streife abholen.«

Für zwei, drei Sekunden ist es still in der Leitung. *Der wird doch nicht auf mich hören, der alte Sturschädel?*

»Gut, machen wir es so. Aber sei vorsichtig. Bist du bewaffnet?«

»Ja.« Die Lüge kommt ihr so glatt über die Lippen, dass sie sich nur wundern kann. Sie legt auf. Das schafft sie schon. Schließlich kann sie ja Karate. Allerdings, fällt ihr ein, kann der Täter das vermutlich auch. Immerhin hat er seine Opfer durch einen Schlag auf den Kehlkopf getötet. Sie muss ihn überraschen, darf es auf keinen Fall zu einem Kampf kommen lassen. Verdammt, sie hat die Handynummern von den Anwärtern noch nicht eingespeichert! Sie ruft Frau Cebulla an, damit sie ihr die Nummern simst. »Noch was, Frau Cebulla. Könnten Sie eine Streife zum Flughafen schicken? Die sollen dort Elvira Asendorf abholen und sie sofort zur PD bringen. Ihre Maschine aus Rom landet in zwanzig Minuten. – Danke, Sie sind ein Schatz!«

Jule fährt los, während ihr Handy Karins Nummer wählt.

»Kommissarin z. A. Karin Reiter«, tönt es aus der Freisprechanlage.

»Jule hier. Karin, habt ihr schon mit einem gewissen Fang Yonggan gesprochen?«

»Ja, ich, vorhin.«

»Was hat er gesagt?«

»Dass er ab und zu mit Li zu Mittag gegessen hat. Aber sonst wusste der nichts.«

»Wie wirkte er?«

»Ja, wenn ich so darüber nachdenke ... Ein bisschen nervös war er. Wieso, was ist denn?«

»Ihr brecht die Sache sofort ab und zieht euch unauffällig zurück. Das ist ein Befehl von Völxen«, fügt sie hinzu. »Ach ja: In welchem Bereich arbeitet der Typ zurzeit?«

»In der Geburtshilfe.«

Auch das noch! »Pass auf. Ruft eine Streife, aber die sollen ohne Sirene und Blaulicht vorfahren. Und dann wartet ihr alle zusammen auf mich!« Sie legt auf. Hoffentlich spuren die zwei und machen keinen Blödsinn. Während sie sich durch den Stadtverkehr schlängelt, hat Jule eine Idee. Ja! So müsste es klappen. Noch ein Anruf. Sie hat Glück, ihr Vater scheint nicht im OP zu sein, jedenfalls geht er ziemlich rasch an sein Handy. »Papa, du musst mir helfen!«

»Alexa! Was ist passiert? Ist was mit Constanze?«

Wie kommt er denn jetzt auf ihre Mutter?

»Schlechtes Gewissen, was?«, entschlüpft es Jule. »Nein, es ist was Dienstliches.«

»Ach ja? Reicht es nicht schon, dass zwei Grünschnäbel hier den Betrieb aufhalten und auch noch behaupten, die Idee stamme von mir! Wirklich, Alexa, das finde ich …«

»Papa, hör mir zu, reg dich später auf, es ist verdammt wichtig«, unterbricht Jule den Sermon. »Kennst du Fang Yonggan? Er ist Student und war mit Li befreundet.«

»Ja, ich erinnere mich an ihn, der war mal bei uns auf Intensiv. Hat sich ganz ordentlich …«

»Papa, ich muss den Kerl festnehmen, und das Ganze würde ich gerne tun, ohne Aufsehen zu erregen. Kannst du ihn zu dir ins Büro bitten und ihn so lange zutexten, bis ich da bin?«

»*Zutexten?*«

»Erzähl ihm irgendwas. Wie toll er ist und dass du einen Job für ihn hättest. Oder frag ihn, wie er sich seine Zukunft vorstellt … Er darf jedenfalls keinen Verdacht schöpfen, also denk dir was aus, reden kannst du doch gut.«

»Der ist aber zurzeit gar nicht in meiner Abteilung.«

»Ich weiß, er ist in der Geburtshilfe. Aber du bist doch so was wie Gottvater in dem Laden, das hast du selbst gesagt. Wenn du einen kleinen Medizinstudenten in dein Büro bittest, dann spurt der doch.«

»Ich kann mich nicht erinnern, dass ich neuerdings für die Polizei arbeite«, kommt es leicht angesäuert. »Außerdem habe ich in einer halben Stunde eine OP.«

Jule seufzt. »Stimmt, Papa, du hast recht, das geht nicht. Es ist besser, wenn ich das SEK schicke.«

»Was? Alexa! Jule! Warte mal!«

Aber Jule hat schon aufgelegt und konzentriert sich auf den Verkehr, wobei sie vor sich hin grinst. Jede Wette, dass sich vor dem geistigen Auge ihres Erzeugers gerade Schreckensszenarien abspielen, in denen eine Horde schwarz vermummter und bis an die Zähne bewaffneter Hünen durch den Kreißsaal toben.

»FRAU CEBULLA, WAS GIBT'S?«

Völxen ist gerade dabei, Andreas Sonnenbichlers Aussage zu protokollieren, als ihn die Sekretärin kurz aus dem Büro winkt.

»Die Spurensicherung lässt ausrichten, sie hätten im Zimmer dieser Wohnung in Linden Bargeld gefunden, das unter einer losen Bodendiele versteckt war.«

»Ah, der Klassiker«, meint Völxen. »Grandioses Versteck. Wie viel war es denn?«

»Nicht ganz neuntausend Euro in lauter Fünfzigern.«

»Sehr schön«, freut sich Völxen.

Frau Cebulla ist schon auf dem Rückweg in ihr Büro, da dreht sie sich noch einmal auf quietschenden Gummisohlen um und sagt: »Ach, eben hat ein Herr Dr. Meise aus dem Ministerium angerufen. Ich wollte ihn durchstellen, aber er meinte nur, ich solle Ihnen ausrichten, dass die Sache, um die Sie ihn gebeten hätten, bereits ihren Gang nimmt.«

Die gute Seele des Dezernats ist bei diesen Worten wieder näher gekommen, und man sieht ihr an, dass sie nur allzu gern wüsste, worum es geht. Völxen bedankt sich fürs Ausrichten.

Doch Frau Cebulla ist noch nicht fertig. Sie sieht verlegen und gleichzeitig tief beunruhigt aus, als sie nun meint: »Herr Hauptkommissar, Sie würden es mir doch als Erster sagen, wenn Sie vorhaben, hier wegzugehen?«

»Sicher, Frau Cebulla, das würde ich«, antwortet Völxen ein wenig verwirrt. Wie kommt sie nur darauf? Ach ja, Volker Meises Anruf! Bestimmt hat sie die rätselhaften Andeutungen des Ministerialbeamten falsch interpretiert. Händereibend verzieht sich Völxen in sein Büro. Bis jetzt ist der Tag nicht schlecht verlaufen. Wenn Jule die Festnahme nicht vermasselt, dann können wir diese zwei Mordfälle vielleicht sogar heute noch abschließen. Aber das Wichtigste: Sabine hat ihm heute Morgen, wenn auch wortkarg, wieder das Frühstück zubereitet. Nur Wanda spricht noch immer nicht mit ihm.

»POLIZEI, KEINE BEWEGUNG, Hände auf den Tisch!« Fang Yonggan und Professor Dr. Jost Wedekin blicken erschrocken auf, als Jule in das Büro stürmt, und mit ihr zwei Polizisten mit gezogenen Pistolen. Vor der Tür stehen Karin Reiter und Axel Stracke.

»Kind, kannst du nicht anklopfen, ich hätte fast einen Herzinfarkt bekommen«, mault der Professor, während Jule dem chinesischen Studenten mitteilt, dass er vorläufig festgenommen sei. Fang Yonggan schaut Jule zuerst resigniert an, dann klappen seine schmalen Schultern unter dem grünen OP-Kittel nach vorn, und er sinkt in sich zusammen wie ein Hefeteig, den man zu früh aus dem Ofen gerissen hat. Als einer der Polizisten dem Festgenommenen Handschellen anlegen will, protestiert der Professor: »Moment mal! Der Kittel bleibt hier, der ist Eigentum der MHH!«

Mit vor Scham gesenktem Kopf zieht Fang Yonggan den Arztkittel aus, wobei eine Träne in seinem Augenwinkel glitzert. Jule ist kurz davor, Mitleid mit dem jungen Mann zu bekommen. Aber dann hält sie sich vor Augen, dass er höchstwahrscheinlich zwei Menschen umgebracht hat. Von der ekelhaften Leichenfledderei an Falkenberg gar nicht zu reden. Sie behält jede seiner Bewegungen im Auge, während er den Kittel ablegt, und ist froh, als er endlich die Handschellen umgelegt bekommt. »Bringt ihn bitte zum Erkennungsdienst und dann in die PD zum 1.1.K«, sagt sie zu den uniformierten Kollegen. »Lasst ihn ja nicht aus den Augen. Und die Handschellen bleiben dran, die ganze Zeit.«

Fang Yonggan sagt kein Wort und trottet brav zwischen den beiden Beamten her, die ihn abführen.

Jule atmet auf. »Danke, Papa. Das hätte ich mir in meinen kühnsten Träumen nicht gedacht, dass du und ich mal zusammen einen Verdächtigen festnehmen.«

Der Professor seufzt. »Verschwinde!« Aber ein kleines, stolzes Lächeln kann er sich dann doch nicht verkneifen. Ob es seiner Tochter gilt oder ihm selbst, darüber mag Jule lieber nicht nachdenken.

DAS LETZTE, WAS Nora Falkenberg ihrem Sohn hinterhergerufen hat, ehe der zu Fernando in den Wagen stieg, war der Ratschlag, kein Wort ohne das Beisein ihres Anwalts zu sagen. »Ich rufe ihn sofort an!« An Fernando gerichtet fauchte sie: »Wenn Sie den Chinesen schon haben, was wollen Sie dann noch von meinem Sohn?«

Fernando hat darauf verzichtet, sie über die jüngsten Erkenntnisse, insbesondere den Geldfund, aufzuklären. Schließlich ist das Bürschchen ja volljährig. Zurück auf der Dienststelle trifft er Jule, die, eskortiert von den freudestrahlenden Anwärtern, in Richtung Kantine geht.

»Komm doch mit«, sagt Jule gut gelaunt. »Wir schlingen aber nur ganz schnell was runter, wir haben jede Menge zu tun!«

Bei Kürbissuppe und Salatteller tauschen sich die vier über die Erlebnisse des Vormittags aus, als Völxen auf ihren Tisch zusteuert.

»Ich denke, du bist auf Diät«, grinst Fernando mit Blick auf den Teller mit der Lasagne, den Völxen vor sich herträgt.

»Wie kommst du denn darauf?«, entgegnet dieser.

»Na, du bist doch immer auf Diät.«

»Morgen wieder.« Völxen setzt sich hin und lobt Jule für deren elegantes, raffiniertes Vorgehen bei Fangs Festnahme, ehe er von dem Geld, das man in Fangs Wohnung gefunden hat, berichtet.

»Nora Falkenberg hat Fang auf dem Facebook-Foto wiedererkannt«, sagt Fernando. »Allerdings hat sie noch mal versichert, dass der Mann ganz schlecht Deutsch gesprochen habe.«

»Komisch«, meint Völxen.

Nach dem Essen holt Jule eine Runde Kaffee.

»Alles klar zwischen euch beiden?«, fragt Völxen, und sein Blick pendelt dabei zwischen Jule und Fernando hin und her.

Fernando nickt. »Sicher.«

»Natürlich, wieso nicht?«, entgegnet Jule und wird dabei ein wenig rot.

»Gut. Dann verhört ihr zwei den Chinesen. Falkenberg Junior wartet noch auf seinen Anwalt, also soll er warten. Ich rede jetzt gleich mit Frau Asendorf. Möchte jemand von euch dabei sein?« Die Frage richtet sich an die Anwärter.

»Ich!«, meldet sich Axel wie aus der Pistole geschossen.

»Darf ich dann mit zu dem Chinesen?«, fragt Karin und lächelt Fernando an.

»Klar«, sagt der bereitwillig.

»Ach? Seit wann verhören wir Leute zu dritt?«, protestiert Jule.

»Ich wüsste nicht, dass es eine Dienstvorschrift gibt, die das verbietet«, kontert Fernando.

»Aber du sagst kein Wort, Karin«, zischt Jule, und ihre eben noch gute Stimmung verflüchtigt sich so schnell wie der Milchschaum auf ihrem Cappuccino.

ES LEBE DIE Dienstleistungsgesellschaft! Das müsste es in Hannover auch geben. Oda schmiegt sich halb liegend in den bequemen Ledersessel, während sie sich von einer jungen Frau die Füße massieren lässt. Neben ihr sitzen andere Fußlahme, überwiegend Frauen, sowohl Chinesinnen als auch Touristinnen. Die ganze Gasse dieses Einkaufszentrums scheint für Fußmassagen und Fußpflege reserviert zu sein. Die Massage tut unheimlich gut. Oda hat einen langen Bummel gemacht, ohne jedoch etwas zu kaufen. Ihr war nicht danach.

Sie komme ja offenbar bestens allein zurecht in dieser Stadt und er selbst habe noch einiges zu erledigen, hat Tian zu ihr gesagt. Und Oda hat ihm erleichtert zugestimmt. Sie hat genug von seinen vorwurfsvollen Blicken und seinen Belehrungen. Als gäbe ihm die Tatsache, dass sie sich auf chinesischem Boden befinden, das Recht, sie ständig zu gängeln und wie ein unmündiges Kind zu behandeln. Sie kann die Worte »Familienehre« und »Unhöflichkeit« aus seinem Mund schon nicht mehr hören.

Wenn sie ganz aufrichtig zu sich selbst ist, lag der Krach mit Tian schon seit Tagen in der Luft. Er nimmt ihr offenbar sehr übel, dass sie hier weiter ermittelt. Aber was, bitte schön, ist denn so Furchtbares daran, dass sie auf einem Gespräch mit Li bestanden hat? Okay, Tians Vater zu fragen, ob er Verbindungen zum *Shanghai East Hospital* hat oder jemanden kennt, der welche hat, das hätte sie sich vielleicht besser verkniffen. Es kam nichts dabei heraus, und der Blick, den ihr Tian über den mit hauchdünnem Porzellan gedeckten Teetisch hinweg zuwarf, sprach Bände.

Sie wüsste gerne, was bei den Kollegen in Hannover gerade los ist, aber sie hat heute von niemandem eine Mail erhalten. Vielleicht funktioniert ihr Handy hier doch nicht so zuverlässig. Oder es gibt nichts Neues. Was, wenn diese Spur hier in China endet und die beiden Morde nie aufgeklärt werden? Andererseits hat in Hannover der Tag gerade erst angefangen, während er hier schon wieder zu Ende geht. Wenn sie wieder im Hotel ist, wird sie über die WLAN-Verbindung ihre Mails abrufen, dann wird man weitersehen.

Die Massage ist zu Ende. Wie schade, sie könnte noch eine Stunde hier sitzen. Jetzt werden die Füße mit einer zart duftenden Lotion eingecremt, dann kann sie ihre Socken und die Schuhe wieder anziehen. Was für ein Unterschied! Wie auf

Wolken geht sie weiter. Als sie die Shoppingmall verlässt und wieder auf die Straße tritt, ist es dunkel – soweit es in dieser pulsierenden Stadt überhaupt je ganz dunkel wird. Sie sollte sich jetzt wirklich auf den Weg zum Hotel machen. Taxi oder U-Bahn? Sie entscheidet sich gegen die chronisch verstopften Straßen und die komplizierten Verhandlungen mit Taxifahrern, die kein Englisch können oder einen nicht mitnehmen wollen. Manche haben nur eine Lizenz für ein bestimmtes Stadtgebiet oder wollen einfach nur dort herumfahren, wo sie sich auskennen. Dagegen ist die U-Bahn schnell, übersichtlich und man fährt für umgerechnet nur dreißig Cent weiß Gott wohin.

Es gelingt ihr nicht nur, einen Fahrschein am Automaten zu ziehen, sondern auch den richtigen Eingang und die richtige Bahn zu erwischen. Allerdings hatten offenbar mehrere Leute die Idee, die öffentlichen Verkehrsmittel zu benutzen, und der Begriff »Gedränge« bekommt für Oda eine völlig neue Bedeutung. Wenigstens kann man nicht umfallen. Mit der von den Einheimischen abgeschauten Schulter-Ellbogen-Technik schafft sie es denn auch, sich beizeiten bis zum Ausgang des Waggons durchzukämpfen und an der richtigen Station wieder auszusteigen. *Na bitte, wer sagt's denn*, denkt Oda triumphierend, als eine lange Rolltreppe sie wieder an die Oberfläche trägt. Sie ist hungrig und kauft an einem Imbissstand ein Gemüsecurry. Das Essen hier, einfach großartig! Während sie vor der Bude steht und mit Stäbchen aus der Pappschale isst, unterhält sie sich mit zwei französischen Touristen in ihrer Vatersprache. Die Temperatur ist angenehm lau. Auf der gegenüberliegenden Straßenseite tönt rhythmische Musik aus einem Gettoblaster, und ein paar Frauen machen Übungen, die an die Aerobic-Kurse der Achtziger erinnern. So langsam gewinnt Oda dieser wuseligen Stadt der Superlative immer mehr positive Seiten ab. *Ich sollte öfter allein bummeln gehen*, denkt sie übermütig. *Die Stadt für mich erobern, anstatt immer nur Tian hinterherzudackeln.* Tian. Da ist so ein komisches Gefühl in ihrem Inneren, wenn sie an ihn denkt. Er wartet sicher schon beunruhigt im Hotelzimmer auf sie. Na, und wenn schon, geschieht ihm recht. Soll er sich ruhig ein bisschen um sie Sorgen machen, vielleicht ist er dann auch mal zur Selbstkritik fähig. Sie schaut auf ihr Handy. Nein, angerufen hat er nicht. Aber sie sollte jetzt wirklich ins Hotel zurückkehren.

Wenn er mich anmuffelt, beschließt Oda wenig später beim Betreten der Lobby des Hotels Kapok, *geh ich gleich wieder rüber in das kleine Restaurant mit den Vogelkäfigen und betrinke mich dort.* Sie kramt in ihrer Handtasche nach der Schlüsselkarte und wartet vor den beiden Aufzügen.

»*Mrs Kristensen?*«

Vor ihr stehen zwei Chinesen in eng anliegenden dunklen Anzügen, die ihren schmalen Körperbau betonen.

»*Yes?*«

Der linke Aufzug hält, die Tür geht auf, aber einer der beiden stellt sich davor und hindert Oda daran hineinzugehen.

»Würden Sie uns bitte folgen?«, fragt der andere in stark akzentuiertem Englisch.

»Wohin denn?«, fragt Oda zurück.

»*Please follow us*«, wiederholt der Mann mit ausdrucksloser Miene. Er dürfte Odas Schätzung nach Anfang dreißig sein.

»Ich denke gar nicht daran. He! Fassen Sie mich nicht an! Was ist denn los?« Oda befreit ihren rechten Arm unwillig aus dem Griff des Mannes. Sie sieht sich um. Vom Empfangspersonal, das sich eben noch zu dritt hinter der Rezeption herumdrückte, ist plötzlich nichts mehr zu sehen. Auch sonst ist die Lobby leer, bis auf einen weiteren Chinesen, der ungefähr Odas Alter haben dürfte und von hagerer Statur ist. Auch er trägt einen dunklen Anzug und kommt nun auf sie zu. Sein Englisch ist gewöhnungsbedürftig. Von dem, was er sagt, versteht Oda nur das Wort *arrested*. Die Fahrstuhltüren gleiten wieder zu. Die zwei Jüngeren packen Oda jetzt wie auf ein stummes Kommando gleichzeitig bei den Oberarmen. Die setzt sich zur

Wehr. Dem einen tritt sie heftig gegen das Knie, sodass er sie loslässt und zurücktaumelt, der andere stöhnt auf, als ihr Ellbogen sein Nasenbein trifft. »Hände weg, ich bin eine deutsche Polizistin!«, herrscht Oda die beiden an. Der Hagere im Anzug hält sich aus dem Handgemenge heraus und zückt stattdessen sein Handy. Etwa eine halbe Minute lang gelingt es Oda, die zwei jüngeren Typen auf Abstand zu halten. Die Nase des einen blutet den Granitboden voll, der andere bekommt Oda nicht zu fassen. Doch er verhindert immerhin ihre Flucht nach draußen, indem er ihr den Weg verstellt. Odas Hilferufe hallen nun gellend durch das Hotel, aber rätselhafterweise lässt sich niemand vom Personal blicken. Zwei weitere Typen in Schwarz, die wie Klone der ersten beiden aussehen, stürmen zur Tür herein. Auch wenn die Kerle nur halbe Hemden sind, gegen vier von ihnen hat Oda keine Chance, das wird ihr nun auf schmerzhafte Weise klar. Man dreht ihr die Arme auf den Rücken und entreißt ihr die Handtasche, noch während sie wütend und so laut sie nur kann brüllt, was das solle und dass das ein Missverständnis sein müsse, eine Verwechslung. Und wo seien überhaupt ihre Dienstausweise? Keine Reaktion. Es nützt auch nichts, dass Oda mit den Füßen nach allen Seiten auskeilt und ihre Angreifer in drei Sprachen beschimpft, man schleift sie dennoch hinaus auf die Straße.

Der schwarze SUV mit den getönten Seitenfenstern stand eben schon da, als Oda das Hotel betreten hat, das fällt ihr nun wieder ein. Sie wird auf den Rücksitz gestoßen. Der mit der blutenden Nase ruft ihr etwas zu, das wie ein Schimpfwort klingt, wird aber von dem Dünnen, der offenbar der Boss ist, zurechtgewiesen. Die vier Klone bleiben zurück und zupfen ihre durcheinandergeratenen Anzüge zurecht. Der Hagere schwingt sich auf den Beifahrersitz und gibt dem Fahrer Anweisungen auf Mandarin. Mit dumpfem Laut fallen die Türen zu. Die Zentralverriegelung rastet ein. Es riecht nach neuem Leder und Zigarettenrauch.

Als der Wagen mit quietschenden Reifen losfährt, kann Oda noch immer nicht glauben, was ihr gerade passiert. Sie beginnt erneut auf den Hageren einzureden, aber der Mann schaut mit regungsloser Miene nach vorn und sagt etwas zu seinem Fahrer. Eine schwarze Glasscheibe fährt hoch, die den Fond vom vorderen Teil des Wagens trennt. Oda haut noch einige Male heftig mit den Fäusten dagegen, dann hört sie auf und verstummt. Jetzt kommt die Angst. Eine scheußliche, existenzielle Angst, wie Oda sie noch nie zuvor in ihrem Leben empfunden hat.

FÜR DAS PROTOKOLL wird festgehalten, dass Fang Yonggan am 5. August 1987 in der Stadt Hangzhou geboren wurde und seit Oktober 2010 in Hannover studiert. Danach knallt Fernando den Beweismittelbehälter mit dem Geld darin auf den Tisch.

Fang zuckt zusammen.

Jule teilt dem Aufnahmegerät in neutralem Tonfall mit, dass dem Verdächtigen das in seinem Zimmer unter einer Bodendiele vorgefundene Geld gezeigt wird.

Danach beginnt Fang Yonggan zu reden, als säße er in einem Beichtstuhl. Das Ganze habe damit begonnen, dass Li Xiaolin Johannes Falkenberg in der Kardiologie begegnete und ihn wiedererkannte. Dies habe bei Li Erinnerungen wieder lebendig werden lassen. »Ich wusste nichts von Lis Zeit in Shanghai, doch mir fiel die Veränderung an ihr auf. Ich fragte sie, warum sie plötzlich so still und nachdenklich sei, und sie erzählte mir von ihrer Begegnung mit dem Patienten, den sie im Herbst 2007 im *Shanghai East Hospital* betreut hat.«

»Sie hat Falkenberg nach sechs Jahren sofort wiedererkannt?«, zweifelt Jule.

»Wenn man jemanden fünf Wochen lang tagtäglich sieht, dann erinnert man sich an ihn«, antwortet Fang. »Er war außerdem einer der ersten Patienten, die sie betreut hat. Sie wusste auch noch seinen Namen – Falke und Berg –, denn er habe ihn sich damals von Li ins Mandarin übersetzen lassen.«

»Hat Falkenberg sie denn auch erkannt?«

»Nein. Als sie ihn sah, wurde bei ihm gerade ein Belastungs-EKG durchgeführt. Er saß auf dem Rad, hat auf den Monitor geschaut und sie nicht bemerkt. Sie sagte, sie sei schnell rausgegangen, sie wollte ihm nicht begegnen.«

Als Fang von Li den Namen Falkenberg hörte, wurde er hellhörig und sprach seinen ehemaligen WG-Mitbewohner Sebastian darauf an. Der bestätigte, dass Johannes Falkenberg sein Stiefvater sei und Li sich nicht geirrt hatte.

»Ungefähr zwei Wochen später saßen wir dann zusammen bei mir im Zimmer.«

»Wer?«, fragt Jule.

»Sebastian, Li und ich. Wir haben Bier getrunken und …« Zum ersten Mal kommt seine Rede ins Stocken.

Eigentlich sieht er ganz sympathisch aus, denkt Jule. Er ist kaum größer als sie selbst, hat schmächtige Schultern, eine schmale Taille und feine, fast mädchenhafte Gesichtszüge. Sein dunkles Haar glänzt wie poliertes Holz. Jetzt, als er seine Rede unterbricht und den Kopf hängen lässt, fällt es ihm bis über die Augen. »Ja, und …?«, hakt Jule nach.

Fang spricht weiter, spürbar bemüht, aufgeräumt und sachlich zu klingen: »Sebastian wusste eine Menge über den Organhandel in China und auch über die Falun-Gong-Sekte, deren Mitglieder man angeblich aus den Straflagern entführt und hinrichtet, um ihre Organe zu verkaufen. Wir haben darüber diskutiert und uns fast gestritten, weil ich ihm nicht glauben wollte. Aber Li hat schließlich bestätigt, dass sie in der Klinik in Shanghai so einiges mitbekommen habe. Bis dahin habe ich die Geschichten von hingerichteten Häftlingen immer für Propaganda aus dem Westen gehalten«, gesteht Fang. »Aber Li sagte, sie habe oft genug beobachtet, wie Gefangenentransporter auf den Hinterhof der Klinik fuhren und mit Handschellen gefesselte Männer oder auch Frauen ausstiegen, die sofort von Soldaten ins Gebäude geführt wurden. Die Operationssäle von Spender und Patient hätten direkt nebeneinandergelegen. Wir haben noch mehr getrunken und uns auch wieder vertragen. Etwas später dann hat Sebastian vorgeschlagen, dass wir seinem Stiefvater doch mal einen gehörigen Schrecken einjagen könnten.«

»Offenbar nicht nur einen Schrecken«, sagt Fernando mit einem Blick auf das Geld, das noch immer zwischen ihnen auf dem Tisch liegt.

Fang rutscht in seinem Stuhl noch ein Stück nach unten, als wollte er sich unter dem Tisch verkriechen.

»Sebastian meinte, man könnte daraus Kapital schlagen. Also haben wir uns diese Geschichte ausgedacht. Ich sollte so tun, als gehörte ich zur Falun-Gong-Sekte und wäre ein Freund des Verurteilten gewesen, dessen Herz Falkenberg bekommen hat. Und ich sollte Falkenberg um Geld für dessen Familie bitten.«

»Bitten?«, wiederholt Fernando. »Das würde ich anders nennen.«

Fang antwortet nicht.

»Li ist also dabei gewesen, als Sie diesen Plan geschmiedet haben?«, vergewissert sich Jule.

»Nur an dem Abend, wobei wir da mehr so rumgesponnen haben. Sie ist aber gleich ziemlich böse geworden, als Sebastian von dem Geld anfing. Also haben wir ihr gesagt, dass das nur Spaß war. Aber sie ist trotzdem gegangen. Danach hatte ich den Eindruck, dass sie mir ausweicht. Wir waren zuvor zusammen in der Kardiologie, aber ab August arbeiteten wir in verschiedenen Abteilungen und haben uns daher sowieso kaum noch gesehen. Ich hatte befürchtet, dass sie jemandem etwas über dieses Gespräch erzählt, aber das hat sie wohl nicht getan.« Er nimmt einen Schluck Wasser und redet weiter: »Ich habe mir dann ein paar Mal das Auto von meinem Mitbewohner Andreas geliehen und bin an Falkenbergs Haus vorbeigefahren. Ich wollte ihn allein sprechen, und Sebastian wusste auch nicht so genau, wann seine Mutter nicht da ist. Außerdem hatte ich große Angst und bin deshalb immer wieder umgekehrt. Sebastian wurde aber schon ungeduldig und nannte mich einen Feigling. Da habe ich eben irgendwann einfach geklingelt. Es war nur die Frau da, und die schickte mich zu diesem Hühnerstall. Und da …« Er verstummt, schluckt.

»Ja, und da?«, fragt Jule.

»Es war so, wie Sebastian es vorausgesagt hatte. Der Typ hatte richtig Angst, obwohl er ganz cool tat. Er hat gleich von sich aus gefragt, ob ich Geld haben will. Ich habe zwanzigtausend verlangt, wie mit Sebastian abgemacht. Tatsächlich hat Falkenberg die Kohle schon am nächsten Tag übergeben.«

»Wie ging das vonstatten?«, will Fernando wissen.

»Ganz einfach. Wir trafen uns bei *Starbucks* – also, er und ich. Er hatte das Geld dabei, ich hab's genommen, er ging wieder.«

Jule und Fernando sehen sich an.

»Hattet ihr denn keine Angst, dass er in der Zwischenzeit zur Polizei geht?«, fragt Fernando.

»Nein. Er hat mir das Geld ja sozusagen angeboten. Ich habe ihn nicht erpresst oder ihm mit irgendwas gedroht. Was hätte er denn da der Polizei sagen sollen? Wir waren nur nicht sicher, ob er wirklich kommt.«

»Und dann?«, fragt Fernando.

»Nichts. Wir haben das Geld geteilt und fertig.«

Fernando beugt sich über den Tisch. »Fertig. Und das soll ich glauben? Ihr habt ihn nicht vielleicht noch mal um Geld *gebeten*? Wollte er beim nächsten Mal nicht mehr zahlen? Habt ihr ihn deshalb ermordet?«

»Nein!« Zum ersten Mal wird Fang laut. »Mit seinem Tod habe ich nichts zu tun. Ich habe den Mann danach nie mehr gesehen. Ich hätte das nicht gekonnt, ich bin ja das eine Mal schon fast gestorben vor Angst.«

»Dafür haben Sie es aber recht gut hingekriegt«, bemerkt Fernando.

»Herr Yonggan, wo waren Sie am vergangenen Freitagabend zwischen halb sieben und acht Uhr?«, stellt nun Jule die alles entscheidende Frage.

Die Antwort kommt prompt. »Im Kreißsaal. Fragen Sie meine Kollegin, die kann das bezeugen. Außerdem war noch eine Hebamme dabei, und der Oberarzt lief da auch ab und zu rum. Die Schicht ging von sechs Uhr abends bis sechs Uhr morgens. Zwei Babys kamen zur Welt.«

»Das werden wir genau nachprüfen«, sagt Fernando, der den enttäuschten Klang in seiner Stimme nicht verhehlen kann.

Jule ist noch nicht fertig mit dem jungen Mann. »Warum ist Li kurz nach dem Mord Hals über Kopf nach Peking abgereist?

»Ich weiß es nicht. Als ich am Samstag in den Nachrichten von Falkenbergs Tod hörte, habe ich versucht, sie anzurufen. Aber sie ist nicht ans Telefon gegangen, den ganzen Tag nicht. Am Abend wollte ich zu ihr und mit ihr reden. Unterwegs habe ich noch einen Döner gegessen, und dabei habe ich sie mit ihrem Riesenkoffer an der Haltestelle Limmerstraße gesehen. Ich habe sie noch gerufen, aber da hielt schon die Bahn, und sie ist ganz schnell eingestiegen. Ich bin ihr nachgerannt, aber ich habe die Bahn nicht mehr erwischt. Und seitdem habe ich nichts mehr von ihr gehört.«

»Okay«, sagt Jule und schaltet das Aufnahmegerät aus. »Bis ihr Alibi überprüft wurde, müssen wir Sie festnehmen, das wissen Sie?«

Er nickt.

»Die Namen der Leute im Kreißsaal?«

Fang diktiert sie, und Jule schreibt sie auf. Dann wendet sie sich an die Anwärterin: »Karin, würdest du das erledigen?«

Karin Reiter wirft Fernando einen fragenden Blick zu. Jule platzt der Kragen. *Was glaubt sie eigentlich? Nur weil er einen läppischen Dienstgrad höher ist als ich, kann sie hier rumzicken?* »Los!«, herrscht sie die Anwärterin an. Die schnaubt sich eine Haarsträhne aus der Stirn und verlässt kommentarlos den Raum.

»Musste das sein?«, fragt Fernando.

»Ja.« Jule wendet sich wieder an Fang. »Darf ich Sie etwas fragen?«

Er nickt.

»Wofür brauchten Sie das Geld?«

»Für mein weiteres Studium. Mein Vater hat zurzeit geschäftliche Probleme, meine Eltern mussten einen Kredit aufnehmen, damit ich hier weiterstudieren kann. Ich wollte sie entlasten. Das Geld hätte mir sicher für ein Jahr gereicht.«

»Und wofür brauchte es Sebastian? Der wurde doch gut versorgt?«

»Ich weiß es nicht«, sagt Fang ausweichend.

Jule schaut ihn durchdringend an. »Ich möchte Ihnen einen Rat geben: Nehmen Sie sich noch heute einen Anwalt. Ich kann Ihnen ein paar brauchbare nennen, wenn Sie keinen kennen. Denn sonst dürfen Sie diese Geschichte ganz allein ausbaden.«

»Seit wann sind wir eine kostenlose Rechtsberatung?«, erkundigt sich Fernando, nachdem Fang abgeführt wurde.

»Er tut mir leid«, sagt Jule.

»Er tut dir *leid?*«

»Diese ganze perfide Geschichte ist hundertprozentig auf Sebastians Mist gewachsen«, meint Jule. »Aber der wird das niemals zugeben. Was glaubst du, warum ausgerechnet er es war, der uns gegenüber zuerst von einem Chinesen gesprochen hat?«

»Ganz sicher wirst du es mir gleich sagen«, stichelt Fernando.

»Nachdem ich ihm das Foto von Li gezeigt habe, muss ihm klar geworden sein, dass seine Mutter uns früher oder später von dem Chinesen erzählen wird. Also ist er in die Offensive gegangen. Es gibt nur Fang und Li als Zeugen ihres Plans, und Lis Verschwinden kam ihm sicherlich mehr als gelegen. Wer weiß, vielleicht hat er sie sogar bedroht, und sie ist deshalb so überstürzt abgereist. Sebastian ist ein ganz ausgekochtes Früchtchen. Der war nicht so naiv wie Fang, sein Geld im eigenen Zimmer zu verstecken, und ich gehe jede Wette ein, dass wir keine Fingerabdrücke von ihm auf den Scheinen finden werden. Bestimmt war auch er es, der Fang rechtzeitig wieder aus seiner Facebook-Freundesliste entfernt hat. Was ich ihm aber besonders übel nehme: Er war nicht einmal so fair, Fang zu warnen, sodass der das Geld woanders hätte verstecken können.«

»Aber vielleicht ist es umgekehrt, vielleicht lügt Fang. Er ist ja offenbar sehr gut darin, hat sogar so getan, als könnte er kaum Deutsch. Zumindest ist ihm Falkenberg auf den Leim gegangen«, gibt Fernando zu bedenken. »Ein kluger Anwalt wird ihm raten, das Geständnis von eben zu widerrufen und zu behaupten, Falkenberg habe ihm das Geld geschenkt. Und niemand wird ihm das Gegenteil beweisen können.«

»Das glaube ich nicht. Fang ist nicht so durchtrieben.«

»Du bist doch nicht etwa auf seine ›Meine-armen-Eltern-Masche‹ reingefallen, oder? Er ist ein Betrüger. Soll er einfach so davonkommen?«

»Ich habe ihm lediglich geraten, seine Rechte wahrzunehmen«, versetzt Jule kühl.

Fernando verdreht die Augen und fragt: »Wer von uns beiden sagt jetzt Völxen, dass wir für die zwei Morde noch immer keinen Täter haben?«

ELVIRA ASENDORF IST eine unscheinbare Frau in den Dreißigern, und ihre Augenlider, die gerötet und geschwollen sind, als hätte sie die letzten Tage durchgeweint, machen sie nicht gerade hübscher. Sie hat jedoch etwas Weiches und Sanftes an sich, etwas, das bei einer gewissen Sorte von Männern Beschützerinstinkte weckt. Zumindest sieht Völxen das so. Sie ist ihm lieber als die divenhafte Nora, und ein bisschen kann er

Falkenberg sogar verstehen. Elvira Asendorf sitzt in Jeans und Pullover vor seinem Schreibtisch und kämpft offenbar schon wieder mit den Tränen, während sie die Fragen des Kommissars gewissenhaft und an manchen Stellen auch ein wenig ausschweifend beantwortet. Axel hat sich den zweiten Besucherstuhl neben Völxens Schreibtisch gestellt und verfolgt die Befragung aufmerksam.

Um sie zu beruhigen, hat Völxen der Frau versichert, dass sie nicht unter Verdacht stehe, ihre Zeugenaussage jedoch von großer Wichtigkeit ist. Danach hat er sie über ihre Beziehung zu Falkenberg erzählen lassen und gehofft, so ihr Vertrauen zu gewinnen.

Das Verhältnis zwischen den beiden hat vor knapp zwei Jahren angefangen. Es ist die übliche »Meine-Frau-versteht-mich-nicht-Geschichte«, ein ewiges Auf und Ab der Gefühle, ein Hin und Her zwischen falschen Hoffnungen und falschen Versprechungen. Frau Asendorf wusste natürlich von Falkenbergs Operation in China, aber von einem Chinesen, der in letzter Zeit aufgetaucht sei, habe er nie gesprochen.

»Hat Dr. Wolfram öfters Patienten ans *Shanghai East Hospital* vermittelt?«, fragt Völxen.

Elvira Asendorf schüttelt den Kopf. »Er hat niemanden *vermittelt*. Er hat den Falkenbergs lediglich die Adresse gegeben. Die hätten sie auch im Internet finden können. Den Rest mussten sie schon selbst machen.«

»Er hatte also keinen finanziellen Vorteil davon?«

»Sie meinen eine Prämie oder so was?« Ihre großen blauen Augen blicken den Kommissar verwundert an. »Nein, unmöglich. Wir sind … wir waren eine Allgemeinmedizinische Praxis. Mit Organspenden kamen wir nie in Berührung. Das machen doch die Fachärzte und die Transplantationszentren, also die MHH.«

»Dort konnte man Falkenberg aber nicht weiterhelfen«, entgegnet Völxen. »Und da war er sicher nicht der Einzige. Kamen öfter frustrierte Patienten zurück und baten Dr. Wolfram um Hilfe?«

»Nicht, dass ich wüsste«, antwortet sie. »Ich kann mir auch beim besten Willen nicht vorstellen, dass der Chef hinter meinem Rücken in einen Organhandel mit China verwickelt war. So schlampig und schusselig wie der war, hätte er das vor mir nicht verbergen können, selbst wenn er das gewollt hätte. Darauf wollten Sie doch hinaus, oder?«

Sie ist nicht so naiv, wie sie auf den ersten Blick wirkt, stellt Völxen fest. Er wechselt das Thema. »Frau Asendorf, bei dem Brand kam die Patientendatei zu Schaden und leider auch die Festplatte von Dr. Wolframs Computer. Wir haben nirgendwo eine Sicherungskopie gefunden. Haben Sie eine? Es wäre wichtig, denn es ist möglich, dass der Mord an Johannes Falkenberg und an Ihrem Chef etwas mit dieser Akte zu tun haben.«

Sie schaut unsicher von Axel zu Völxen. »Also, ich weiß nicht ... darf ich das überhaupt? Was ist mit der ärztlichen Schweigepflicht, dem Datenschutz?«

»Nun, da der Betroffene ja nicht mehr lebt ...« Oje! Jetzt rinnen doch noch die Tränen. Völxen entschuldigt sich und reicht ihr ein Papiertaschentuch.

Sie trocknet sich die Augen, schnäuzt sich, und als sie wieder klare Sicht hat, wühlt sie in ihrer Handtasche und zaubert daraus einen USB-Stick hervor. »Da ist alles drauf. Ich habe täglich ein Update gemacht, weil ich jeden Augenblick befürchtet habe, dass dieser uralte Computer den Geist aufgibt. Ich hätte keine Lust gehabt, alles mithilfe der Akten wieder von Hand einzugeben.«

»Sie sind ein Engel!« Völxen schenkt ihr sein charmantestes Lächeln.

»Aber ich darf Ihnen den Stick nicht einfach so dalassen, da sind ja die Daten aller Patienten drauf.«

»Das wollen wir gar nicht«, versichert Völxen. »Aber wenn Herr Stracke den Datensatz, der Johannes Falkenberg betrifft, kopieren dürfte, dann würde uns das sehr helfen. Wir können natürlich auch einen richterlichen Beschluss beantragen, aber es würde uns eine Menge Zeit sparen, wenn Sie uns entgegenkämen. Immerhin läuft ein zweifacher Mörder frei herum«, erinnert sie Völxen.

»Natürlich helfe ich Ihnen«, sagt die Frau. »Ich möchte ja auch, dass dieses Dreckschwein gefasst wird.«

»Sie dürfen mir gern über die Schulter linsen, damit alles seine Ordnung hat«, bietet Axel an, der seinen Laptop schon aufgeklappt hat. »Oder wollen Sie es selbst machen?«

»Nein, nein, schon gut«, sagt Elvira Asendorf. Sie wirkt erschöpft. Und traurig.

Es klopft. Jule. »Völxen, kannst du kurz ...«

Völxen lässt den Anwärter und die Zeugin vor dem Laptop allein und schließt die Tür von außen. Jule informiert ihn in dürren Worten über das Ergebnis des Verhörs von Fang Yonggan. »Karin überprüft gerade sein Alibi, aber das wird sich garantiert bestätigen.«

»Das heißt, wir stehen wieder genau dort, wo wir am Anfang waren.«

»Nicht ganz. Die Spur nach China können wir immerhin abhaken. Racheakt der Falun-Gong-Sekte – alles eine dreiste Erfindung.«

»Dann kann Oda jetzt wenigstens endlich ihren Urlaub ungestört genießen«, meint Völxen.

»Allerdings wissen wir immer noch nicht genau, warum Li so überstürzt abgehauen ist«, bedauert Jule.

»Sie hat bestimmt gedacht, dass Fang oder Sebastian ihren ehemaligen Patienten ermordet hat. Und da sie das Ganze ins Rollen gebracht hat, indem sie Fang vom *Shanghai East* erzählte, fühlte sie sich schuldig.«

Axel Stracke kommt aus dem Büro. »Ich hol die Ausdrucke«, sagt er und verschwindet in Frau Cebullas Reich, wo der Drucker steht.

»Die Patientenakte von Johannes Falkenberg«, erklärt Völxen Jule. »Bleib hier und schau sie dir mit uns an, vielleicht entdeckst du ja etwas, das einen Mord wert sein könnte.«

Es vergehen etliche Minuten, doch Axel kommt nicht mehr aus Frau Cebullas Büro heraus.

»Verdammt, was macht der da drin? Käffchen trinken?« Völxen folgt mit weit ausholenden Schritten der Spur des Anwärters.

»Ja, zieh dem Lümmel mal ordentlich die Hammelbeine lang«, sagt Jule und grinst.

»Das habe ich gehört!«

Axel Stracke sitzt an Frau Cebullas Schreibtisch und starrt konzentriert auf den Bildschirm. Seine Wangen glühen, als hätte er plötzlich vierzig Grad Fieber. Frau Cebulla, die am Fenster steht und den *ficus benjamini* besprüht, zuckt nur mit den Schultern, als Völxen sie fragend ansieht und auf Axel deutet.

»Was Interessantes entdeckt?«, fragt Völxen mit lauter Stimme.

Axel Stracke fährt ruckartig herum, als hätte man ihn bei etwas Verbotenem ertappt. »Was? Ja. Herr Hauptkommissar, ich muss dringend mit Ihnen sprechen.«

»Ich stehe hier«, sagt Völxen halb ärgerlich, halb belustigt. »Das ist *die* Gelegenheit.«

»Es kann ein bisschen dauern«, meint Axel.

»Frau Cebulla, fragen Sie die Dame, die bei mir drüben sitzt, ob sie einen Kaffee möchte, und achten Sie darauf, dass sie keinen Blödsinn macht.«

»Jetzt wird man schon aus dem eigenen Büro vertrieben«, registriert Frau Cebulla kopfschüttelnd.

»Gestern hat mich Oberkommissar Rodriguez doch zu dieser Hühnerzüchterin Merle Lissack nach Brelingen geschickt«, beginnt Axel, während Frau Cebulla auf die Tür zusteuert, die Völxen ihr höflich öffnet.

»Habe ich da gerade meinen Namen gehört?« Fernando streckt den Kopf ins Zimmer. »Schon wieder ein geheimes Meeting?«

»Komm rein und mach die Tür zu«, sagt Völxen.

Axel fährt fort: »Die alte Frau dort, die Mutter von Frau Lissack, war früher Lehrerin an der Grundschule und hat unter anderem auch Johannes und Werner Falkenberg unterrichtet. Sie hat mir erzählt, die beiden wären als Kinder oft von ihrer Mutter geschlagen worden. Vor allem der Jüngere, Werner. Sie hat den Vater der beiden daraufhin angesprochen, und der hat behauptet, seine Frau wäre krank und ihr gingen eben manchmal die Nerven durch. Die Lehrerin wusste aber nicht, was für eine Krankheit das war, nur, dass die Mutter der Brüder Falkenberg sich vor einen Zug geworfen hat, als Werner Falkenberg ein Teenager war. Jetzt eben haben Frau Asendorf und ich die Patientenakte von Johannes Falkenberg kopiert, aber aus Versehen habe ich nicht nur seine Akte erhalten, sondern die aller Falkenbergs in der Patientendatei.«

»Aus Versehen, ja?« Völxen runzelt voller Misstrauen die Stirn.

»Kann ja passieren.« Axel grinst und fährt fort: »Noras und Sebastians Akten sind nicht interessant, aber dafür die von Werner Falkenberg. Denn der hat wohl die Krankheit seiner Mutter geerbt.«

»Und welche Krankheit ist das?«, fragt Fernando.

»Chorea Huntington.«

»Ein Nervenleiden«, weiß Jule. »Unheilbar und vererbbar.«

»Stimmt«, sagt Axel. »Hab's gerade gegoogelt. Es ist eine Genmutation. Früher nannte man es Veitstanz. Bricht vom vierzigsten Lebensjahr an aus. Falkenberg ist jetzt vierundvierzig. Es fängt mit Sprachstörungen an, es folgen unkontrollierte Zuckungen, lallendes Sprechen, man verliert die Kontrolle über seine Bewegungen, und im weiteren Verlauf kommt es zu psychischen Veränderungen wie zum Beispiel Aggressivität. Die

Krankheit verschlimmert sich, weil immer mehr Gehirnzellen absterben. In der Krankenakte sind zwar ein paar Medikamente aufgeführt, die Dr. Wolfram ihm gegen das Zittern und die Zuckungen verschrieben hat, aber es gibt keine Heilung.

»Oh, ich Trottel!«, entfährt es Völxen. »Und Oda und ich haben gedacht, dass dieses langsame, bedachte Sprechen und diese ausladenden Gesten eine Schauspielermacke sind.«

»Nein, das ist typisch für das Krankheitsbild«, sagt Axel. »Hier steht auch noch, dass Mitte der Neunziger ein Gentest entwickelt wurde, durch den Betroffene erfahren können, ob sie die Krankheit geerbt haben oder nicht. In der Akte von Johannes Falkenberg ist so ein Test aus dem Jahr 2002 enthalten. Er ist negativ.«

»Sein Bruder hatte wohl weniger Glück«, seufzt Jule. »Armes Schwein.«

»Und ihr glaubt jetzt, dass Werner seinen Bruder ermordet hat?«, fragt Fernando.

»In dem Artikel hier ist auf jeden Fall die Rede von drastischen Aggressionsschüben«, sagt Axel.

»Okay, das erklärt vielleicht das Tötungsdelikt. Aber was sollte dann die Sache mit dem herausgeschnittenen Herzen bedeuten?«, fragt Völxen.

»Verdammt, jetzt bräuchten wir Oda. Die könnte uns das sicher erklären«, meint Jule.

»Wenn das stimmt, dann ist der Mann eine tickende Zeitbombe«, sagt Fernando. »Kein Wunder, dass seine Frau ihn verlassen hat, schon wegen der Kleinen. Aber wieso hat sie uns von Werners Krankheit nichts gesagt?«

»Vielleicht weiß sie gar nichts von seiner Diagnose«, überlegt Völxen. »Vielleicht hat sie nur gemerkt, dass er in letzter Zeit launisch und aggressiv war, und ist deshalb gegangen.«

»Aber was ist mit Dr. Wolfram?«, fragt Jule. »Das war kein Aggressionsschub. Das wurde eiskalt geplant und durchgezogen.«

»Ja, das stimmt«, meint Axel. »Aber dem Doc musste doch was schwanen, nachdem er von dem Gemetzel im Wald gehört hatte. Der wurde dem Bruder vielleicht zu gefährlich.«

Völxen stimmt ihm zu: »Dr. Wolfram stand kurz vor der Pensionierung. Also konnte Werner Falkenberg sich nicht mehr unbedingt darauf verlassen, dass er sich noch lange an seine Schweigepflicht hält. Er war ein Risikofaktor, den er beseitigt hat.« Völxen nickt dem Anwärter zu. »Gute Arbeit, Herr Stracke.«

Während Axel noch strahlt wie ein Christbaum, sagt Fernando: »Wir sollten Nora Falkenberg warnen. Wenn ich an die Szene von gestern denke ... Ich bin mir jetzt sicher, dass Werner Nora bedroht hat. Wer weiß, vielleicht wäre sie gar nicht mehr am Leben, wenn ich nicht dazugekommen wäre.«

»Dann müssen wir auch Elvira Asendorf schützen«, fällt Völxen ein. »Die weiß bestimmt ebenfalls Bescheid.«

»Fragen wir sie doch«, schlägt Jule vor.

»Moment mal, nicht so schnell«, bremst Völxen. »Dann müsste der junge Kollege aber sein ›Versehen‹ beichten.«

»Ihre Sicherheit wird ihr ja wohl wichtiger sein als Paragrafenreiterei«, meint Fernando und schlägt vor: »Aber wie wär's, wenn wir stattdessen einfach Falkenberg festnehmen?«

Völxen schüttelt den Kopf. »Was schreiben wir in den Haftbefehl? Dass wir von seiner Krankheit wissen, obwohl wir eigentlich gar nichts davon wissen dürften?«

»Schöner Mist«, murmelt Fernando. »Da ist man endlich einen Schritt weiter, und dann darf man's nicht verwenden.«

»Wartet mal!«, sagt Jule. Sie geht zum Schreibtisch, blättert die Ausdrucke der Patientenakten durch, die Axel neben die Tastatur gelegt hat, und ehe sie jemand daran hindern kann, hat sie schon das erste Blatt von Werner Falkenbergs Akte durch den Schredder gejagt.

»Was machst du denn da?«, fragt Völxen.

»Frau Asendorf hat uns die Akte von *Johannes* Falkenberg

doch freiwillig zur Einsicht gegeben, oder? Darin liegt ein Beleg über den Huntington-Gentest. Somit ist doch klar, dass wir daraus Rückschlüsse auf den Gesundheitszustand seines Bruders ziehen. Zumal er ja schon deutliche Symptome zeigt. Wir müssen also gar nichts beichten!« Schon wandert das nächste Blatt in den Schredder und fällt in kleinen Streifen in den Papierkorb.

»Stimmt. Genial!«, jubelt Axel erleichtert. »Hier steht nämlich, wenn ein Elternteil es hatte, hat man ein Risiko von genau fünfzig Prozent.«

Völxen geht ein Licht auf. »Ja klar, du hast recht, Jule. Wir haben diese Akte nie gesehen, keiner von uns.«

»Keiner«, wiederholen Axel und Fernando im Chor.

»Passt auf, wir machen es so: Jule und Fernando, ihr bringt mir jetzt sofort Sibylle Falkenberg hierher. Ich kümmere mich in der Zwischenzeit um einen Haftbefehl für Falkenberg.«

»Das dürfte ja kein Problem sein«, sagt Fernando. »Du und der *Weisungsbefugte*, ihr seid doch in letzter Zeit so dicke miteinander.«

Ehe Völxen ihm die entsprechende Antwort geben kann, sind Fernando und Jule schon aus der Tür.

»Saubande«, murmelt Völxen, aber seine Miene hat sich deutlich aufgehellt.

NOCH IMMER FAHREN sie durch die Stadt, aber allmählich gibt es nur noch chinesische Hinweisschilder. Das heißt, dass sie sich von der Innenstadt entfernen. Oda versucht, ihre Angst niederzukämpfen und stattdessen nachzudenken. Was sind das für Leute? Polizei? Geheimdienst? Verbrecher, die von Tians Vater Lösegeld erpressen wollen? Die Stadtwohnung, in der sie heute Nachmittag den alten Herrn getroffen haben, ist nur eine von mehreren Immobilien des Familienbesitzes. Sie war sehr edel und geschmackvoll eingerichtet, erinnert sich Oda. Tians Familie ist schon länger wohlhabend, sie haben das

Protzen nicht mehr nötig. Womit genau der Vater ihres Geliebten sein Geld verdient, hat Oda allerdings noch nie herausfinden können. Geschäfte heißt es immer, wenn sie danach fragt. Import-Export.

Weiß Tian schon Bescheid oder macht er sich Sorgen? *Ich sollte mir lieber Sorgen um mich selbst machen*, erkennt Oda. Wenn dies hier eine Entführung ist, wieso erlaubt man ihr dann den Blick nach draußen? Weil sie als Ausländerin längst die Orientierung verloren hat? Weil man sie ohnehin töten wird?

Oder steckt etwas anderes hinter dieser Aktion. Der Staat? Die Organhandel-Mafia? Ist sie durch ihre Ermittlungen jemandem auf die Füße getreten? *Aber was habe ich denn schon Schlimmes getan*, fragt sich Oda. *Ich habe mit Li geredet.* Aber es kann doch nicht sein, dass jemand das Gespräch mitgehört hat. Dazu müsste ja die Kneipe verwanzt gewesen sein, oder Li selbst, und für derlei Vorkehrungen kam das Gespräch viel zu spontan zustande. Möglich ist jedoch, dass Li hinterher mit jemandem darüber gesprochen hat. Mit dem, den sie deckt? Mit ihren Eltern, den Behörden? Hat sie Oda angeschwärzt, um endlich ihre Ruhe zu haben? Oda ruft sich ihre signifikante Verwandlung ins Gedächtnis. Wirkte sie bei der letzten Begegnung nicht ziemlich arrogant?

Oder wurde Odas Handy abgehört, wurden die Mails gelesen? Die Nachrichten, die sie mit der Dienststelle gewechselt hat, dürften deutlich interessanter gewesen sein als die normaler Touristen. Nicht, dass Tian sie nicht davor gewarnt hätte, dass das WLAN des Hotels, über die sie die meisten Mails verschickt und empfangen hat, überwacht werden könnte. Aber Oda hielt das für übertrieben. »Verdammt, ich bin so dämlich«, murmelt sie nun. Wie konnte sie nur annehmen, dass das, was die Amerikaner tagtäglich weltweit praktizieren, in einer Diktatur nicht erst recht gemacht wird? Ihr wird heiß, als sie an den Skype-Anruf von letzter Nacht denkt. Falls da wer mithörte, dürften denen die Ohren geklingelt haben – gesetzt den Fall, die Lauscher verstehen Deutsch.

Und nun? Was haben sie mit mir vor? Gelte ich als Spionin, als Staatsfeindin? Werde ich wegen irgendwas angeklagt, oder erledigen sie die Sache stillschweigend und klammheimlich? Werde ich zu einem weiteren der vielen ungeklärten Vermisstenfälle? Wie wird Veronika damit fertigwerden? Oda spürt, wie ihr im Magen ganz flau wird, und das liegt nicht nur an der etwas ruppigen Fahrweise des Mannes hinter der blickdichten Scheibe.

Nein, beruhige dich! So einfach geht das nicht. Tians Familie hat Geld, und wer Geld hat, ist einflussreich. Das ist überall so, und hier ganz besonders. Das werden sie wissen, wer immer »sie« sind. Wenn sie sonst schon alles wissen. *Vielleicht sperren sie mich nur eine Nacht lang ein, verpassen mir einen Denkzettel. Alles klar, Freunde, ich habe meine Lektion gelernt. Ab sofort bin ich eine ganz normale Touristin, keine Mails mehr, keine Anrufe, keine Kontakte zu Einheimischen. Ich werde eure Kulturgüter bewundern, auf die Chinesische Mauer klettern und einen Haufen Geld für Souvenirs ausgeben. Ich bin ab sofort …*

Was ist jetzt? Der Wagen hat angehalten, der Motor ist aus. Oda späht nach draußen. Rechts ein Gebäude, eine Art Lagerhalle. Auf der anderen Seite das schiere Nichts. *Der ideale Ort für eine heimliche Exekution*, geht es Oda durch den Sinn. Allerdings hat sie bei keinem der Männer bisher eine Schusswaffe entdecken können. Sehr seltsam, das alles.

Einige Minuten lang geschieht nichts, außer dass Oda der Schweiß ausbricht. Dann klickt die Zentralverriegelung, vorn wird eine Wagentür geöffnet und gleich darauf die Tür rechts neben ihr. Der Hagere bittet sie nach draußen. Hinter ihm hält ein Wagen. Die Scheinwerfer erlöschen, und die vier Freunde aus dem Hotel steigen aus. Oda kann nicht behaupten, dass sie erfreut ist, die Bande wiederzusehen, aber das gilt wohl auch umgekehrt.

Der Anführer bittet Oda, ihm zu folgen. Er hat ihre Tasche

in der Hand und reicht sie nun dem Fahrer. Oda fragt sich, ob es wohl grundsätzlich unter seiner Würde ist, etwas zu tragen, oder ob dies nur für Damenhandtaschen gilt. Eingekeilt zwischen den beiden, die vier anderen dicht hinter sich wissend, betritt Oda das Gebäude. Ja, es ist eine Art Lager. Blechcontainer, Kisten und in Folie verpackte Ballen auf Paletten reihen sich aneinander. Der Geruch, der hier herrscht, kommt Oda bekannt vor. Was ist das nur? Sie folgen einem schlecht beleuchteten Gang, der vor einer schweren grauen Stahltür endet. Davor steht ein Mann in Uniform. Kein Polizist, sieht eher nach Wachpersonal aus. Der Hagere spricht mit ihm. Oda spürt, wie ihr Herzschlag beschleunigt. Der Uniformierte öffnet die Tür. Gleißende Helligkeit blendet Oda. Sie kneift die Augen zusammen, und als sie sie wieder öffnet, sieht sie sich einem reichhaltigen Sortiment aus diversen Wodkas, Single Malts, Kognaks und exotischem Rum gegenüber. Mit allem Möglichen hat sie hinter dieser Stahltür gerechnet – einem kahlen Vernehmungsraum, einer Zelle, einem Folterkeller –, aber nicht mit einem wohlsortierten Schnapsladen. Wenn das ein Traum ist, dann ist es definitiv einer der abgefahrensten, die sie je hatte. Ein Mann, Europäer oder Amerikaner, trägt gerade eine Tüte davon, auf der *Beijing Capital International Airport* steht. Oda macht ein paar Schritte und betrachtet noch immer fassungslos die glitzernden Duty-Free-Shops und Cafès um sie herum, die ihr so unwirklich vorkommen wie von einem anderen Stern. Jetzt würde sie am liebsten eine rauchen. Aber der Tabak ist in ihrer Handtasche, die noch immer der Fahrer trägt, und ihre Begleiter scheinen es nun eilig zu haben. Oda muss fast rennen, um noch mit ihnen Schritt zu halten. Der Hagere telefoniert im Gehen. Sie lassen die helle Konsumwelt der Abflughalle hinter sich und hasten an mehreren Gates vorbei bis zu einem Schalter, an dem eine Angestellte von *China Air* steht und nervös auf die Uhr schaut. Passagiere sind keine mehr zu sehen. Über dem Gate leuchtet verheißungsvoll das Flugziel:

London. Der Fahrer gibt Oda ihre Handtasche zurück, und der hagere Chinese lächelt dabei freundlich. Oda ist sprachlos – schon allein wegen der Rennerei. Aus der Innentasche seines Jacketts zieht der Mann jetzt einen bedruckten Zettel, den er der jungen Frau am Schalter reicht, und Odas Reisepass. Der Pass! Das bedeutet, dass sie in ihrem Hotelzimmer waren. Und nicht nur das. Der Pass lag im Safe. Vielleicht sollte sie das nächste Mal nicht mehr ihr Geburtsdatum als Code verwenden, überlegt Oda, die nicht weiß, ob sie froh oder wütend sein soll.

»*We apologize!*«, sagt der Hagere, als er ihr den Pass gibt.

Oda ist versucht, ihm zu sagen, wohin er sich seine Entschuldigung stecken kann, aber da reicht ihr die Stewardess eine Bordkarte und sagt, sie müsse sich beeilen. Pass und Boardingcard in der Hand rennt Oda durch den Tunnel, der sie zum Flugzeug führt. Kerosin! Das war der Geruch von vorhin.

Sie wird von einer Stewardess empfangen, die hinter ihr die Kabinentür schließt und Oda zu ihrem Platz führt, begleitet von den vorwurfsvollen Blicken einiger Passagiere. Businessclass, wer hätte das gedacht? Erschöpft und den Tränen der Erleichterung nahe sinkt Oda in den bequemen Sitz am Fenster. Die Anschnallzeichen leuchten auf, und die Maschine rollt zur Startbahn.

Zehn Minuten später hat Oda einen Gin Tonic vor sich stehen – es wird nicht der letzte dieses Flugs sein –, und die Lichter der Riesenstadt bilden unter ihr einen glitzernden Teppich, der immer kleiner wird. Irgendwo da unten, fällt Oda ein, sitzt Tian und macht sich wahrscheinlich schreckliche Sorgen. Der Sitz neben ihr ist frei, und als die Stewardess gerade nicht zu sehen ist, wühlt Oda in ihrer Tasche nach dem Handy. Es hätte sie nicht überrascht, wenn man es ihr abgenommen hätte, aber es ist noch da. Der dürre Mistkerl hat es lediglich ausgemacht. Sie schaltet es wieder an. Vorschriften hin oder her, aber sie kann Tian nicht noch weitere zehn Stunden im Ungewissen lassen. Doch was soll sie ihm eigentlich schreiben? *Schwarze Männer haben mich entführt und in ein Flugzeug nach London gesetzt?* Das klingt doch vollkommen irre. Aber schließlich sitzt sie hier, das ist eine Tatsache. Sie tippt die PIN ein und ist so vertieft in ihr heimliches Tun, dass sie erschrickt, als neben ihr eine wohlbekannte Stimme sagt: »Ist der Platz noch frei?«

Ohne Odas Antwort abzuwarten, sinkt Tian Tang neben sie in den Sitz.

JULE SCHAUT AUS dem Fenster und ist auffallend still. Fernando wüsste gerne, weshalb. Vor allen Dingen, ob es etwas mit Stevens zu tun hat. Haben sie sich getrennt? Aber gestern strahlte sie ihn doch noch an, als er sich bei Völxen entschuldigt hat. Oder haben sie sich versöhnt, und sie schmiedet bereits Hochzeitspläne? Er wagt nicht, sie danach zu fragen. Manchmal ist Unwissenheit der Gewissheit vorzuziehen, findet Fernando, und so verbringen sie die Fahrt nach Langenhagen nahezu schweigend. Bei Sibylle Falkenberg öffnet niemand, und sie geht auch nicht ans Telefon.

»Vielleicht holt sie Jill vom Kindergarten ab«, meint Jule.

»Jetzt, mitten am Nachmittag?«, zweifelt Fernando.

»Wer weiß? Es schadet jedenfalls nicht, dort vorbeizuschauen«, findet Jule. Sie lädt die Straßenkarte der Umgebung auf ihr Handy. »Ist nicht weit von hier.«

»Aber ich geh da nicht rein«, sagt Fernando.

»Wieso? Was hast du gegen Kindergärten?«

»Läuse«, sagt Fernando. »Letzte Woche waren da Läuse. Deswegen hatte sie ja die Kleine dabei!«

»Stell dich nicht so an«, sagt Jule und kämpft das plötzlich aufwallende Bedürfnis nieder, sich am Kopf zu kratzen.

Im Kindergarten erhalten sie die beruhigende Auskunft, dass die Läuseplage vorüber ist.

»Also ist die kleine Jill Falkenberg wieder hier?«, fragt Fernando die Leiterin der Bärengruppe.

Nein, Jill sei heute Morgen nicht hergebracht worden.

»War sie gestern da?«, will Jule wissen.

»Ja, gestern schon. Normalerweise sagt Frau Falkenberg Bescheid, wenn Jill nicht kommt. Ist keine Pflicht, aber wir wissen gerne, was los ist.«

»Das gefällt mir ganz und gar nicht«, sagt Fernando, als sie wieder in den Wagen steigen. »Wir sollten mal nach Resse fahren und mit Werner Falkenberg reden.«

»Gut«, meint Jule nur.

Fernando fährt los. An der nächsten roten Ampel wirft er Jule einen Seitenblick zu und fragt: »Diese süßen kleinen Kinder eben … kribbelt es dich da nicht in den Eierstöcken?«

»Ich habe nur einen Haufen lärmender Gören mit verschmierten Mündern und klebrigen Fingern gesehen«, versetzt Jule. »Von Kopfläusen gar nicht zu reden. Und meine Eierstöcke gehen dich im Übrigen gar nichts an.«

»Ich dachte ja nur. Biologische Uhr und so …«

»Ich zahle lieber mehr Steuern und sorge selbst für mein Alter vor. Außerdem habe ich ja einen Vater, der das Kinder-in-die-Welt-setzen für mich übernimmt.«

»Welche Laus ist dir denn heute über die Leber gelaufen?«

Jule stöhnt genervt auf. »Den konntest du dir nicht verkneifen, was?«

Fernando grinst und tastet sich noch einen Schritt vor. »Bereitet dir dein Staatsanwalt Kummer?«

»Nein«, sagt Jule. »Es ist grün.«

Nachdem fünf Minuten schweigend verstrichen sind, sagt Jule: »Okay, wenn du es unbedingt wissen willst: Gestern Abend habe ich ihn angerufen und mich entschuldigt, wegen … der ganzen Vorkommnisse. Das hat er auch akzeptiert, aber dann meinte er, er hätte eine Verabredung und müsse jetzt los, und hat aufgelegt.«

»Und jetzt denkst du, er trifft sich mit einer anderen Frau«, kombiniert Fernando.

Jule zuckt nur mit den Achseln.

»Das ist typisch«, meint Fernando. »Immer denken Frauen gleich an so was.«

»Weil es meistens stimmt!«

»Wenn er wirklich eine Frau getroffen hätte, dann hätte er sich was einfallen lassen und nicht einfach aufgelegt.« *Was mache ich hier eigentlich?*, fragt sich Fernando. *Ich verteidige gerade Herrn Hendrik A. Stevens, bin ich denn total bescheuert?*

»Vielleicht hast du recht«, seufzt Jule, aber überzeugt klingt es nicht. Vier Ampeln später sagt sie: »Fernando?«

»Was?«

»Hättest du vielleicht Lust, am Freitag noch mal in diese irische Kneipe zu gehen?«

»Mit dir?«

»Nein, mit meiner Mutter!«

»Äh, ja. Klar.«

»Super.«

Keiner wagt es, den anderen anzusehen.

»Sollten wir nicht Völxen anrufen und ihm sagen, dass wir zu Falkenberg fahren?«, fragt Jule nach einer Weile.

»Ja, besser wär's.«

Jule erreicht Völxen auf dessen Handy, und Fernandos ungutes Gefühl wird bestätigt, als er hört, wie Jule zweimal »Scheiße« murmelt, was sonst nicht ihre Art ist, wenn sie mit Völxen spricht. Danach legt sie grußlos auf und sagt zu Fernando: »Gib Gas. Wir haben eine Geiselsituation.«

»HABE ICH DAS richtig verstanden? Diese Leute, die mich behandelt haben wie eine Verbrecherin, waren von deinem Vater?« Es fällt Oda schwer, leise zu sprechen. Ein paar Mitreisende haben schon ihre Schlafmasken aufgesetzt.

»Sie haben dich so gut behandelt wie möglich.«

»Hast du eine Ahnung, was für eine Scheißangst ich gehabt habe? Ich dachte, ich lande gleich in einem Folterkeller von ...

was weiß ich wem, eurem Geheimdienst oder so was!« Zu ihrem großen Ärger kann sie nicht verhindern, dass sich ihre Augen bei diesen Worten mit Tränen füllen.

»Es war unumgänglich.«

»Ha!«

»Oda, denkst du, ich setze dich einer solchen Situation aus, wenn es nicht wirklich ernst ist? Es ist nur dem Einfluss und der Stellung meines Vaters zu verdanken, dass wir rechtzeitig einen Hinweis bekommen haben, dass die Behörden auf dich aufmerksam geworden sind. Ein paar Stunden später hätte dich nämlich der *richtige* Geheimdienst abgeholt. Und das wäre kein Spaß geworden.«

»Dein Vater hat einen Tipp bekommen?«, fragt Oda. »Von wem?«

Er schüttelt den Kopf. »Manche Dinge möchte ich gar nicht wissen.« Tian, der ohnehin schon sehr leise spricht, flüstert kaum hörbar. »Und selbst wenn, dann wäre dies nicht der Ort, um sie zu erörtern.«

Das versteht Oda inzwischen. »Aber warum konntest du mir das nicht im Hotel erklären? Warum sind wir nicht einfach zusammen in ein Taxi gestiegen und zum Flughafen gefahren wie zivilisierte Menschen?«

»Hättest du mir denn geglaubt?«, entgegnet Tian.

Darauf weiß Oda im Augenblick keine ehrliche Antwort.

»Hast du mir geglaubt, als ich dir sagte, die Internetverbindung im Hotel sei nicht sicher? Ich habe dir mehrmals gesagt, du sollst vorsichtig sein mit deinen Mails und Telefonaten. Es ist mir schleierhaft, wie du als Polizistin so unvorsichtig und naiv sein konntest.«

»Ist ja gut«, antwortet Oda mürrisch. »Ich hab's kapiert. Danke, dass du mir das Leben gerettet hast.«

»Bitte«, entgegnet Tian im selben barschen Ton.

Oda dreht sich zum Fenster. Sie kann ihn jetzt nicht ansehen, sie schämt sich zu sehr. Dafür, dass sie sich so dämlich und stur angestellt hat und ihm so den Besuch in seiner Heimat verdorben hat, auf den er sich so gefreut hat. Ja, sie sollte ihm dankbar sein, dass er sie vor den Folgen ihrer Dummheit bewahrt hat, sollte ihn um Entschuldigung bitten. Aber sie bringt keinen Ton heraus. Er hat doch richtig gehandelt, sagt sie sich. Er hat doch mit allem, was er sagte, recht gehabt, von Anfang an. Aber fürs Rechthaben, das weiß Oda auch, wird man nicht geliebt.

»ICH HABE DIE drei ins Haus gehen sehen, schon heute Morgen«, erzählt Frau Coppenrath. »Als meine Ann-Sophie heute Mittag vom Kindergarten nach Hause kam, habe ich ihr erzählt, dass die kleine Jill von nebenan wieder einmal da sei. Da wollte sie natürlich mit Jill spielen, so wie sonst auch, wenn Jill ihren Vater besucht hat. Die beiden Mädchen hatten sich schon ein paar Wochen nicht mehr gesehen. Also habe ich Ann-Sophie rübergeschickt. Robin war auch dabei. Aber es hat niemand aufgemacht. Und wie Kinder halt so sind, haben sie nicht aufgehört zu klingeln. Da ging plötzlich die Tür auf, und der Falkenberg stand mit einem Gewehr davor. Er brüllte sie an wie ein Verrückter. Die Kinder haben geschrien vor Angst und sind weggerannt. Stellen Sie sich das mal vor, dieser Irre bedroht Kinder mit einem Gewehr!« Frau Coppenrath ist noch immer erregt und wütend, während sie hinter der Absperrung steht und mit der Einsatzleiterin des SEKs und mit Völxen spricht.

»Was für eine Waffe war das?«, fragt die Beamtin vom LKA.

»Irgendein Gewehr. Robin behauptet, es wäre eine Schrotflinte, aber was versteht ein Siebenjähriger schon von Waffen?«

Wahrscheinlich mehr, als du denkst. Völxen behält seine Meinung für sich und sagt: »Danke. Gehen Sie jetzt wieder zu Ihren Kindern.« Weiter hinten warten ein kleiner Junge, seine Schwester und einige Nachbarn. Das Gelände rund um Falkenbergs Haus ist abgeriegelt, die nächsten Nachbarn wurden gebeten, ihre Häuser zu verlassen. Zwanzig SEK-Leute haben sich hinter den Büschen, Hecken und Gartenhäuschen der Nachbargrundstücke verschanzt.

»Was machen wir jetzt?«, fragt Völxen die Einsatzleiterin, eine durchtrainierte Frau Anfang vierzig. Sie ist die erste und einzige Frau, die Völxen beim SEK je gesehen hat.

»Wir warten auf den Polizeipsychologen.«

»Ich glaube nicht, dass der Falkenberg zum Aufgeben überreden kann«, sagt Völxen. »Im Gegenteil. Ich glaube, wenn der da drin Psychologengewäsch hört, dann wird er noch aggressiver. Der Mann ist krank.« Völxen berichtet, was er seit Kurzem über Falkenbergs Zustand weiß, und setzt hinzu: »Wir sollten keine Zeit verlieren.«

»Sie meinen, wir sollten stürmen?«

»Nein, ich meine, dass Sie mich mit ihm reden lassen sollten.«

»Wieso sollte er Sie reinlassen? Er hat den telefonischen Kontakt zu uns schon vor einer halben Stunde abgebrochen.«

»Mich kennt er. Man kann's doch versuchen.«

»Ein riskanter Versuch, das wissen Sie?«

»Ja.«

»Gut. Aber ziehen Sie eine Schutzweste an.«

Völxen bekommt eine kugelsichere Weste verpasst und außerdem eine Wanze. Die Weste ist schwer und eine Nummer zu eng. So ausgerüstet geht Völxen durch die Pforte und auf das Haus zu. Sämtliche Rollläden sind heruntergelassen, auch der an dem breiten Fenster zur Terrasse. Wenn er ehrlich ist, hat er die Hosen voll und keinen Schimmer, was er da drin tun oder sagen soll. Warum er sich dazu bereit erklärt hat, weiß er selbst nicht so genau. Er hat gar nicht darüber nachgedacht, und das schnelle Einverständnis der Einsatzleiterin hat ihn im Grunde überrascht. Wie erholsam es doch sein kann, wenn diese sonst üblichen Hahnenkämpfe ausfallen. Jetzt hofft er, dass ihm etwas einfallen wird, falls Falkenberg ihn überhaupt ins Haus lässt. Vielleicht bereut der Mann längst, wie sehr die Situation eskaliert ist, und braucht nur jemanden, der ihm gut zuredet. Er klingelt und klopft mehrmals. Nichts rührt sich. Durch die geriffelte Scheibe kann er sehen, dass das Licht an ist.

»Herr Falkenberg, ich bin es, Hauptkommissar Völxen! Bitte öffnen Sie. Ich bin unbewaffnet.«

Nichts geschieht. Völxen wartet, ruft noch einmal dasselbe. Nachdem eine weitere Minute verstrichen ist, nähert sich ein Schatten der Tür.

»Sie sollen weggehen!«, ruft Sibylle Falkenberg durch die geschlossene Tür. »Alle!«

»Nein, ich geh nicht weg. Lassen Sie mich rein.«

Der Schatten verschwindet. Offenbar redet sie mit ihrem Mann. Jetzt kommt sie zurück und öffnet die Tür einen Spalt. In ihren Augen spiegelt sich Panik. Von Falkenberg oder ihrer Tochter ist nichts zu sehen.

»Wo ist er?«, flüstert Völxen.

»Im Wohnzimmer.« Ihre Stimme zittert vor Angst. »Mit Jill. Er hat ein Gewehr, eine Schrotflinte.«

»Gehen Sie raus«, sagt Völxen leise.

»Nein! Ich bleibe bei Jill.«

Völxen tritt einen Schritt zurück und wirft sich gegen die Tür. Der Wucht seiner neunzig Kilo – die Schutzweste mitgerechnet! – kann Sibylle Falkenberg nicht standhalten, sie taumelt gegen die Wand. Noch im selben Augenblick packt Völxen sie am Arm, schubst sie nach draußen und drückt die Tür hinter ihr zu. »Verzeihung«, murmelt er. »Ist sonst nicht so meine Art.«

Sibylle Falkenberg hämmert von außen gegen die Scheibe und kreischt: »Machen Sie auf! Ich will zu Jill! Aufmachen, verdammt noch mal!« Dann hört das Hämmern auf, das Gekreische entfernt sich. Offenbar hat man Sibylle Falkenberg von der Tür weggezerrt. Nun ist es wieder ganz still im Haus, wie schon beim letzten Mal. In der Tür zum Wohnzimmer steht

Werner Falkenberg und richtet die Läufe einer Schrotflinte auf ihn.

»Guten Tag, Herr Falkenberg. Sie erinnern sich noch an mich?«

»Verschwinden Sie!«

»Das geht nicht«, sagt Völxen. »Wir müssen reden. Ich bin unbewaffnet, Sie können die Flinte runternehmen.« Er späht über Falkenbergs Schulter ins Wohnzimmer. Auf dem Teppich kauert ein kleines Mädchen mit rötlichen Locken. Sie hält ein Stofftier im Arm. Vor ihr liegen ein Zeichenblock und einige Wachsmalstifte. Der Blick, mit dem sie Völxen betrachtet, ist halb neugierig, halb ängstlich.

Völxen wagt sich an Falkenberg vorbei ins Wohnzimmer. »Na so was, das ist ja mein Schaf!«, ruft er.

Das Mädchen presst das Tier an sich. Es gibt einen Mäh-Laut von sich.

»Keine Sorge, du darfst es behalten. Aber du musst es gut versorgen.«

»Es frisst Gras«, behauptet Jill. »Und Spinat.«

»Spinat? Interessant«, sagt Völxen. »Hat es schon einen Namen?«

»Lilli.«

»Das ist schön.«

»Was wollen Sie?« Falkenberg hat die Waffe sinken lassen, umklammert sie aber immer noch mit beiden Händen. *Vielleicht tut er das, um sein Zittern zu verbergen*, überlegt Völxen und sagt: »Die Frage ist, was Sie wollen? Wie soll das hier enden? Soll Ihre Tochter mit ansehen, wie SEK-Leute das Haus stürmen und ihren Vater erschießen? Wollen Sie sie als Schutzschild verwenden gegen die Scharfschützen, die Ihr Haus umstellt haben?«

»Dafür habe ich doch jetzt Sie«, antwortet Falkenberg.

»Ja, das ist wahr«, stimmt ihm Völxen zu. Vielleicht beruhigt es Falkenberg, wenn er das Gefühl hat, die Situation zu kontrollieren. Er wirkt heute gepflegter als beim letzten Mal und spricht flüssiger. Eigentlich seltsam, findet Völxen, wo er doch sicher unter großem Stress steht.

»Die sollen abhauen da draußen, alle!«

»Das werden die nicht, das wissen Sie doch. Nicht, solange Ihre Tochter hier drin ist. Lassen Sie sie rausgehen, und der Spuk hat ein Ende.«

Falkenberg steht unschlüssig in der Wohnzimmertür. »Sie wissen, dass es vorbei ist«, sagt Völxen leise. »Sie wissen es schon lange. Jetzt kommt es darauf an, wie Ihre Tochter Sie in Erinnerung behalten soll.«

»Ich wollte doch nur noch einmal Jill bei mir haben«, sagt er weinerlich. »Das alles ...«, sein linker Arm beschreibt einen Bogen, »... wollte ich nicht.«

»Das glaube ich Ihnen sofort«, antwortet Völxen. »Woher haben Sie denn eigentlich die Flinte?«

»Gehörte meinem Vater«, nuschelt Falkenberg.

»Folgender Vorschlag«, sagt Völxen. »Wir beide reden über ein paar Dinge. Aber Ihre Tochter sollte besser nicht zuhören. Danach lasse ich Ihnen eine halbe Stunde mit Jill.«

Falkenberg verzieht höhnisch den Mund.

»Ich verspreche es Ihnen«, sagt Völxen. »Ich weiß, dass Sie Ihrer Tochter nie im Leben etwas tun würden.«

Falkenberg zögert. Schließlich sagt er zu Jill: »Süße, nimm deine Malsachen, und geh mal für ein paar Minuten in die Küche.«

»Krieg ich Cola?«

»Ja, mein Schatz.«

Sie nimmt ihr Schaf, die Stifte und den Malblock und trottet aus dem Zimmer. Die Küche liegt auf der anderen Seite des Flurs. Falkenberg knipst einen Schalter an. Eine Neonröhre flackert auf und taucht den Raum mit der hässlichen Einbauküche in Eichenimitat in ein grelles, kaltes Licht. *Selbst Bächles Seziersaal ist gemütlicher*, denkt Völxen. Falkenberg überprüft, ob die Rolläden ganz geschlossen sind. Der Laden ist aus Plastik und hat keine Sicherung. Die anderen wohl auch nicht.

Falkenberg nimmt eine Flasche Cola aus dem Kühlschrank und befiehlt Völxen, sie zu öffnen, da er die Flinte nicht aus der Hand legen möchte. Jill setzt sich an den Küchentisch und sortiert ihre Malstifte.

Hoffentlich haben die Jungs da draußen ihre Wärmebildkameras dabei, schießt es Völxen durch den Kopf.

»Mal ein schönes Bild für Papa«, sagt Falkenberg. Dann gehen er und Völxen zurück ins Wohnzimmer. Falkenberg setzt sich so hin, dass er den Flur im Blick behält. »Wenn einer reinkommt, sind Sie tot«, sagt er zu Völxen.

»Ich weiß. Aber würden Sie bis dahin bitte den Lauf zur Decke richten?« Völxen bedankt sich, als Falkenberg der Aufforderung nachkommt.

»Was wollen Sie?«

»Eine Erklärung für den Mord an Ihrem Bruder.«

Falkenberg scheint nachzudenken, dann sagt er in seiner langsamen Art: »Er hatte kein Recht, es Sibylle zu sagen.«

»Was? Dass Sie krank sind?«, fragt Völxen, als der Mann nicht weiterspricht.

Statt zu antworten, schaut Falkenberg den Hauptkommissar nur hasserfüllt an.

»Dass Sie an Chorea Huntington leiden, der Krankheit Ihrer Mutter, die Sie verprügelt hat, wenn sie ihre Wutanfälle bekam? Der Krankheit, die Sie geerbt haben und die vielleicht auch Ihre Tochter geerbt hat?«

»Halten Sie den Mund!« Falkenberg umklammert die Flinte wie einen Anker. Zwei steile Falten werden zwischen seinen Augen sichtbar.

»Wir hätten noch ein paar gute Jahre haben können! Ich bin … es geht mir noch gut, ich habe mich unter Kontrolle. Er hatte kein Recht dazu, mir die Zeit mit Jill zu nehmen!« Er ist laut geworden.

»Sie denken also, Ihr Bruder hat Ihrer Frau von Ihrer Krankheit erzählt?«, hält Völxen fest.

»Er hat mir ein Ultimatum gestellt. Als hätte er das Recht, sich in meine Leben, in meine Ehe einzumischen. Aber genau das hat er getan, immer! Er hat mir Vorwürfe gemacht, wegen Jill. Dabei habe ich Sibylle von Anfang an gesagt, dass ich keine Kinder will. Aber sie … es war ein ›Unfall‹. Angeblich.«

Vielleicht hättest du ihr sagen sollen, warum du keine Kinder willst, du egoistischer Mistkerl, geht es Völxen durch den Kopf. Laut sagt er: »Vielleicht hat sie es selbst rausgefunden. Haben wir ja auch.«

Falkenberg beginnt zu zittern, sein rechtes Knie hüpft unkontrolliert auf und ab. Schließlich steht er auf und geht ein paar Schritte durch den Raum. Dabei fuchtelt er so wild mit der Flinte herum, dass Völxen unwillkürlich den Kopf einzieht und inständig hofft, dass das Ding wenigstens gesichert ist. Er versteht zu wenig von Jagdwaffen, um das zu erkennen.

»Würden Sie sich wieder hinsetzen?«, fragt Völxen.

Falkenberg beendet tatsächlich seinen Rundgang und setzt sich.

»Danke«, sagt Völxen, hauptsächlich für die Mithörenden.

Sein Gegenüber scheint sich wieder einigermaßen im Griff zu haben, denn er erzählt nun ruhig und ohne zu stocken. »Sibylle hat mir nicht die Wahrheit gesagt, warum sie gegangen ist, das wusste ich immer. Sie ist kein materiell veranlagter Mensch. Aber dann, vor ein paar Wochen, wollte sie mich nicht mehr allein mit Jill zusammen lassen.«

Völxen redet, hauptsächlich um Zeit zu gewinnen. Zeit für die da draußen. »Ich kann mir gut vorstellen, dass Ihre Frau wütend auf Sie war. Sie hätten ihr von Anfang an die Wahrheit sagen sollen, meinen Sie nicht?«

Selbstkritik scheint Falkenberg indessen völlig fernzuliegen. Er geht nicht auf das Gesagte ein, sondern fährt fort: »Ich wollte Johannes zur Rede stellen. Ich wusste, dass er um die Zeit immer durch das verdammte Moor rennt. Und dann ... dann bin ich ausgerastet.«

»Wieso haben Sie ein Messer mitgenommen?«, fragt Völxen.

»Messer? Ich habe mein Messer immer dabei«, behauptet Falkenberg.

»Sie können Karate?«

Er nickt. »Ja. Hab mal ein paar Stunden genommen. Für einen Film.« Er lächelt. »Hat mir gefallen. Da hab ich weitergemacht, bis zum schwarzen Gürtel.«

»Und dann hatten Sie Streit mit Ihrem Bruder«, sagt Völxen.

»Ja.«

»Und haben ihn durch einen Schlag auf den Kehlkopf getötet.«

Er nickt. »Hätte gar nicht gedacht, dass das so gut funktioniert.«

»Also wollten Sie ihn gar nicht töten?«, fragt Völxen.

»Doch«, entgegnet Falkenberg. »Doch, das wollte ich.«

Aus der Küche tönt ein dumpfes »Mäh«.

Bleib in der Küche, Jill! Bleib da drin!

»Johannes ... Johannes hatte immer schon alles. Er hatte unsere Mutter, als sie noch gesund war, er hatte die Firma, er war gesund! Und dann, als er herzkrank wurde ...«

Er unterbricht sich.

»Das war 2007«, sagt Völxen, während er darüber nachdenkt, ob das Haus wohl einen Kellereingang hat. »Da wussten Sie also schon, dass Sie die Krankheit haben, nicht wahr?«

»Nicht richtig. Ich ahnte es.«

»Sie haben sich nicht testen lassen?«, fragt Völxen.

Er schüttelt heftig mit dem Kopf.

»Ihr Bruder hat den Gentest machen lassen, wussten Sie das?«

»Ja. Er hat mir ja ständig damit in den Ohren gelegen, dass ich das auch tun sollte. Meinte, man müsse doch Gewissheit haben. Gewissheit! Was nützt einem die denn, solange es keine

Therapie gibt? Und ich ... ich dachte, wenn ich es nicht weiß, kann ich wenigstens hoffen. Wenn ich es erst weiß, ist das wie ein Todesurteil.«

»Und dann kam das Todesurteil für Ihren Bruder«, fährt Völxen fort, um die Unterhaltung am Laufen zu halten. Nur keine Stille entstehen lassen, das könnte gefährlich sein.

»Ja. Zuerst tat er mir noch beinahe leid. Aber dann fährt dieses Schwein nach China und *kauft* sich ein Herz. Mit seinem Scheißgeld! Protzt danach herum, wie gut es ihm geht, mit seinem neuen Herzen. Scheißegal, dass dafür einer draufgehen musste, ist ja nur irgendein Chinese. Er war es nicht wert. Dieser Scheißkerl war es nicht wert, dass jemand anderer stirbt, damit er ein neues Herz kriegt.«

Schier unglaublich, wie er sich als Richter aufspielt, denkt Völxen, der bezweifelt, dass Falkenberg tatsächlich je einen Gedanken an den Organspender verschwendet hat.

»Deshalb also die Sache mit dem rausgeschnittenen Herzen?«

Falkenberg starrt den Kommissar an, sein Atem geht jetzt keuchend. »Ich ... ich weiß es nicht. Ich hatte plötzlich eine solche Wut! Das ... das passiert manchmal, das ist die Krankheit. Wie bei Mama. Die wollte mich nicht schlagen. Aber etwas in ihr ...«

»Sie haben den Leichnam Ihres Bruders ins Gebüsch gezerrt, und dann?«, kommt Völxen wieder auf das ursprüngliche Thema zurück.

»Ich kann mich an das, was ... was danach kam ... Ich kann mich nicht erinnern. Ich habe es im Internet gelesen. Auch die Bilder gesehen. Also, das ... mit dem Herz. Das war wohl wie ein Rausch.«

»Aber daran, dass Sie Ihren Bruder getötet haben, erinnern Sie sich?«, vergewissert sich Völxen.

»Ja. Und am nächsten Tag hab ich die Gummistiefel, die ich dabei anhatte, vergraben. Und die Kleider auch. Ich bin vielleicht krank, aber mein Verstand arbeitet noch sehr gut.«

Völxen, der die ganze Zeit über versucht war, Mitleid mit dem Mann zu empfinden, fragt sich nun, ob ihn wohl sein Leiden in diesen eitlen und selbstsüchtigen Menschen verwandelt hat, der nur mit sich selbst Mitleid hat.

»Und Dr. Wolfram?«, fährt der Kommissar mühsam beherrscht fort.

Falkenberg zuckt mit den Schultern. »Der wusste doch, was mit mir los war. Der hätte doch früher oder später geredet.« Er grinst. »Soll ich Ihnen was verraten? Wenn man einmal die Grenze überschritten und jemanden getötet hat, ist es ganz leicht.«

»Ach, tatsächlich«, sagt Völxen. »Was wollten Sie dann gestern von Ihrer Schwägerin? Sie auch umbringen? Weil es so leicht ist?«

»Bödsinn!«, ruft Falkenberg unbeherrscht. »Ich wollte nur rausfinden, ob sie was weiß. So, und jetzt will ich endlich mit meiner Tochter allein sein.«

Falkenberg steht ruckartig auf und verlässt das Zimmer. Dann geht alles ganz schnell. Völxen hört lautes Gepolter im Flur und einen wütenden Schrei von Falkenberg. Dazwischen das Blöken des Stofftiers. Als Völxen um die Ecke biegt, haben zwei SEK-Leute den Mann zu Boden gedrückt, ein dritter klappt die Schrotflinte auf. »Ist nicht geladen.«

»Sie Schwein, Sie haben's mir versprochen!«, schreit Falkenberg, dem gerade die Handschellen angelegt werden.

»Ich weiß«, murmelt Völxen. Er eilt in die Küche. Jill drückt sich verängstigt in die Lücke zwischen Kühlschrank und Eckbank. Sie weint und ruft jetzt nach ihrer Mutter.

Völxen geht vor ihr in die Knie. »Es ist gut, Jill. Du musst keine Angst mehr haben. Ich bring dich gleich zu deiner Mama.«

»Papa! Was machen die Männer mit Papa?«

»Sie tun ihm nichts. Sie bringen ihn in ein Krankenhaus. Ihm geht es nicht gut.«

Sie sieht ihn an, ihre Unterlippe zittert. Endlich wird Falkenberg nach draußen gebracht. *Kein Kind sollte so etwas mit ansehen müssen*, denkt Völxen und betrachtet das Bild, das Jill zu malen begonnen hat. Eine lachende Sonne, Blumen, ein Haus, davor drei Personen: Vater, Mutter, Kind.

»Komm, Jill, wir bringen Lilli in den Garten. Dort kann sie frisches Gras fressen.«

Sie hält das Schaf an sich gepresst und geht neben Völxen her. Ihre Hand liegt dabei in seiner. So ungewohnt klein und dabei fest und warm. Völxen blinzelt in den grauen Himmel und kommt sich vor wie ein Verräter.

ES IST SAMSTAGABEND, UND IN DER KÜCHE DUFTET ES VERHEISSUNGSVOLL. Oscar hat sich zwischen Herd und Küchentisch niedergelassen, und es stört ihn auch nicht, dass Sabine schon mindestens fünfmal über ihn drübersteigen musste.

»Was gibt es denn?«, fragt Völxen, dem das Wasser im Mund zusammenläuft.

»Huhn.«

»Etwa so ein glückliches, zähes von Köpcke?«

»Warum nicht? Ich dachte mir, solange du noch deine eigenen Zähne hast …«

»Ich liebe dich auch«, sagt Völxen und lächelt.

»Andere isst Wanda ja nicht.«

»Wanda kommt zum Essen?«

»Ja. Und ich warne dich …« Sabine richtet drohend die Fleischgabel auf seinen Bauch.

»Ich werde sanft sein wie ein Lamm, ich verspreche es.« Er bückt sich und zaubert aus seiner Aktentasche eine Flasche Champagner hervor. »Hier. Der muss in den Kühlschrank.«

»Whow, Schampus!«, tönt es hinter ihnen. »Da komm ich ja genau richtig.« Wanda durchquert die Küche, küsst ihre Mutter auf die Wange, krault Oscar die Ohren und kommt schließlich auf Völxen zu.

»Hi, Dad!«

»Hi, Wanda!«

Sie zögert einen Moment, dann hängt sie an seinem Hals, und Völxen legt die Arme um sie. »Lass dich drücken, du missratenes Gör.«

»Tut mir leid, Dad«, flüstert sie ihm ins Ohr.

»Schon gut, Mäuschen, schon gut«, murmelt Völxen.

»Und wieso der Schampus?«, fragt Sabine.

Völxen lässt sich auf einen Stuhl fallen und seufzt abgrundtief. »Ich bin ihn los.«

»Wen?«

»Staatsanwalt Stevens. Unser Arschloch vom Dienst.«

»Bodo!«

»Papa!«

»Hast du einen Killer auf ihn angesetzt?«, fragt Sabine.

»Nein. Meinen alten Schulfreund Volker Meise. Der hat ihm einen Posten im Ministerium verschafft.«

»Da wird Jule aber auch ganz froh sein«, meint Sabine. »Hast du nicht erzählt, die wäre in letzter Zeit ziemlich durch den Wind gewesen wegen der ganzen Angelegenheit?«

»Ja. Meinetwegen kann sie ihren Stevens jetzt heiraten, das ist mir vollkommen egal.«

»Also, ich will ja nicht petzen ...«, beginnt Wanda.

»Aber?«, fragt Völxen alarmiert.

»Aber gestern bin ich nachts um eins an dieser irischen Kneipe vorbeigeradelt, *The Harp* heißt die, glaube ich. Und da habe ich Jule und Fernando rauskommen sehen, Arm in Arm und sehr vertraut.«

»O nein!«

»Das muss doch noch gar nichts heißen«, meint Sabine.

»Hoffentlich hast du recht«, sagt Völxen. »Denn wenn nicht, dann lasse ich mich frühpensionieren.«

»Ach du lieber Himmel!«, murmelt Sabine.

»Was hast du gesagt?«

»Nichts, gar nichts. Das Essen ist fertig, setzt euch.«